北岳中国文学年选　《名作欣赏》杂志鼎力推荐
权威遴选　深度点评　中国最好年选

2017年短篇小说选粹

林霆　主编

山西出版传媒集团　北岳文艺出版社

·太原·

图书在版编目(CIP)数据

2017年短篇小说选粹 / 林霆主编. —太原：北岳文艺出版社，2018.1
ISBN 978-7-5378-5555-6

Ⅰ.①2… Ⅱ.①林… Ⅲ.①短篇小说—小说集—中国—当代 Ⅳ.①I247.7

中国版本图书馆CIP数据核字(2018)第003744号

书　名： 2017年短篇小说选粹	主　编：林　霆 策　划：续小强　王朝军	责任编辑：王朝军 书籍设计：张永文

出版发行	山西出版传媒集团·北岳文艺出版社
地　　址	山西省太原市并州南路57号
邮　　编	030012
电　　话	0351-5628696（发行部）
	0351-5628688（总编室）
	0351-5628691（产品开发部）
传　　真	0351-5628680
网　　址	http://www.bywy.com
E - mail	bywycbs@163.com
经 销 商	新华书店
印刷装订	山西人民印刷有限责任公司

开　　本	787mm×1092mm　1/16
字　　数	334千字
印　　张	21
版　　次	2018年1月第1版
印　　次	2018年1月山西第1次印刷
书　　号	ISBN 978-7-5378-5555-6
定　　价	49.80元

本书版权为本社独家所有，未经本社同意不得转载、摘编或复制

序——小说永恒了那些黯淡的时刻

/ 林霆

今年的短篇小说，要从叶兆言先生的《滞留于屋檐的雨滴》说起。因为，透过这篇小说，可以让人理解小说的应有之义。无论是故事还是讲故事的方法，这篇小说都显得稀松平常，稍不注意，它就会擦肩而过。故事，几乎说不上是故事，主人公陆少林这大半辈子，从来没有做出过任何耀眼的事迹：两次高考落第，做过服务员、看门人，下岗后还制作过砚台，但都没能干得长久；虽然谈过一次恋爱，却因为无可无不可的态度，最终也没有结婚。他一生中唯一有点独特的地方，就是父亲并不是亲生的。这件事，似乎成了他区别于普通人最显著的特征。于是，陆少林长久地沉浸于此无法自拔，不断地和"我"讲述养父的事情，也诉说着找寻生父的愿望与努力。当然，寻父最后也没有任何结果。

这样的故事算是"故事"吗？如果算是故事，那么几乎可以说，这"故事"里什么都没有发生过。平淡无奇的陆少林又是否具有作为小说人物的资格？这难道不是一篇味道寡淡的小说吗？

然而，一个词语照亮了这个人物。那就是"小说"。普普通通的陆少林居然想把父亲写进小说，虽然最终也没有写成。结尾处，陆少林想象着一个虚拟的场景，不管什么原因吧，他死了，生父找到了"我"，俯首侧耳听"我"讲述儿子陆少林的事情，听得老泪纵横，哽咽得说不出话来。"我"于是做了这样的质问："不明白陆少林为什么要在这虚拟场景中，让我去扮演这样一个角色。为什么那些故人故事，临了还要让我来为他叙说。"小说写到这里，真相才露出端倪。原来，这是一个被动讲述的故事，"我"

已经通过小说的形式，将这位渴望"被讲述"的人的故事，讲完了。也就是说，这个故事不是"我"要讲的，是陆少林要讲的，"我"已经帮助陆少林达成了他的心愿。在这个无为状态的叙事者的引领下，我们和陆少林慢慢走近，而且有了怜悯和共通。他的平庸与不甘平庸，变得可以理解，这难道不是很多普通人的隐秘心愿吗？平庸，并不能遏制他们或者我们想要成为传奇的愿望，陆少林以及和他一样的人们，像滞留于屋檐的雨滴一般，不曾闪亮，却渴望发光。

正是小说，照亮了那些没有光彩的人生，将生命中的暗淡时刻变为永恒。而普通人无法书写自己，这是小说家的志业。因此，小说的最后一句话这样写道："陆少林不是小说家，他不写小说。"

这样的事情就是要交给小说家来完成。

在2017年的短篇小说中，人生无数个暗淡的时刻得到了尊重和正视，那些生活不如意的或者精神困顿、孤独空虚、未老先衰的人们齐聚在这里，讲述他们心灵的苦、庸常的累。于是有了那些瞬间，被凝视、被关注、被倾听的瞬间。这是属于小说的时刻，阅读者有了无数以他人的处境理解世界的机会。

看，那些孤独的人！

这里有一个孤独的人群。以任晓雯《别亦难》、张翎《都市猫语》为代表的现实之苦，和以斯继东《逆位》为代表的精神之苦，都指向着人的孤独。这些年轻的、衰老的、富有的、贫穷的、尊贵的、低贱的，都是世间可怜的人。

《别亦难》中那粗糙匮乏的物质生活生养出贫瘠冷漠的亲情，类似《金锁记》般的黑暗人性让人阵阵发凉。但害人者亦是受害者，夫妻之间的折磨是双向作用的，没有谁能在这场家庭内部的厮杀中获得幸福。于是，妻子仅有的一点爱意与温情都寄托在一只捡来的猫身上。猫是理想的女儿，猫是来世的爱人，猫也见证着她的歹毒背后的孤独。作者任晓雯近年来的短篇小说着力于家庭中的伦理和人性之暗，力透纸背、独树一帜。同样以"猫"作为重要象征物的小说是《都市猫语》。这是一个出租车司机和卖淫女之间抱团取暖的故事，城市的皱褶中满是这微尘般的贱民，他们的苦楚和孤单无处告白，只有灵魂挣扎在肮脏与洁净、疏离与亲密间。此外，迟子建的《最短的白日》、周洁茹的《来回》、艾玛的《白耳夜鹭》都是关注人在俗世处境中种种难以摆脱的困境，哪怕是看上去很美的生活，也有着无尽的悲凉。

小说将那些不堪的人生定格为文字，暗淡的时刻在讲述中获得意义。

还有一批表现存在之孤独的小说，是今年短篇小说的一大亮点。那些衣食无忧甚至锦衣玉食的人群，他们精神之孤绝痛苦，甚至达到找不到出路、无法获得拯救的极端境地。这个选本中集结了斯继东《逆位》、弋舟《但求杯水》、双雪涛《宽吻》、胡迁《大象席地而坐》、邓一光《我现在可以带你走了》这样的优秀之作。集中出现一批表现人存在之孤独本质的小说，可以看作是2017年的一大文学现象。这既可能是小说照现实的原样，记录了已经发生的世界的改变，以及随着世界的改变而改变的人的存在，也可能是小说对于某种人的存在的可能性的预言。

先来看《逆位》。这是一篇残酷青春主题的小说。小说虽然写的是青春，以及与青春结伴而行的性和暴力，但是整个叙事口吻是可以接受一切的暮气沉沉。一个不入流大学的学生，过着浑浑噩噩的生活，没有理想没有前途，虽然身边不乏女友、哥们、父母、同学，但其实彼此之间都没有真正的情感。在这粗鄙的环境中，感情的确是一件稀缺的奢侈品。这就是中国小镇青年的生存处境和精神状态。在无法求助的生活环境中，他们也失去了精神的寄托之所。同样的孤独也出现在婚姻生活中。《但求杯水》中的夫妻关系冷漠隔膜到了极点。妻子在婚姻外找寻情感的寄托，而丈夫由于忽视，对妻子的出轨毫无觉察。水作为感情的象征物，原本是婚姻中的必需品，现在却也一杯难求。"但求杯水"的愿望，卑微得不可思议，也昂贵得不可思议。《我现在可以带你走了》中的女主人公，更是在愿望清单上，写下了永远不和家人以及一切亲戚见面，哪怕是在另一个世界里。与此同时，她把自己的宠物狗和宠物猫当作亲人，作为离开这个世界时最想带走的东西，写在了愿望清单上。她和数不清的优秀男性交往过，却至今没有丈夫，没有男友，同时把卵子储存在医院里，作为给自己未来的一个交代。这是何等悲哀的事情。孤独已经成为时代噩梦，紧紧缠绕着那些失却精神依托的个人。

在这批书写存在之孤独的小说中，《宽吻》和《大象席地而坐》是两篇非常值得注意的小说。像是某种寓言，小说将人精神的孤独进行象征化的书写，提炼出似乎具有普遍性的"烦闷"情绪。两篇小说中的主人公一位是离异的大学教师，一位是自由编剧，这两个无衣食之忧的人，却都陷入了生活无意义所带来的烦闷中。有意思的是，这两篇小说都将很有重量的动物作为"意义"的象征物。《宽吻》中的那条宽吻海豚，成为孤独的个人所能依傍的唯一慰藉，当主人公跳入水中与海豚紧紧相依、不愿分离的时候，小说的孤独感变得清晰无比，格外刺目。而《大象席地而坐》中的那头大象，则是主人公在无比虚无中，随意挑选的一个目标——他要去亲眼看一看，那头大象为什么是坐着的。当他最终翻进围栏，看清了断腿的大象时，沉重的象腿也踏上了他的胸膛。最后，小说结束在令人窒息的时刻。弥漫在小说中的飘渺与虚无之气，因主人公无法获得他救或自救，而变得无比沉重。在这里，生命的价值在摇动，世界变得恍惚。事实上，在小说结尾处，作者在设想死亡的方式，一种被动自杀的方式。当本选本定稿时，同时传来了作者胡迁自杀的消息。小说竟以这样悲伤的方式，记录了他最后的、绝望的时刻。

这些小说中的主人公都拥有不同的故事，故事使他们区分开来。他们中有道德上的越轨者，有毒妇之心的坏女人，也有杀人嫌疑犯和堕落的娼妓，作为不同的个体，他们拥有迥异的、悲欣交集的命运。然而，当小说探询到人的存在是多么孤独的时候，他们就成为那孤零零的"一群人"。这样，小说让命运不同的个体重新聚合起来。小说也因为对存在的发现，而超越了故事。

俗世人间的欢喜与龃龉

当然，今年也有小说沉潜在生活的肌理中，体味俗世的欢喜或讲述生活中的龃龉。前者有马原《小心踩到蛇》和万玛才旦《气球》，后者有王瑞芸《中国七日》和裘山山《调整呼吸》。

《小心踩到蛇》的写法让人重温了先锋小说的"虚构性"。小说所写到的云南山寨生活，让人立刻联想到作者马原近年来隐居云南的真实经历，如给孩子找学校、布置新家、搭建孔雀园、妻子养鸡，这不就是现实中马原的生活吗？再加上叙事人称是"我"，感觉读这篇小说简直就是在读纪实散文。直到小说的最后，才发现马原又开了一个"虚构"的玩笑。小说写到妻子去对面山寨去观赏花海的半路中，遇到了蛇。在她进退两难的时候，"我"却并没有告诉她，她想看的花海已经凋谢，而是在电话中虚构了山上的石壁，让妻子和同伴做出了中途返回的决定。原来，马原不再虚构小说，而是在现实中玩起了虚构。这样的虚构，只为妻子能安全返回，而又不会有太大的失望。"我"和妻子两人性情、爱好皆不相同，但他们彼此惦念、互相迁就，情意绵绵。小说写得极富耐心，用日常小事丝丝入扣地编织出一幅诗意栖居的图景，这里有烟火气，却没有功利心；同样带着俗世的暖意的小说是《气球》。这篇小说没有异域的猎奇视角，而是聚焦于藏民们的日常生活，描写了进入现代社会后的藏地牧民，当他们的传统宗教生活受到现代生活方式的渗入后，所呈现出的矛盾、温情和喜乐。

这两篇小说当属一类，写得平淡却满心欢喜，这是属于人世间的欢乐和经验。与此不同的是，也有小说对生活的庸俗、人的恶念给予关注。《中国七日》写了一个生活中并不陌生的故事，中国女孩子横刀夺爱，把已婚外籍男人据为己有，目的却是为了获得一纸绿卡；《调整呼吸》则写了一位老人的意外死亡，由此牵扯出人与人之间巨大的沟通障碍，对当下众生相的描摹非常有代表性。同时，也将退休女性无所事事的庸常生活，揭开了一角。

这些作品都体现着小说的在场。如果说前面所提到的小说书写人的精神存在，那么这一类小说，介入的则是日常的俗世生活，它紧紧贴着事件来写，关注的却是事件背后的人的生活状态、境界和价值观。作为存在的发现者，小说家们不断测量着生活的温度，体味日常生活背后的欢喜与龃龉，并拿出有态度的文本来还原生活、质问人性，于是，小说再次在黯淡之处照亮世界。

讲述历史的几种方式

在今年的历史书写中，莫言新作《故乡人事》，包括《地主的眼神》《斗士》《左镰》三篇，堪称惊艳。在对故乡爱恨交织的感情中，莫言早已理清了自己对乡村的态度——他是以一个"返乡人"的身份，"热眼近观"这个曾经熟悉的世界，无论是看待乡亲们的贫、富、贵、贱，还是善、恶、憨、奸，他都带着外乡人所没有的亲切和体恤，同时，又透着乡人所缺乏的现代人的理性和清醒。他描写那些生长于乡间的自由自在、百态丛生的人性，和由此诞生出的判断是非善恶的民间道德；他在小说中不断渲染乡土社会的野性、实用性和身体性，这正是民间话语与主流的国家话语、知识分子话语背道而驰的分野之处。《故乡人事》虽然是一组短篇小说，但却通过故事中隐含的众多感性、复合的信息，考量了乡土社会中的伦理道德、权力关系、舆论环境、思维方式等多个方面。在"返乡人"的目光中，有欢乐、绝望和疼痛在彼此交织着，它们奇迹般地相逢在古老的乡土中国。事实上，在莫言对故乡百感交集的情感背后，始终是他"作为"老百姓去写作的立场。他深深地了解乡亲们的性情、思维方式和道德伦理观念，这样的写作立场，提供了一个理解乡土社会的最佳角度。

  书写历史的另一种方式是儿童视角。郭平《在故乡》写的是儿童视角中的"文革"。这种视角并不少见，因为让最年幼无知的叙事者，来叙述"文革"中的人事，会制造出一种特别残酷的艺术效果。孩子既是成人世界的旁观者，也是模仿者和受害者，而当他们所受的迫害是处于不自知、不自觉状态的时候，政治加害就会显得异常残暴。小说共写了六个故事，其中"代表人民结果你的狗命"写一群孩子模仿当时的电影，玩讯问俘虏的游戏。但玩着玩着，味道开始变了，游戏变成了真实的报复。扇耳光、用火烫，就是男孩子为了一个女孩子吃醋而做出的残忍行为。成人世界的暴力法则，已经对孩子们产生深刻的影响。

  相比之下，李云雷《草莓的滋味》对历史人事的书写最为美好、质朴，青春期的爱情和友情正如题目所喻，散发着草莓般淡淡的清香。这就是一代人心目中有关80年代的清纯记忆。

  无论是莫言式的在历史中还原乡土社会的原生样貌，还是郭平式的在历史中探寻人性恶的深度，此类小说所致力于的世界，不再是从个人的血肉故事中剥离下来的那个部分，而是将人作为世界的一部分的那个存在。多年以后，即便所有的史料都灰飞烟灭，这样的小说还是可以复原那个时代文明的深渊。

  综上所述，2017年短篇小说的成就在于，发现了故事中存在的真相。于是，那些暗淡的、悲伤的时刻，不仅仅被记录、被讲述，而是成为时间中的永恒。这不仅仅是指小说让人的故事免于被遗忘，更是指小说让事物重新诞生了一次，在科技、政治、历史等庞然大物的压力下，小说让人作为人而存在，让事物作为物而存在。小说让人的存在免于被淹没的命运。

目 录

001	小心踩到蛇	马　原
015	我现在可以带你走了	邓一光
036	中国七日	王瑞芸
054	逆位	斯继东
066	气球	万玛才旦
094	来回	周洁茹
109	但求杯水	弋　舟
127	白耳夜鹭	艾　玛
148	在故乡	郭　平
169	调整呼吸	裘山山
189	最短的白日	迟子建
203	滞留于屋檐的雨滴	叶兆言
213	草莓的滋味	李云雷
229	大象席地而坐	胡　迁
240	别亦难	任晓雯

251　宽吻　　　　　　　双雪涛
267　都市猫语　　　　　张　翎
296　故乡人事　　　　　莫　言

小心踩到蛇

/马原

1. 花千骨

前些日子，女人从三楼的窗口发现，对面寨子的右下方出现了一片淡黄色。她把这个发现告诉我，我那会儿躺在卧室的床上翻书，我听到了她的话，但是那跟没听到也没什么两样。起床洗漱接着下了楼，没有在当时想起去看一眼那片淡黄色。

那几天在忙小儿子的上学事宜。山下城里的新房是专为孩子上学准备的，开学在即，许许多多杂事琐事都要落实。已经网购的套床和一体书架书桌要取货，要安装；要把新做的大床换到主卧，把原来的床移到新房里；为客厅定制的那套藤器到了，马上要送货；要到网络公司办手续接通网络；要去苏宁电器把几件小厨电拉回来；要联系开摩托店的老乡海山，请他帮忙装窗帘；要添一辆方便送孩子的电动车；后定的餐桌餐椅也来了，照样要去取货安装……弄一个新家好烦啊。新问题层出不穷，住进来你会觉得缺这少那，你得不停地往返于沃尔玛家乐福大润发。

每天忙虽忙，女人还是很开心：所有的事情都围绕着即将进入学堂的儿子，为了儿子，怎么忙怎么累，做妈妈的都没怨言。

十几天下来，女人旧话重提，问我是不是记得上次说过的对面寨子右下方的淡黄色。我还有印象。女人说城里人最近都在谈花千骨。我恍惚知道，《花千骨》是前不久很火的一个电视剧。女人说不是，电视剧不叫花千骨，花千骨是剧里的一个人物。我不懂城里人谈她做什么。不是谈她，谈的是对面那片淡黄色，那里是一片花，好大的一片花。一片花有什么好谈的，这个世界每天都有莫名其妙的新话题，今天的人就是吃饱了撑的。

我搞错了。那是一片花海，是一个公司的创意产业，如今成了景洪城最火爆的周末景点。女人说那片浅黄的颜色越来越深，越来越浓了，变成了一片金红色。说每天许多人去参观，大多是城里来的。说那里收门票，五十元一张，说南糯山上的人免费。

我们聊这话的时候在一楼客厅，即使浅黄色变成金红色，还是没能勾起我专门跑一趟三楼去看一眼的兴致。

我说你可以约人去看哪，不看白不看，看了等于赚了五十元。她要拉我一起去，说你不去等于见到地上有五十元也不捡。我不捡是因为我有腰伤，我怕为了五十元再把腰伤了。女人有点小沮丧，你不去，我约萍姐一起去。萍姐一定爱去，萍姐巴不得每天多走上几千米，萍姐是寨子里的徒步大王。我看得出女人的扫兴，心里不免有几分歉然。不行，你不能去找萍姐，你只能跟老公一起去。女人喜出望外，说话算话哟。

说去只是一句话，但是我们都知道去一趟需要时间，到对面寨子的那段山路有三四公里。因为是山路，所以比较难走，单程将近一小时，往返就是两三个小时。对于正在杂事琐事忙碌中的我们这个家庭，那是一个比较大块的时间。这一段我们最缺的就是时间。虽然说好了要去，还是没能及时成行。

昆明的范老师来玩。家里来了客人，女主人通常会很忙很累，因为家务增加了。女人不单要操持家务，还要顾及城里刚上学的儿子。但是这个范老师的到来没有成为女人的负担，反倒成了她的帮手。范老师退休了，独生女儿也工作了，她从心里给自己放了长假。她喜欢南糯山，人也勤快，做得一手好吃的饭菜，她和她成了好朋友。

现在女人的心情很放松，每天露出笑靥的次数也多了。我喜欢女人笑，希望女人时时会开心，她开心我也开心。

我们家里总有朋友来，有长住的，也有的小住。几年下来已经远远超过一百拨客人。客人之为客人，大都保留着做客的姿态。通常男的吃的来了吃，喝的来了喝，然后聊天海阔天空。女的有时会主动帮把手，有的会下厨，也有的会洗碗扫地。山上的景观好，温度也好，客人总会长时间喝茶观景聊天，没有谁会像女主人那样一直忙个不停。可是这个范老师跟别的客人不一样。

两个女人一聊，范老师原来刚好和女人的妈妈同龄，两人都觉得有趣，也都觉得可以算是另外一种缘分。于是女人勾起了要去花千骨看花的念头，约范老师同行。范老师喜欢山上的生活，喜欢到处走走看看，当然一拍即合。她们说这个话的时候，我刚好也在一边，于是心里多了一份轻松。毕竟答应女人的承诺一直没兑现，心里总像有个小包袱，这下包袱放下了。

2. 孔雀园

我前些日子突发奇想，打算养几只孔雀。同寨的李医生养了三对，晚来的萍姐也养了一对。萍姐的那一对养在一个很小的笼里，但是孔雀已经成年了，萍姐他们打算为孔雀造一个新笼，比原来的面积大一倍，高度也加一倍，相当于空间增加了三倍。新孔雀笼在拟议中,尚未动手。

我从心里思忖，尽管他们的计划已经比原来改善很多了，但还是觉得有点小，还是一种笼养的感觉。毕竟孔雀的尾羽那么长，自然需要的空间也大。我忽然觉得养孔雀是个很开心的事情，孔雀那么漂亮那么养眼，我为什么不尝试着养几只孔雀呢？

而且我有地方，主宅门前的那一片很开阔。我原来一直没舍得多种树，我是怕太多的树荫把空间都占掉了。那片空地至少有百来个平方，上面只有三年前入住种下的对称的两株大花紫薇。两棵树都比先前粗了高了，但是树冠却都不大，直径都不足两米。

萍姐规划中的新笼占地七八个平方，高度差不多两米，算是个大笼了。我可以建个占地上百平方，高度超过三米的，我建的不是孔雀笼，应该是一个孔雀园。

说干就干，我有储备充足的大竹，我决定以大竹做骨架。家里有狗，我要防备狗脱缰的时候冲进孔雀园，就决定用一米三高的竹木篱笆先围成院子。竹篱笆之上用喷塑的铁网围成空中栅栏，孔雀是真正的鸟，有毫不含糊的飞翔能力，所以头顶上必得有一道屏障，把它们与自由的天空隔开。我考虑铁网也许会伤到它们的羽毛，所以选用黑色的化纤软网。

这里有漫长的雨季，降水量之大超乎我的想象。避雨房也是孔雀园不可或缺的一部分。南糯山上的气温极好，年温差很小，所以没有保暖取暖的问题，只要建一个足够大的遮雨棚即可。家里还有做户外车棚剩下的防晒防雨布，有十几个平方那么大。我在大竹支架上吊几根绳子下来，将防雨布做成中间高四角低的棚子。孔雀房完成了。最后的工程是地面，鸟类睡觉时都喜欢抓住什么东西，一根树枝或者一根竹枝，我为它们在棚下做了两排结结实实的竹竿站位。

工程不大，是傣族好朋友岩峰和他儿子胖子两个人做的。做孔雀园的这片空地的背后是一个陡峭的斜坡，斜坡下面是家里的大门，是上山的乡路。好在斜坡上满是古老的竹林，稠密而且繁盛，所以尽管陡峭，却因为有植被作屏障，我们不但没觉得险峻是一种危险，反倒觉得心里很踏实，像有靠山似的。

主宅的房场原来被种上十几排茶树，建房时推了。还把积土往下推了一些，下推的部分原来也是竹林。所以先前留下的竹根在平台与坡的交汇处滋生出密集如灌木般的细竹丛。在清理砍伐细竹丛时，胖子发现一条约两尺长有拇指粗细的青蛇。傣族的习惯，见到蛇要弄死，放蛇跑掉不吉利，他手里有柴刀。他怕我们忌讳，将死蛇远远地抛下山谷。当时我不在场。岩峰告诉胖子，说老师他们不喜欢杀蛇，说老师见了蛇要放它走。

从备料到施工用了四整天，孔雀园竣工了。

从两个朋友处分别获取了买孔雀的信息，也与有孔雀种源的森林公园养殖场取得了确认，有空去森林公园买来就是。

3. 蛇的阴影

女人在自己的家务中，最喜欢做的事情是种菜，最不喜欢做的事情是扫地。其实种菜远比扫地累，不单挖地松土除草，许多事情都需要弯腰。我的腰不好，女人的腰也不好。所有累腰的劳作都是我要尽量避免的。我对她着迷于菜地很不理解。

我们聊过这个话题。我是城里长大的，我见不得地面脏。她是乡下孩子，家里的地面连她自己也分不清是水泥的还是土的，所以地面有什么东西对她来说再自然不过。她不止不喜欢扫家里的地面，也包括院子里，包括家里超过一百几十米长的路面。久而久之，看不得地面脏的我只能自己去面对自己的问题，扫地。

家里种菜肯定少不得黄瓜豆角南瓜这些。本地还有些家家必种的瓜类，丝瓜佛手瓜这些。你们知道但凡瓜类，有一个共同的特征，就是有藤有蔓。藤蔓类的植物总会让女人紧张，按她的说法，藤蔓让她联想到蛇，她总觉得有蛇躲在其中。

我当过知青多年，知道乡下家家种菜，可是没听说谁家的黄瓜地豆角地南瓜地里发现过蛇。来这里也有几年了，也没听寨子里谁家被蛇咬伤过。我讲这个道理给女人听，那也没什么作用，女人就是怕蛇。她说她从小就怕。我得承认，女人对蛇比我要敏感得多。比如这几年里，她先后在卧室发现过两条小蛇，两次都吓得她大呼小叫。当然两次都是我下手，一次是抓住扔下山坡，一次是驱赶它跳下楼钻进草丛。

我们也极认真地探求蛇是怎么进房的。家里养鹅，鹅的防蛇作用尽人皆知，所以从未在房前屋后见过有蛇的踪迹。即使百密一疏，假设偶尔有蛇偷着溜进来，也绝不可能爬上那一段石板楼梯。升高达四米的楼梯冰冷光滑，任何蛇都会视为畏途。而且房子尽管有非常多的窗，但是所有底层的大窗都是封死的整块玻璃，不可以开关，也就杜绝了蛇进出的可能。卧室在三楼。

观察分析下来，最大的可能在屋顶。主宅卧室刚好与侧翼坡上的那一丛高大的甜竹相邻，竹枝竹梢经常会被风撩到房子的屋顶，有一两枝已经垂到了瓦片上。女人两次在卧室里发现的蛇都很细小，比筷子略长，比小手指略细。这种小蛇爬上树梢并借着树梢溜下屋顶的可能性很大，我们于是专门将几株与房子临近的大竹连根砍掉，不让任何一根竹枝靠近房子。

那以后房里果然没再闹过蛇。女人的心也踏实了许多。但是关于蛇的话题，一直是家里的一个阴影。家在大山上，而且是植被葱茏的茶山和原始森林，没蛇才怪。

4. 鸡的困扰

鸡和狗是人类古老生活最初的伙伴，三千年以前我们已经是鸡犬之声相闻了。女人还有一项劳作，就是喂鸡和狗。狗比较麻烦些，因为食量大吃得多，每天要喂两次，要做大号的电饭煲满锅的狗粮，还要有荤腥骨头连同菜汁。毕竟两条狗是家里的大功臣，看家护院壮胆，狗是家庭的一员，养狗的付出很值得。

养鸡就得质疑一下了。鸡下蛋，鸡蛋是家庭日常必不可少的食材，尤其是家养的山鸡蛋，是真正的好东西，女人说山上的鸡蛋要两块钱一个。还有就是客人来了，有现成的鸡可为美味。两大优势显而易见。但是问题同样不少。比如山上的鸡圈不住，再高的围栏它也会振翅越过。比如鸡每时每刻都在刨地啄食，有鸡的地方一派荒芜残破，花草都会被鸡摧残以至消灭。

女人最多的时候有一百多只鸡，有一段时间我也很喜欢女人喂鸡时的那幅画面。女人端着食盆一边吆喝，山下山上的鸡群迅速向她蜂拥，齐聚在她身前身后，急切而热烈。那当真是一幅美图，可谓美不胜收。但是代价太过惨重，不但种过几次的草坪消失殆尽，不但有限的花枝被啄烂摧折，更让人无法忍受的一是菜地反复被祸害，二是房前屋后到处是鸡屎。养鸡这件事，女人看到的是得，一得遮百丑；我看到的是失，鸡已经让我忍无可忍。

孔雀还没到位，这就让女人有了突发奇想的机会，是否可以把鸡都圈到孔雀园里养？在此之前鸡群已经有了大幅度缩减。我们一家出国两个半月，虽然有朋友代喂，还是有许多鸡不见了。而且在我的持续抱怨之下，女人也处理掉一些，请人抓住卖掉一批，又经过几轮宰杀，现在的鸡群也不过三十只上下，暂时把它们归拢到孔雀园倒是问题不大。

我的担心在以后。我造孔雀园还是想请孔雀入园，有了三十多只又脏又讨厌的鸡相伴，高贵的孔雀怎么受得了？我跟女人讨论是否可以持续做减法，陆续把成鸡变成餐桌上的菜。我想的是既然有了全封闭的孔雀园，可以养几只山雉跟孔雀做伴。我曾经在农家见过羽毛极绚烂的公鸡，也养上几对。这样的孔雀园才是我理想中的。我说服女人，尽管两块钱的鸡蛋不便宜，我们还是吃得起。吃鸡蛋去买，就像我们吃别的也要去买一样。

女人性情比我要温和，没有起劲地反对我的提议。我知道她心里不情愿。养孔雀只有养眼一得，而养眼在女人心里根本就算不上得。孔雀即使下蛋，也舍不得吃。孔雀即使养大，也舍不得吃。养了孔雀就只能看，只能一看再看，除了看再无其他。杀鸡养孔雀，对她而言也并非都是不情愿。她是海南岛长大的孩子，最喜吃鸡，杀鸡有鸡吃，还是她开心的事情，何况是那么好的鸡！

在鸡群入园之前，她为它们备了十来个下蛋的纸箱，每个箱里都铺了新稻草。她还是很期待鸡在新家安顿下来，继续生蛋。

鸡到底是鸡，它们肯定是人身边智商最低的生命。它们显然习惯了山上山下的自由生活，对被圈在狭小的园子里很愤怒。它们在相对逼仄的空间里左突右跳，它们根本不懂老老实实栖息在为它们专设的竹竿上，它们要跳上遮雨棚，在其上踩踏嬉闹屙尿屙屎，将篷布踩出凹陷，令雨水囤积，与鸡屎鸡尿搅和在一起，脏到不能再脏。看到我的劳动成果被这些可恶的东西糟蹋，我的心情可想而知，我恨不得马上把它们全部处理掉。

我的心情就不说了，毕竟家是女人在当家，女人的心情比我的要紧。而且女人为了照顾我的心情，专门在网上买了大批的草籽，仔仔细细地播种在孔雀园外的每一片空地上。一周之后，如茵的绿草便冒头了，煞是好看。而且老天也给面子，每天都或多或少给上一两场雨，新草长得加倍起劲。

我把孔雀园竹篱笆的高度设定在一米三，为的是走在园边可以看到园内的孔雀，而一米三的高度也是狗难以逾越的。尽管我每天都会很多次经过孔雀园，但是我没心情朝园里看，园里已经被该死的鸡群糟蹋得惨不忍睹。想象中无限美好的孔雀园成了一塌糊涂的养鸡场。

女人的心情并未因她的鸡群占了孔雀园而变好，原因是进了园的鸡下的蛋少了，后来几乎见不到蛋。女人疑惑，或许是饲喂的碎玉米不够量？还是鸡被圈着吃不到虫？想想也是，山鸡蛋的好正因为鸡在山上随时随地有虫吃，吃虫的鸡的蛋不好才怪。

女人主家，家里的问题层出不穷，女人总会把问题提交给我。问题是她的，我平日里既不关心也不琢磨，我的回答只是敷衍了事，对她能有什么帮助呢？我早说了买鸡蛋吃，她早忘了。

今天早上女人心里又添堵了。她喂鸡时发现了碎蛋壳，而且不止一个。碎蛋壳只说明一件事，有谁在偷蛋吃。可能是谁呢？她和寨子里的女人互通信息，有人说应该是黄鼠狼。我认为黄鼠狼的可能性比较小，我是黄鼠狼的话，我更关心的是偷鸡，当然顺便偷个蛋也不是不可以，但鸡肯定是比鸡蛋更令它垂涎的美味。

女人更头疼了，不是黄鼠狼又会是谁呢？我不能说是蛇，不是担心女人怕，是担心女人反问我蛇跟黄鼠狼有什么两样。是啊，与其偷蛋吃，不如直接吃鸡。我能够想得出，一只鸡少说也比得上一百只蛋。而且院子里的确甚少见到蛇，先前也没有发现蛇作为捕猎者的蛛丝马迹。

5. 与鸡蛇无关

去花千骨的心情，范老师比女人还要急切。有范老师催促，她们终于成行了。因为女人想着要去山下城里给儿子开家长会，范老师也有些事情去城里处理，所以她们的时间不是很宽裕，只有不足两小时。于是范老师提议走小路。

毕竟那片花田就在对面寨子附近，目测距离仅仅一里多、两里的样子，由小路一上一下，即便绕一点远，也应该远不了多少。

女人特意在群里问了寨里的女人，她们回复有小路，有两处不太好走，但徒步过去没问题。既然与自己妈妈同龄的范老师不在乎，她又有什么问题呢？她是运动员出身，体力和身体素质令她对自己很有信心。

家里有两根朋友送的实木拐杖，两个女人各执一根。出发。

女人的韧性和耐力都比我好，她几次与山下小学的黄老师相伴爬山，从山下到家十一里，全程走小路没有丝毫问题。所以我不担心，我唯一担心的是路上也许会遇上蛇。她怕蛇。带上拐杖也是我的主意，拐杖是很好的防蛇工具，哪怕你很意外很紧张，你下意识地用拐杖抵挡，也会阻止蛇近身。

这层意思我没说破，怕说了反而让女人担惊受怕。我知道拐杖在关键时刻派得上用场。

那条向下的小路果然不好走，看得出平日里很少人走，有的地方陡峭，需要手脚并用才能下去，拐杖这种时候会帮她们的忙。女人相对年轻，身体要灵活许多，所以走在前面，难走的地方她会在经过之后伸出拐杖让年长些的范老师扶一下，或者让范老师把她手里的拐杖先递给自己，腾出手来扶一下土坡。路上有几道不算宽的溪流，两个女人自己想办法越过去了。

临近沟底有一条由山皮土和碎石作底的汽车路，那是通向位于沟底采石场的车道。车道之下是一条水流湍急的小河，那是两个女人无法克服的一道天堑。好在不远处有一个涵洞，将车道导向了小河对岸。她们沿着车道过了小河，现在她们已经完成了单程的整整一半。看看时间，从出门算十九分钟；如果前方顺利，考虑到接下来是上山，应该再有二十五分钟可以到达。

上山的路总归难走些，而且也更费气力。可以想象一下，一路向下的行程也要十九分钟，那该是一条相当深的沟壑。这是南糯山的主沟，而南糯山是一座有名有姓的大山。站在这里向上仰望，根本看不到我们的姑娘寨，当然也看不到姑娘寨对面的石头新寨。

女人心里有了疑惑，山那么大，怎么就知道上去了是石头新寨方向呢？再一想也没什么大不了，毕竟石头新寨左右没别的寨子，左面向上有五六里才到石头老寨，右面向下到别的寨子的路更远。也就是说沿着路不会走到任何别的寨子。

山路有一个特点，没有一条路不通向住人的村寨。山路是人踩出来的，要经常有很多人踩才会变成路。所以顺着路向上走绝不会错。

所以在范老师也疑惑会不会走错的时候，女人很有把握，肯定不会错。小路的大方向是向上，偶尔会向左弯一段或向右弯一段。沟里雨水比山梁上更丰沛，植被也更茂盛，树冠更大，草也更粗更高。小路经常会被植被所遮掩，有时也会被多层交织的蛛网所封堵，手上的拐杖可以拨开枝叶，遇到蛛网封路，则要取一截树枝去开路。这是一面阳坡，阳坡的植被较阴坡更密更厚。

女人的心里开始打鼓。林深叶茂一直是她的忌讳，因为她总会联想到有蛇藏身其中。但是已经来了，而且已经走了大半路程，而且她又是主人，她不好意思说自己害怕，她只能硬着头皮向前。还好前面一段是比较平坦向左的斜路，而且植物也不算多，紧张的心理略微松弛了一些。她和范老师两个并肩前行，一边聊着女人的家常话。

范老师眼尖，先看到前面十几步远的路上有东西在移动。不会是蛇吧？范老师的自言自语马上被女人所确认，是蛇，就是蛇。

两个女人停下脚步，两个人的手下意识地紧握住对方，并且将各自内心的紧张传递给对方。恐惧瞬间加倍。

怎么办？只能等，等它过去，不然还有别的选择吗？不是过去的问题，海南那边认为遇到蛇是凶兆，是警告你不宜做什么。可是前面已经不远了，她们总不至于半途而废吧？应该还有很远，她们刚走了七分钟，前面应该还有十几二十分钟的路。

范老师是城里长大的，没那么多迷信，对所谓凶兆不是很信。但是女人胆怯了，她对前面的路途已经丧失了信心。

就像知道她们遇到了困境一样，我刚好在这一刻打进电话。顺利吗？我们遇到蛇了。你们到哪儿了，下到沟底了吗？已经过了，已经向上爬了七分钟。你们快去快回，不是还要去城里吗？我们遇到蛇了！现在吗？就现在，蛇就在前面。你们打算怎么办呢，是等它过去还是回头？我们正在商量。

女人说商量，不用说，主张回头的那个一定是她。范老师是知识女性，一定是两个人中比较不迷信的一个。我猜我的电话打进的时间恰到好处，我对女人很了解，她遇到事拿不定主意的时候最需要我的意见。而且不是她打给我，而且刚好是我打给她，这个电话对她而言太像是及时雨了。

我已经有主意了，但我不着急表态，我希望事情别太生硬，毕竟那是两个女人。我耐着性子问一路上的情形，我知道她们至此没看到她们的目标花千骨在哪里，我问她看得见看不见家，显然她忘了往家的方向看，因为她过了几秒钟才说看见了看见了。

电话里可以听到稍远一点的范老师的声音，她说刚才都忘了往回看了。我猜女人用了免提，我于是说你们看不到花千骨，看不到石头新寨，说明你们和那边还隔着森林。这样，你们稍等一会儿，我去找望远镜出来。你们准备一个新鲜一点的颜色，我让你们动，你们就动一动，我在望远镜里就可以找到你们的位置，我可以帮你们判断一下距离，给你们一个更合理的建议。

我猜她们所在的位置还低，我于是拿了望远镜在三楼寻找她们。女人说她们向上的时候在往左面走，我就猜她们的大概位置应该在石头新寨的右下方。先得确定她们的大致方位，再设法找她们的准确位置。在大山上找一个人，不是件容易的事。我的判断大致不错，我用我的方法果真很快就找到了她们。

她们所处的位置还很低，相当低。从这里看下去，她们几乎在沟底。她们已经向上走了七分钟，说明沟底还在更深的我根本看不到的地方。有一点可以肯定，她们还有很长的路要走。而且中间隔着一片林子，之后是一片光秃秃的石壁，石壁之上仍然是更大的一片林子。你们看到前方的那片石壁了吗？没有，我们看不见。说明林子挡住了视线。我把情况告诉她们，让她们自己考虑一下该如何。显然石壁和上面更大的林子成了女人该回头的说辞，毕竟两个女人徒手攀爬石壁的可能性微乎其微。

女人的电话又打进来，这一次她仍然按了免提键，因为我同时听到了范老师的声音。她们决定回程了。走到这会儿她们已经很累，想到还要攀爬石壁，范老师觉得自己已经吃不消了。是范老师提议回头的。女人也体谅范老师，毕竟快六十岁的人了，而且回程也不轻松，也许要歇上几个回合才行。

我到了这会儿才说，我已经看见了那片花海，它已经不是金黄色，已经全部泛绿。通过望远镜我看得很清楚，花已经谢了，花期已经过了。女人说你早说呀，早说了我们就不用讨论去不去了。不，我不想让那个她们不期待的结果，影响她们做出是否继续前往她们心中的花千骨的判断。去或不去是一回事，花千骨如何是另一回事。我的这个心思不告诉她们也罢。

正如她们自己已经意料到的，回程果真不轻松。出门的时候她们各自带了一瓶柠檬水，那也是她们的救命水。爬山令她们口干舌燥，与下山时的感觉大不一样，每一次歇息她们都会灌上几口柠檬水。不过平心而论，南糯山的美景仍然让她们心醉。爬山的感觉太爽了。更为难得的是，一路上凉风习习，所以尽管走得身上发热，有凉风吹拂还是非常的惬意。

没能到达目的地是一点小小的遗憾，却也避免了目睹目的地令人失望的现状，两相抵消也算是符合大自然的平衡法则。

她们没多耽搁，按照原定计划去了城里。女人担心家里的男人一个人吃饭太冷清了，所以开车拉着范老师赶回山上吃晚饭。我还在自己的三楼工作室工作，去到窗口跟女人打个招呼。范老师则回了木楼客房。

我从楼梯间的声音知道女人正在上楼。我从工作室出来，在楼梯间门口等她。跑一趟城里四个多小时，她一定很累。但她是从儿子那边回来，再累也不影响心情，女人永远是满脸笑意。

老婆，来，过来看看花千骨。我把望远镜递给她，她看得很投入。真的花都谢了，前几天还是一片金黄哪。哎，老公，老公，我怎么找不到你说的那片石壁呢？

我从后面抱住她。你找不到有什么关系？我看到就行了。

你能看到，为什么我就看不到呢？你不会是在虚构吧，我敢说那一块石壁是你虚构出来的，我说得对吗？

这就是我的女人，我做什么也瞒不过她。

很多年前，我很关心广告行业。当年有一个非常著名的广告产品，太阳神口服液。我也曾参与过太阳神这个神话的缔造。我很钦佩太阳神的创意，我记得在产品成分一栏里标示的是一个很玄的内容：鸡蛇提取液。

2016年10月12日　南糯山姑娘寨

《上海文学》2017年第1期

评鉴与感悟

虚无之后的入世情切

如果单说讲故事，《小心踩到蛇》当然并不精彩。"我"像地主老财一样，展示自己家里的各种生物和建筑，无论是大张旗鼓地去建一个孔雀园，结果被妻子的鸡毁了，还是"我"的妻子去看一片花海，半路却怕蛇折返了，这些都不能算是一个好故事。但是阅读过程中时时能感到,小说中有一种冷静、机敏的哲学气质,引人去思考其中的内涵。马原曾给自己讲解小说的书命名为《小说密码》,可见进入小说是需要钥匙的。

这篇小说最末尾的那段话,为我们进入他的小说提供了钥匙:"我也曾参与过太阳神这个神话的缔造。我很钦佩太阳神的创意,我记得在产品成分一栏里标示的是一个很玄的内容:鸡蛇提取液。"太阳神口服液,这样的东西我们并不陌生,号称包治百病功效神奇,其实那些美好的功效都是虚构的。而构成这个虚无神话的,则是"鸡"和"蛇"。鸡和蛇正是小说中的重要意象:妻子对远方的花千骨期待已久,终于上路之后,却出于对蛇的恐惧,而半途而废;"我"怀着对诗意生活的想象,野心勃勃地要建造一个巨大美丽的孔雀园,建成之后,却由于妻子的实用主义,坚持在园里养鸡,将孔雀园破坏殆尽。花千骨和孔雀,都是超脱于日常生活之上的美好事物。但是,"我们"对"美"的追求,分别被热闹的、庸俗的"鸡"和想象中的、令人恐惧的"蛇"所阻拦。那些美的东西,不管是孔雀还是花海,都像"戈多"一样,未曾真的出现在生活中。当"我"站在三楼那个居高临下的视角,用望远镜这个延伸器看到了花海的衰败,并虚构了一个不存在的"石壁",亲自指导妻子放弃去探索花海时,似乎,"我"早已看到、认识到,美的东西都是虚幻的、不可及的。也许,它们正如那个"太阳神口服液"一样,本来就是虚构的。那些虚幻的梦想,不过是由庸常的生活和对虚无的恐惧提炼而成,正如鸡和蛇从来不能带领我们走向"健康长寿"一样,人生的美好愿望,也会由于它源自庸常和恐惧,而变得虚无缥缈。

作为当年先锋派的领军人物,马原的"元叙述"写作率先将小说中那个"虚构"的框架袒露给读者,打破了传统小说向来给人的"仿真"幻觉。这篇小说,则将马原对人生的虚无认知袒露出来,不仅戏仿了生活的虚无本质,还指出"美好的愿念只是虚构出来的"这一哲学认知。难怪小说虽然热闹地写着自己和妻子各种兴冲冲的事情,但始终保有一种旁观式的冷静态度,甚至带着讥诮的意味。

然而,小说给人的感觉并不是冷漠无情,而是温暖的。这和"我"认识到人生虚无之后的理性和清醒有关。正是由于人生是虚无的,理想是飘渺的,所以"我"要和妻子一起踏实地生活,热闹地追逐。正如"我"在小说结尾处说的,"去不去是一回事,花千骨如何是另一回事"。因此,即使"我"知道花已经败了,却任由妻子跋山涉水地去探寻;蛇不一定真有,但是还是要认真对待。也因此,"我"在热火朝天地建好孔雀园之后,却不再真的追求孔雀降临,而是任其不了了之。

对希望和希望之虚妄的认识,几乎和鲁迅的"反抗绝望"相同,只是马原似乎有着更多的达观和热情,可以说是看清人生虚无之后的入世情切。小说因而不是阴冷沉重的气氛,只是带有一些淡淡的疏离和机警,还时常有些夫妻温情的温暖。大约可以想见 他在南糯山的这所"有鸡飞有狗跳"的住所中,生活也是比较愉悦的。(李馨)

我现在可以带你走了

/邓一光

之前,她看过一部文艺范儿十足的喜剧片,片名叫《遗愿清单》。主人公爱德华是富甲一方的大佬,他和另一个主人公——汽车修理工卡特身患癌症晚期,生命即将走到尽头。两个倒霉蛋不服气,在病房里挂着水,列下一份愿望清单,溜出医院,一路吵吵闹闹去完成清单内容,用放肆和疯狂迎接了死亡。

看电影的时候,她落了好几次泪,哭一会儿笑一会儿,觉得这两个老家伙挺值。

大概因为这个原因,当她随意在闺密圈问了一句"谁推荐个可以换份心情的去处啊"。叶赫那兰很快上传了一份取名为"愿望清单"的旅游产品,建议她不妨看看。那个熟悉的产品冠名,让她立刻想到电影中两个地位悬殊的老男人,闭上眼,耳畔就响起年轻的马修背着骨灰罐往蓝到令人窒息的珠穆朗玛峰顶上攀登时清晰的喘息声。

连续高强度地工作了九个月,人差不多快要疯掉,正好有两个月休假,她毫不犹豫地下载了这份圆梦之旅商业书,回了叶赫那兰一个笑脸,打算了解一下产品内容。

天气晴朗,湿度66%,PM2.5低于3。她结束半小时的晨练,冲了个凉,换上干净的居家装,走进采光良好的开放式厨房,打开环绕立体声,从果篮里取出两只新鲜橙子,热水泡去表面的保鲜蜡,为自己打了果汁。她把冒着新鲜气泡的果汁倒在一只干净水杯里,靠在整洁的整理台边,听Zella Day唱《1965》:

> 你从眼角看我舞动
> 看我像1965年那样舞动
> 你轻抚我的脖颈
> 你真是个可爱的宝贝
> 从来没有人这样抚摸我
> 仿佛我那么易碎
> ……

她心情愉悦,身体松弛地靠在那里,慢慢把水杯里的橙汁喝光,决定今天不出门,中午做一顿美食,犒劳犒劳自己。她把Zella Day梦幻般的声音设置在循环档,回到卧室,打开临海一边的窗户,滑上窗边的悠闲椅,挪动身子,让玲珑光滑的脚趾接住一缕阳光,享受海风抚过肩胛的惬意。她有一副妙曼的肩膀,胛骨突出,锁骨明显,让她显得很迷人,这也是为什么大多数男人在看见她时,会有一瞬间思维短路的原因。

壹加壹从自己的小屋里跑出来,踩着肉垫小爪跳上她的膝头。它是一只二十五厘米高的五岁冠毛犬,约克郡一位仰慕者送她的礼物。她拍了拍它的脑袋,打开Surface4,快速浏览下载的那份文件。

这个叫"愿望清单"的旅游商业书,它由一组游戏性很强的程序组成,显然,它不露声色地迎合了年轻客户的体验心理。她三十岁,不年轻了,至少不如她要想的那么年轻,但她仍然觉得这份商业书在讨好她,因此感到心情愉悦。

看上去,游戏很简单。这也适合她。九个月来,她像锦鲤一样,被公司摁在世界各地水族箱一般封闭的各种会议室里,只身对付那些恨不能一口吞掉她的可怕的美洲蓝鲷对手,试探、争执、僵局、让步、交换、攻击、转折、提供原则、另辟蹊径。有时候,她不得不白天黑夜地连轴转,直到凌晨时分才疲惫不堪地回到酒店,点一份送餐,然后修改方案,在太阳升起的时候冲一个热水澡，换上干净衣裳杀回会议室，为此脑氧耗尽。现在，任何复杂的程序都会让她反感和呕吐，她需要简单。

她开始一条条看说明书：

  客户进入如下假定情节：我们假设，您的生命已经走到尽头，您将离开这个世界……

她下意识地抿了抿嘴，在心里笑了一下。一开始她就被说明书吸引住了。它的设计者是个聪明的家伙，知道怎么引诱客户，如果他们在谈判桌前遇到，她会欣赏地多看对方一眼。

她继续往下看：

  ……在离开这个世界之前，请认真想一想，然后列下一份数目为5的"愿望清单"，凡是您愿望中的对象都行。比如，2016年4月3日晚维多利亚海面的月亮、秦时明月汉时关的长城，或者别的让您耿耿于怀的对象。现在，请确定，您有权利带走TA们……

她沉吟片刻。显然，它有一种罕见的孩子气质，天真，顽皮，完全看不出是一份商业旅游产品，但那之下，却深藏着某种内涵。壹加壹敏感地抬头看了看她。它有一双亮晶晶的大眼睛，粉色皮肤上配着几块咖色魔点，身体柔软无毛，只有头顶上有一蓬松软的可爱冠发。说到孩子气，它就是她的孩子，如果犬类也可以成为人类的孩子的话。

她继续看说明书：

  ……请您用清水惬意地洗个脸，吹一声口哨。现在，根据您列出的"愿望清单"，请您依次前往清单中对象所在地，让自己和您的愿望对象们见面……

有意思。如果清单中的五个对象所在地离得很远，比方说，它们分别在爱德华王子岛、科尔多瓦、斯堪的纳维亚、昆士兰和圣迭戈，那就是一次漫长的环球旅行。用不着多想，这样的旅行一定是不可控的，像爱德华和卡特的那趟旅程一样，不但会出现"欣赏最壮丽的风景""目睹奇迹的发生""大笑到流泪"这样令人惊讶的奇迹，还会出现"亲吻世界上最美丽的女孩""激起心中的邪恶"和"违法"这样激动人心的遭遇。

她喜欢这个设计。

她继续看说明书：

……现在，请您准备好，对您选择的对象说出下面这句话：

"我现在来带您走，从此以后，您就属于我，不再属于别人了。"

（注：如果您恰好是个羞涩的人，不好意思对您的愿望对象说出上面这句话，或者某些原因让您无法开口，没关系，您可以深情地看着您选择的对象，在心里默默对TA说出这句话。）

等等，她对自己说，脑海里冒出一个古怪念头：如果愿望清单中的对象不是人类，而是一件物品，或者比物品更抽象，是一种意象，会怎么样？她停下来，视线从平板上移开。她觉得这种可能性不是没有，很多时候，她自己就有这样的经验，会被某种念头折磨得难以自拔，而那些念头完全不涉及任何人。她想到她的助手，一位比她小六岁的国际法博士。他相貌英俊，富有幽默感，在她与凶狠的花酋长、红魔头、金刚鹦鹉、孔雀龙浴血搏斗时，他总是拼尽全力地保护她，表现得像个勇敢的蒙古搏克手。可她不喜欢他。他对她俯首帖耳，看她时，眼睛里总是传递出只有女人才有的脉脉含情，随时都在暗示她，他渴望和她发展一种更加亲密的关系。她能否对他说，小家伙，我现在要带走你了，唔，不对，是你的幽默和忠诚，从此以后，它们属于我，不再属于你了，至于别的，我看就算了。能这样吗？

这只是个假设。其实，她并不喜欢男人的幽默。关于这个，女人和男人的理解和反馈全然不同。女人希望被对方逗笑，"他让我开心"。而男人希望证明自己的幽默，"她认为我风趣"。不过一个笑话，就证明了女人和男人的不同属性，他们永远不会在同一个频道上考虑问题。

她这么想，把壹加壹抱到躺椅上，起身去厨房，给自己倒了第二杯果汁，靠在那幅她从威尼斯双年展上买来的作品前，慢慢喝光了杯里的果汁。那幅画，基本就是一张白色的网状画布，随意涂了两块颜料，但价格不菲。她那时正好遇到烦恼的事情，情绪低落，一赌气买下了它。"愿望清单"可不同，你不能因为情绪低落就随便选择某个对象，万里迢迢去找到TA，然后把TA带走，你得想好，确定TA值得你那样做。

　　她朝窗外看去。她所在的公寓叫"八十步海寓"，在东部海湾很有名。从她站着的地方，能看到大梅沙露天浴场上那几尊模样笨拙的卡通塑像，一艘收束起桅帆的白色游艇从远方的海面上无声地滑过。她莫名其妙地闪过一个念头，有没有人把自己的家选择进"愿望清单"中，对它说，我现在来带你走？她想知道，有多少人愿意在另一个世界里仍然生活在曾经的家里，这是一件让她好奇的事。

　　她赶走发散的念头，把用过的水杯放进清洗池里，回到卧室，接着读说明书的最后部分。壹加壹跳回她身上，把潮湿的鼻子埋进她怀里。冠毛犬和其他犬类不同，它们有汗腺，不用靠吐着舌头喘息来散发汗液，所以，壹加壹总是闭着嘴，而且，它爱听好话，只吃新鲜食物，毫无疑问，它会喜欢这种全新的产品。

　　……接下来，到了游戏的最后环节：

　　　　请您深深地吸一口气，让情绪平静下来，然后闭上眼睛，在心里想一想，现在，您是不是有一种您是自己人生主人的感觉？您觉得，您的这趟旅行收获如何？

　　厨房里传来Zella Day迷人的嗓音：

　　　　你听见我的歌声
　　　　就像逝去的幻觉
　　　　你是在说我们所在的天堂吗
　　　　在你怀中永远是那么近
　　　　当你说我最好看时

那就是永远
　　……

　　她闭上眼睛，让思路停止片刻，然后睁开眼睛，重新启动思路，在心里揣度，如果这样，她完成了全部的旅行，对她选择的所有愿望对象说出了那番话，她的感受会是什么？
　　这取决于她的清单里有什么。
　　作为经验丰富的商业谈判专家，她注意到说明书里的一段文字，一般的商业书中绝对不会出现这样的内容。它承认产品设计存在软肋，而且，这个软肋无法解决。在"抵达"栏的备注中，它用自嘲的口吻做了这样的温馨提示：

　　　　十分抱歉，因为人类自身的弱点，该旅游产品无法保证您某些行程的绝对抵达，比如与某国领袖和Z8-GND-5296的见面。我们有理由提醒您，那些了不起的大人物，他们正忙着拯救人类和改变世界，不会有时间和兴趣和您见面。而假使您恰好选择了一座迄今为止人类知道的最遥远的星系作为您的愿望对象，我们也必须老实承认，让您站到它面前是一件非常困难的事情。要知道，1977年鸣枪起跑的"旅行者1号"，它保持着第三宇宙速度，可它疲惫不堪地奔跑了三十多年，才勉强到达太阳系的边缘，而您距离您心仪的Z8-GND-5296则有131亿光年。我们友善地提醒您，愿望的路途没有最远，只有更远，本产品不主张您轻率而无限度地使用"愿望清单"权利，选择人类目前尚无能力抵达的目的地，去见那些您完全够不着边的家伙。为此，我们向您表达深深的歉意，并且为您提供如下备用选择，以补偿您的损失：通过视频方式安排您与戒备森严的领袖们见面，您大可不必因为那是某个网站发布的新闻视频而感到遗憾。要知道，在这些伟大人物的眼里，您不过只是一个异类，您在完成本次愿望的时候，完全可以谅解他们对您的无视；或者，通过开普勒太空望远镜与您心仪的Z8-GND-5296诉说衷情，相信您会喜欢"天阶夜色凉如水，坐看牵牛织女星"的美妙意境。

她再度笑了。这一次，她一点也不想掩饰由衷的快乐。她欣赏自嘲但又不自损的态度，对这份产品的设计者产生了强烈的好感。她伸手抚摸了一下卧在膝上的壹加壹，好像此刻它正在一百三十一亿光年那么远的地方，她在用想象触摸它，并且体会那种美妙的意境。壹加壹伸出粉红色的舌头舔她的手。它性格温顺，喜欢和人亲近，酷爱清洁，不是每一个生命都像它这么有趣。

现在，她读完了说明书，开始整理思路。

产品在投年轻人所好方面明目张胆，但同时也关怀着人生无多者的块垒，兼及了中老年客户的需求。有一点可以肯定，客户事先并不知道旅行的目的地在哪儿，它们离着有多远，自己会经历什么，旅途中会出现什么转折或者际遇。这些内容，要到确定愿望清单中的全部对象，并且落实TA所在地点之后才会水落石出。它显然在嘲笑人们常规的旅游方式：名胜、热门、好奇心、亲情妥协、爱情盲目、奢侈品和美食占有，甚至某些另类的死亡之旅，同时在旅程的情感投射中设计出无限接近人们内心深处的马里亚纳海沟、贝加尔湖、雅鲁藏布大峡谷和科拉半岛的CY-3#N深钻井。几乎可以确定，因为那些人们最想在离开这个世界时带走的对象的出现，这趟特殊的遂愿之旅将掀开庸常日子的妥协和习惯帷幕，揭示从未触及过的隐秘情感地带，它们是人们真实的未尽人生。产品最终提供给旅游者这样的内容：你最值得前往的旅游地，不是通常旅游产品为你推荐的商业目的地，而是你人生中最在意的对象的所在地。前往上述地点，收获的不是眼、耳、鼻、舌、身、神经纤维、大脑感官系统带给你的常规满足，而是灵魂的揭秘、震撼和欣喜。它将在一次虚拟的游戏中超越生命规律，把你带到往生的出境口岸，让你审视此生，觉悟和觉醒，在余下的生命中改变点什么。

实际上，她对改变一直抱有警惕。

如今，随便在哪家网站，你都能轻松找到大量由廉价人生哲学包装起来的商业产品，对此她十分不屑。人生就是你花二十年成长为社会人，然后再花掉剩下的六十年来反省它的失败和接下来的继续失败，其中大部分时间用在研究相关策略、摆脱前一次失败上。这当然不属于她的人生。如果非要她在此刻总结人生，必须说，迄今为止，她的人生很圆满。她属于亚里士多德说的那种幸福的人，在这方面，她给自己打八十分。她当然知道，欲望的无限性和满足欲望条件的有限性之间，存在着天然矛盾，可是，她还是希望有人轻松地对她说，嗨，你想拿到另外的二十分吗？

不需要更多的理由，她毫不犹豫地做出决定，将这份产品作为本次休假的APP。

需要做的事情不少：拟定"愿望清单"，落实清单中对象的所在地，制定行程，订票，联系酒店和租一辆顺手的车，准备行李。这难不住她。两年前，她在"中国会"交了五千美金会籍费，这以后，她一直在水族箱里恶斗，来不及和那些酷似智能系统AlphaGo的执行官、在私人生活中使用跨性别用品的首席代表，以及普遍患有神经衰弱的大使们打一次交道。现在机会来了，在落实过清单中对象所在地之后，她会向"中国会"的官网上传她的旅行要求，让俱乐部为她安排旅程。

她顽皮地蹙了一下鼻头，收束双臂，伸了个懒腰，上肘把乳房挤压成两只变形的球。她在心里愉快地对自己说了声，来吧，我们开始吧。

她拍了拍壹加壹的脸，示意它离开她，而且这次的时间会长一点。她起身轻快地走进书房，来到书桌前，习惯地护住裙角，在皮制的人体工学椅上坐下。实际上，她完全用不着这么做，她已经把一箱套装送去干洗店了，并且发誓在两个月的假期中绝不取回它们。现在，她穿着反射银亚麻布居家筒裙，家里除了她和壹加壹没有别人，她不用顾忌什么。

她在最下层的抽屉里找到一叠尚未启用的WORD信纸，从笔夹里取出一支笔杆滑润的玫瑰金宝珠笔。在面对重要事情时，她坚持古典的考究情结，用笔和纸记录下内容，而不是使用键盘和书写程序。

现在，她已经准备好了。她腰背笔直地坐好，在信纸上一笔一画写下"愿望清单"四个漂亮楷体，然后在题目下面依次写下五个阿拉伯数字，她想也没有想，就在清单的第一项后面写下了壹加壹的名字。

没有什么理由，壹加壹不是宠物，而是她的亲人。约克郡那位仰慕者把它送来的时候，它刚刚断奶，眼角噙着泪水。它就像中国版的菲利斯·福克绅士。四百三十年前，祖宗带着它的基因到达美洲，再从那儿把它的基因带去了英国，在地球上绕了个大圈。如今，它被送回祖宗的故乡，只是，它和菲利斯·福克绅士不同，没有带回美丽温柔的艾娥达，同时赢得两万镑赌注。她倒是有可能为自己带回一个伴侣。她对壹加壹的前主人有好感，那个名叫爱德华·纳瓦尔的高个子混血青年，可以说她钦慕他。他的曾祖父从潮安八角寨出走，远渡重洋，去了约克郡，娶了当地一位贵族的女儿。他母亲的家族深受当地人尊重，家族领地曾经是鲁顿王国的重要粮仓。她登门拜访过这个喜欢东方文明、和气满满的家族，受到了热情招待。不得不承认，那些美味的水果布丁、姜汁饼和玫瑰饼让她流连忘返，但她和纳瓦尔先生最终没有走到一起。

忧郁的纳瓦尔先生把壹加壹送到中国后，她很快和壹加壹密不可分。外出工作时，她会坚持有它同行，为此不惜退掉熟悉的航空公司优质旅程项目，改乘提供晕机治疗和旅途玩具的二等航班。无论她在世界哪个角落，壹加壹都会在会议室隔壁的某个房间等待她，而她则会斗志昂扬，思路敏捷，九天玄女附身，毫无悬念地干掉那些智商超凡的阿尔法狗，然后开心地带着壹加壹去当地某个以传统烤肠闻名的餐馆里大嚼一顿，庆祝他俩的胜利。也有例外。有几次，她不得不反复向壹加壹解释，她只能将它寄存在宠物托儿所里，因为她要去的地方无法提供它的容身处。她总不能把它留在公务车里，那样，她会更加担心，由此输掉谈判。那简直是她生命中最糟糕的13子，一想起这个，她眼圈就会红。所以，在往生时刻到来时，她会带着壹加壹上路，去另外四个"愿望清单"对象所在的地方，任何地方，而唯独不会把它留在这个世界中。

很快，在壹加壹的名字后面，她写下了"个人资料"四个字。

写下这四个字时，她笔尖有一丝滞重，心里涌起感慨。以她的经历，她接触过曾经被她主宰的重要的商业案不知道有多少，其中不乏惊天大案，但它们不属于她。在离开谈判桌，把案子交给等在隔壁房间的项目负责人以后，它们与她就再也没有了任何关系。她承认，自己并非人们看到的那样千般风情，万里烟波，经历丰饶，有时候，她希望自己也拥有一些见不得人的经历，甚至它们越多越好，这样，就能证明她是独立的个体，有足够的理由成为人们心中的"这一个"。可惜，没有，她没有太多属于自己的秘密。准确地说，除了充当商业博弈场上的杀手——这只是她的职业身份，不是她——她能够找出的个人秘密寥若晨星，它们全部装在一个3G

大的硬盘里：不打算给人看的日记、和某人往来的邮件草稿、几首少女时写下的幼稚小诗，以及一些不便公开的照片和视频。是的，少得可怜，但即使这样，她担心她离开之后，它们会落入其他人手里，受到玷污，她不会让这种事情发生。

接下来，她选择了"愿望清单"中的第三个对象，把它写在开始有了生气的WORD信纸上："不想和陈家人以及陈家的所有亲戚在另一个世界见面。"

这似乎超出了产品约定的范围。产品对"愿望清单"的解释是，在离开这个世界时，客户有权带走列入清单中的全部对象，凡愿望中的任何对象都行，就是说，不管对象是谁，是不是一个生命。关于这个，之前她已经设想过了。但是，产品并没有提到客户在另一个世界的愿望权利。但这件事情她非常在意，不容讨论。她已经和家人彻底了断了——在血缘和法律关系上，她无法否认DNA、抚养和赡养这样一些词语，但她有办法让它们仅仅停留在理论层面，别忘了，她可是一个经验丰富的专家——做到了在这个世界里不与家人见面。她永远也不想再见到他们，如果能够做到把这个永远延续到下个世界里去，那就太好不过了。但谁知道呢，也许世界末日到来的时候，陈家人也拿到了登上诺亚方舟的珍贵船票，这样的话，无论前往伊甸园还是地狱，她都无法摆脱他们，他们会在狭小的船舱中不期而会。这意味着，在先进的太空逃生系统的支持下，陈家人有机会讽刺地向她宣布，即使在下一个世界，她仍然摆脱不掉他们的纠缠。要是这样，她干吗还要选择这趟旅程？不，她会放弃前往陈家人选择的那个目的地，毫不犹豫登上驶往相反方向的那条星际船，哪怕它驶往的目的地是地狱。

几乎一口气内，她就完成了"愿望清单"中的三项选择，几乎没有任何思考。她觉得自己的进展稍微快了一点，按照这个速度，整个游戏只能维持一分三十秒，答案很快就会出来，根本没法嗨起来。这可就对不起这份产品设计者善意而有趣的孩子气了。

她为自己一向敏捷的思维感到抱歉，放下笔杆开始发热的宝珠笔，轻松地从书桌前起身，去起居室给壹加壹的卫生间换了新沙，洗了手，去茶桌边烧水，打算给自己泡杯茶。她刚刚从茶罐中取出茶饼，就发现自己遗漏了一件重要内容，并且因为这个遗漏深深地感到愧疚。她放下茶罐，快步返回书房，在书桌前坐下，重新拿起笔，毫不犹豫地把"王子"两个字列入"愿望清单"中，并且将这一条与原来的第二条做了对换，原来的第二条和第三条就成了第三条和第四条。

"王子"是一只临清狮猫，两年前一位朋友送来的。不是朋友家那只会游泳的凡湖猫"皇上"亲生。朋友约了人吃饭，回家的路上见到它，它大约两三个月大，蜷在一只水果盒里喵喵怜叫。朋友笑眯眯地把它抱给她，进门后对她说，我把你儿子捡回来了。她看它。小家伙全身披拂着厚厚的雪白色长毛，一只眼睛黄，一只眼睛蓝，它在朋友手腕上谨慎地蜷缩着，仰头看她，眼神里显出很吃惊，好像她不该狠心地把它丢弃在马路上不管。毫无预兆地，她腹部最柔软的隐秘处突然抽搐地疼痛了一下，疼痛快速传向子宫，这使她下意识地弯曲了一下身子。就这样，前世的缘分不讲道理地穿过久远岁月，闯进她怀里。那天她落泪了，给小家伙洗了澡，吹干毛发，抱它上床，坐在床头一眨不眨地看着它，而它则在她脚下悄无声息地睡了一夜。

有一段时间，她非常溺爱它。她叫它王子。其实在心里，她是叫它儿子的。她固执地认为，它就是她生下来的，把它遗失在前世，现在有人把它送还给她，她做不到再让它离开自己一步。她的突然变化让壹加壹感到无比吃醋，为了捍卫营地先来者的身份，这个对古老身世十分骄傲的布须曼人开始了一连串恶毒的报复。

猫犬大战的结果，是王子受了很重的伤，它嘴角被抓开一条大口子，身上满是狗尿。为此，她生气地惩罚了壹加壹，用项圈和胸背带把壹加壹束缚了整整三天，那是她唯一一次对它动手。但这并没有改变局面，布须曼人的报复行动仍在继续，古老的血缘自尊让壹加壹宁可破坏掉与她的感情关系，也要把入侵者赶出家门。半年后，她不得不放弃努力，通过国际托运公司把王子送去了约克郡。在给纳瓦尔的邮件中，她抱歉地请对方照顾王子一段时间，她会找机会把它接回中国，她相信这个时间不会太长。送走王子的那天，她没有和不断向她讨好的壹加壹说话。她没法告诉它，她有多么爱王子，她不想看见她最爱的两个生命相互撕咬，她为这个而深深地伤心。

现在，她把王子写进"愿望清单"中，这意味着，她已经把它接回到自己身边。而且，她已经完成了四项选择，剩下最后一项，她不想那么快地决定下来，她需要认真地想一想，也许她还遗漏了什么重要内容。这可不是她的风格。

她走进厨房，打开冰箱，冰箱里有昨天到家后电商送来的滇西有机蔬菜。她不是素食主义者，只是主张低碳生活，所以，她从不使用真皮饰物，同时选择大量排泄甲烷和二氧化碳的食草类动物作为食物。她往嘴里塞了一只新鲜樱桃，让果子的酸甜味道在嘴里弥漫开，开始计划菜单。她决定为自己做一个凉拌鲜菇、一个醋浸野虾，再做一个泡椒牛肚菌。她不用担心在工作时必须保持的皮肤光洁，在漫长的休假过程中，她值得好好犒劳一下自己。

其实，就"愿望清单"而言，能够列入其中的对象不少，比如，冬日的阳光，林中的鸟鸣，清晨的自然醒，她已经想不起来，自己有多久没有过这种感受了。假如音乐在另一个世界比在这个世界重要，她也愿意带上离开学校后再没摸过的长笛。她在心里问自己，在她已过的人生中，是否遗忘了什么，如果没有，这一次呢，她是否遗忘了什么，比如财富愿望和菩提心愿。不，她想，如果生命已经走到尽头，这个世界曾经让她忙乱或者纠结过的东西，她一样也不想带走。她喜欢这个旅游产品的原因正是如此，只有抉择真的到来，需要安静下来认真选择的时候，人们才会发现，那些东西并非最重要的，争尽天下，得到的也无非是纠缠不休、无尽烦恼，结果却浪费掉整个人生。这一点，这个产品的设计者可谓了然于心。

她那么愉快地想着，用热水化开少许食盐，放进鲜蘑菇，顺时针轻轻搅动清水，清洗掉蘑菇表面的黏液和褶皱中的沙粒，捞出它们，用厨房纸吸去水分，找出醋和芥辣，它们是凉菜最好的调料。是的，她相信自己做出的选择，她会因此拥有两个月的快乐旅行。

实际上，她完全没法阻止自己超凡敏捷的思路，即使手里做着事情，脑子里也在不断冒出新的念头。说实话，没有什么比一个知道冷暖、福祸与共、终生不渝的闺密更值得拥有，只是，在冯已冬和夏子玉两个人中，她有些犹豫，难以做出选择。

说起来，她和冯已冬交往的时间更长一些，关系也显得更密切。冯已冬是金控高手，资本市场里见魔杀魔见佛杀佛的主儿，两个人在谈判桌上相识，杀得鲜血淋漓，日后却成了交膝缠腕的闺密。冯已冬丰腴妖娆，鹅脂肉感，用女人私下里俗不可耐的话，是水果中熟得恰到好处的那一口，也是最难盘的那一种，两天不出手就烂在冷库里。

有一段时间，她以为自己爱上了冯已冬。

那是五年前的事情，她在巴勒莫被一个看上去相当木讷和缺乏心智的小个子意大利男人算计得一败涂地，惨绝人寰地败给了对方，只用了十一个小时，公司的委托方就在合同修订本中输掉了三千欧技术补偿款。那天她苦风酸雨，心里充满了羞耻，拎着文件箱，毫无目标地走在大街上，只想要杀死自己。没想到，在大剧院外，竟然迎面撞上了烫着大波浪长发、打扮成一朵烂漫的向日葵、两只胳膊上挂满购物袋的冯已冬。

"嗨，你觉得我像不像玛莲娜？"妖娆的闺密快乐地大笑着，向她热烈地喊叫，丝毫不顾忌路人转来的视线，"心肝，你干吗不成为我的雷纳托小男孩？"

那天晚上，她俩在埃特纳活火山下找到一家摩尔人风格酒吧。据说，泰勒和私奔男友当年常来此处消耗掉黎明到来前的几个小时，劳伦斯也是在这家酒吧里写完了他那部让人类面红耳赤的小黄书。她俩在酒吧里和几个法国文艺青年鬼混，喝用杜松子酒、接骨花木、柠檬、薄荷调制的鸡尾酒，再换成大杯姜汁啤酒。俩人喝得酩酊大醉，胡闹着，在那个自称马克·夏加尔情人弟弟的三流画家脑袋上挂满橄榄和柠檬皮。冯已冬推开献媚的尖下颏法国人，把她搂进怀里，甜蜜地亲吻她的耳垂，用酒精刺激的沙哑嗓音小声对她说：

"宝贝，我们在私奔者的天堂里，身陷不伦之地，万劫不复，干吗不回酒店去做爱？"

她们借着酒劲回到她的酒店，上了床，冯已冬把手搭在她胸脯上，不到十秒钟就睡着了，她醉眼蒙眬地扫了一眼透过窗帘洒进房间的园林灯，很快也没有了知觉。

第二天，快到中午她才醒来，头疼欲裂。冯已冬不在房间里，梳妆台上留下一张纸条，告诉她去喷泉广场了，她醒了可以去那儿找她。她在浴缸里放满热水，蜷缩进浴盐的泡沫中，想自己是不是陷入了萨福之爱。整个下午她都心绪混乱，然后她做出决定，收拾好行李，去前台退了房，叫了部车去了机场。

至少两个月她们没有联系，也没在闺密圈中有过互动。后来她才知道，是她过于敏感了。她没有同卵双生的哥哥或者妹妹，年幼时未曾遭受过性侵，第二性征发育良好，没有阉割焦虑，家族中由直男癌们掌握着话语权，绝对不许家族女性出现异装癖或性别认同障碍这种败德辱行的行为，成长途径中也没有案例可供学习。可以肯定，她根本不具备同性爱的遗传基因和环境，她和冯已冬，最多像《怜香伴》中的曹语花和崔笺云，两人只有相思，并无情欲，做得了连理林中的情痴，做不了彩虹旗下的欲鬼。

在认识冯已冬两年后的夏天，她去了莱斯波斯岛，想看看曾经令她困惑的萨福的家乡。那天，她在萨福教授爱恋艺术的女子学校遗址从早上逛到黄昏，知道了一件事：柏拉图称之为第十缪斯的萨福被驱逐离家乡后，在巴勒莫也住过一段时间，并且在那里拒绝了阿尔凯乌斯的追求。只是，她不知道，萨福拒绝阿尔凯乌斯的地方，是不是她和冯已冬大醉一场的那家摩尔人酒吧。

黄昏到来时，她又饥又渴，闯进一家简单干净的乡村客栈，想填饱饥肠辘辘的胃。她为自己点了一道大餐，热气腾腾的穆萨卡和白芸豆汤。正当她饕餮之徒般把油腻腻的烤茄子往嘴里大填特填的时候，门外进来一个年轻的中国女人。看模样差不多有二十五六岁年龄，腰如束素，头上戴着紫罗兰色的头饰，被阳光晒成小米色的脖颈上戴着一串玫瑰花蕾、莳萝和番红花编织的花环，怀里抱着一只民俗娃娃。大概因为从明媚的阳光下突然走进暗处，有些困惑地看着屋内。

她就是夏子玉。

夏子玉走到她面前，在她对面坐下。她嗅到一阵细微的橄榄油芬芳向她飘来，脑子一阵眩晕，油腻的木勺举在嘴边，呆呆地看面前显得有些孱弱的女子，耳边响起萨福的《她没有说一个字》：

  少女们和她们喜爱的人在一起
  如果没有她们的声音就没有合唱
  如果没有歌曲就没有开花的树林
  ……

她忘了她们是怎么开始的。夜晚到来的时候,她们已经喝着浑浊的希腊酒,在一只陶制菜盆里用叉子你一口我一口吃加了桃子的橄榄油拌新鲜莴苣了。

"萨福怎么才能做到,一个接一个和她的女学生相爱?"她问刚刚摆脱掉生冷的婚姻,宣称要给自己放十年假、做十年流浪女的前戏剧文学教师夏子玉。

"她们是单纯的学生,愿意以身相许,回报从老师那儿学到的爱欲之道。"有着一双水杏眼、不描黛不点唇的夏子玉安静地看着她,"人们什么都不知道的时候,爱是唯一能够冲破困惑的力量,也是唯一可以由自己做主的馈赠物。知道得越少,爱就会越强烈。"

"你的意思,知道得越多,反而会失去爱的能力?"

有一段时间,夏子玉没有说话,在海水反照出的月光中,她就像一株起毛草。她的影子投射在她的身上,两两相印,像一对能够收集到足够露珠或雨水的叶片,等待着供给沙漠中迷途的旅行者解渴。

"知识不过是阴影,停留在你的意识里,它们中的大多数,在你得到时就已经死亡了。不然,你不会一次次从生活中逃开,依靠旅行去寻找答案,哪怕寻找到的结果总是令你失望。"夏子玉从沉思中醒过来,看着她,然后掩着嘴轻轻笑,"知道今天是什么节日?"

"什么?"

"处女死亡节。那些在旅途上的女人,她们全都变回了处女。"

她心里颤抖了一下,冥冥中觉得,坐在对面黑暗中的那个女子不是戏剧文学教员,而是另一个自己。只是,她们被分割成两半,隔着好几个世界,或者如她所说,隔着历史这个阴影,不再稔熟。

照这样,选择的天平倾斜向夏子玉,让她毫无悬念地成为"愿望清单"中最后一个对象。她对这个结果既欣慰又遗憾,可是,如果加上冯已冬,清单对象就多出一个。她默默地权衡了一下,不情愿地在心里把后者划掉,同时脑海里浮现出萨福的另一段诗:

坦白地说,我宁愿去死

当她要离开,她久久地哭泣
　　她对我说,你一定得忍受
　　萨福,我离去并非自愿
　　……

　　谁发明了这么损的游戏呀。她无奈地笑了笑,小声抱怨了一句,但并不是真的不开心。她从沸水里捞出焯好的鲜蘑菇,将它们装入一只干净的料器。

　　但是……

　　她突然停下手中的沙棘木水漏。

　　等一等,她对自己说。

　　没有异性。她已经做出了五个项目的全部选择,可是,"愿望清单"中没有出现异性。王子是异性,但它不是人类。她愣住,怎么会这样?

　　她朝起居室那边看了一眼。壹加壹正在玩一只激光棒。那是王子留下的玩具。壹加壹像人一样,用前爪抓起激光棒,用力往地上甩,再转着圈用后爪踩踏,样子让人忍俊不禁。

　　她没有笑。她想,除了王子,她竟然没有一个异性可以带走,带离这个世界,她不也是另一个拿别人留下的玩具出气的壹加壹吗?为什么会这样?

　　有一段时间,她站在整理台前没有动,试图找到答案。她有过异性友人,也有过男女交往关系。她想到王子的养父,那个把王子从车轮下救出来抱进她家门的男人,他是唯一可能成为她感情归宿的男人。她迷恋他。他是那么的狷介高傲,才华横溢,几乎不给人留下丝毫扬头的机会。她还记得,他们在一起的那天晚上。那是一次重大的骚乱事件中,他俩都是事件的参与者。那会儿,她刚刚离开学校,什么也不懂,而他已经被人生磨砺得男人气十足了。可那一次,他却像一只被铁砂子击中了翅膀的黑背鹦,再也飞不起来。他们互相拖拽着,从现场逃回他家。他浑身颤抖着,抹掉额头上流淌下的血水,在黑暗的房间中转着圈,愤怒地大叫。她也一样,颤抖得厉害,缩在墙角里,一动不动。然后,不知怎么地,她就在他怀里了。她的心在狂跳,好几次晕厥过去。事后想起来,那天晚上她的心跳那么有力，足可以用来发电，照亮整个世界。

但光明消失了，他也消失了。不是他这个人，他还在，但不再是她迷恋的那个他。

问题出在哪儿？

光明使者并非只有夸父和普罗米修斯。说起来，职业为她创造了更多的条件，让她走遍世界，认识无数优秀的异性，遗憾的是，这样做并没有为她赢得一个可以维系未来的人。她说不清自己曾经和多少优秀的男人交往过，他们和她在一起的时候，全都拿她当女神，毕恭毕敬，温文尔雅。可他们从来没有打算出示自己的HIV唾液测试报告和精子测试报告。这没什么，她也有所保留，不会告诉对方，她已经在冷冻库存贮下健康的卵巢组织，她会为自己的未来负责。但是，人生睿智这件事，只会出现在商业谈判桌前，只要一上床，肚腩上的赘肉和浑浊的体气就会将男人的粗鄙暴露无遗，这个现实比在液氮罐中保存卵泡更让人绝望。

这些年，她被迫与身边众多陷入求偶怪圈的闺密共情，她们周而复始地怀疑，选择任何一条路都可能让自己失去更好的结果，可她们从来不曾想过，她们是怎么在消费升级的求偶路上单下来的。活在难以统计的海量信息里，它们会告诉你，所有前行的道路都是光明的，在找到命中的白马王子这件事情上，你有无限的机会。她根本不相信这个。除了年过三十以后不再在梦里现身的某个记忆模糊的男孩，现实中的男人她一个都不会选择，因为每一次选择，都会让她吃尽苦头。她从不考虑在线约会床友这种交往方式，那会让事情变得更糟。共度一夜和共度一生哪一个更吸引她，对她来说这几乎是废话。可事实上，前往生命终点的路上死尸遍野，活下来的也都伤痕累累，她根本没有机会从容不迫地列下"愿望清单"，并且心情愉悦地前往选择对象的所在地，对他们说出带走他们的话，与其中的任何一个人共度一生。

问题到底出在哪儿？

她仍然有可以支配的日子。公司清楚地知道，如果她崩溃了，损失最大的是公司，公司不会关心她正在衰亡的卵泡，但会在她崩溃到来前，为她安排一段时间休假，让她重新活回来。她回想近些年她的假期，那些时间她都在做些什么？除了和壹加壹在一起，为自己做一顿可口的饭，其他的事情，她完全想不起来了。

她那么想着，感到脚上的拖鞋被什么东西扒动着。她低头看，是壹加壹。她这才发现，自己已经在厨房里等了很久，早过了午餐的时间。

她茫然地看着整理台上清爽的蔬菜，觉得她的人生就像一顿过了时间的午餐——她回到家中，身心交瘁，入睡前在盥洗间里给自己的身体补水。那个时候，她会决定明天起来后，一定要为自己做一顿可口的午餐。她只能想到这个。她把这个当成假期中最重要的计划，如果没有这项内容，她就再没有什么值得为自己做的事情了。她还知道，丰盛的午餐之后，简单的晚餐等在后面，假期漫长，她怎么都摆脱不了它和它们。清水淅沥，她在心里盘算菜式：午餐要丰富，证明自己的生活丰富，值得过下去；晚餐要简单，人不是神，做不到过午不食，在属于畜生进食的时间里，可别让自己喝蛋白质过多的浓汤。她会去附近的渔村买一条刚出水的海红斑、半斤深海虾，电商会按照她下的订单准时送来新鲜蔬菜，它们散发出海鲜和蔬菜特有的水腥气，经过清洗烹饪，它们会变成一顿可口的美味。但是，现在，就是现在，丰富的午餐时间已经过去，她听见一串慌张的脚步声消失在远处，那是时间和追随时间而去的她的生命留下的，它们就像两个沆瀣一气的逃亡者，在她毫无知觉的时候抽身而去，根本不给她任何解释。

突然间，她感到很累很累。她放下手中的厨具，离开厨房，去露台上坐下。壹加壹没有过来，在起居室里对着沾满了唾液的激光棒发呆，不知在想什么。

她说不清楚，是不是"愿望清单"这个旅游产品害了她，让她平静的生活出现了一道裂缝，她从那道裂缝中窥见自己可怕的生活，并且身陷其中，可能再也回不到熟悉的生活中去了。

海上渐渐漾起柔和的金黄，她感到一丝倦意，想睡上一会儿。海风吹来，有什么在她脑子里一掠而过，她突然愣住，起身离开露台，快步走进卧室。她从床头取过手机，飞快地翻动页面，查看闺密圈，然后转到朋友圈，又回过头来复查了一遍，再花了差不多半小时，查看了手机里的全部记录。

没有叶赫那兰。闺密圈中没有，朋友圈中也没有，手机中根本没有

"叶赫那兰"这个人的任何信息记录，连她回复的那个笑脸、TA回复她让她"不妨试试"的留言也没有，而且，那份"愿望清单"旅游产品说明书的链接IP也不见了。

她怔忡片刻，让自己平静下来，仔细想了想。是的，她不认识叶赫那兰这个人，无论姓氏还是姓名，她都不记得有这么个人。但她的确是从TA上传的文件中下载了"愿望清单"啊！

一阵巨大的困惑朝她袭来，她心跳怦怦。

壹加壹突然兴奋起来，爪子挠响柚木地板，飞快地扑进盥洗间，在那里对着什么东西狂吠，然后飞快地跑回卧室，叼住她的裙角，把她往盥洗间拖。

她没有动，直愣愣地朝壹加壹看了一眼，不知道它在对她说什么，再朝盥洗间看了一眼，不知道那里有什么。

厨房里，隐隐约约传来Zella Day的迷人的加州嗓音：

我不属于这儿
那段感情如此甜蜜
以至于现在我如此难过
像钻石一样被分割
我们生来就会成为永恒
我们还能回到曾经拥有过的世界吗
那是我们梦想过的世界啊
……

评鉴与感悟

物化图景下的灵魂呓语

作家邓一光凭借深圳系列小说著称文坛，他以深圳作为写作的地标，构筑起属于他自己的庞大的文学版图。如今，邓一光对于现代人精神状况的把握已然达到鞭辟入里的深度。新作《我现在可以带你走了》直击现代人的灵魂隐秘，试图告诉我们，在一个被物化图景所包围的世界里，人的内心是如何的纠缠萦绕，乃至千疮百孔，而当人面对自己的灵魂之真，又是多么的脆弱和渺小。

在《我现在可以带你走了》中，主人公"她"通过使用一份叫作"愿望清单"的旅游产品，以抽丝剥茧的方式展开对自己灵魂的拷问。在一段高强度的工作之后，她想要使用朋友推荐的"愿望清单"旅游产品，度过自己两个月的假期，以便得到身心的放松。按照旅游商业书的设计，客户要假设在离开这个世界之前，列下一份数目为5的"愿望清单"，并且有权利带走TA们。值得注意的是，小说对这份"愿望清单"的定位还是别有意味的："这趟特殊的遂愿之旅将掀开庸常日子的妥协和习惯帷幕，揭示从未触及过的隐秘情感地带，它们是人们真实的未尽人生。"客户最终收获的，"是灵魂的揭秘、震撼和欣喜，它将在一次虚拟的游戏中超越生命规律，把你带到往生的出境口岸，让你审视此生，觉悟和觉醒，在余下的生命中改变点什么"。

正如小说所叙述的，通过一份"愿望清单"，你可以深入到"从未触及过的隐秘情感地带"，还包括"灵魂的揭秘、震撼和欣喜"。然而，灵魂的出口总是那么狭窄，正如希望之光从不轻易露面。小说中的主人公在拟定"愿望清单"的过程中，她的灵魂隐秘又是如何一步步地暴露出来的呢？

事实上，在下决心拟定"愿望清单"之前，她对自己的人生还是比较满意的："如果非要她在此刻总结人生，必须说，迄今为止，她的人生很圆满。她属于亚里士多德说的那种幸福的人。"显然，她对自己的定位主要基于她姣好的面容、精致的物质生活，特别是作为在商业领域摸爬滚打的精明的谈判者。但吊诡的是，当列完五个愿望之后，她却惊异地发现上面没有出现异性，因为生活中没有一个男人让她渴望与之共度一生。忽然之间，她觉得"她的人生，就像一顿过了时间的午餐"，一切的荣耀都坠落到尘埃，只剩下灵魂深处的孤独和空虚。不妨说，一份"愿望清单"，让她窥见了原以为圆满人生之下的残缺、冷暗。说到底，使用这样一个旅游项目，如同完成一次灵魂之旅，或者说是精神上的追思和灵魂的拷问。小说借主人公的视角写道，一份"愿望清单"的旅游项目，"让她平静的生活出现了一道裂缝，她从那道裂缝中窥见自己可怕的生活，并且身陷其中，可能再也回不到熟悉的生活中去了"。的确，经过这样一番深度拷问，它把物化世界带给人身上的所有荣耀全部剔除，而且在层层逼近的态势下，将人们灵魂的隐秘加以无情地揭露。可以说，这篇小说对人灵魂的"真"与"深"的探索不可谓不深刻。

行文至此，回过头看小说的题目"我现在可以带你走了"。可实际上呢？真相恐怕是我们什么都带不走。一如小说的结尾所暗示的，其实一切都不曾来过，因为一切都不曾改变。（杨毅）

中国七日

/王瑞芸

1

是好几年前的事了。

那时我已在美国安居。一天接到朋友的越洋电话，说有一件好事：他正在给某地帮忙张罗一个艺术节，为使这艺术节名称前可加上"国际"定语，他请我帮助选几个美国艺术家去参加。"你也借此机会，回国接接地气。"跟着又告诉说，艺术节的主题是"艺术与生活结合"。

我答应了。不只为"接地气"一利，还为主题甚妥。因在美国风闻，国内当代艺术遭遇瓶颈：与生活脱节，人人不懂，弄成一件皇帝的新衣。可巧艺术与生活结合，正是西方当代艺术的得意处，个个把它作为旗帜擎在手里，选几个善处理艺术和生活关系的美国艺术家，容易。果然，没有费太多事，顺手一捞，就抓出七八个人来。其中最叫我中意的，是凯敏和凯恩这两位艺术家。只看他们中文译名倒像是一家子——可猜着了，但他们不是兄妹或姐弟，而是一对艺术家夫妻，凯敏是妻子，一个装置艺术家，凯恩是丈夫，一个摄影艺术家。把妻子置于丈夫前，并非提倡女权，只因挑选时，一眼先看上的是凯敏的作品，凯恩是由凯敏带进来的。

凯敏的作品叫《树叶》。她先花工夫收集到世界上五百种树叶，每片按比例放大十倍。不难想见，这个作品尺度小不了，因自然界树叶五花八门,大小各异,柳叶放大十倍不难,可芭蕉树叶呢……凯敏这人极有原则(美国艺术家通常都讲原则),对所有树叶一视同仁,一律统统放大十倍。然后用布料做成五百个树叶软垫,展览时把软垫堆放在展厅里(铺满了一屋子),听凭观众上去躺、坐、滚、卧,同时墙壁上放映着风中摇曳的树木影像。最要紧处是:这些树叶软垫不是由凯敏自己做,却是联系学校,让美国孩子每人认领一片叶子回家,照图样做出个软垫来,然后签上自己的名字,就算他们参与的作品。结果《树叶》一下子就把五百个小小的"大众"带进了艺术,"结合"得洋洋大观。

"这个过程让孩子们乐死了……"凯敏告诉我,"当然,即使妈妈帮忙也可以的。展览后,谁做的软垫谁带回家……有的孩子是把自己的名字绣在树叶上的,骄傲得不得了!"她还叫我看了孩子给她的电子邮件,有一封是这么写的:"最亲爱的凯敏阿姨,让我告诉你哈,我现在不害怕艺术这个东西了。我寻思,以后也不会害怕这个东西了。我可不吹牛,你改变了我的人生!永远爱你哦!亲你!喔,还有,给你一个巨大的熊抱!詹尼弗。"

看得真叫人血脉偾张。太值得把《树叶》带到中国去了,也让五百个中国大众和艺术来个第一次握手该多好!凯敏于是成了我首位选定的艺术家。

为成人之美,便问她丈夫凯恩,可有法子用摄影来落实艺术和民众的连接。

"这有何难,这些年我做的正是这件事:让艺术回到大众之中。比如我现在,一直定期去一个印第安部落。为保留那里正在消失的印第安部落的文化,我去直接培训那里的孩子,让他们拿起相机,拍摄他们自己的生活,我再帮他们编辑保存。到中国我也要照样这么做。你瞧着好了,我会吸收当地人来拍摄,用他们的照片编出一组摄影日记来,什么人都可以来参加,随手拍任何他们觉得有兴趣的对象,哪怕是厨房后院、小狗小猫、泥土树桩……爱拍下什么就拍什么。我呢,每天跟他们碰一次头,点评一下他们的照片,选出好的来,告诉他们为什么,第二天让他们再放手去拍,连续七天,最后把这些照片按日子编成七组,放在电脑上陈列出来,作品的题目就叫《中国七日记》,这可使得?"

好!

2

照这样,我选定了七八个美国艺术家,一哨人马就在那一年的初冬在指定时间到了指定地点——中国北方的某市某区某镇。那个"某镇"在艺术界名声极其显赫,在若干年中从穷乡僻壤已经发展成为一个巨大的艺术集散地,分布着许许多多的艺术家,画廊、美术馆、画店、饭店……住着种种精英,办了色色活动,这里也不消多记。只说我们落地之后,组委会的接待真够热情,单看那顿欢迎大餐,一盘盘菜肴在大圆餐桌上出演了叠罗汉,直放了两三层……美国好汉们瞧得目瞪口呆,个个放开肚皮,尽情吃了一饱,也只消费掉十之二三,弄得洋人们又是兴奋又是不安,深愧自己的胃囊辜负了中国主人的盛情,白糟蹋了许多好食材。终席之后,他们舔唇咂舌,红头涨脸地朝我道谢:"中国,噢,中国人……"那样的神情和口气,不知道为什么,让我见了只觉得不大痛快……不过,罢了,我心里可看好美国人的另一份好处,心眼实在,叫来做艺术,就是做艺术,必不胡乱搭浆的。果然,这以后,美国艺术家们就兴冲冲投入了各自的创作。是来前与他们商议定的,作品都到现场做,既替组委会省了运输保险费,又促使美国艺术家们就地取材,保证了作品有生活的原汁原味,货真价实地"结合"一把。

无论怎样,凯敏的《树叶》肯定是其中最棒的一件,落实起来却也最为费劲。她先是改了章程,打算在中国宁可先买好和裁好布料再发给孩子们,这样可以保证五百片树叶图样不散出去。虽然这改动费钱费工——要买布,要剪裁,可我觉得她改得对(也好让中国学生做起来简省些)。好在组委会极是配合,我们住下的第二天,凯敏的布料就被为组委会工作的几个年轻助手们在附近集市上买了,给扛到酒店来了。凯敏一见那些送来的黄的、红的、绿的、蓝的、紫的布料,倒像骑手看见了自己心爱的马匹,眼睛亮成了两颗钻石,让她显得美。嗯,凯敏铁定该过五十岁了,因为在飞机上她告诉我,她与前夫的女儿刚给她生了一个外孙。不过,她不那么显老,做艺术的人,怎肯很快老掉。她寻常的打扮是把那一大把亚麻色的头发编成一根独辫子,辫梢俏俏地卷曲着,显出点调皮的劲,脸的四周一圈儿有刘海和垂鬓装饰着,姑娘似的。实话说,那张脸上五官的线条已经没法隐瞒她的年纪了,她也就不隐瞒,从不涂脂抹粉地强行掩盖,也不奇装异服地勉为其难,只随意地穿着棉织的衬衣、牛仔裤、运动鞋,与人素面相对。可她那对灰色的眼睛,盛满了诚恳和善,是她脸上最美的部分。

凯敏开始把自己关在酒店房间里大剪特剪起来。我怕她忙不过来,不禁建议她,可否考虑少做些叶子,难道非要五百片,四百可以吗?"不碍事,剪上六百片我都愿意呢。"凯敏朝我坦然笑道。凯恩在一旁插嘴说:"她啊,就是这样,要她偷懒,休想!反正她的每个作品都特别费事、费工、费料,那是她的创作方式。"

凯敏脸上溢出快乐的笑容,孩子似的张开两只手说:"就是就是,我就是这样的。你还没见我当年的毕业创作呢,做了一地的大砖头,摆满一操场,我在每块砖头上印上手肘印子。啊,那叫一个累啊。嘿嘿!"

凯恩目光灼灼地看她,露出赞许的微笑。

凯恩看上去比凯敏年轻些,中等身材,体格消瘦。虽是白人,但那样黝黑的肤色几乎该让他愧对自己的种族属性才是。那是他总在户外跑来跑去,宁肯叫自己一身泥一身水的结果吧。这种人当然是爱朴素而不打扮。如同凯敏,他衣着也相当简单,头发完全不计形状,任尔东西南北,只脖子上总有一条围巾松松地圈成一圈,那是唯一可以表明他艺术家身份的饰物。他的眼神跟凯敏的温柔走的是全然不同的路线,因眼窝深陷,他那一对褐色的眼珠子,总隐在眉弓后面看人,加上神情专注,弄得他的眼神射出来仿佛一对出鞘的利剑。他果然就我行我素,平日里大家一起谈话时,他不敷衍,不附和,想听才听,而且听得极其入神;不想听,他直接走开了事。一般情况下他沉默寡言,但只要跟他谈得入港,他会滔滔不绝,而且字字珠玑。凡我们三人一处在饭铺里吃饭时,他会时时向我展示口才。他告诉我,他的艺术立场是"作者死了!""听说过罗兰·巴特这一句话吗?"凯恩用他品牌般的眼神盯紧我,"……在后现代时期,没有人再接受艺术家的自以为是了。一直以来,总是艺术家自己抱着一架相机东拍西拍,最后呈现的全是他自己的角度和取舍——还真以为自己是全知全能的,这是过时的现代主义立场呀……落后!我现在做的,是要让作者从作品中撤离,躲得越远越好。所以,你瞧,这就是为什么我的作品只吸收当地人自己来拍摄。"

凯恩滔滔之时，凯敏总是默然，微微地笑着，分明是欣赏。每见此，我就忍不住朝凯敏丢一个眼神过去，意思是："厉害吧，你丈夫。"凯敏也用眼神回我："当然，他是个好样的，我爱他。"

我几乎也要爱他，因为他的作品比凯敏的《树叶》落实起来容易太多了，他只需要找几个本地的志愿者，最后作品用电脑展示，又不费钱，又不费人，真是好事一桩。想想看，参与者每天把随便拍下的照片交给他，而他逐一做点评，那根本是免费的摄影课——且还是"外国专家"。若不是太忙，我都要报名。可我们却万万没有料到，宣布出去竟没有一个人来搭话，好生奇怪。看看偌大的乡镇，闹嚷嚷一条街市，密匝匝遍地居民，没有闲人，那不可能！何况凯恩又不挑，随便什么人，长着眼睛、长着手的就成。再有，如今相机早已不是奢侈品，凯恩对此也不挑，傻瓜的就中……怎么会没有志愿者上门？我不懂，也无奈。召我来的那个朋友，已经飞到欧洲去办个展，而组委会的头——人呼"主任"的，是个小小巧巧的女子，却做成个指挥四方八路的大将，听说艺术节空缺部分的经费全是她去筹来的。看她不是在电话上，就是在饭桌上，忙得巧笑倩兮，挥斥方遒……我手边的这些蝇头小事，怎好意思不时去絮叨她。组委会的一个助手小胡，是位艺术学院刚毕业的女大学生，见我两眼望天，无计可施，朝我抿嘴一笑，顿了一顿，才说："要不……再等等吧……""再等等"是可以的，眼下凯恩这件活儿还等得起，离开展览还有九天，他的作品只需七天。

可小胡的神情不知怎么让我有点起疑，她仿佛有什么事不肯告诉我。我还开始感到，欢迎的热潮过去，一切都要靠自己跋涉，且还得拖拽着这七八个老美。我吸了口气，对自己说，凭它弱水三千，我只取一瓢饮耳：既来之，艺术必须和生活结合之！对人、对己、对中国、对美国，乃至对天、对地、对祖宗、对良心，艺术都必须和生活结合之！

定一定神，我回到凯敏那里。五百片树叶量真的大，她几乎已经剪得寝食俱废，但她倒是快快乐乐，无怨无悔，埋头死做。我但凡有一些空闲，就去帮她，也叫自己定心：只凯敏这一件作品，就能成为整个美国展的亮点，怕怎的。我当然不会再劝她少剪几片了，心里对于她的执着认真，只有感激，但愿人人都像她这样才好！但愿人人都像她这样才好！！纵然她现在干得苦，可往下却最容易，只消把剪好的布料送到学校去，发给学生，等着去收就行。组委会虽还没有给我学校的消息，那也不能叫我慌张，我早打听了，这一带，学校有三四所呢，找五百个孩子会有何难？组委会千头万绪，越是容易的事越是靠后。我已经在期待，当中国孩子给凯敏（给我）写了邮件来，和美国孩子的放在一起看，才是一乐呢。

凯恩因一时无事，拉我陪他在乡镇里转转，他对中国的民间生活有无限兴趣，在街边集市上看到出售老人的棉鞋啊，孩子的兜肚啊，干柴似的一捆天麻啊，煤屑似的一笸箩花椒啊，他凑近了又看又闻，当然也拍摄。照这样我跟他在人群中溜溜达达，有时候，长舌村妇的窃窃私语会飘进耳朵："那是两口子吗？""不一定，是个傍老外的吧。现在的姑娘就好这一口。"我听见了，目不斜视，心中连微澜都不起。凯恩也是的，他有时候会挨我挨得太近，这在他不过是无意。我当然也注意到，他对街市上脸盘子亮的年轻女子不免也会多看两眼……不过，人家是艺术家，又是个男人，这够有多么正常呢。而且，他与凯敏的甜洽，全在我的眼里。

只说昨天晚上，我敲开他们房门，被眼前的景象吓了好一跳。两天没来，凯敏和凯恩的房间，已经被排山倒海的纸样、布料塞得几乎无处下脚，凯恩被挤得只能蜷缩在他那张单人床的床头，手提电脑搁在曲起的腿上。

"可不得了，"我朝凯恩笑道，"连容身之地都快没有了，亏你可以忍受。"

"这件作品还算好呢。上一年凯敏在德国做的一个作品，那才叫挤到没有地方。现在这一个，你还能走得进房间来，德国做的那个，人是无法走进房间的……这就是凯敏。"

"哈……那我至少知道，你绝对是个好丈夫，一句怨言都没有。"

"这不算什么，因为我爱她，她做的一切事情我都接受，都喜欢。而且，你要知道，我们两个总是分头参加不同的展览，聚少离多，可以和她身处一室，我很满足。谢谢你把我们两个都选上。"凯恩的眼睛炯炯发光。

我转脸看看凯敏，她脸上的幸福，也跟眼下这间房似的，满得插不下脚去。

"我一定要向组委会申请一下，叫他们提供一个工作室才好……你们晚上,怎么睡觉呢?"

整个房间中,只有凯恩待着的那张单人床上没有布料,成为一座孤岛。

"我们只用一张床就够了。"凯敏对我转过一张笑眯眯的脸。

"那不行!太挤了。"

"不用,就是没有这些布,我们也只用一张床。"凯敏说。

凯恩假装没有听见我们对话。

3

凯敏终于气喘吁吁地爬到山顶——树叶全部剪裁完毕,我开心得不得了,隔天一早就拉上她去了组委会,还没有进门,可巧听见小胡和主任正在说学校的事。

"为什么偏要找学校?"主任的声音,"怎么会想到学生的?人家哪有闲工夫……布料不是都买给他们了,连针线都买了……"

我马上从门口打着招呼走进去:"哈,主任,早上好!……知道你忙,但这件大作品就剩最后这一件事了——找学校,展览计划中不是全写清楚的?你们可没有对我说'不'啊。主要是,这正是《树叶》最要紧的部分……你们要的不就是和生活结合吗?不是吗?!"

女主任抬眼看看我和凯敏,眼神中分明有不满和责备,她没有说话,却动手慢条斯理地归置起桌上的纸张和文件来。眼睛看着手上的活儿,才徐徐开口道:"现在的学生怎么抽得出工夫做这种事……先不说人家有没有时间吧……你请人家帮忙,打算花多少钱?"

"钱?什么钱?给谁钱?谁给钱?!"

"姑奶奶,你是真不知道,还是装不知道?如今在中国,找人做事可以不给钱?"

"哎呀,可别叫我姑奶奶,主任……我该叫你祖宗才是。拜托!人家美国人的这件作品,找学生做,并不是图他们帮忙(有没有搞错!),实际是帮他们的忙——吸收他们参与,理解,建立和艺术的新关系,好事一桩,不是吗?不是吗?!"

主任倒笑了,"哎哟……做艺术也是件活儿,谁说做艺术可以免费了?你请人做,难道不是麻烦人……就算不付工钱,至少也得管人一顿饭吧……"

"……"

我的舌头完全说不出我想说的话，凯敏就在我身边站着呢。我又惊，又气，又急，却没法痛痛快快地跟主任闹上一场……在一大团混乱郁闷之中，只有一丝缝隙还让我能透出口气来：万幸凯敏不懂中国话！

凯敏的眼睛紧张地从主任和我身上已经走了无数个来回了，她当然看得出事情在某处卡了壳，于是求助地看着我，满心希望我给她翻译主任的话。"凯敏……"我朝她期期艾艾地说，越是急着要编一个体面借口，越舌拙口笨。天可怜见，我的胃出场配合了。我身上的这件好宝贝有一个习惯，情绪一波动，它马上手舞足蹈。眼下，腹中像是有一只手，这当儿打算用我的胃来打上一个结或者什么的……我屏住气，把注意力全转移到自己身上，生怕从腹腔中发出什么可怕的声音。

"Are you okay？"（你没事吧？）凯敏问我。我朝她摆摆手，在对她匆匆一看之时，忽然觉得梳着辫子的凯敏突然老掉了，像个大娘了。

是小胡出来救的场："……头儿，要不这么着，我跟这儿中学校长见过几次的，有点认识，要不，我带她们直接去问问校长？问问总不碍事吧？"

"成。记着，说话软和着些，求人的事！"

我们三个坐车去了镇上的中学。学校是个好学校（现在的中国学校个个盖得体体面面），有漂亮的黑铁盘花大铁门（紧腾腾地关着），里面三五栋四层的楼，墙体漆着大刺刺的明黄色，愈显得新簇簇的。走到办公楼里……楼梯也宽大，门脸儿也漂亮，一间一间的门口嵌着锃亮的金属铜牌："会计科""教学处""总务处""校长室"……我们进入的一间是"会议室"，巨大的玻璃窗，深而亮的栗色地板，大大的黑皮沙发沿墙围了一圈，可我们谁都没有坐下。

小胡朝门口探了两次头，校长终于出现，是一个中等个头的男人。大概是他的头发梳得太整齐黑亮了，反抢了他五官的风头。他坐下后，往前直伸的脚上，一双皮鞋也乌黑锃亮，呼应着头顶的亮……真亏他能把头脚弄得这么有亮点。然而，头脚精光锃亮的校长与这个新崭崭的环境相当般配，叫人看着心生喜欢，毕竟……谁不乐意看见自己的同胞整齐体面呢。

校长也算周到，与我们每个人都握手，请坐，看茶，场面蛮正式的。反倒是凯敏的那身衣着（藏青羽绒服、黑围巾），在这个场合里，让她看着活像是这个中国乡屯里走出来的一个村妇，且还低眉顺眼地在大黑皮沙发上只坐了三分之一的面积，两只手规规矩矩地放在膝盖上。她那个样子……不知怎么的，让我突然觉得：她才是我的同胞。

校长从一开始就话少，他一边看凯敏的作品图片，一边听我介绍凯敏的作品和意图。"这些树叶，尺寸真大！"他突然开腔道。哎呀，他必是正好翻到那张最大的树叶照片了：两个美国孩子头挨着头，躺在一张几乎有床那么大的"叶子"上——那是让凯敏最得意的一张叶子呢。

"校长，小的才多，大的不多。"小胡反应比我还快，而且声调糯软。

可校长没看小胡，只抬眼朝着我说："我看太费工夫了，我们这里的学生恐怕没有时间做。"

"凯敏，有没有可能……把那些特别大的叶子去掉……没有人会在乎的……这是在中国！"我又一次怂恿她。

"那些大叶子，我自己来做，发给学生的都不是大的。你跟他说，这样行不行？"凯敏说完，马上转脸看校长，脸上的表情诚恳得不得了。

小胡坐得离校长最近，一听完我翻译给校长的意思，马上满脸堆笑，微微侧着头让自己能从下往上去看校长，脸上是娇憨甚至调皮的表情，说："校长您看啊，大的叶子艺术家自己做，那就容易多了。后天不是周末吗？学生把布带回去——全裁好了呢，缝一下就行……很有意思的活儿，不会太难，不耽误多少时间。再说，您瞧，美国人来了，多少算个国际项目呢，学校也……"

校长又低头去翻看作品照片。室内一时很静。在这个校园里居然听不见任何学生的声音，能听见的只是远处公路上的车流声，还能闻得出会议室内有淡淡的烟味。

校长终于放下了手中的图片，抬起了脸，是对着我的，飞快露出一笑，可眉头却皱了起来："得说实话啊，真是不愿意拒绝……可是，现在的学生，不容易，太不容易，中学生尤其……送到我们这所封闭式学校来的学生，家长们的期待值都很高。你也看见了，我们校门都是锁起来的，好让他们一心无二用。所以……这种事情，我们乐意了，家长都未必乐意，会提意见的……学校不好交代。嗯……我建议你们联系小学试试，小学的情况应该会好些——不是说家长可以帮忙的吗？我们这样的学校模式，家长想帮也帮不上。小学会好些，嗯？"

"……"

还能怎么样，我们只能走了。

我翻译给凯敏的版本是：校长特别乐意参与，只可惜时间正好不巧，下周区里要来学校进行检查，全校上下都在准备，可惜了。早一周、晚一周……就全无问题。

我懒得去留意凯敏的表情了，她信还是不信，她这么想还是那么想……我可不愿意去深想了。我只觉得浑身好累，想找个地方躺下来，就躺下来就好。

待回到了组委会，单独我和小胡时，她朝我说："姐，我早知道的，就凯敏的作品最难办，一开始就知道，找学校，难着呢！……其实，这里有裁缝店，不如包给他们做，一两天就完了，花点钱……"

我正在脱外套——屋里其实并不热，不过是心里燥罢了。小胡的话让我"呼"的一声把外套往塑料钢管的折叠椅上一摔："……对了，我还想到了更简单的办法……主任呢？这个话要对你们主任说去：就直接把那些未做成的布料往展厅一堆，那才叫棒呢……《树叶》的中国版！"

小胡的脸泛出了红色。

我捋了捋头发，叫自己定了定神……为什么要跟这个比我年轻十岁的姑娘生气，她一直在努力帮我呢。我放慢了语速朝她说："小胡……这么告诉你吧。我问过凯敏的，在美国你只把图纸给学生，连布料都得他们自己去准备，让孩子们好麻烦呢。凯敏说，就是要让他们经历所有的麻烦啊，他们才可以真正体会到艺术是怎么一回事。观念艺术不是作品本身，是过程，是过程对人心的影响……好，现在在这里，我们把布料买好，剪好，让学生去做，也行！因为至少，这件作品的含金量还剩着一半。如果全由别人做，甚至叫裁缝做……shit！（臭大粪）这个作品就只剩个空壳，一具尸体！我们干吗来了？费这么大劲，就为了用一堆树叶软垫把展厅填满？！……啊，我不喝水……你不用倒。小胡，你听好了，你我都是中国人……咱们往哪里不能丢脸，偏要在美国人跟前丢脸！我为丢脸来了吗……我脑残啊！"

"姐，我懂。所以……你的意思，学校还得找啊……"

"必须找！而且，打死也不能给学生钱！我干吗来了，费这么大劲！"

"姐……我也直说了吧。嗯……对的，花钱雇人，那的确不像样，学生那里也不该给钱，这我都明白了。可是要让一位校长答应接受，其实，其实……瞧，我是说，不妨备点礼物啥的……嗯，我们不是时间太紧吗。"

不知什么缘故，我一听她的话，竟下意识左右看看。愣了一忽儿我才弄明白，是羞愧指使的：这么清楚的一个大道理，我怎么会没有懂，把事情弄得这样大费周章，纠结淤塞……只怕这里许多双眼睛全在看我的笑话吧！我垂了一会子头，等脸上的羞惭之色略退，才抬眼瞅着小胡笑道："你别叫我姐……是我该叫你'姐'才对……你年纪比我小了十岁，聪明倒要超过我十倍，哈……别脸红啊，我也不白叫你，请你帮我把这个事去办了吧，回头我请你吃饭……叫我为这事拎上礼物……我办不到。你得体谅，我是要整天面对凯敏那双眼睛的，你呢，却不用……就是这样！就照你的法子办！不错……这样对凯敏，至少我们成全了她找学校；对我，至少守住了不付钱给学生的底线……对了，凯恩的事也请你一样办吧，一总到我这里算钱就是了。"

事情当然都给小胡办妥。那个小学校长接受了树叶时，提了两个附带条件：一、学生做的树叶一定要保证再还到学生手中（这个原不是问题）；二、大尺寸的树叶学生不做（这个对凯敏也不是问题）。是我和凯敏雇了车，把剪好的树叶送去学校的。凯敏眉开眼笑。我呢，顺便也给校长提了一个附加条件：希望展览开幕后，组织学生去看看展览，至少那些做了树叶的学生该去看看……不然，白做了。

校长，是个女的，比我大不太多，穿得可比我时髦不少，朝我一笑，对我的要求没有说行，也没有说不行。

4

凯恩的作品出钱雇来了三人，两个小伙子，一个大嫂。我只需留心着给他做翻译时，记着只用"自愿者"这个词就好。不过连这个顾虑也不必有了，我已没有时间给他做翻译。凯敏那里，新一轮的劳作已经开始，她要自己动手缝制七八十片硕大的树叶,我非帮她不可。我又请小胡临时帮凯恩找一个粗通英语的人——我付钱哦!这个事办得却意外的好,小胡不光一个电话就找来了翻译,而且还说不要钱!不到半个小时,果见一个姑娘灰扑扑地进来了,是个住在乡屯里的盲流艺术家,穿得鼓鼓囊囊,一件草绿色的腈纶棉旧外套,黑白格子的围巾弄得看不见脖子,下面是膝盖磨白了的牛仔裤,脚上是一双沾了灰的白运动鞋,身上斜背着一个大大的旧书包,长头发在脑袋后束成一个圆球,用一根筷子插紧了,通身正有一种艺术家的随随便便的派头。我很中意她那种稀里哗啦、满不在乎的模样,只问了她一句:"你……应付得了吧?"她对我抿嘴一笑:"我的英文马马虎虎,够用吧。"那一笑,倒有股子妩媚劲儿,好像灰堆里亮出一点火星。我匆匆谢了她,连她的姓名都不曾用心记住,就把凯恩和他的团队丢给她了。

  我呢,在短时间内帮凯敏完成了两件事,一是替她在镇子上租到一架缝纫机,另外是从组委会争取到一间工作室。"凯敏,"我在帮她搬那些叶子时得意扬扬地朝她说,"你有没有觉得,现在你和凯恩的房间变得两倍大了……嘿嘿。"凯敏倒并不像我那般起劲:"就在这个房间里做其实没事。""凯敏你这人啊……听着,我喜欢你哦。嘿嘿。"

  离布展的时间越来越近了,我总算给每一个艺术家的作品都安上了轮子,把它们推上了运行轨道,一切都朝着我们的目标顺顺当当地滑动起来。凯恩每天上午召集他手下的三个"兵",分析作品,启发鼓励,下午,甚至晚上,他还是爱在这个乡屯里四处转转,感受中国和中国的当代艺术。听说翻译非常尽职,全天陪同。凯敏则如同上班,每天去工作室做大叶子,工作室里甚至有床。到了临近布展的那两日,听说凯敏干脆就住在那里了。嘿,这就是凯敏!

  布展前一天,我去工作室"检查工作",一进门,没来由地,突然觉得哪里不对——静得有点儿反常。我忙转过一大堆叶子软垫,赫然看见凯敏在——她当然会在。只奇怪她愣愣地坐在缝纫机前,竟没在干活儿。我的心无端跳了一下,"凯敏……"

  凯敏抬脸看看我,嘴唇灰白,两只眼睛镶着一圈红边,却奇怪地朝我微笑着,光秃秃地吐出三个字:"他爱她!"

  我活像被火烫着了,一脚跳起来,"不可能!"

该死！我怎么可能没有预感呢，我简直要抽自己两个耳光才对，我不该粗心到没有预感的！两天前我偶然撞见，她的长发虽然还是那样在脑后盘着，但插的已经不是筷子，而是一支真正的银钗，银钗上有精致的银流苏垂挂下来，随着身体的走动摇曳生姿。衣服换成了收腰蜡染的中式小袄，全方位露出曾被草绿色腈纶棉旧外套遮掩了的身体曲线，紧身的黑长裤腿上甚至绣着妩媚的粉色花朵……此外，她还用了蓝色的眼影、紫红色的口红，原来那张不引起注意的脸已经红是红，白是白，像花朵一般开放了，这样的"花朵"被凯恩那张黝黑的脸一衬，愈加显得灼灼有色（凯恩还是照那样，喜欢跟人挨得近），她跟我第一眼见的那个灰扑扑的姑娘根本已经不是同一个人了。说实在的，她若是照这样妖妖娆娆地出现，我八成也许会……也许会多少有点警惕吧。天知道我在哪里出了错……最主要的是，我怎么可以随便对凯恩起疑，凭什么我可以心思猥琐到对此起疑？！若要起疑，我自己都会看不起自己。 任何人——这个世界上的任何人——只要亲眼看见凯恩和凯敏两块饴糖般的样子，就不会……而且，老天，这群美国艺术家这一趟一共在中国只待十天，而凯恩的这个翻译，才替他工作了五天（第一天是我翻译的）！

"绝对不可能！凯敏，你看着我，你瞎猜……"

"凯恩亲口对我说了。"

我的眼泪顿时泄了出来，我扑上去一把抱着凯敏，"噢，凯敏！不，凯敏！不，不，不要啊！不要啊！啊，啊，啊……"

凯敏没有哭，她轻轻地挣脱开我的胳膊，脸色吓人的苍白，一个人像是缩小了一大圈，头发在她脸的两边披挂下来，好像她刚从水里被捞起来。

"……凯敏！凯敏！！凯敏！！！ ……不能，噢，不，不，绝对不能啊！"

凯敏还是那样奇怪地笑着，问："你能怎么做，这种事情，你能做什么？"然后，轻轻地像对自己说，"怎么做都不合适啊！"

我绞着两只手，耳朵轰轰地鸣叫起来。心疼得一抽一抽的，膝盖打着哆嗦，脑壳里有一个声音在哇哇大叫："我可怎么对得起凯敏，怎么对得起凯敏！噢，噢，噢！天哪，帮帮我，上帝啊！菩萨啊！真主啊！谁来帮帮我……他妈的所有这些！组委会、艺术节、学校、叶子、该死的'艺术与生活结合'……所有所有与之相关的一切，都不配来毁掉我只认识了几个月的，一个叫凯敏的美国女人的幸福。"

我发疯般跑回我们住的酒店。凯恩不在房间里，整整一个晚上，我去敲了无数次的门，只差没有躺到他的房门口了，可是凯恩没有回来，一夜都没有回来。（凯敏已经完全在工作室里住着，不回酒店了。）

第二天一早，我顶着铅做的脑袋，迈进组委会。小胡他们几个助手用奇怪的眼神看着我。我对他们不瞅不睬，连主任也一并不理，直往会议室去，凯恩是在那里每天召集他"部下"的。凯恩还没有来，里面一个人都没有。我坐下，等。小胡走过来给我倒了杯水，轻轻放在我面前，眼睛里满是问号。我闭上眼睛。我知道不该恨她，可是我连她也恨。小胡退出去了。我等啊，等啊，那三个"兵"陆续都来了。他们并不与我搭话，一个个都站在一丈之外，仿佛我是"瘟疫"。咦，他们知道吗？对啊，他们每天和那两位见面，他们该知道什么吧？我逐个去看他们。一个小伙子是从本镇文化站来的，身子瘦小灵活，嘴唇红得不可思议，眼睛活像在枝头跳上跳下的鸟；另一个是从画店里拉来的小伙计，正好相反，看人时两只眼睛定定的，带着一种和他年龄不相称的阴郁神情；那个大嫂则长得胖大，移动起来又慢又稳，带着母牛般的庄严神气……尽管他们三人如此不同，可他们的神情中有一种共同的表情："你们这些人只管闹你们的去好了，跟我们一点点关系都没有。"

什么意思？他们这是针对"我们"闹"艺术"，还是针对闹"爱情"？我算多少看出来了，在这个艺术之乡，"艺术"其实算个球！那么男女之事呢？只怕更加是……更加什么都不是！我分明感到，房里四个虽全是中国人，可是他们三个与我陌生得像是来自两个星球，交流的可能是一点点都没有的。甚至，我周围的"同胞"个个都跟我隔着星空般的距离，只剩下我和凯敏，哆哆嗦嗦地蜷缩在一起……我的心苦得让喉咙发干，舌头僵硬，半天才叫自己哑着嗓子发出声音："凯恩他平时迟到吗？""没有的事，老美守时得很。今天例外。"眼睛像蹦跳小鸟的小伙子回答我。"操，他今天不能不来！他不敢不来！"我咬牙切齿地说出了声，用的是英文。小伙子朝我看，英文他听不懂，可是他的眼神让我知道，他懂得英文之外的很多很多东西，而我只除了懂英文，其他什么都不懂，我从他的眼睛里读出了鄙夷。

凯恩终于出现了，只有他一个人出现，女翻译不在他身边。他们当然得分开出现啦——这种狗血剧情中必需的场景。

"啊，你在正好，我需要翻译。请告诉他们，我抱歉来晚了一点，不得不处理一些事情……"凯恩分明看见了我鼻子不是鼻子眼睛不是眼睛的表情，可他没事人一样对我说。

我不理会他的话，张嘴只问："哼……那个（该死的）翻译呢？"

"她今天没法来，跟我说了。"

"没法来！跟你说了！在哪里跟你说的？！"

凯恩目光尖利起来，可是神情依然镇定。他，还有屋子里的另外三个，神情全比我镇定一百倍。我强忍住气，"凯恩，我们出去，我有话说。"凯恩的眼睛看看他的三个"兵"，耸了耸肩，摊了摊手，可还是照了我的话动身往外走。眼睛像鸟的小伙子开腔了："我们干吗？还让我们等啊！""等着！我付过你们钱了！"我用中文高声朝他说。

我们一前一后走出会议室，走出办公楼，直走到噪声喧哗的街上……我在一个楼房的转角处站下来，迎着凯恩张嘴就问："你和那个翻译……"

"正是！……凯敏告诉你了？"凯恩马上打断我，迅速地说。

"她人呢？"

"我说了，她暂时不来了。可是，瞧，我们的作品也基本完成了，今天正好是《中国七日》的最后一天。志愿者明天也不必来了，我只需在电脑上把七天的摄影作品编辑排列好就成。"

"我需要找她谈谈。"

"不用，你找我谈……可是有必要吗？别忘了，我是美国人……主要的是，我已经跟我妻子亲口谈过了。她没问题。"

"上帝！她没问题，你忍心说得出来，她没问题！可是你有问题！"

凯恩朝我一看，眼神比刀子还锋利："我也没有问题，一切都明明朗朗……我们来了，我们做了答应要做的作品，一切都正常、合法……其他，就不在这个范围内了，你应该明白我的意思。"他说完，眼睛在眉弓后面直直地盯着我，两个嘴角微微朝上扬起。我当然看得懂，他那个无言的表情，比他的语言更有杀伤力。可是我非常不甘心，还想再试一次——为他。"凯恩，你不了解中国……"但只出口了半句，就哆哆嗦嗦地住了口。并不是因为凯恩的眼神分明已经成为两股无情的利剑,尖锐到伤人的地步,而是,我在窘迫中失去了组织语言的能力。我不知道怎样才能稍稍体面地,不让他难堪地告诉他,从他的《中国七日》中生出的断不会是爱情(否则,为什么他那三个"兵"的神情中有一种让人不舒服的、高高在上的鄙夷神气呢?那会是看见纯洁爱情之后的反应吗?)……让我更加难出口的是,他这位美国艺术家,除了一双眼睛具有魅力,他的身体消瘦到不及此刻他身后街边上那个摆水果摊的中国老汉。除去不年轻(那姑娘该比他小二十五岁吧),他根本不是一个好看的男人,他只在与凯敏的搭配中显得合适。凯敏宽厚稳定,像一个石砌的底座,而他是安在这个底座上的尖峭嶙峋的灯塔,失去这个底座,灯塔就会歪倒在地,不久就成一堆废铁。他真以为他的眼神锐如鹰隼吗?眼下的中国,连我这个来自原产地的正牌中国人都看不大懂,他真以为他在中国碰到了他的好运吗? ……可是已经没有时间给我组织语言了,我倏然发现,站在我面前的凯恩,看我的眼神是一个彻彻底底的陌生人。早几天,我们一起在酒店房间里、在镇上小馆子吃饭时的那些亲热的谈笑,那些对于艺术上的热情讨论,就像从来没有发生过一样。我的心像浸在冰水里……可是凯敏呢……她现在的心会浸在什么样的东西里呢?

……

纵然我猜得到我会碰到什么,我还是照小胡给我的路线图,摸到那个翻译在乡屯里的住处,门上是一把锁。一直到我们最后布置好展览,展览开幕,那个门上都是一把锁。

展览开幕后的第三天,美国艺术家们全体都返回了美国,只有凯恩一个人改了回程的机票,不知所踪。凯敏是独自回去的。

我回到美国后,从小胡的电邮里知道,那个展览从头到尾,学校没有组织学生去看,做了叶子的学生也一个没去。小胡在展览结束后,如约把学生做的叶子都送回学校了,唯有凯敏做的那些大树叶,没人认领,也没处可放,后来找了垃圾车来拉走的,为此还花了钱。

5

事情过去两年后,我在美国甚至避免打听,可那个不出所料的消息还是传进我的耳朵:那姑娘与凯恩结婚后,果然在美国又分手了。我对这个事连一点是非好坏的感觉都没有了。我在意的只是凯敏。恍惚听见说凯敏又结婚了,又听见说是传错了……我无法确认,因为我无法再见凯敏。虽然,以我所知凯敏的性格,她不会来记恨我,她这样的一个人,字典里没有"恨"字。可我还是觉得无法见她。

问题已经不在凯敏,问题变成了我的。我到现在都没有结婚,而且,我已经改行不做艺术了。我现在在美国的一家出版社工作,做美术编辑,工作不算太累,工资也不错,我过上了美国典型的白领生活:工作有效,思维清晰,动作利索,外貌整洁……绝对没有人能看得出来,我会常常被一个问题困惑:为什么从那个时候起,一切事物对我呈现出一种陌生的异样之感。这些年来,尤其夜深梦醒之时,这个熟悉的问题就会自动跳出来,只要思想一进入这个问题,我的大脑就会陷入麻痹状态。

我大概永远都无法明白了。

要命的是,我也再也回不到原来那种与一切事物的关系之中了。

《长江文艺》2017年第1期

评鉴与感悟

异质文化的"中间物"

不同文化之间的冲击(culture shock)是华人文学时常涉及的内容,不少作品都表达了中国人在海外面对别种文化环境时,产生的孤独、不适和震惊等感受。但在这篇小说里,文化冲击的源头,不再是国外的生活和文化,而是变成了在海外定居多年的华人对中国环境的"水土不服",也就是返乡文化冲击(re-entry shock)。

《中国七日》的故事主线,是凯敏和凯恩这对艺术家夫妇来华进行艺术活动时,所遭遇到的艺术挫折以及二人的感情变故。而"我"作为艺术家的中间人和翻译,不仅目睹了所有发生的事件,处于小说叙述者的中心位置,而且由于"我"对中外文化的双重理解,使"我"在看待这些事件时,有着比当事人更加清醒的认知。

美国艺术家一行来中国,是为进行"艺术与生活结合"的艺术活动,这是在美国取得极大成功,民众表现出巨大参与热情的艺术项目。然而,在进入中国后,却面临重重困难。虽然主办方在欢迎时,表现出大张旗鼓的阔气,在物质上也是无条件支持。然而,当涉及具体操作时,却需要贿赂校长,以及给本应是艺术受益者的参与者付费,最终磨损掉了这个艺术项目的本质价值。更令人痛苦的是,凯恩在这短短的几天,被一个搞艺术的中国女孩儿以爱情的名义迷惑,使得这对恩爱夫妻分手,给"我"所喜爱的凯敏带来巨大伤害。

面对中国人对艺术的冷漠、虚伪,一切向"钱"看的狡诈、世故,作为中间人的"我",感受到了双重的伤害。一方面,习惯了艺术的纯净和西方的处世方式的"我",面临故乡的各种"潜规则"时,感到既震惊又难堪;而凯敏在艺术上遭遇的失败和失恋的痛苦,由于客观上是"我"带来的后果,所以"我"既为凯敏难过又感到难逃其咎。

故乡、祖国、同胞,都在"我"面前呈现出了陌生乃至狰狞的一面,使"我"在感情上和文化上,都觉得务实的美国人更是令自己安全和熟悉的港湾。然而,当"我"与陷入新的爱情的凯恩产生激烈冲突时,"我"发现凯恩同样是陌生人。至此,不仅是回乡的经历让"我"痛苦,"我"所亲近的美国人,同样也变成了陌生的、冰冷的。中间人的尴尬和痛苦由此而生:无论是中国还是美国,都给了"我"巨大的伤害,失去了亲近的理由。在小说的结尾,"我"即使退出艺术圈以求安稳,但是被打破的秩序感和安全感依旧难以回归:"从那个时候起,一切事物对我呈现出一种陌生的异样之感。这些年来,尤其夜深梦醒之时,这个熟悉的问题就会自动跳出来,只要思想一进入这个问题,我的大脑就会陷入麻痹状态。"

《写在〈坟〉后面》中,鲁迅先生曾经表达自己是"中间物",因而面临许多挣扎。与之相应,小说中的"我",似乎也可以称之为文化的"中间物",在面临中西文化的双重受挫之后,也难以寻找自己的立足点,因而"也再回不到原来那种与一切事物的关系中了"。(李馨)

逆 位

/斯继东

应该是大一的第二个学期吧，田忌和雷横突然闯进学生宿舍。

我有点喜出望外，"奶奶的，你们俩没心肝的怎么想到来看我啊？"

"看你？"雷横反问一句，不吭声了。其实，他们不是来看我的。按田忌的说法，他们只是来瞧瞧此生绝缘的大学。看得出来他俩都挺沮丧。

雷横和田忌的成绩差，会考完就没再读。我比他们好一些，勉强去考，又胡乱填的志愿，却意外被录取了。收到入学通知书才知道，学校并没在省城。一所坐落在四线城市郊外，农田、荒坡和村庄混杂，傍晚经常有耕牛擦肩而过的灰不拉几的大学。别说他们，我自己也失望。

事实上，我喜出望外的原因也不是因为他们来看我。我只是太想找个人聊聊那件事了，而高中同学自然最合适不过。

"我交了个女朋友！"我轻描淡写地跟他们说。

"是吗？"雷横和田忌的贼眼都有了光。

"奶奶的，行啊你，怎么勾搭上的？"田忌说。

至此我想我好歹算是给这所破大学挽回了一点面子。

"嗳嗳，她奶子有李萍翘吗？"雷横问。

李萍是我们的同班同学。我给她写过好多信。对，是信，不是纸条。因为我觉得前者更郑重其事一些。生活委员拿了一摞信在讲台前喊名字，我总是心惊肉跳。李萍！李萍！李萍！而她总是要等生活委员喊三遍，才极不情愿地走上前去。我不知道自己干吗心惊肉跳，其实那些信我一封都没寄出过。

"约出来让哥俩瞧瞧？"田忌、雷横异口同声。

我似乎已经忘了怎么认识的赵四。约出来瞧瞧，这个当然没问题。

于是就商量好了一块去看通宵电影。

对讲器里赵四有点吞吐，经不住我执意，到底还是出来了。

电影院在市区，得先到校门口搭乘公交。四个人慢悠悠地沿着林荫道走。时不时有学生三三两两迎面过来。因为有雷横和田忌在，我颇踟蹰于该不该挽上赵四的手。他俩刚刚还口无遮拦的，见着赵四后，无端就拘谨起来。

似乎是为了打破这份尴尬，经过图书馆的三岔口时，斜刺里忽然杀出一个男生，对着赵四喊了一声。赵四闻声收住步，就见那男生冲过来拉扯赵四的手。

没有丝毫的犹豫，我一个箭步蹿上去，说时迟，那时快，那男生便被掀翻在地。我不会打架，之前甚至从未跟人发生过肢体冲突。我不知道当时自己是出了一拳还是一掌，也许只是狠狠地揉了一把？

那男生从地上爬起来，恶狠狠地朝我反扑上来。我的大脑一片茫然，我根本不知道之后拳脚应该怎么跟进。我的勇气好像已在那一瞬间用光了。

一个硕大的拳头正朝我脸上砸过来，突然又硬生生地收住了。

"你等着！"那个男生说。

在他转身之前，我看到两条赭红的蚯蚓正从他的鼻孔蠕蠕而出。

田忌和雷横抱着胳膊站在我身后，气定神闲，仿佛两尊佛。

那晚的通宵电影自然看得寡淡。俩老兄第二天一早就匆匆走了。在火车站的某个小摊上我买了一把弹簧刀。

我依然与赵四约着会。出去喝杯咖啡，逛个街，看一场电影，周末用那架老乡传承的破自行车载着她去周边郊游。当然，更多时候还是晚饭后在校内闲逛。校园占地阔绰，其间林木森森，沟壑起伏，历届学兄学姐还留下了诸多放浪的地名。一到晚上，影影绰绰的月光下，遍布了萤火虫般捉对厮混的恋人。

赵四依然还是那个藤蔓一样缠着我、然后问许多古怪问题的女孩。海绵体到底是什么材质？为什么眉毛生得早却长得慢？是不是雌雄同株就不会孤独了？那段时间，她忽然对对称性产生了兴趣。前一天她问我，人有对称的身体，为什么内脏却是非对称的呢？比如心脏，为什么不是一对，为什么非得长在左胸而不是右胸呢？第二天她又兴奋地告诉我说，她找到心脏长右胸的人了，这种人跟另一种人一一对应。"你知道这些人生活在哪儿吗？"她自问自答，"告诉你吧，他们生活在镜子里！"说实话，比起这些古怪烧脑的问题，我更感兴趣的是她的身体，我希望所有的理论最终都能跟肢体实践相结合。

但是那段时间，当我的手像往常一样越过文胸和内裤，在她身上游走时，那股子亢奋劲明显消减了。

那些夜晚，我无数次地梦见，那个男生带着一伙社会青年气势汹汹地闯进了宿舍——每次从睡梦中惊醒，我都会看到手里汗津津地握着那把刀子。

我曾经问过那男生的事。赵四说是她隔壁班的。

"人家喜欢我难道也是我的错？"赵四这样反诘我。

"还来找过你吗？"

"没有。"

大概过了两周多，另一只靴子落了地。

那男生没来找我，却寻了赵四。赵四的大腿内侧结结实实挨了一刀。

去医院看她时，我的裤兜里还装了那把弹簧刀，这让我产生了一种奇怪的幻觉：似乎扎这一刀的不是那男生而是我。

赵四倒是嘻嘻哈哈的，"还好啦还好啦，没伤着股动脉，位置也不算太坏。刀口要再朝下移一移，我可就穿不成短裙了。"

我给田忌和雷横打长途。扎回去！他俩不约而同地说，这时候比的就是谁狠。对他们而言，这当然只是小事一桩。高中三年他俩就是这样打打杀杀过来的。他们还同时表示了声援，需要的话吱一声，立马杀过来。

这种事自然不敢跟家里说，因为混文学社，室友们走得也不亲近，我就去找了一个高年级的老乡，那老乡在校学生会任职。他的态度很明确：

找校方。"这事闹得已经够大，再扎过来扎过去，局面就更不可收拾了！"他很严肃地跟我说。

赵四不赞同，她嫌我多此一举。但我还是听了老乡。校方派人找赵四详细了解了事情的始末。后来又找了我，"听说是你先把人家吕一布打出了血？"我把经过避重就轻地讲了一遍，我否认自己看到了血。可事实是，吕一布的确流了血。而且按照惯例，学校也不可能单方处理当事人。辗转反侧一夜，我又去找了学生会那老乡。老乡爽快地收下了我带去的两条烟，答应会去学生处通融通融，又宽慰我说："放心吧，动没动刀子性质到底不同。"

挨了近一个月，校方的处理意见出来了。吕一布被开除，而我挨了个警告处分。老乡跟我解释说，给你背个警告，其实也是校方的一种保护。如果单单处理对方，他能咽得下这口恶气吗？

这倒也是。

但是，一个轻描淡写的警告，真的足以让对方咽下被开除这口恶气吗？

就在我惶惶不可终日的时候，忽然接到了家里电话，母亲的身体出了问题。我们一家四口，妹妹那时正读高中。家里拿主意的一向是母亲。父亲是个无心无事的闲人，整天捧着他那个结满茶垢的搪瓷杯，满镇瞎转悠，哪里热闹就朝哪里轧。我们家的家境在当地还算过得去，靠的正是母亲。种桑树，养长毛兔，开杂货店，一路过来全靠母亲的精气神。想起来父亲实在是个快乐的人，他唯一的烦恼是他的零花钱。自从迷上打麻将后，他的零花钱总是不够。问母亲追加得编理由，这真是让他伤透了脑筋。记得我参加工作后，曾经好多次梦见父亲来办公室找我。他坐在对面，支支吾吾地没话找话，我知道他就等着我拿一百两百的零花给他。喜滋滋走之前，父亲还总不忘关照一声："我来过这事，别跟你妈说。"

县里的医院给了结论，又建议送省城复诊。我匆匆赶到省城，母亲他们已经先到了，六神无主的父亲还在等着我办入院手续。县里的所有检查单化验单都是无效的，一项一项都得从头查起。到这田地，母亲还在记挂家里的杂货店。父亲只在一边唉声叹气，他什么入院的必需品都没带，但居然没忘他的搪瓷杯。

一张张单子叠出的是一个相同的结论。医生指了两条道：保守治疗，或者马上手术。但手术有风险。母亲必须得瞒着，我就跟父亲商量。父亲却把眼神挪开了，他看上去更像病人。"我真的不知道。"他盯着他的搪瓷茶杯说。

"那就动吧！"我把心一横，平生第一次代替母亲做了决定。

手术挺成功，但切片化验的结果也掐灭了最后一丝侥幸。

术后，陆续有亲友闻讯前来探望。田忌和雷横也来了。

我们站在院里的一棵洋槐树下抽烟。雷横忸忸怩怩地告诉我说，他也处了个女朋友，让我猜是谁，还说我认识。猜半天，还是田忌公布的谜底——李萍。然后他们还顺嘴问起了赵四。其实他俩更关心的是那起架最后扎没扎回去什么的。我却走了神，我忽然非常想念赵四。

是的，如果那时候赵四能来陪我，哪怕只是跟我接着说说对称非对称问题也好啊。

田忌和雷横走后，我赶紧给宿舍打了个电话。接电话的室友说，没人来找过我。我不甘心，给他留了医院的电话，又再三叮嘱了一番。

但赵四没有出现，一直到母亲做完第一次化疗出院。

南方春短，等我回到学校，已是初夏。

几天后的傍晚，我装着像往常一样去女生宿舍找赵四。

路上不少女生已经换上了裙装，校园妖艳了许多。赵四应该也换上裙子了吧？她的短裙能遮住那个疤吗？我这样想着快步穿过商业街。

经过那家咖啡馆时，眼角的余光一晃，我似乎看到了熟悉的身影。

略一迟疑，我就又折了回去。

透过玻璃窗，我看到了久违的赵四。

赵四果然换上了裙子。她正拿着一把匙子往对面一个男生嘴里送着什么，应该是冷饮之类的吧。由于我是走过了再折回去，与赵四的脸恰好正对，她应该很轻易就能发现一窗之隔的我，但是她太专注于手中的匙子了。我又往回走了两步，赵四依然没有察觉，倒是那个男生似乎注意到了我。那男生我认得，是体育系的，在校篮球队打中锋。赶在赵四抬头之前，我仓皇逃离了现场。

要复述当时的心情是困难的。能感觉到心脏跳得很快,但这个剧烈跳动的家伙跟自己似乎并无关系,因为我无法确定它是在左胸还是在右胸跳动。

有人在叫我名字。我像个梦游症患者一样缓过神来,这才发现自己已经不知不觉晃到了图书馆前面。

图书馆的台阶上聚了很多人。喊我的是两个文学社的诗友。

其中之一走过来跟我说了一句:"周庄死了。"

仿佛兜头一盆冰水,我被完全激醒了。

周庄是我们校文学社的社长。

"怎么回事啊?"旁边七嘴八舌的,说是周庄中午肚子痛,同学陪着去了医院。晚饭时分,却从医院传回来他的死讯。

"周庄死得不明不白,必须得向医院要个说法。"另一诗友说。

仿佛有人在暗处挥拨似的,源源不断有学生在向图书馆聚集。

"我们去医院!"有人带头喊了一声。

"对!""对!""对!"更多的声音在附和。

于是台阶上坐着的人都站了起来,队伍开始蚁团似的朝校门口滚动。

学生处和校领导早已闻讯堵在了校门口。几近废弃的大铁门也破天荒地关上了。我事后才知道,那天是某个特殊的日子。几个老师站在铁门前劝阻,但是人多嘴杂,场面很乱,劝阻显然无济于事。

这时候,就有人匆匆跑过来递给校长一个扩音器。

"同学们先静一静!"校长说。嘈杂的声音总算被扩音器压了下来。

校长说,这件事校方会出面跟医院交涉,到时一定给同学们一个满意的答复。校长才说上没几句,马上就有人反驳,人群里不满的声音再次高起来,盖过了扩音器。

眼看软的不行,校长黑下脸对着扩音器使了撒手锏:"大家给我听好了,今天谁要敢跨出校门一步,我就开除谁!"

人群一下子鸦雀无声了。

在此之前,我似乎只是一片被水流裹挟的树叶。那个叫嚣的扩音器忽然变成了一条诱惑的蛇,那句威胁就是它吐出的细细长长的信子。

开除?!真的吗?如果我跨出那一步,就会像吕一布那样被开除?这听上去就像一个特别刺激的游戏，干吗不试一试呢？

于是死寂的蚁群有了轻微的骚动。人群自动让开了一条道，我一步一步走到蚁群前面，拨开一位老师的手臂，然后拉开了大铁门。

好凉爽的夏夜啊，连星星都出来了。

一切都比想象中简单多了。

我回过身，看到两个同学正跟着朝外走。

经他们再一拉，大铁门的口子更大了。

然后，整个蚁团开始重新挪动起来。

公交已经没了，只能徒步。

中午陪同去医院的同学自告奋勇在前面带路。蚁团变阵成了一字长蛇。

两个走在我前面的诗友在小声说着与周庄的往事。我恍恍惚惚觉得周庄并没死，他就夹杂在队伍中间。周庄是个小个子，平时走在校园里蔫蔫的，仿佛是谁揉皱掷掉的香烟盒，很不起眼，但是当他一站上讲台，突然就像通了电的吉他似的光芒四射。我虽然入学初就加入了文学社，跟他并无交情。但每次碰见他，我都会有种错觉，假以时日我们是能成为朋友的。

恍惚中我又觉得，刚才大铁门前挺身而出的应该是他。然而事实不是，那么，大概他是真的死了。照此看来，我跟他已经再也做不成朋友了。想到这里，我忽然悲伤起来。

预料中，这样黑压压一支队伍杀过去，院方难免会措手不及。

但我们的想法太幼稚了。

医院大门洞开，灯火通明，几个院领导模样的人正迎候在门诊楼高高的台阶上。有同学用胳膊捅捅我，通道口居然若隐若现地停了两辆警车。对方显然早已严阵以待。跟院领导站在一起的还有我们校长，狗娘养的他居然还带上了那个扩音器。我之所以讨厌，是因为我们镇上那个卖"三步倒"老鼠药的家伙，成天就拿着这玩意儿在十字路口吆喝。

校长讲了几句后，那院长便接过了扩音器。他显然见多了这种场面，神态镇定自若，说辞声情并茂。大概意思就是，一个风华正茂的大学生出这样的事，他也很难过，同学们悲痛的心情他十分理解。但周同学的猝死属于器质性原因，医院的检查治疗经得起任何质询，最后的抢救院方也已尽了全力。

大多数愤愤然来的同学其实也是不明就里的,所谓要个说法的现在似乎也有了说法,剑拔弩张的气氛开始缓和下来。

这时,人群中忽然有人喊了一句:"口说无凭,我们要尸检结论!"这话对一帮毫无医学常识的人来说无异于一剂兴奋剂,于是疲软的队伍再次亢奋起来。

我到现在都没弄明白,那个同学关于尸检的提议是否符合医学逻辑。而且当时死者家属也并没在场,半生不熟的同学、诗友或者校领导就能代表死者家属的意愿吗?但那天的事实情况是,院领导和校领导现场商议了十几分钟后,同意了。

接着是选学生代表。三个。这应该是游戏的一部分,我毫不犹豫地举了手。

从跨出校门那一刻起,游戏就已经正式开始,而参与者,特别是作为一个领头的人没有任何理由中途退场。

白大褂,头套,口罩。电梯闭合,下沉,又打开。扑面一股阴冷的风,全身的汗瞬间都被收纳。过道冗长,潮湿,日光灯森森然,无数影子在墙上忽长忽短。

一切如同梦境。

我们被带入过道尽头的一个房间,骤启的顶灯灼人眼目。等我再度睁眼,白色的床单已被揭去,一具赤身裸体的男尸呈现在我们面前。似乎只是睡着了,却又全然不同。白皙的躯体中间有黑乎乎一坨,仿佛沙地上的一篷芨芨草,刺目又怪异。多年之后当我第一次读到王小波的诗:"走在天上,走在寂静里,而阴茎倒挂下来"时,莫名其妙,眼前闪现的就是这个场景。

首先亮相的是一把手术刀,小巧,精致,锃亮。仿佛一张犁切入业已板结的土地,犁过处黑土齐刷刷翻开。切开的只是皮肤和肌肉,还有一层透明的腹膜包裹着内脏。为了不划破脏器,得先在腹膜上细心地割开一个小孔,足以插入两指就行。然后,上场的是一把同样锃亮的灵巧的剪刀。医生"嚓嚓嚓"空剪了几下,听得让人耳寒。

作为必须遵守的游戏规则，整个解剖过程，我一直是目不斜视的。直到医生摘出一个鲜活的脏器，并小心翼翼地托着它凑近观察灯。

不需要任何经验就能指认，那是一个完整的心脏。它似乎还在噗噗跳动着。

我的忍耐力终于到了极点。事实证明，这并不是一个好玩的游戏。

我捂着口罩跑出了手术室。

手术室对面就是厕所，厕所外面是带一整排水龙头的洗手槽。

我伏在水泥槽上狂吐不已。

就在这时，我突然想起了赵四。而这中间，似乎已经隔了漫长的时光。就像一个喝酒断片的人，我毫无来由地回忆起了与她初次见面的场景。那是一个冬天的傍晚，某个诗歌活动刚刚结束，一大群人从图书馆出来，经过那个结冰的湖时，走在我边上的一个女生慢下来，然后很突兀地问了我一句："你说湖面结冰后，那些鱼儿去了哪啊？"

问这问题的人自然就是赵四。

这问题可真够矫情的。鱼儿还能去哪呢？这跟湖面结不结冰有什么关系？

但是问问题者的面孔却像出没在云翳里的月亮一样突然清晰了一下。

我拧开一个水龙头，出来的水很小。

我就上去把一整排水龙头一个一个都拧开了。那一大堆陌生的呕吐物开始松动，然后像冰山一样缓慢移动，虽然极不情愿，但最终还是被水流完完全全地带入了下水道。

两天之后周庄父母赶到了学校。不知道是不是因为我们介入的原因，院方到底还是给了家属一笔不菲的补偿金。在整理儿子遗物时，周庄父母翻出了一大堆的书。也不知道是不是出于另外一种补偿心理，离校前他们把这些书都分赠给了大家。我也分到了一摞——记得其中一本是乔伊斯的《都柏林人》。此后，文学社几位理事曾经找过我，让人生气的是，他们的来意竟是让我出任新一任社长。我自此再未参与文学社任何活动。

对这起特殊时间段的群体事件，校方迟迟没有结论，似乎要酝酿一个重大决定，意料中的死亡倒是如期而至了。诡异的是，死神带走的却是我的父亲（我的母亲至今健在）。父亲出殡那天，田忌来了，雷横没有来。因为一场两肋插刀的械斗，雷横犯人命入了狱。让田忌幸免于难的，是一起莫名其妙的车祸。田忌还顺便告诉了我另一件事：李萍现在跟他住在一起。

我再也没见过赵四。偶尔，我也会想起她。但那个时候，我的内心是冰冷的，仿佛那个脏器已不再存在于腹膜之下。事实上，并不是所有心脏都是长在左胸口的。很多年之后，我还真在电视上看到了一个心脏长在右胸的中年男子，他看上去跟我们并无二致。赵四就像个天才的预言家，这些概率只有几百万分之一的怪胎，医学上居然真的就叫"镜面人"。专家介绍说，"镜面人"常不自知，一旦患病极易被误诊，由于内脏左右逆位，给他们做手术需要反向操作，越是技术娴熟的医生反倒越易犯错。不知为何，我居然想到了周庄，院方称其死于器质性疾病，会不会他就是一个罕见的"镜面人"呢？尸剖的场景再一次浮现于眼前，那枚被医生用左手或右手小心翼翼地托举着凑近观察灯的似乎还在噗噗跳动的心脏——到底来自周庄的左胸还是右胸呢？

对了，在我居家期间，那个李萍挺意外地来看过我。丧事结束后，亲友皆作鸟兽散，屋子里外空空荡荡。李萍是一个人来的，也不知田忌是否知晓。母亲搬了两把竹椅到屋前高高的空台基上。那是个傍晚，我们的面前是一望无际的正在疯狂抽穗的水稻田，更远处是若隐若现的远山平畴。我忘记我们说了些什么。也许什么都没说。我不知道李萍为什么要来看我，而且是孤身一人。我俩就那样默坐着，任由暮色像雾一样弥漫开来。我混混沌沌的意识却慢慢变得澄清，腹腔里那个似乎早已融化的脏器，在不知不觉中再次凝固，显形，然后复归原位。背后传来母亲的呼唤声，李萍站起来告辞。就在那一刻，在四合的暮色中，我忽然接受了之前的所有事情——包括学校里那个等着我的悬而未定的判决。

《收获》2017年第1期

评鉴与感悟

幽暗青春的另类书写

《逆位》的整体感觉，是一种典型的欧洲写实主义文艺片的风格。镜头灰暗、色彩暗淡，对话低沉，极少欢笑，还有大量凝固的长镜头。当然还有政治、暴力和性爱，以及突如其来的死亡。

《逆位》这篇小说虽然写的是青春，以及与青春结伴而行的性和暴力，但是整个叙事口吻是能够接受一切的暮气沉沉。小说十分平静地讲述了"我"大学期间的人和事，比如好兄弟之间的玩笑和胡闹，为了女友打架，母亲患癌症的噩耗，学生领袖突然死亡，以及遥不可及的梦中情人……这些人物和事件都没有什么特别的地方，但小说最终的结局却是出人意料的："我"的恋人成为他人的女友，求之不得的暗恋女孩成为好友的恋人，另一个好友械斗入狱，患病的母亲安然地活了下来，而健康的父亲却离开人世，昔日的学生领袖意外死亡，"我"在惶惶等待学校的处分……这一切发生得那么突然，那么荒唐，又那么现实，那么顺理成章。

小说的第一人称叙述，可以看作是主人公的内心独白。采用这种叙述角度，特别便于展示人物内心的暮气苍凉，让读者看到，原本美好的青春年华是如何一点点被摧毁为有关爱情、友情、亲情的碎片，并祭奠着终将逝去的青春岁月。尤其是写到"我"见证着周庄的解剖过程时，"我"的内心随着解剖刀的运行，只感到这场游戏分崩离析、青春散场后，满目的荒凉和凄惶。

整篇小说的色调始终是灰暗的，本该属于年轻人的浪漫爱情和躁动不安的理想，都不复存在。这一群生活于底层的年轻人，其内心的自卑和骄傲始终无力地胶着着、挣扎着，他们极度排斥底层的生存方式，却只能在同辈中找寻些许主体性和成就感，通过挥霍时间、嬉笑打闹来逃避和排解生活中的失望、无聊与虚无。因此，在这篇小说中，没有一丝梦想照进生活，只有笼罩在文字上方的无边的昏暗。

记得王小波说过，人生的舞台上，大部分人是演员，只有少部分人能成为编剧。小说中的年轻人，"我"、赵四、雷横、田忌，注定只能成为演员。他们粗俗、敏感、孤独、幻想，无法编排自己的人生，更无力掌控自己的命运，只能懵懵懂懂地辗转于庸俗、琐碎、纠缠不清的现实生活中，最后在这场青春烂片中仓皇逃离。这是一批没有锦绣前途的底层少年。看到他们的青春时代,几乎可以想象他们劳累无望的中年,贫病早衰的晚年。

在《逆位》里,叙述者始终是含蓄的,也是静默的旁观者,如此冷静,不是怀念青春,也不是埋葬青春,而是要表现这群年轻人暮色四合的一生,就像小说结尾写到的暮色四合的景象。(杨艳坤)

气 球

/万玛才旦

达杰翻遍了抽屉，翻遍了枕头底下，翻遍了所有能翻的地方，最后也没有翻到那个玩意儿。

他问她的老婆卓嘎，她说她也没看到。

完事之后，他就骑着他那辆破摩托车上路了。

路上，他远远看见两个小儿子各自牵着一个气球似的奇形怪状的玩意儿在玩。

走到近处，他才看清了那是什么。他瞪大眼睛问两个儿子："这玩意儿哪来的？"

两个儿子也瞪大眼睛互相看了看，没有说话。

跟两个儿子一起放羊的达杰的老父亲瞪大眼睛问："这两个孩子今天一大早就拿着这么个玩意儿玩来玩去的，这是什么呀？"

达杰继续瞪大眼睛瞪着两个儿子，之后又瞪着老人，没好气地说："这是气球！"

老人有点不服气的样子，瞪着达杰说："你想骗谁啊！气球是圆的，这怎么是气球啊？怪模怪样的！"

达杰继续瞪着老人，语气生硬地说："这也是气球！"

老人没再说什么，转过头去，嘴里突然冒出了一句经咒："唵嘛呢叭咪吽！"

"唵嘛呢叭咪吽"是观世音菩萨心咒。老人不识字，念不了太多其他经文，平常喜欢把这句挂在嘴边。别人问他"你就不会念点别的经文吗"时，他总是笑着说："这就够了，所有的经文就包含在这里面了。你能念够一亿遍，你也就算是备好了去那个世界的资粮了。"

达杰知道这也是老人表示不满意的方式之一。他没理老父亲，自己点了一支烟，站起来继续瞪大眼睛把两个孩子手上的玩意儿——弄破了。

那两个玩意儿相继发出"噗噗"的声音，恢复了它们本来的面目，变成两块很小的蔫不拉几的东西，萎缩在了那儿。它们原来是两只安全套。

两个孩子眼睁睁地看着他们的玩意儿突然之间变成了另外的他们不想看到的什么东西，突然间放开嗓门哭了起来。

老人这次没有念六字真言，直接扭过头来瞪着达杰问："你干吗把小孩子的玩意儿给弄破了？"

达杰瞪大眼睛没说话，笑了笑，继续抽烟。

两个孩子揉着眼睛继续哭，声音更大了。

老人继续瞪大眼睛问达杰："我说你没事把小孩子的玩意儿弄破干吗？"

达杰没好气地看着老父亲说："那不是什么好玩意儿！"

老人问："那你刚才不是说那是气球吗？气球怎么不是好玩意儿了？"

达杰想了想，不知道该怎么解释，最后说："那不是小孩子玩的气球，你不懂！"

老人有点咄咄逼人的样子，继续问："那你的意思是说那是大人玩的气球吗？"

达杰这时忍不住"呵呵"地笑了。

老人瞪着他问："你说说那是个什么玩意儿？"

两个孩子这时哭着嚷起来了："就是气球，就是气球！"

看老人还在瞪着自己，达杰只好哄两个孩子说："好了好了，下次我到县城给你们一人买一个彩色的气球，比这个好玩多了。"

两个孩子继续哭着，问："你说的是真的吗？"

这时，达杰笑了，看了看老父亲说："真的，阿爸说话算话，不会骗你们的。"

两个孩子这才破涕为笑，眼泪鼻涕抹了一脸。

老人又念了一遍六字真言："唵嘛呢叭咪吽。"这也是平常他用来转换情绪的一种方法，就看他用什么语气念了。老人这时的语气变得缓和了。

老人拨了一粒念珠之后问达杰："你是去邻村借种羊吗？"

达杰说："是，这次去借个好种羊。"

老人也会意地笑了。

达杰看着老人手上的念珠问："你快念够一亿遍了吧？"

老人的脸上充满了一种满足感，说："快了，快了。"

之后，他们又随便聊了几句。

之后，达杰就发动那辆破摩托车上路了。摩托车发出"隆隆"的声响，后面冒出了浓烟。

摩托车开出很远，老人还在后面喊："去了一定要借只优质的种羊回来啊，那些一般的种羊都不顶什么用。"

天快黑时，达杰已经站在邻村朋友家的羊圈边上了。

朋友看着羊圈里的几只种羊说："今年我买了几只新疆种羊，听说很不错，你也带一只回去试试吧。"

达杰也看着那些种羊说："新疆种羊肯定不错，这两年我的羊群在退化，正需要好好改良改良。"

新疆的种羊看上去很壮硕，蠢蠢欲动地跟在一些母羊后面跑来跑去的，显得骚动不安。它们的下垂的睾丸都用一块脏得都快看不清颜色的布紧紧地裹着。

晚上他俩喝了不少酒，聊了不少事情。

第二天一早，达杰的朋友就带达杰到了羊圈边上。达杰的朋友也是个壮硕的男人，他指着羊圈里的几只新疆种羊说："你自己随便挑一只吧。"

达杰看着那几只种羊，不知道该挑哪只，嘴里说："这些新疆种羊都很好，不知道该挑哪只呢。"

达杰的朋友满意地笑着，似乎达杰夸的是他。

达杰最后选中一只种羊，指给朋友看。朋友就让自己的儿子进羊圈捉那只种羊。朋友的儿子也是个壮硕的家伙,他在羊圈里追来追去追了好几圈才捉住了那只种羊。那头种羊看上去很威猛,几次差点从小伙子手中挣脱。

朋友看着达杰说:"你的眼力真是不错啊,那只种羊是我花大价钱买的,居然被你一眼就看中了。"

达杰也谦虚地笑了笑说:"你这会儿是不是有点舍不得了啊?"

朋友说:"要不是我昨晚喝多了你的酒,我肯定不会把这只借给你的。这只我是打算自己用的。但既然话已经说出去了,你就拿去先用吧。"

达杰往摩托车后座上绑那只新疆种羊时,朋友的老婆和儿子还在旁边有点不情愿地看着种羊。

达杰返回家里时才上午九点多。

达杰把新疆种羊从摩托车后座上取下来放在地上时,那只种羊有点站不稳脚跟的样子。但一会儿之后就马上恢复正常了,精神抖擞起来了。

老人跑出来看种羊。他前前后后地看了几遍,很满意地点头。

达杰说:"这是新疆种羊,听说很厉害。"

老人走过来拿掉裹着种羊下体的那块脏布,使劲地捏了一把种羊的睾丸,说了声:"真不错!"

种羊似乎被捏疼了,发出了一声怪叫,退后一步冲过来,把老人给撞倒了。达杰马上拉住了种羊。

老人没有爬起来,只是看着种羊不住地点头,露出很满意的样子,突然间嘴里冒出一句"唵嘛呢叭咪吽",然后说:"这种羊真是不错啊!"

达杰笑着把种羊拉过去拴在了旁边的木桩上。

这时,两个孩子也跑过来问达杰:"阿爸,你给我俩买的彩色气球呢?"

达杰看着两个孩子说:"阿爸这次没去县城,等下次去一定给你们买上。"

这时,老人也从地上慢慢爬起来了,慢吞吞地说:"这新疆的种羊就是不一样,以前只是听说过,现在见了果然名副其实啊。"

达杰听到这话很高兴,似乎老父亲夸的不是种羊,而是他。

老人从旁边的屋里拿来一块崭新的红布说："现在得把种羊的睾丸给裹住了，这样配种的时候才有力量。"

达杰说："不是原来就有吗？干吗用块新布？"

老人说："你看那块布多脏啊，得用块好布，得图个好兆头。"

达杰看着老人笑了笑，没再说什么。

之后父子俩就用那块红布把新疆种羊的睾丸给重新裹了起来。被柔软的新布裹住睾丸的种羊显然很不适，一下子坐立不安起来。

达杰的老婆卓嘎从屋里出来了，故意提高嗓门干咳了两声。达杰父子俩的脸上立即严肃起来，老人的嘴里又念起了六字真言。

卓嘎不看他俩，也不看新来的种羊，看着前面的什么地方说："早饭好了。"

达杰对老人说："阿爸，你先进屋吧。"

待老人进屋之后，达杰笑嘻嘻地看着卓嘎，指了指种羊说："看看，这次这只种羊怎么样啊？"

卓嘎也看着种羊嘻嘻地笑，说："看上去跟你一样！"

达杰笑了笑，说："我怎么能跟这只种羊比，这是新疆的种羊，是最好的种羊。"

卓嘎过去给拴在另一边的那只母羊喂水。那只母羊是只老母羊，一副没精打采的样子，喝了两口就停下了。老母羊也偶尔看看新来的新疆种羊。新疆种羊也不时看看那只似乎对它毫无兴趣的老母羊。

达杰看着老母羊说："这家伙已经连续两年没产羊羔了，看来也产不出羊羔了。"

卓嘎有点担心地说："可是，它还挺听话的。"

达杰说："听话有什么用？它产不出羊羔就说明它没用！"

卓嘎拿眼睛瞪自己的丈夫，达杰有些不好意思起来，没话找话地说："你看给它喂水它也不喝。"

这时，老母羊像是好几天没喝水似的把盆子里的水喝了个精光，看着达杰和卓嘎。

卓嘎看着达杰笑。达杰看着老母羊说："这家伙好像能听懂我的话。"

卓嘎继续笑。这时，达杰却一本正经地说："过一个月咱们就得把它卖了，去交江洋下学期的学费生活费了。"

卓嘎停下笑，没有说话，过去又拿来一瓢水，倒到母羊前面的盆子里，看着母羊。这次，母羊没有喝，好像故意给达杰看。

羊圈外面传来一个男人的声音："喂，达杰，你在干吗啊？"

达杰抬头看时是乡卫生所的索南扎西，就指着拴在一边的新疆种羊说："噢，我从朋友那里借了一只种羊，这几天准备给母羊们配种哪。"

索南扎西看了一眼说："噢，是只新疆种羊吧，听说新疆种羊很好啊。"

达杰也看了一眼老婆卓嘎，笑着说："听说不错，听说不错。"

索南扎西也笑着说："那就好，那就好！"

说完准备走。卓嘎叫住他说："周措大夫这两天在吗？怎么没看到她啊？"

索南扎西说："她在呢，她这几天比较忙。怎么你要看病吗？"

卓嘎答非所问地说："噢，我就是问问。"

索南扎西"噢"一声之后就走了。

索南扎西走远后，达杰突然问卓嘎："你问周措大夫干什么？"

卓嘎赶紧说："哦，没什么。"

早饭之后，卓嘎就一个人去了乡上的卫生所。

索南扎西正在给一个病人看病。索南扎西让卓嘎坐在旁边的凳子上等。

卓嘎四处望了望，问索南扎西："你不是说周措大夫在吗？她去哪儿了？"

索南扎西也不看她，说："她出诊去看一个病人了，等会儿就回来，你先坐会儿吧。"

卓嘎"呀"了一声，不再东张西望了。

索南扎西给那个病人开了药，仔细交代了一番。

病人走后，索南扎西问卓嘎："你哪里不舒服？我可以帮你看看。"

卓嘎有点不好意思地说："你不能看，是女人的病。"

索南扎西笑着说："女人的病我们男大夫也可以看啊，谁说女人的病就只有女大夫能看？"

卓嘎笑了笑说："我还是等等周措大夫吧。"

索南扎西有点不高兴的样子，说："看看你们，都什么年代了，思想还这么保守。"

卓嘎只是笑着不说话。

索南扎西就不理她了，拿起一本杂志随便翻看着。

周措回来后跟卓嘎打招呼，没等卓嘎开口，索南扎西就抢先说："她在等你看病呢。"

周措说："那你怎么不帮她看看呢？"

索南扎西"哼"了一声，有点不高兴地说："她说是女人的病，不让我们男大夫看，非要让你看不可！"

周措看着卓嘎笑了笑，说："明白了，明白了。"

卓嘎有点不好意思的样子。周措看着索南扎西说："既然人家不愿意让你看，你还赖在这里干什么？这会儿你就不知道主动回避一下吗？"

索南扎西又"哼"了一声说："有什么大不了的，我又不是没见过女人！"

周措笑了，看着索南扎西说："你就别吹了，到现在连个媳妇都没娶上，你还吹什么！"

说完，周措和卓嘎都笑了起来。

索南扎西涨红了脸说："没娶媳妇不等于没见过女人！我是怕娶了个媳妇连最后那点自由也没有了！"

周措和卓嘎继续笑。

索南扎西从抽屉里拿了一包烟出去了，关上了门。

屋子里只剩下卓嘎和周措。

周措这时看着卓嘎说："说吧，你怎么了？"

卓嘎犹豫了一下，说："我想做结扎手术。"

周措说："咳，我还以为是什么大不了的事呢。"

卓嘎不说话了。周措突然问："你怎么突然想到做结扎手术了？"

卓嘎这才说："结扎了省事，不用再提心吊胆的。"

周措笑着问："不是给你们免费发了安全套了吗，也很省事啊，怎么不用啊？"

卓嘎说:"用完了,最后两个还被小孩偷去当气球玩了呢。"说完自己也忍不住笑了起来。

周措也笑着说:"你家那口子是只种羊吗?是不是到发情期了?发了那么多还不够!"

卓嘎不好意思地笑着,压低声音说:"他这两年变得差不多和年轻时一样了,没个够,我也不知道怎么了。"

周措笑着说:"你是不是让他吃了什么不该吃的好东西了?"

卓嘎也笑着说:"什么不该吃的好东西?"

周措继续笑着说:"我怎么知道啊?"

卓嘎说:"没吃什么东西,就是偶尔吃点羊肉,除此之外我们还能有什么好吃的!"

周措说:"听说羊肉那东西很补啊,你最好让他少吃点。"

卓嘎说:"他就爱吃羊肉,我有什么办法?"

两人就笑起来。之后,卓嘎又问:"你什么时候给我做?"

周措想了想说:"下个月吧,正好你们村的几个妇女也要结扎,就一起做吧。"

卓嘎说:"好吧。"

周措又笑着说:"要不给你先上个环?"

卓嘎问:"环?"

周措说:"是啊,环。好上,今天就可以给你上了,也保险。"

卓嘎说:"那个就算了。上次旺加媳妇上的那个东西不小心掉了,她家小女儿还当戒指戴着呢。被村里人笑话,羞死人了。"

周措就大笑起来,问:"真的假的?"

卓嘎也笑着说:"当然是真的。"

周措也笑着说:"那就算了,那就算了,那个东西确实有点不保险。"

卓嘎笑着看周措,欲言又止的样子。

周措停住笑看着卓嘎说:"你还有什么事吗?要是没事了得让索南扎西进来了,要不他会以为咱俩在搞什么鬼呢。"

卓嘎这才说:"能再给我几个那个吗?"

周措故意问:"什么那个?"

卓嘎有点不好意思地说:"就是那个,免费发的那个,还能是哪个?"

周措这才恍然大悟似的说:"哦哦,明白了,直接说嘛,这年纪了,还像个小姑娘似的。"

卓嘎说:"我就是说不出口。"

周措说:"早就发完了,没货了,下次到了多给你几个。"

卓嘎说:"那我回去了。"

卓嘎准备走时,被周措叫住,打开自己的抽屉,从里面翻出一个安全套,说:"这儿还有一个呢,你要吗?"

卓嘎笑着:"一个有什么用呢?"

周措也笑着:"拿着吧,万一有用呢?这还是留给我自己的呢。"

卓嘎笑着问:"那你自己不用吗?"

周措说:"这段时间我用不着。你到底要不要?不要我就给别人了。"

卓嘎就赶紧把那东西装进了口袋里。

达杰和卓嘎的大儿子叫江洋,在县城上初中,这会儿也放暑假回来了。回来的路上遇见了正在外面放羊的爷爷和两个弟弟。

老人见了江洋很高兴,抓住他的手问:"江洋回来了,放假了?"

江洋说:"放假了,我可以在家里待一个月。"

老人继续问:"好好,在学校里没吃苦吧?"

江洋说:"没有,没有吃苦。"

老人又仔细看了看江洋,说:"没吃苦就好,不过有点瘦了。"

两个弟弟看着江洋问:"带了什么好东西?给我们看看!"

江洋笑着从书包里拿出一本连环画给了两个弟弟。

两个弟弟说:"没给我俩买什么吃的吗?"

江洋说:"哥哥没钱,等以后有钱了再给你们买很多很多好吃的。"

然后又看着爷爷说:"给爷爷也买很多很多好吃的。"

老人也笑。江洋就翻了一下连环画,说:"这个很有意思。"

两个弟弟就接过去饶有兴趣地翻看着。

翻了一阵之后,三弟问:"这小人书里面讲的什么故事呀?"

江洋说:"这个故事叫和睦四兄弟。这个学期我们学校还排练过这个节目呢，我演里面的兔子，可有意思了。"

二弟问："这个故事讲什么呀？"

江洋说："这样吧，我教你们怎么演吧，这样你们就知道讲什么了。"

两个弟弟一起"呀呀"地喊起来。

江洋看着他俩说："要是还有一个小孩就好了，这个故事需要有四个小孩来演，现在咱们三个小孩怎么演啊？"

三弟指着老人说："让爷爷演嘛。"

老人摇了摇头，说："你们玩，我不玩。"

江洋也对老人说："爷爷，咱们一起玩吧，你演大象，很有意思的。"

老人坚决地说："这是小孩玩的，我不玩。"

三弟说："阿爸还说你越老越像个小孩呢，跟我们玩吧。"

老人瞪着三弟，问："他什么时候说的？"

三弟笑着说："你跟我们一起玩，我就给你说。"

江洋也说："爷爷，你就演大象吧，跟我们一起玩玩嘛。"

老人见推脱不掉，只好笑着说："好吧，好吧。"

江洋把他们三个叫到跟前，很认真地说："那你们要听我的话啊，我说什么你们就得做什么。"

两个弟弟点头，爷爷也跟着点头。

江洋到处看了看，最后选了一个有树的地方。之后，江洋说："很久很久以前，一只大象、一只猴子、一只兔子、一只鹦鹉先后来到了一片非常美丽的草地上，那片草地上有一棵很高大的结满果实的树。过了一段时间，他们想结拜为兄弟，但不知道谁大谁小，于是他们就一个个地讲述到达这儿时这棵树那时的大小。"

然后看着老人说："爷爷，你是故事里面的大象，这是你现在要说的话：'我到这片草地时，这棵树已结出了果实，我在底下还吃过果子呢。'"

说完，问老人："爷爷，你记住你要说的话了吗？"

老人说："记住了，这个故事我知道。"

江洋说："那你说一遍。"

老人就说了一遍。

江洋说："好，没有错，爷爷你要记住你说的话啊。"

然后指了指自己的鼻子说:"我演的是兔子,我说的话是:'我到这儿时,树已经长高了,但没有结出果实。'"

然后转向二弟,说:"记住你是猴子,你要说的话是:'我到这儿时,这棵树很小,只有一些枝丫。'"

之后又问他:"记住了没有?"

二弟说:"记住了,太简单了。"

江洋说:"那你把自己的话说一遍。"

二弟又说了一遍,一字不差。江洋夸完他之后转向三弟,说:"记住你是鹦鹉,你要说的话是:'我到这儿时,这棵树只是一棵小小的幼苗,我还在上面撒过几次尿呢。'"

之后,江洋突然问三弟:"你是谁?"

三弟不假思索地回答:"我是鹦鹉。"

江洋又问:"你要说的话是什么?"

三弟想了想说:"我到这儿时,这棵树只是一棵小小的幼苗,我还在上面撒过几次尿呢。"

说完,三弟笑了。江洋说:"好,你念对了。"

三弟"嘻嘻"地笑了一声,说:"真好笑,鹦鹉还会尿尿吗?"

江洋瞪了他一眼说:"你别管,书上就是这么写的。"

三弟问:"书上写的都对吗?"

江洋说:"书上写的当然对了,要不然我们学那个干吗?"

小弟弟就说:"那好吧。"

江洋看着他的三个演员问:"你们记住自己要说什么了吧?"

他们齐声说:"记住了。"

然后江洋说:"就这样,它们分出了长幼,依次结拜为兄弟,大象背着猴子,猴子背着兔子,兔子背着鹦鹉,互相尊敬,过起了美好的生活。"

这时,老人像是突然想起什么似的说:"我应该演鹦鹉才对,现在反了,我演大象,我倒成了最小的了。"

吃晚饭时,卓嘎特意煮了一锅羊肉。卓嘎把羊肉捞出来放在饭桌上说:"江洋,你和弟弟们、爷爷,你们好好吃吧。"

达杰斜眼看了一眼卓嘎，说："怎么，你的意思是我不要吃吗？"卓嘎也斜眼看着他说："你就少吃点吧。"

达杰说："为什么？"

卓嘎说："没什么，就让孩子和老人多吃点。"

江洋这时拿起一块肉给了达杰，看着阿妈说："阿爸也吃吧，这么多羊肉，我们吃不了那么多。"

达杰笑了，说："主要是你们要吃，主要是你们要吃。"

几个男人正在吃羊肉时，卓嘎的妹妹也来了。卓嘎的妹妹叫香曲卓玛，她在附近的一个尼姑寺当尼姑。大家都站起来迎接她，问候她。

卓嘎握住香曲卓玛的手问："在寺院没吃苦吧？"

香曲卓玛笑着说："没有没有。"

卓嘎又问："你怎么这个时候来了？"

香曲卓玛说："今年秋天我们要翻修寺院的大殿，寺院的尼姑都要去化缘，我听说今天江洋放暑假了，就来了，我需要他帮我。"

老人说："好事，好事，这是好事。"

之后又看着达杰说："家里一定要多捐点。"

达杰也说："阿爸，这还用说吗？咱们家捐得多，别人家才会多捐的。"

香曲卓玛笑着说："明天开始我就要挨家挨户去化缘，江洋要帮我登记什么的，我一个人忙不过来。"

卓嘎说："江洋也没什么事，就让他帮你吧，也算为自己积德了。"

两个孩子说："我俩也去。"

卓嘎说："好好，你俩也去。"

老人接着说："明天我先带江洋去村里的嘛呢寺替他奶奶点上几盏酥油灯。这一个月来我梦见他奶奶几次了，有一次还问起了江洋。"

江洋对老人说："好好，咱俩先去嘛呢寺。"

两个弟弟也说："我俩也要去。"

老人看着他俩说："好好，你俩也去点酥油灯。"

香曲卓玛看着江洋说："江洋，你脖子上那个很大的黑痣还在吗？你一生出来你阿妈卓嘎就认出来了，和你奶奶脖子上的黑痣一模一样，真是很神奇啊。"

江洋说："还在呢，好像还变大了。"

卓嘎笑着说："因为你也长大了嘛。"

两个孩子看着江洋说："哥哥，让我俩看看那个痣吧。"

江洋说："晚上睡觉时再让你们看。"

睡觉前，两个孩子很好奇地看了江洋脖子上的黑痣，想了想之后问老人："爷爷，哥哥真的是奶奶的转世吗？"

老人说："当然是啊，这还用问吗？"

两个孩子又问老人："如果哥哥是奶奶的转世，那我俩是谁的转世呢？"

老人被逗笑了，说："你们还没有确认是谁的转世，但肯定是六道轮回之中的某一个生灵的转世啊。"

三弟说："那我做你的转世吧，那样你对我也会像对哥哥江洋一样好的。"

老人瞪了他一眼，说："我还没死呢，转什么世啊？"

两个孩子有点不解地看着老人。

吃了早饭，他们就去了嘛呢寺。

他们把酥油灯点着之后，双手合十站在佛像前。老人一阵念念有词之后，闭着眼睛祈祷着。一会儿之后，又对三个孩子说："现在你们也可以祈祷了。"

三个孩子也闭上眼睛像模像样地祈祷，之后睁开眼睛看着老人。老人开始磕头。他们也跟着磕起头来，故意把额头撞在木地板上，发出"咚咚"的响声。

走出嘛呢寺时，太阳已经升起老高了。两个弟弟问老人："爷爷，你刚才是怎么祈祷的？"

老人笑着说："我对你们的奶奶说你的转世江洋来给你点酥油灯了，你不用再牵挂了。"

两个孩子又问："那你没说我们俩也来给她点酥油灯了吗？"

老人大声地笑着："也说了，我说你的两个小孙子也来给你点酥油灯了。"

两个孩子就高兴地笑。笑完之后,又突然问:"这样祈祷,奶奶能听见吗?"

老人说:"当然能听见,只要你说心里话就能听得见。"

两个小孩"哦"了一声。

老人问两个小孩:"那说说你们俩怎么祈祷的?"

两个孩子看着江洋说:"哥哥先说。"

江洋看了看老人说:"其实我也没说什么,我就说我在学校里一切都很好,学习成绩也很好,请奶奶放心。"

老人又看三弟,三弟说:"我祈祷奶奶提醒阿爸到时不要忘了给我们买气球。"

老人瞪了他一眼之后问二弟:"你呢?"

二弟想了想,看着三弟说:"我跟他的一样。"

老人随后骂了一句:"没出息,要知道是这样就不带你俩来了。"

回来的路上,江洋问老人:"爷爷,我真的是奶奶的转世吗?"

老人看了一眼江洋说:"当然是啊,这还用问吗?你妈生下你时,我看见你脖子上那颗跟你奶奶脖子上一模一样的黑痣,我就知道是你奶奶的转世了。后来为你奶奶作法时,顿珠活佛也证实了这一点。"

江洋又问:"我怎么一点也不知道呢?"

老人说:"你长大了当然就不知道了,你刚会说话时还经常说一些你奶奶生前的事呢。"

江洋说:"我怎么一点儿也不记得了?"

老人说:"人越长大就越容易失去一些灵性的东西。"

卓嘎和尼姑妹妹香曲卓玛坐在炕上聊天时,香曲卓玛无意间在枕头底下发现了卓嘎从卫生所要来的那个安全套。

香曲卓玛拿起那个东西看了看问:"这是什么?"

卓嘎从香曲卓玛手里抢过那个东西,笑着说:"给我,快把那个东西给我。"

香曲卓玛看着卓嘎手里的那个东西,一脸好奇,问:"快说啊,这到底是个什么东西？"

卓嘎暧昧地笑，不说话。

香曲卓玛又问："快告诉我，那是个什么东西？"

卓嘎这才凑过身子对着香曲卓玛的耳朵嘀咕了几句。香曲卓玛立即从姐姐身边逃开，显出很害羞的样子，嘴里发出"呸呸"的声音，不敢在姐姐面前抬起头来。

卓嘎就赶紧把那个东西给塞到枕头底下了。

香曲卓玛还是不解地看着那个地方，卓嘎起身出了屋子。

江洋回来之后，就和香曲卓玛去村里挨家挨户地化缘。村民都力所能及地捐一些钱和物，还说修建寺院大殿时一定去帮忙。香曲卓玛似乎有些意外地对江洋说："没想到村民们还是那样热情，没太大变化。"

他俩回到家时，江洋看见父亲和爷爷在羊圈里忙活着，就过去帮忙了。待香曲卓玛进屋之后，达杰就把那只新疆种羊牵到了羊圈里。羊圈里的羊们显得有些不安，受了惊吓的样子。新疆种羊看见羊圈里的母羊们骚动不安起来。一些胆子大的母羊也主动过来谨慎地闻一闻新疆种羊身上的气味，又马上不安地离开了。

新疆种羊又盯着那只拴在羊圈边上的被喂养起来准备卖掉的母羊看，还发出"咩咩"的叫声。那只母羊有点惊慌，不敢看新疆种羊。

这时，达杰拉住新疆种羊笑着说："这是个不中用的家伙，这个就不用你费力了，等会儿你好好发挥就行了。"

老人也呵呵地笑着，看着新疆种羊。

江洋看了看那只拴着的母羊，又看看急不可耐的新疆种羊，又看了看父亲和爷爷的样子，脸上也露出一种奇怪的表情。

达杰看着老父亲说："阿爸，现在放开它吗？"

老人说："再等一会儿吧。"

他们就又等了一会儿。新疆种羊显得更加骚动不安。它看上去急于想挣脱拴住它的绳子，冲到羊群里。

老人终于解下围着种羊下体的那块红布，拿在手上看了看。那块红布脏兮兮的，沾满了种羊自己的精液。之后，老人就说："放开它吧。"

达杰放开了新疆种羊。

新疆种羊一下子挣脱达杰手里的绳子，万般饥渴地冲向羊群。

达杰和老人，还有江洋，怔怔地看着冲进羊群的新疆种羊。他们看见新疆种羊跟在几只母羊后面，闻着它们的屁股。最后，新疆种羊跟定了一只母羊，追逐着那只母羊。新疆种羊在羊圈里把那只母羊追来追去的，有几次准备把前腿搭在母羊的身上，都没有成功。最后，新疆种羊终于把前腿搭在了母羊的身上，做出攻击的样子。

三个男人张大了嘴巴，一开始脸上的表情很严肃，慢慢露出了笑容。

屋里两个小孩子正趴在窗户边上，透过窗户的格子看外面羊圈里种羊配种。

过了一会儿，三弟说："看，哥哥你看，新疆种羊趴到那只母羊身上了。"

卓嘎和香曲卓玛这时正在做饭，听到孩子说话，就走过去看了一眼说："过来，小孩子不许看这个。"

两个孩子还是赖着不动。

卓嘎揪着两个孩子的耳朵，把他俩拉到锅台边上，让他俩帮着烧柴火。

烧了一会儿，二弟问："阿妈，阿爸他们把那只新疆种羊放到咱们家的羊群里是干什么呀？"

卓嘎看着香曲卓玛笑了笑说："小孩子不许知道这个。"

说完，尼姑妹妹也笑了起来。

连续配了两三次之后，新疆种羊身上那种蠢蠢欲动的劲儿几乎没有了，它只是站在离母羊们较远的地方，显出疲惫的样子。偶尔跟在几只母羊后面闻一闻，很显然也没有那么高的兴致了。偶尔几只母羊还主动过来闻一闻新疆种羊，用头蹭一蹭它，它也不怎么理它们。

趴在窗台后面的两个孩子也看着外面说："新疆种羊现在看上去好像很累很累的样子，也没有什么精神啊。"

卓嘎过来揪着他俩的耳朵说："去，你俩去炕上玩。"

两个孩子就乖乖地去炕上了。在炕上玩时，二弟无意间在枕头底下发现了那个安全套。二弟惊喜地碰了一下三弟，偷偷给他看。三弟看了一眼那东西，又看了一眼在锅台边上忙活的卓嘎和香曲卓玛。

卓嘎看着他俩的样子问:"你俩又在搞什么鬼啊?"

他俩说了声"没什么",互相使了个眼色,二弟赶紧把那个东西塞进裤兜里,他们起身从炕上下来了。

卓嘎盯着他俩问:"你俩去哪里?"

两个孩子几乎异口同声地说:"我俩出去玩。"

两个小孩出去时,看见父亲达杰走过去捉住了新疆种羊。之后,他让江洋捉住了一只母羊。母羊显得惊慌失措。达杰把新疆种羊往那只母羊旁边拉,老人也过来帮忙。新疆种羊有点抗拒,但最后还是被拉到了那只母羊旁边。

三个男人很吃力地让新疆种羊跟那只惊慌失措的母羊交配。之后,他们放了那只母羊。母羊惊慌失措地跑进羊群里,回过头看着新疆种羊和三个男人。

达杰又让江洋去捉另一只母羊。母羊们似乎都受惊了,到处跑。江洋在羊圈里到处追那只没有捉到的母羊。

达杰有点生气,让老人牵住新疆种羊,过去帮江洋捉那只母羊。江洋轻轻地走到那只母羊后面,一伸手抓住了母羊的后腿,但自己摔了一跤,母羊一蹬腿就跑掉了。

达杰看着很生气,跑到母羊前面,从前面堵住母羊,看着摔倒在地上的江洋说:"快起来,快起来捉住它!"

江洋慢吞吞地爬起来走过去,伸手抓住了那只母羊的后腿。

达杰看着儿子笑,说:"抓紧了,不要让它再跑了。就剩这几个了,配完之后咱俩今天下午就得把种羊给人家送回去了,就没有机会了。"

说完过去帮江洋把母羊拉到了新疆种羊旁边。他们强迫新疆种羊跟那只母羊交配。

两个孩子还站在原地看这些。达杰突然看见了他俩,对着他俩喊:"看什么看,快去玩去!"

两个孩子就一溜烟跑了。

达杰看上去也显得有些疲惫,他看着老父亲说:"我看也差不多了,今天得把人家的种羊送回去的。说好只用两天的,咱们得说话算话,明年还得求人家呢。"

老人看了看羊群说:"也差不多了,还回去吧,明年的羊羔肯定好。"

达杰看了一眼江洋说:"你也跟我去吧,这次还得带上一只母羊呢。"

午饭之后,他俩就上路了。路上,达杰又看见两个小儿子在路边鬼鬼祟祟地说什么,就停下摩托车问:"你俩在干吗?像贼似的。"

两个小孩其实在商量该怎么处理那个安全套,看见父亲就赶紧藏起来说:"没干什么,我俩在玩呢。"

达杰瞪了他俩一眼,说:"你俩等会儿早点回去,下午还得跟爷爷一起去放羊。"

两个小孩赶紧说:"呀呀。"

达杰加了油门,看了一眼在后座上和母羊绑在一起的江洋说:"抓牢啊,不要掉下来了。"

新疆种羊被夹在车把和达杰的肚皮之间,看上去很难受,但是它却一动也不动,也许是太累了吧。

两个孩子看着这滑稽的样子就笑了,然后问:"阿爸,你这次去县城吗?"

达杰想也没想就说:"不去不去,我俩去还人家的种羊呢,哪有时间去?"

三弟很认真地说:"万一去了,不要忘了给我俩买真正的气球啊。"

达杰没理他俩,一溜烟跑开了。

待摩托车的声音完全消失之后,二弟从裤兜里掏出安全套说:"这个怎么办?"

三弟想了想说:"那天咱俩玩拿这个做的气球的时候,多杰那家伙不是很羡慕吗?他当时想拿他的哨子换。咱俩去找他,看看他还想不想换吧。"

二弟马上说:"好,这个主意好,咱俩去找他。"

两个孩子到了多杰家门口,看见他们家的大门敞开着,就对着大门喊:"多杰,多杰。"

门口的狗突然站起来把铁链拉得哗哗响,"汪汪"地叫了起来。

二弟看见狗有点胆怯,说:"这狗不会挣断铁链冲过来吧?"

三弟说:"要是跑过来,咱俩也跑。"

二弟看了一眼三弟说:"要是追上了,你还跑得过狗吗?"

三弟说:"别管那么多了,把多杰喊出来,换了东西就走。"

之后,他"多杰,多杰"地叫了起来。

不一会儿,从大门里出来一个跟他俩差不多的男孩,问:"你俩找我干什么?"

二弟直接问:"你那个哨子还在吗?"

男孩从兜里拿出哨子,吹了吹,说:"怎么了?"

二弟说:"你那天不是想拿哨子跟我们的气球换吗?"

男孩问:"你们的气球呢?"

二弟从兜里拿出那个安全套说:"在这儿呢。"

男孩走过来仔细看了看安全套,说:"这是什么呀?这怎么是气球啊?"

三弟说:"把它吹起来就是气球了。"

男孩说:"那你吹给我看。"

三弟就撕开包装,对着嘴吹了起来。

越吹越大,开始有了气球的样子,怪模怪样的。

男孩笑了,说:"呵呵,还真是个气球啊!"

两个孩子得意地笑,然后看着多杰问:"换不换?"

男孩不假思索地说:"换。"然后把哨子给了他俩。

两个孩子也把"气球"给了多杰,说:"不许后悔啊!"

男孩说了声"好"之后,就举着"气球"跑进家里去了。

两个孩子也说了声"快走",就吹着哨子沿着来时的土路跑起来了。

达杰的朋友很满意达杰作为回报送给他的那只母羊。达杰也极力地赞美朋友借给他的新疆种羊如何威猛,如何厉害。朋友惬意地享用着达杰的那些赤裸裸的、很直接的赞美,好像赞美的对象不是新疆种羊,而是他自己。

之后,他俩喝了很多酒。喝得微醉时,达杰的手机响了。达杰让儿子江洋接电话。

江洋接了电话之后，眼睛直愣愣地看着父亲达杰的脸，说不出话来。

达杰随口问："怎么了？"

江洋开始紧张地喘气，还是说不出话来。

达杰的朋友看着江洋的样子，也盯着他看。

达杰推了一把江洋，问："到底怎么了？"

江洋这才结结巴巴地说："爷爷没了，下午放羊时从山上摔下来死了。"

达杰的酒似乎一下子醒了，问："什么？"

江洋说："爷爷死了。"

达杰和江洋赶到家里时已是黄昏时分，几个喇嘛在为亡人念经做法事。村里的一些亲戚朋友在念六字真言，气氛很悲凉。达杰似乎不太相信这突如其来发生的事，脸上一副莫名的表情，也不跟任何人打招呼，就直接跑进了父亲的卧室。卧室里有点昏暗，炕上的一个方桌上点着一盏酥油灯，酥油灯也快灭了。达杰坐在炕沿上，看着那盏快要灭了的酥油灯，流出了眼泪。

办完丧事，达杰和江洋就去了寺院。

达杰给活佛献上了丰厚的供养之后，请求活佛超度父亲的亡灵。活佛闭上眼睛，念了一些经文之后，睁开眼睛说："现在你们可以回去了。"

达杰似乎有话要说，犹豫了一下之后，终于开口问活佛："仁波切，我父亲的灵魂会转世到什么地方？"

活佛看着他问："你阿爸是属什么的？"

达杰说："属马。"

活佛又闭上了眼睛，还不时拨动手里的念珠。达杰和江洋就蹲在那里静静地看活佛脸上表情的变化。

过了一会儿，活佛突然睁开眼睛说："老人会再次投胎转世到你们家里。"

达杰一脸不解的样子。

活佛又补充似的说："时间是今年。"

达杰的脸上更加地不解了。

活佛在一张纸条上写上一些经文的名字，笑着说："回去找个僧人念念这些经文吧，老人很快就回来了。"

达杰的脸上是更加疑惑不解的样子，想问什么又终于没有说出口。

晚上，达杰把活佛说的话告诉了卓嘎。

卓嘎说："不可能，三个孩子还这么小，家里又没有其他女人，这怎么可能呢？"

达杰说："我也这么想，可是活佛就是那样说的啊。"

卓嘎说："你当时没把家里的情况告诉活佛吗？"

达杰说："我怎么说？难道我对活佛说你说的这样的事情不可能发生吗？"

卓嘎没再说什么。

第二天一早，达杰就去还做法事时从别人家里借的一些东西。回来看见老婆卓嘎坐在门口若有所思的样子，就问："你在想什么？"

卓嘎看了一眼达杰，一副欲言又止的样子。

达杰又问："你怎么了？"

卓嘎磨蹭了一会儿，最后说："给你说个事。"

达杰问："什么事？"

卓嘎说："这个月我没来。"

达杰问："什么？"

卓嘎说："我是说这个月我没来月经。"

达杰问："这是什么意思？"

卓嘎说："我要去医院看看。"

到了卫生所，索南扎西看见卓嘎进来，就笑着对周措说："我出去抽根烟。"

周措也笑了，让卓嘎坐。

卓嘎的表情有点怪怪的，看着周措动了一下嘴巴。

周措就问："你怎么了？是不是又来要那个东西了？那东西还没到呢。"

卓嘎说："我不要那个东西？"

周措问:"那你来干什么?"

卓嘎说:"我这个月没来。"

周措收起脸上的笑,说:"不会吧?"

卓嘎说:"真的。"

周措说:"那就查一下,查一下就知道了。"

周措给了卓嘎一个试纸条,说:"你自己去弄一下,知道怎么用吧?"

卓嘎说:"不知道。"

周措就把使用方法告诉了她。

卓嘎从卫生间出来后,把试纸条递给周措大夫看。周措看了一眼就说:"你怀孕了。"

卓嘎不说话了,在想着什么。

周措问:"现在怎么办?"

卓嘎开口说:"我不知道。"

周措说:"这有什么不知道的?赶紧拿掉吧,越早做就越少痛苦,今天就做掉吧。"

卓嘎又不说话了。

周措开导她说:"你已经有三个孩子了,再生一个干吗?咱们藏族妇女又不是天生就为了给男人生孩子才来到这个世上的。以前,一个女的生五六个、七八个孩子,那么辛辛苦苦的,干吗呀!你看我现在就一个孩子,也没觉得有什么不好。除了自己轻松,拿到补贴,孩子还能受到好的教育。"

卓嘎还是不说话。

周措说:"你倒是说话呀!"

卓嘎担心地说:"我得回去问问达杰。"

卓嘎快步离开,周措在后面喊:"卓嘎,你想清楚,再生还会罚款呢!"

卓嘎到家时,达杰在门口劈柴。

卓嘎走过来停在一边。达杰停下劈柴看卓嘎。看卓嘎不说话,达杰就问:"医生怎么说?"

卓嘎还是不说话。

达杰再次问:"医生到底怎么说?"

卓嘎说:"我怀孕了。"

这回,达杰不说话了,若有所思的样子。

进屋后,看见尼姑妹妹香曲卓玛坐在火塘边上,就坐在了她的旁边。

香曲卓玛看着姐姐说:"你怎么了?"

卓嘎想了想说:"我怀孕了。"

香曲卓玛有点兴奋,说:"活佛的预言多准啊,活佛就是活佛,具有看得见今生和来世的慧眼,我们常人真是无法想象啊,我们凡人有时候还怀疑,真是罪过。"

卓嘎瞪大眼睛看着自己的尼姑妹妹,说:"啊,你这么想?"

香曲卓玛不假思索地说:"那当然,要不然为什么偏偏在这个时候你怀上了?"

卓嘎觉得自己的身体几乎要瘫掉了,过了一会儿才说:"医生建议我拿掉这个孩子。"

香曲卓玛的嘴里呼出了一声奇怪的声音,说:"姐姐,你可千万不能胡来啊,亡灵既然选择某个肉身再次回到这个世界,那么拒绝他的降生对于他来说是非常残酷的事情;同时,能够成为某个灵魂依托的肉身,也是千年修得的积缘啊!"

晚饭时,达杰也突然感叹道:"活佛真是厉害啊!"

两个孩子也大概知道是怎么回事了,笑着说:"这么说爷爷很快就要回到咱们家里了。"

达杰连连点头,两个孩子就趁机说:"阿爸,你可不要忘了到时给我俩买彩色气球啊,你可是在爷爷面前答应过我俩的。你要是不买,爷爷会在天上看着你的。"

达杰似乎被惊了一下,马上说:"当然要买,当然要买。"

江洋看着他们,一直不说话。

第二天,整个村子的人都知道了这件事情。

香曲卓玛继续去化缘,回家时看见姐姐卓嘎一个人坐在院子里的一个木凳上发呆,就问:"你又在想那件事情了?"

卓嘎不说话。卓嘎端了一盆水去喂那只拴在外面的母羊。那只老母羊被喂养得越来越膘肥体壮了，见卓嘎拿来水，就冲过来要喝。卓嘎把水放在了母羊面前。母羊很快就把水喝完了，很渴的样子，看着卓嘎。卓嘎没再理它。

晚上，达杰和卓嘎在炕上躺着，都不说话。达杰看上去有点高兴，卓嘎在想着什么。达杰看了一眼卓嘎，点上了一支烟。等他抽完了，卓嘎坐起来，看着达杰说："我想拿掉肚子里的孩子。"

达杰一下子坐了起来，盯着自己的老婆卓嘎，似乎不相信她会说出这样的话，愣了一会儿才问："你刚才说什么？"

卓嘎的表情没有变化，马上说："我想拿掉肚子里的孩子。"

达杰一下子就火了，说："你这个妖女！你这个没良心的东西！老人生前对你那么好，你就不想让他转世投胎到自己家里吗？"

卓嘎说："我也不想这样，可是——"

达杰问："可是什么？"

卓嘎说："我是在为这个家着想。"

达杰扇了卓嘎一巴掌，说："要是肚子里的孩子是你父母的转世，你会这么说吗？"

卓嘎流出了眼泪。慢慢地，她哭了起来，声音越来越大，怎么也止不住了。

吃完早饭，江洋说："今天我去放羊吧。"达杰说："还是我去吧。母羊们刚刚配完种，这个时候要好好保护它们，让它们吃饱，这样明年才会有好羊羔。"

达杰走到门口，想起什么似的回头对江洋说："好好照料那只老母羊，到你开学时就得把它卖了给你交学费生活费。"说完就出去了。

江洋拌好饲料，拿去喂那只老母羊。老母羊看见江洋来喂饲料，似乎很高兴。江洋把饲料放在母羊前面，看母羊吃。母羊很惬意地吃着。江洋看着母羊无忧无虑吃食的样子，想到很快就要把它卖给屠夫，给自己当学费生活费，有点不忍，准备起身回去。

这时，香曲卓玛出来了，看见江洋就说："我去收一下昨天还没有收到的善款，有几家还没有收上。"

江洋站起来说："要不要我去帮忙？"

香曲卓玛说："不用了，不用了，就那么两三家，我一个人去就可以了。"

吃完早饭，一直闷闷不乐的江洋突然对卓嘎说："阿妈，你把你肚子里的孩子生下来吧。爷爷生前对我最好，我想让爷爷回到咱们家里。"

卓嘎吃惊地看着江洋。

达杰在山上放羊时，遇见了也在山上放羊的贡布老人。老人问他："快满七七四十九天了吧？"

达杰说："过两天就满了。"

老人说："你阿爸有你这样一个儿子真是好福气啊。"

老人和达杰的父亲生前是好朋友，看见老人，达杰的心里生起了一股伤感。达杰说："其实我心里很愧疚，没有管好老人。"

老人说："你已经很孝顺了。你阿爸能投胎到你们家，就说明他很留恋这个家，要不然不会再回来的。"

达杰说："我阿妈死后也投胎回到了自己家里，阿爸生前也说过他死后还想回到这个家里的话。"

老人说："你们可要好好珍惜啊，这样的缘分是很少见的。听说你家卓嘎不想要这个孩子，是真的吗？"

达杰有点紧张地说："没有的事，没有的事。都是村里人在胡说八道。"

老人说："没有就好，没有就好。"

七七四十九天之后，家里又做了法事。

喇嘛们念了一天的经。等喇嘛们离开之后，突然停电了，屋里黑咕隆咚一片，谁也看不见谁，只能听见彼此间的粗重的喘气声。

黑暗之中，传来了尼姑香曲卓玛的声音："明天我想带姐姐到山上住一段时间。"

她的声音像是来自另一个世界。

黑咕隆咚之中没有任何回应，一片沉默，连彼此间的喘气声也听不到了。

第二天天刚蒙蒙亮，香曲卓玛就带着姐姐卓嘎离开了。

出发之前，达杰、江洋和两个孩子都起来送她俩。

最后，卓嘎小声对江洋说："到了学校好好学习，不要担心阿妈，阿妈没事的。"

江洋使劲点了点头。

过了几天，江洋也开学了，达杰就捎着江洋和老母羊去了县上。

到了牲畜交易市场，他们被羊贩子们围住了。羊贩子们一忽儿抱起母羊掂量掂量，一忽儿又捏捏母羊的脊梁骨，一忽儿又扒开母羊的嘴巴看看，弄得江洋很不舒服。达杰只是在旁边看。最后，羊贩子们跟达杰谈价钱，讨价还价。但是达杰很镇定，咬住一个价不放，最后就成交了。羊贩子看上去不太愉快，不太情愿地数钱，最后拽着母羊走了。江洋早就跟这只老母羊混熟了，最后看着它被羊贩子拽走，想到它很快就要被宰掉肢解掉卖掉，被别人煮了吃掉，心里难过起来。

达杰数完钱，把钱装进兜里，看了一眼那只老母羊，就带着江洋离开了。

到了学校门口，达杰从刚才卖羊的钱里面抽出几张一百元的给了江洋，说："快去吧，阿爸就不进去了。"

江洋犹豫了一下说："阿爸，我也跟你回去吧，我不想再念书了。"

达杰瞪着江洋说："你胡说什么呢，你再这样说阿爸就生气了！"

江洋没再说什么，一副忧心忡忡的样子。

达杰说："不要想家里的事情，你只要好好学习就行了。"

江洋还是没有说话。

达杰骑着摩托车驶到街上时，在路边的一个摊位上看见了许多彩色的气球。

他在摊位前停住了。摊主对着他叫卖："卖气球，卖气球！"

达杰看了看那些气球，突然说："我要买两只红气球。"

摊主从众多彩色气球里面挑出两个红气球给了达杰。达杰把那两个气球拿在手里看看，又像个小孩子一样晃了晃。

摊主说："你拿在手里要小心，气球里面是氢气，小心飘到天上去。"

达杰就用生硬的汉语问:"两个一共多少钱?"

摊主说:"本来一个三块钱,你要两个就给你便宜一点,一共五块钱吧。"

达杰也没说什么,直接从兜里拿出五块钱给了摊主。

之后,他把两个红气球拴在了摩托车的车把上,气球立即飘了起来。

摊主看着他说:"这样还挺好看。"

回家的路上,两个红气球一直在摩托车的车把上飘荡着,达杰看着觉得很惬意。

回到家里,他把气球给了两个孩子。

《收获》2017年第1期

评鉴与感悟

藏地的日常书写

万玛才旦的新作《气球》是一篇书写藏区牧民生存状态的小说,与其他表现藏区生活的小说不同,在这篇小说中,作者意欲摆脱"藏地作家"这一身份的限制,力图冲破民族文化的圈子,真实客观地展现藏区牧民的日常生活和烟火之气。

长期以来,外部世界对藏族的历史、文化和生活都基于一种公认的想象,把藏地想象成集宗教、传奇于一体的神秘区域,加上部分藏族作家对藏民生活的魔幻书写,从而造成大众对藏区生活的误读。万玛才旦另辟蹊径,将自己熟悉的藏区作为书写的主体,以一个藏区牧民家庭为叙事单元,通过写达杰一家琐碎的日常生活和人物内心的矛盾来展示藏地的生活百态,透视这个古老的民族及其文化生态。

小说采取日常化的视角,在开篇就用两只安全套消解了藏区生活的神秘感。接下来展现的是一幅幅生产、生活的画面:男人达杰为羊群配种而奔波忙碌,女人卓嘎担心怀孕加重生活负担而打算结扎,老人带着孩子们在山坡上放羊、玩耍,香曲卓玛挨家挨户去化缘……从这些场景可以看出,气球、安全套、摩托车、现代医疗手段已经进入藏区,并与藏民的生活紧密结合在一起。由此,藏区的遥远和未知被解构，一群生动鲜活的面孔进入读者的视野，汉藏民族之间的离间感逐渐被消除。

不仅如此，小说还通过大量的对话，来彰显藏区生活的日常性。人物间的对话占据了作品的大部分篇幅，父子、夫妻、祖孙、姐妹、兄弟、朋友之间的对话极尽日常，而对话的内容涉及生活的方方面面。例如他们谈论安全套时的遮掩和羞涩，他们关于家庭生计的商讨，祖孙之间的互相关爱等，这些对话内容都是他们日常生活中最普通的话题，与藏区以外的世界并无不同。藏区的神秘面纱就在人物对话中被缓缓揭下，牧民的生产生活、七情六欲也自然而然地呈现出来。

事实上，万玛才旦是要把自己还原成一个客观、纯粹的写作者，跳脱出民族的圈子，回到"人"这个最初的起点，关注藏民们作为普通人的日常生活和情感需求。在《气球》中，他始终秉持着平淡冷静的叙述立场，用朴实的笔墨勾画出了一个日常的、世俗的藏区，让读者发现和认同潜藏在文化差异之下的"人"的共同身份，并体验到藏民们作为人最单纯、朴素、真挚的情感。

《气球》讲述的不是一个完整的故事，而是截取了达杰一家生活的某个时段，读者置身这个时段，不仅能了解藏民们过去的状态，也能想象他们未来的生活。这篇小说带来的体验是新鲜的，它展现的不是古老民族的秘史，也不是民俗风情的画卷，而是在人间日常中行进的藏民，是充盈着温情和烟火气的藏区。（杨艳坤）

来 回

/周洁茹

1

你们为什么不肯留在香港呢?

我们为什么要留在香港呢?

老家有什么好的呢?

老家有什么不好的呢?

这就是我跟我爸妈每天的对话。我跟我的朋友A说,他们就是不高兴来香港住,连身份证都不肯转,他们怎么就不为我想想呢?

你怎么不为你爸妈想想呢?A说,你爸妈好不容易把你拉扯到你可以独立生活了,他们还不应该有自己的生活吗?

跟我一起生活不是更好吗?我说。

你倒反过来了。A说,中国父母是想着跟孩子一起住,孩子不想;你反着,想跟父母一起住,父母不想。

因为我是独生子女。我说,不跟我一起他们怎么办?

他们怎么办还是你怎么办?A说。

我闭了嘴。因为我不确定答案。

2

如果我要得到一点支持的话，我只有去找我的朋友B了。B的父母也在香港，而且B的父母已经把老家所有的房子都卖了，彻底地搬来了香港。父母跟父母都太不同了。

我父母说的，我们都七十了，还要等这七年的身份证，有意思吗？

B的父母说的，我们才七十，七年很快就过去了。

我会听到B的父母说这句话，是因为有一年中秋节，我父母也在香港，我就去买了月饼——要不是他们来，我是根本不会吃月饼的，我好像已经有十年没有吃过月饼了。我也不吃饺子、粽子、元宵等任何节日食品，我当然也不吃火鸡和南瓜派。任何节日在我这儿都没有任何意义，除了放假。我不是传统的中国人了，我也不是外国人。

买月饼的人居然很多，排着很长的队。实际上他们只是拿月饼，他们的手里都有券，而且他们拿了月饼还要送来送去，甚至送到深圳去寄，不知道寄去哪里。

我既然排了队了，我就想到了B的父母，他们住的地方又离我父母住的公寓酒店很近，我就买了两盒月饼。

我先去我父母那儿放下了一盒月饼，然后打电话给B，我说我们一起去给你爸妈送盒月饼吧。B说加班，没空。我说那我自己走过去好了，反正我也在附近。B说随便你。又说，谢谢你啊。

3

我们有什么办法呢。B的母亲说，我女儿太辛苦了，一天到晚加班。

我坐在房间中央的椅子上，月饼在房间中央的桌子上，我不知道对着B的父母说什么好，我跟我自己的父母也常常是没有话的。

我们又只有这一个女儿，我们也不是一定要跟着她住。B的母亲说，我们也是有自己的生活的。

B的父母住的是一套一室的居屋，B自己住村屋，但她也买了一个私家楼的楼花（注：尚未竣工就推向市场销售的商品房），一千多尺（注：香港、澳门房子面积按尺算，即平方英尺。一平方米等于10.75尺）。但是她没有跟她父母讲，而且我觉得她也不希望我跟她父母讲。我当然问过她为什么,她说现在没有必要讲。我说你现在不讲,以后都不讲吗?这也藏不住啊。B说那是以后,现在不讲。我说好吧。

香港好吗?我问B的父母。问完我也觉得我很奇怪,这句话好像是他们问我才对。

还好吧,B的母亲说。B的父亲眼睛盯着电视,一句话都没有。

方便的吧?我追加了一句,转换了我的意思。

方便。B的母亲说,楼下就是街市,买东西方便的。

我没有话了。

你父母不会搬过来吧?B的母亲说。

不会。我说,他们说香港绝对不是他们唯一永久的居住地。我说完,笑了一下。B的母亲不笑。

七年也很快的,B的母亲说。

4

我穿过一个天桥去搭巴士,一堆老年人坐在天桥的下面。每一个老年人都自己坐着,并不和其他的老年人说话。每一个老年人都不说话。

5

我接到B的电话,问我在不在她爸妈家附近。

我说在啊。我五分钟前刚送我爸妈上了去红磡的火车。他们今天离开香港。我说我只送到闸口,因为他们不让我送到红磡,他们从来不让我送到任何机场任何车站,他们说每一次送来送去都太难过了。

B说哦。B说那你现在还在我爸妈家附近吗?

我说在。

B说你去我爸妈家看一下好吗?

我说发生什么了?你爸怎么了?

B说不是我爸,是我妈,我妈突然不舒服,按了平安钟好像也没有按对,就打了电话给我。

我说我现在就过去。

B说我也叫了救护车了,我妈去了急诊以后你看顾一下我爸好吗?

我说好。我说你呢？

我就算是现在从公司出发也要一个小时。B说，我尽快了。

我说好吧。

亲爱的。B说。

我说嗯？

我也没有别的人可以拜托。B说。

我说我知道的，没关系。

B的父亲小中风，平日都是坐着躺着，只能坐着躺着。

我爸有时在楼下抽烟的时候看到B的父母，B的母亲推着手推车，B的父亲坐在上面。我爸就走过去约B的父亲一起抽根烟，B的父亲就会非常高兴。我爸有很多烟，B的父亲没有烟，所有的烟都在B的母亲那里，严格控制。因为可以一起抽根烟，我爸就去推了一下手推车。

真是太重了。我爸说，你朋友的妈妈真是太不容易了。

我说这不就是人生吗？我跟我爸说这是人生。

我爸抽了一口烟，不说话。

我说爸您能别抽烟吗？

我爸说我去阳台上抽。

我说您在阳台上抽您就合法了？

我爸就去了楼下，约了B的父亲一起抽，反正他有很多烟。

我到了B父母家的楼，楼前面已经停了一辆救护车。我很仔细地打量了一下救护车。香港人叫它白车，因为它是白的。这是我第一次这么近地观察香港的救护车，果然是白的。

我还走错了，其实那台巨大的担架床就停在走廊。我站在大门口不知道怎么办才好，我都要哭了，这也是我第一次看到真的担架床。

B的母亲居然走过来给了我一个拥抱。B的母亲说不好意思啊，还要麻烦你过来。

我说阿姨你躺上去啊。

B的母亲说，不用，我自己走，我可以支撑到楼下。

然后我就坐在电视机旁边的椅子上了，我看着B的父亲，B的父亲坐在沙发上看电视，一动不动。担架床和救护车，还有B的母亲，好像都没有发生过。

时间过得实在缓慢。

B的父亲突然说，我在看龙应台的书，其中一段很有意思。

我没有回答，我不知道答什么才好。

B的父亲就读了那一段，读得飞快，我完全没有听懂，然后他突然大笑起来。

我真的被吓到了，我就从椅子上站了起来。

但是我仍然得看着他。同时我给B发了无数短信。

简直是我整个人生中最漫长的一个小时。B终于出现了。

我说你妈不肯躺到担架床上。她说她可以的，她可以撑到楼下。

B生气地说，她就是这样的！好强！他们那代人都是这样的！

我说我走了啊。

我就走了。天都黑了，我爸妈的火车肯定都过了广州。

然后我失眠了。

凌晨四点，B发来短信，问我可不可以早上再过去看一下她爸。

我说你妈去了急诊，你就应该把你爸带回自己家。

B说我妈后来好一点了，就自己回家了，我妈回来了，我就回我自己家了。

我说哦。

可是半夜三点我妈又不好了，又叫了救护车去了医院。B说。

这不折腾吗？我说。

不折腾怎么办呢？B说，又不能留我爸一个人。

那你为什么不把你爸带回你自己的家呢？我说。

我都说了我妈又回来了。B说，我才走了。

我说你居然还走了，幸好你妈按平安钟按对了这一次。

6

我出了门，六点，天还黑着，也就是说，B的父亲已经一个人待了三个小时了。

我跑了起来。

两个小时前我还是这么说的，我失眠，我也许去不了你家看你爸。

B说那算了。

我说我看我的情况办吧。

B说看情况吧。

我出了门，稀薄的月牙，我太难过了，也有可能是因为失眠。我知道B也是一夜没睡，而且早上八点还是她搬新楼的时间，就是她买了楼花，收了楼，但是还没有跟她父母讲的那个楼。

我曾经有个同学B+，因为没抽到学校的房子，要搬到外面去，约好了八点去帮她搬家。大家按了半天电铃，她披头散发穿着睡衣开了门，所有的东西都在原位，衣服都还挂在衣柜里。每一个人都开始帮她装箱，我负责的是衣服，我把衣服塞啊塞啊，冬天的夏天的，我还要跟负责塞书的同学抢纸箱，我真是绝望透了。这个B+，长得都跟B一模一样。

B约的是搬家公司，我们终于长到了不再要同学互相帮助而是使用搬家公司的年纪，但是那个场面仍然会像打仗一样，如果主角是B或者B+。

车上下来，我在街边的大快活买了粥和捞面。我想的是，至少应该送个早饭，这个我可以做到的。

我来到B父母家的家门口，大门紧闭。也就是说，B的母亲去医院前，把门锁好了，而且锁得很好。这样B的父亲就安全了？

我打电话给B，我说你爸能自己爬起来开门吗？

B说可以。

我就隔着门喊，叔叔您慢慢地，慢慢地开门，我没什么事，我就在门外面等着。

十分钟以后，门没有开。

我没什么事，我等着。

B短信问我门开了没。

我隔着门喊，叔叔您挪到哪儿了？

门后面B的父亲说不行啊，实在爬不起来啊。

我就想了一下，如果我就这么站在门的外面，我算不算是在看顾我朋友的父亲呢？

我短信B，我说你爸根本就开不了门嘛。

B说搬家公司刚到,我这儿正一团糟。

我说你再怎么糟,你也打个电话给你爸啊。

B电话我,B说我不想打电话给我爸,因为我爸肯定在我妈去了医院以后就一直坐在沙发上,从凌晨三点开始坐到现在,而且他还不承认。

我说那你什么时候能过来开门呢?

B说你问一下我爸他戴表了没有。

我说啊?

B说你问一下我爸啊,他戴表了没有啊?

我说我不问,我干吗要问。

B说问吧问吧,我怕我爸等我等得心急,我给他一个我能赶到的准确的时间。

我隔着门喊,叔叔您戴手表了吗?

B的父亲说戴了。

我对B说,你爸说他戴了。

B说他肯定没戴,他就是太好强了。他们都是这样的。

我说我疯了。

我说我真疯了。

我说B你真行,你把我逼疯了。

B说我才疯了呢,我这儿乱得一塌糊涂。

我说我走了,再不走我就要撬你爸妈家的门了。

B说那你走吧,别管了。

我把已经凉得差不多了的粥和捞面挂到门上,一边挂一边隔着门喊,叔叔我走了啊,您尽量挪一点儿吧,挪到床上躺着,别老坐着。躺一会儿再看看是不是还能挪到门口拿个早饭,挪到了就有早饭吃了。

B的父亲说我不饿。

我说你女儿马上就到了。

B的父亲说,哦。

我赶紧走了,我的头都要炸了。到了楼下,我终于哭了出来。

7

　　我哭完就回家了。我在回家的路上微信给我爸妈，老家冷不冷？我妈说还好，尽管你爸一到家就把所有的厚衣裤都翻出来套在身上了，出门的话还得再套一层。我爸说就是在冰箱里生活一段时间嘛。他还加了个笑脸。

　　我说你们为什么不肯留在香港呢？香港不冷的。

　　他们说我们为什么要留在香港呢？不冷又怎么样？

　　老家有什么好的呢？

　　老家有什么不好的呢？

　　再次回到一开始，我跟我爸妈每天的对话练习。

8

　　B打来电话的时候已经中午，B说粥和面很好吃啊，谢谢你啊。

　　我说你吃了啊？

　　B说我跟我爸一起吃的。

　　我说哦，可惜冷了。

　　B说没关系啊，我到我爸这儿的时候真是快要饿死了，多亏你送了饭。

　　我说那你快去忙吧。我挂了电话。

　　我自己一天都吃不下饭，我也不饿。

　　我爸妈在香港的时候，只要我不吃饭，我妈就叫我爸送饭过来，坐在饭桌的对面看着我吃下去。

　　我爸妈离开香港了，也没有人管我吃不吃饭了。我妈在微信上问我有没有吃饭，我就说吃过了，她也看不到。

9

　　我打电话给C。每个人的情况都不太一样，除了我们都是独生子女，而且我们的父母都老了。

　　我说C你又去深圳了？

　　C说每个星期都去啊。也只有去深圳才舒服一点了，C说。

　　我说你家工人那么会做，你还到了深圳才舒服？

　　那当然是跟爸妈在一起最舒服啊。C说，你爸妈回老家了？

我说是啊，所以我才打电话给你。

C说那你悲惨了，你没饭吃了。

我说我爸妈不在我就没饭吃，全世界都知道了？我说你们真当我什么都不会？我要不会我怎么活到现在的？

C说要不是有你爸妈，你肯定活不到现在。你不是没饭吃，你是不吃饭，叫你出来喝茶吃饭你都不出来，你是抑郁症吗？

我说我出来我就不是抑郁症了？我是不想见到那么多女人，叽叽喳喳的，鱼塘都被你们承包了。

C说这就两个症状了，不吃饭，嫌人多。

我说总比师奶（注：太太的俗称）标配好吧，嘴碎，暴食，韩剧，性幻想。

C说要不是跟你十几年我早就直接拉黑你了。

我说又不是说你。

C说我昨夜就是看韩剧看到半夜三点，还叫工人煮了一碗餐蛋面吃了。

我说你性幻想没？

C说难怪太太们都跟你绝交了，你能不发神经病吗？

我说就许太太们默默地反着伦理，倒不许我说出来？

C说我生气了。

我只好说对不起。

C说我这些天就跟D在一起。

我说哪个D？

C说就是那个已经跟你绝交了的D。

她想干吗？我说。

C说D就是问问怎么把她爸妈也搬到深圳去，好照顾一点。

怎么搬？我说，虽然D跟我绝交了，但我是觉得她爸妈要是不想来就不要勉强。

你怎么知道人家爸妈不想来？C说。

你又怎么知道人家爸妈想来？我说。

C说我也就给一点社保医保什么的信息。

医保转到深圳麻烦吗？我说，怎么弄？退休金呢？怎么转过来？

C说你爸妈不想来就不要勉强。

我说好吧。

10

A的父母也在深圳,可是A很少去深圳,A的父母也不来香港。A说她父母年纪都很大了,来来回回根本就是不可能了。

如果我爸妈愿意住到香港的隔壁,我是这么想的,就算是东莞中山,我也三天两头地跑过去。

可是我爸妈只愿意待在老家,哪儿都不去。

A说的,他们不应该有自己的生活吗?

所以跟A谈一谈还是能够得到点什么的。比如我跟A讲二胎了哦,咱俩弄个补习社啊,小孩的钱,肯定有得赚。A说补什么习还社?咱俩得弄个养老院,如今是养老院急缺,做什么都不如做养老院。

我说对啊切身体会啊,我们急需养老院。

A说深圳拿一块地,我们就盖养老院。

我说对。

A说找投资人,肯定都愿意投养老院。

我说对。

A说我就说说的。

我说好玩吗?

A说我们还是出去吃饭吧,讲这些有的没的。

11

尽管D已经跟我绝交了,我还是给D打了一个电话。

D接到我的电话很明显地愣了一下。

我说对不起,我太抑郁了,我这么抑郁还拉着你一起抑郁,很对不起啊。

D说没关系,你抑郁不是你的错。

我说那我太感动了。

D说可是沉醉在抑郁里还很享受,就是你的错了。

我说好吧。

我就直接地问D你想搬你爸妈去深圳吗？

D说你怎么知道的？

我说我也想啊，我只是想想的，虽然我每天都会想。

D说不是深圳，是江门。

江门在哪儿？我说，在香港附近吗？

D说算吧，可以坐船。

江门有什么吗？我说。

什么都没有。D说，可是北京的房子卖了就可以在江门买个独幢别墅，前后花园，还有船。

船贵吗？我说。

还好。D说，他们也买了个湖。

所以你爸妈现在有一个湖和一个船了？我说。

是啊。D说，湖上面还有个亭子。我周末就去看看他们，空气真的好多了，我妈以前嚷嚷的各种身体不适都没有了。

我说谢谢你啊D，就算是我抑郁到使劲把你往下拽的时候，你都保持着乐观进取的人生态度。我敬你一杯，如果我手里有酒。

D说没关系，你以后也会好起来的，不过你别再打电话给我了，你拽人的力道太大，我吃不消。

12

我爸是这么说的，因为他只有一个女儿，他只好把我这一个女儿当两个养，既是女儿，又是儿子。所以我家的煤气罐都是我换的，我说的是那种真的煤气罐，架在自行车后架上，空瓶送到煤气站，再把满满的一瓶架回自行车，蹬回去。路上我得经过三个红绿灯，逆行两次，过一个桥，才能够到达那个煤气站。等红绿灯的时候我用一只脚撑住地，我也撑得住，十五六岁，腿最长的年纪。我也很喜欢做这样的家务，这让我觉得我什么都会，没有什么是我不会的。

我爸说的，我以后的生活都不会让他担心了。

我会换灯泡，我也会通下水道，我什么都会，我就可以一个人吃饭，一个人去散瞳，一个人去医院做手术。我从来不担心自己，我什么都不担心，可是我长大了，我爸妈长老了，我开始担心他们。

我听了一堆负面新闻，基本上是C传播的。

C老在朋友圈转老年痴呆的老年人走丢了，还附照片的那种。可是我根本就不觉得走丢了的老年人靠朋友圈转发转发就找得回来。

C还转保姆虐杀空巢老人的新闻，基本上是三天一转。我又不能屏她，我做不出来。

C还专门打电话给我说她深圳邻居家的老头儿天天一早出去遛弯儿，认识了一个四十多的女的，就跟咱们一样大的一个女的。我说跟你一样大，我还没到四十。C说快了快了，你别着急，你也别打断我。C说那个老头儿也七十了吧，居然就当那个四十多岁的女的红颜知己了，什么话都要跟她说，领了退休工资都第一时间给那个女的送去。家里闹啊，老伴闹，儿女闹，没用啊，他就铁了心的，他也不离婚，他就是要去跟那个女的。我都在楼下撞见过一次那个老头儿，那个满面红光、怀揣着退休工资袋得意扬扬的样子。

如果电话线可以传输表情符号，我此刻只想传一个一头黑线过去。

C讲完邻居老头儿就说，来我家吃饭吧，我从深圳背了好多好吃的。

我说不去，C就说，你老不出来，你抑郁症吧？

我跟C也回到了一开始，对话练习。

但是她肯定也会影响到我的，我现在相信D说的拽人的黑暗的力量了。

我打电话给我老家的爸妈，问他们有什么新闻吗？有老同事走丢了吗？有家里找了无良阿姨，打人杀人还偷东西吗？

我妈说这种无良阿姨是一直有的，我的同学某某某就是。老母亲九十多了，痴呆了，高薪请了一个生活助理。她也是三天两头要去看的，还是发现了她妈妈身上有伤，有一次故意折回去，就撞见那个生活助理在抽她妈妈耳光，抽了一个又一个，一个又一个。

我说妈你这个语言好去写小说了。我妈说这是生活啊。我同学的妈妈年轻时候很漂亮很聪明的，钢琴弹得好得不得了，如今要过被阿姨抽耳光的生活，什么尊严都没有了。

我爸说老同事走丢了的倒没有，倒是有个老同事非拉我去什么营养品推广会，送盒饭啊送金秋高铁一日游啊，好多东西送的。

我说爸你就去了？我去啊，我爸说，这帮骗子，我就看看他们搞什么。

还送洗脚的呢，我妈说。

妈你也去了？我说。

我也去。我妈说，我也看看他们搞什么。

你们买什么了吗？我说，要买什么先电话我一下啊。

我们什么都不买！我爸用吼的，那帮骗子！

都是用的年轻人，我妈说，利用老年人心理，一口一个干爸干妈，贴心啊。真的给你洗脚的，一边洗一边陪你聊天，洗着聊着干爸干妈就喊成爸啊妈啊的了，子女不在身边的老年人就上当啊。

你们也没上当啊，我说。

心里难过啊，我妈说，还是会想到你啊，你不在身边，我们又要你过得好，我们难过啊。

我不说话。

你爸那个同事老杨买了好几万。我妈说，中了邪似的。

反正吃不好也吃不死吧，我说。

是啊，我妈说，当老杨是老年痴呆，结果他来一句，我就当是花钱买一声叫爸的吧。

杨叔叔家的女儿也是在加州的吧？我说。

是啊，我妈说，当年还叫你给那个老不结婚的女儿找相亲对象的。

我说是哦，那她现在结婚了没？

我妈说谁知道，从来不回国的，老杨现在是一个人了，他太太去年去世了。

我说哦。

你那个同学叫什么来着？刘芸是吧，她也是从来不回国的。我妈说。

她回啊，我说，回得少，再说回国干吗呢？还拖着大大小小的孩子，飞都要飞十七个小时。

外公外婆会想要看看外孙外孙女的啊，我妈说，到底是中国人。

所以她说圣诞节假就回去，我说，前些天跟她联系了一下。

那你呢？我妈说，你圣诞节假怎么说？

我说我倒也是想着回一趟家，能跟刘芸见个面，我跟她都十年没见了。

然后呢？我妈说。

我说昨晚她又跟我说，票都订好了，可是她妈妈的腿被车撞断了，现在躺在床上，没有人服侍，家里还有爷爷奶奶外公外婆，一直都是她妈妈服侍的，现在都焦头烂额。她本来想着带小孩回老家她可以休个假，妈妈不能动了，没有人帮她看小孩，她回去不是凑忙嘛，连出来跟我吃个饭都不可能了。她思来想去，这个圣诞节就不回去了，票也退了。

我妈说哦。

我说我也不回去了吧，老家这么冷。

我妈说哦。

我有一句没跟我妈说，其实我的同学刘芸还跟我说，她妈妈整天躺在病床上心里恨啊，就说了一句，生个女儿白生了。

说完又马上后悔，叫这个女儿不用担心她，也不要再赶来赶去了，带着小孩。

刘芸还是哭了，刘芸说你说我们爸妈生我们有什么用？这种时候我们都帮不到家里。

我说别哭，我们不回去添乱就好，多寄钱。

刘芸说这个时候你还笑得出来？

我说我是强颜欢笑啊，不笑还能怎么样啊我们。来，笑一个。

《钟山》2017年第1期

评鉴与感悟

"移民"潮下的养老痛

周洁茹的《来回》描写的是空巢老人和独生子女在养老居住方面的情感纠葛。这并不是一个有陌生感和新鲜感的题材，但周洁茹却抛弃传统养老小说中养与不养之间的激烈冲突，而是把目光定格在分居两地的父母和子女，如何来回奔波聚首的辛酸与无奈上。

小说聚焦在具有时代特点的养老问题上，通过描写现代人多元的生活状态，来表现两代人之间的情感矛盾。在新的社会环境下，随着移民大潮出现的，是父母和子女的两地分离。留在原居住地的父母处于心有所系，却老无所养的境地。此时的父母和子女之间的情感矛盾，不再是因为不理解而造成的，相反，倒是相互之间的体谅和共情使双方都背负上了沉重的情感压力，难以稳居。父母在孤独无助时骂着"生个女儿白生了"，但骂完却又后悔，反倒安慰女儿说自己没事，不用回来；而女儿也伤心，"爸妈生我有什么用？这种时候我们都帮不到家里。"小说虽然有意给父母和子女提供多种途径来缓解这种情感压力，但却又让这种情感矛盾无法得到完美的解决。父母和子女内心的纠结、挣扎和无奈被作家表现得淋漓尽致。

小说还特别写到了老人在孤独无助中的好强、自尊。比如，突发病症时，B的母亲见到"我"，还要微笑着给"我"一个拥抱。她不愿躺在担架上被人抬着，而是自己支撑到楼下；而B的父亲患有小中风，他宁可一个人坐在沙发上等上一夜，也不愿麻烦别人。他们顽强地保持着最后的自尊。但是，令人倍感悲凉的是，面对无良阿姨的虐待，老人又是无能为力的。他们所要求的尊严，被现实击得粉碎。老人们如此凄凉的晚景，无疑加重着小说的悲剧氛围。

小说巧妙地采用了电话中的对话来构架全篇。这样的安排，一方面写出了当今快节奏生活之下疏离的人际关系。甚至子女和父母之间的交流沟通，也只能通过电话进行，这反映出新形势下被现代生活和工作方式所改写的亲情。另一方面，以人物在通话中与通话后的巨大心理反差来表现人物心理，使人能够切身感受到老人的孤独、落寞与纠结，子女们的无奈、牵挂与自责。这样的构思，不仅自然而然地还原了现实情境，而且对于表现人物内心世界具有诸多的便利。

此外，小说还有一个非常特别的设计，即人物的姓名大多采用字母或简称代替。这种符号化的冠名暗示着，"这一个"不仅仅是他自己，也可能是他人，是所有相似生活情景中的个体。这就使得小说中的人物更具普遍性和典型性。

总之，《来回》真实地还原了当代中国出现的新型养老问题，颇具社会学意义，体现了文学的社会价值；同时，在表现两代人的处境时，感情自然而又深令社会问题大放文学异彩。（李星星）

但求杯水

/弋舟

　　起身前,她翻看了一下手机上的微信朋友圈,意识到这么做不过是在无目的地延宕时间。疲惫的紧张与紧张的疲惫,令她既亢奋又涣散。一切的确是该结束了。眼皮在打架,神经却已绷紧,像拧紧了的发条,做好了启动的准备。

　　她首先注意的是时间,0:12,然后才瞩目在朋友圈的动态上。几乎所有人都在发着同样的内容——雾霾。

　　有一条短视频:4000流明灯光和微距镜头拍摄下的雾霾。

　　什么是微距镜头?4000流明灯光呢?不知道,但她喜欢这样的术语,觉得头头是道。手机屏幕上,黑暗中宛如漫天飞扬的细雪还是吓到了她。颗粒物无声地奔涌,像短促的疾矢。这就是此刻的世界吗?然而这不是更像她此刻的心情吗?漫卷,动荡,细碎,却悄无声息,如果不被"4000流明灯光和微距镜头"捕捉,就只是一片混沌的霾。

　　微微侧了下身,她感到腰腹有些酸痛。长年健身,还以为身体对一定强度的运动有了耐受力,看来并不是。她伸手拿过床头柜上的内衣,在被子下穿戴,系扣子时腰背挺起,那种酸痛感便来得更强烈了。她的动作并不大,但强烈的身体感受让她觉得自己搞出了不小的动静,于是有些紧张地回头看看身边熟睡着的男孩。

夜灯从墙角向上投射，打到天花板上，再反射下来。微弱的照亮下，男孩下颌本来硬硬的胡茬被涂抹上了一层橘色的光晕，看上去毛茸茸的，柔和极了。

然后她又看了看窗帘，觉得没有拉严的那道缝隙透出的夜色有些泛白。房间里亮着夜灯，却黑得发光；窗外雾霾笼罩着午夜，却只是一片泛着青白色的晦暗。

"晦暗比发光的黑……要白一些。"她在脑子里费劲地区别着，那些混沌的感受，的确难以被头头是道地总结。

最后，她望向了卫生间那道同样只拉开了一条缝隙的门——差不多有一个手掌的宽度，里面的光束狭窄地投射出来，笔直地劈进房间，将发光的黑暗分割成两块区域。她知道，这道光不是一个偶然，那几乎是经过严格运算了的，即便只是一个看似漫不经意的动作，但闭合到什么程度，里面的光有多少"流明"被允许释放出来，一切都经过了她潜意识的拿捏。

她对环境就是这么计较，光照正是环境最重要的条件。丈夫曾取笑过她，说她是"灯光师"，在家里总是不断地调试着光线。

但身边的男孩不会知道。他不会懂得自己此刻身在的这个空间，全是她默默营造的。重要吗？——刻意没有拉严的窗帘；刻意留下的一道卫生间的光亮；夜灯旋转了数下，才被精准地确定在一个心里认可的亮度上。这些，重要吗？她觉得重要。这就像一个跳高运动员，遇着一切横着的物体，便身不由己地想要跨越。

男孩去冲澡时，不过是黄昏，她就已经着手去"布光"了。酒店房间里的时空感可以被人为地制造，窗帘闭合的过程，她能感到梦境般的光感虚掩而来，黄昏似乎是在她的手心里被缓慢地拖拉进了夜晚。她觉得自己就像是拽着一道大幕，现实与舞台的转换就这样完成了；又觉得自己是兜撒着一张大网，但这张网笼罩住的，她却难以说清究竟是极乐还是痛楚。

她在拉幕，同时在观看与上演；她在撒网，同时在捕获与被缚。

男孩这时发出了声音。似乎是叫了她的名字，当然也可能只是一句含混的呓语。她从舞台中、从网罗里清醒，轻声回应道："接着睡吧。"同时替男孩拉了拉被角。男孩的肩膀裸露在被子外面，有着好看的弧度。

她起身，赤脚踩在地毯上，即便无声无息，但还是尽量地想要避免发出动静。卫生间的门很平滑,她闪身进去,合紧身后的门,竟有股松了口气的感觉。

衣服叠放在浴缸的台面上。她并没有使用过浴缸,只是冲了淋浴。每一次,她都是进到卫生间里脱衣服,将外衣整齐地叠放在浴缸的台面上,淋浴,然后穿上内衣,裹上浴巾,走向事先被她调好了光线、舞台一般的空间里。男孩抗议过,那时他躺在被决定了的亮度里,犹如被锁进了一个不由分说的牢笼,他抱怨说,自己几乎没有看清楚过她的身体。

她倒是看清楚过男孩的身体。有一次,她放好了浴缸的水,撒了浴盐,让男孩浸泡在水里,仔细地给他擦洗过身子。

她开始穿衣服,内心竭力避免着不洁的滋味,但是,"在一间酒店的卫生间里穿着衣服"的这个念头,她终究还是难以摆脱。她当然是一个有着羞耻心的女人。这些年来,有了生理需求时她也会借助工具,但操作时,她要先将所有常年陪伴着她的那些毛绒玩具都请出卧室,她觉得它们都是些生灵,在它们的注视下,她会感到羞耻。

大概已经快凌晨一点了,她知道,今夜终于越过了边界。

从公司出来后她回了趟家,那时还不到下午四点。丈夫是这家公司的幕后出资人之一,她迟到或者早退,并不会被过多地干涉。家里照旧空空荡荡,做晚餐的保姆还没到。她打了电话,告诉保姆不用来了,晚上她不在家里用餐。

她有点儿饿,尽管离约会的时间还早,完全来得及吃点东西,她也只是拿了颗苹果,一边啃,一边步行往酒店去。她的家距离酒店不算近,行色匆匆的路人都戴着防毒面具一般的口罩,她却慢吞吞地走着,安步当车,将苹果和雾霾一同吞进肚子里。她穿着一件挺厚的羊毛大衣,本身个子又很高,觉得自己这样走在冬天的街上,看上去像一头正在穿越浓雾的笨笨的熊。

"小熊。"男孩这样称呼过她。

此刻她又感到了饿,想着包里好像还有一块饼干。包挂在房间的衣柜里,有一瞬间,她几乎不可抑制地想要冲出去,去翻包里那块可能会有的饼干。但她只是再次将卫生间的门拉开了一道符合她"心理尺度"的缝隙,她站在里面,目光透过这道缝隙向房间里望去。

卫生间里释放出的那束光，神奇地与窗帘留下的缝隙重叠了。一瞬间，这道世界的罅隙在她眼里似乎还在不断扩张，一条峡谷正确凿地在她脚下形成。幻觉中，两块分离的区域犹如两块各自漂移的陆地。熟睡在床上的男孩，浑然不知自己已然飘向深处的宁静；而她，不假思索，选择站立在了反向而去的板块上。为此，她甚至挪了挪身子，在想象中，让自己完全隐没在了黑暗的另一半区域。

　　想象自己正站在一块漂浮的陆地上，这令她居然有些头晕，手情不自禁地扶在了门上。门轻微地滑动了一下，加重了她的眩晕感。

　　这就像你压根感觉不到地球的旋转，却突然在某个瞬间深刻地意识到那壮阔的运动正带动着它所承载着的一切翻滚不息。

　　她在少女时代有过类似的感受。那时，她会毫无目的地乘坐穿城而过、线路最长的一趟公交车，从起点坐到终点，而后折回，时间允许的话，她还愿意周而复始。公交车无声地运行，少女的她将之想象为地球本身的运动，某种"永恒"的滋味觉醒了，她喜欢，觉得这种感受是她想要的——哪怕，那心里觉醒了的，是永恒的孤独。

　　她闭了会儿眼睛，遏制住对于虚无之事的想象。再睁开眼睛时，回望浴室镜子里站立着的那个自己，一下子觉得糟糕透了——这个四十岁的女人，午夜时分，你为什么不待在家里？

　　她想象得到此刻家里的情形。玄关的灯为家庭成员中的夜归者亮着——这个习惯已经保持了多年，那是一个仪式。留一盏灯，就留下了一点儿余地，是个态度，更是个心情。出门前她就是这么做的，即便那时天还亮着。她打开了那盏射灯，将自己要夜归的信息传递给丈夫，同时，也做好了最终仍是她先回家的预期，那么，这盏灯，就是她为自己留下的。

　　如果此刻丈夫已经回家，肯定是穿着睡衣横躺在沙发上，电视机的声音照例开得很大，好像不如此就不足以给他催眠。为此他们争吵过，但他我行我素，在大音量的陪伴下酣睡一阵，然后才翻身起来，用一种梦游的姿态摸到床上去。

　　他们分床睡很久了，她睡在卧室，丈夫睡在书房。有时他也会爬到她的床上来，那样的时候，她的第一反应就是他在电视机前睡糊涂了，摸错了方位。

现在如果丈夫已经从沙发上爬了起来，他会关掉电视，熄灭客厅的灯，于是，整套房间就只剩下玄关上那盏孤独的射灯了。没准他会突然从睡意中清醒，站在黑暗里，怔怔地望着那盏突兀的射灯；然后他会若有所思，甚至嘀咕出声："怎么，还没回来啊？"接下去会怎样呢？他会看看时间吗？会推开卧室的门去确定一下吗？或者，在一种尴尬的寂静里，他将展开严肃的思考，重新估量暗夜里玄关上一盏灯光的意义；旋即，他重新打开电视，让声音再度填满屋子。如此的话，她进门后又将看到熟悉的一幕：那个被自己称为丈夫的男人睡在沙发里，孕妇一般隆起的肚子随着鼾声起伏，一条胳膊垂在沙发的边沿，手中的遥控器若即若离，差不多已经完全掉在了那块她从印度带回来的小地毯上了。

　　她宁愿看到他这样，一个睡着了的丈夫。

　　一个睡着了的丈夫，能够唤醒她心里的柔软。周末，孩子从寄宿学校回家，如果在大清早喧哗起来，她一定会加以制止："小声点，爸爸在睡觉。"这样说的时候，她觉得自己周身洋溢着暖流，好像小心维护住了一种宝贵的均衡。在这样的均衡之中，家才是家，孩子才是孩子，妻子体贴着丈夫，而丈夫熟睡在晨光里。

　　"小声点，爸爸在睡觉。"这句话囊括的一切滋味，就是她对于家庭的全部愿望，说出来，就能片刻满足她对生活的所有想象。然而，一个苏醒的丈夫便会粉碎一切。争执，直至不屑于争执和倦于争执，随着丈夫的苏醒必将重复上演。他轻视她，说她是"调光师"，说跟她生活每天都像是在演电视剧，说她永远都在做梦——如果真的是这样，那么她就能够头头是道地解释自己为何喜欢一个熟睡着的丈夫了，因为只有在那样的时候，他们才置身在同一个空间里，相互理解，在梦境中彼此毫无违和之感。

　　最初当然不是这样的。丈夫比她大十岁，但最初也会给她弹着吉他唱歌，偶尔还会对她撒娇。最初的时候，他对着只有三十平方米的房子发愁，问她："怎么办呀？"得到她以"演电视剧"的心情释放出的抚慰，他也欣然领受。他辞去了公职，房子从三十平方米换到了三百平方米——谁都知道这意味着什么，代价就是交出做梦的执照。可他真的就此清醒了吗？她不这样看，她觉得他不过是做起了另一个不再跟自己交织在一起的梦，或者无照驾驶在了另外一条梦的歧途中。证据是他有了外遇。他倒是跟她坦白了，认真地跟她说他爱上了别人，一个空姐。如果梦也像地狱是分层的，当时她感到自己是从第一层梦里掉进了第十八层梦里。那时候孩子刚刚出生，哺乳期的她听到了自己跌向梦之深处时耳畔的呼啸。

她以一个"深梦者"的方式将一切挽留住了。彼时她的全部精力都用在襁褓中的婴儿身上，几乎完全是靠着本能的惯性抓紧了丈夫。无所谓原谅，也没有哭泣哀求，她没法头头是道地甄别自己遭遇了什么，只是倔强地不肯放手。

后来有那么几年，他们一同信奉了上帝。她当然知道是什么敦促着她，而他信仰的契机说来简单——为了戒烟。他向上帝祷告，求上帝断除他凶狠的烟瘾。奇迹发生了，他突然失声，压根说不出话来，每吸一口烟喉咙都犹如刀割，于是竟然真的就把烟戒掉了，改抽危害不是那么大的雪茄。他们最初很虔诚，每周都在家里和主内的兄弟姊妹们聚会，在感激中源源不断地流泪，在流泪中源源不断地感激。但终究都没有成为好的信徒，各自依旧做下羞耻的事。她寻求的，上帝一直未曾给她显现；他的烟戒掉了，渐渐便把上帝搁置了。就这样过了下来，孩子八岁了。此时午夜已过，他酣睡在沙发里，家中只亮着一盏玄关上的灯，为夜归者提供微不足道的光明。

此前她从未允许自己超过零点才回家。丈夫压根没有明确地约束过她，他不在意，起码表现得不在意，是她不允许自己，她不允许。跟男孩在一起，最缠绵的时候，她一次次突破了自己内心画下的界限，十点，十点半，十一点，十一点半，然而"零点"不可逾越。这其实讲不出头头是道的道理，却是她内心的尺度。

此刻，她从卫生间出来，站在了床边。她发现自己是多么喜欢看着熟睡中的男人啊，无论他是一个丈夫还是一个情人。男孩被一片白色包裹着，被子下面身体的轮廓都是那么好看，有某种催人奋进的东西，她想那或许就是青春的力量感。她听得到他轻微的呼吸，她知道，今夜自己的灵魂越境，就是为了这样的一刻。为此她整夜极尽温柔，令男孩子精疲力竭。她就是想实现这样的一幕：在夜灯的微光下，在男孩子的睡梦中，与其道别。

这个夜晚酝酿已久，一切都该结束了。

从他们第一次在微信里互致问候——彼此以"摇一摇"的方式撞到了对方,算起来整整两年了。就是说,今天是一个纪念日。男孩也记得,但他永远不会理解一个"深梦者"的逻辑——在纪念日作别。对于她,生活就是一个又一个仪式的连缀,而将一场无望的情感终止在一个纪念日里,这样的方式,就是她所需要的那种仪式感。她害怕一切终将变得不美。

他们约好的见面时间是七点零三分,这是他们两年前共同摇动手机的那个时间。两年前的同一时刻,她躺在美容院的床上,按照刘姐的演示摇动了自己的手机。刘姐是她熟悉的美容师,一边给她做面部护理,一边教她怎么使用手机的微信功能。她感到新鲜,一摇之下,当男孩子的信息出现在界面上时,那种"深梦者"无可避免的心情其实已经开始作祟。她不能相信,两个陌生人同时摇动手机这件事,背后没有宇宙头头是道的玄机。

他们互相加了好友。男孩彬彬有礼,正是她的教养所认可的那种类型。那天她躺在美容院的床上,翻看着男孩朋友圈里的动态,有种久违了的生机在心里涌起。男孩喜欢登山,居然成功攀登过珠峰;男孩喜欢民谣,动态里有他抱着吉他的照片。这些,都是她所喜欢的。一个阳光大男孩。她从未认同过自己的生理年龄,她觉得,本质上,她和这个男孩一样充满了活力。

接下去就是密集地交流,每天都有说不完的话。"密集"和"说不完"其实只是她的心理感受,事实上,两个人不过是礼貌地互相问候,如同现实中陌生人初识时一样的彼此审慎,但给她的感受,却是"密集"和"说不完"。捕获她的,是深夜玄关上的射灯亮着时自己却不再感到害怕孤单的心情。她害怕夜晚的独处,有时候家里没人,她会去那家熟悉的美容院留宿。

那时候孩子还没上学,她常常是一边哄着孩子睡觉一边发着微信,以至于有一天男孩知道了她已经是一个六岁孩子的母亲时,不无愤懑地诘问她:"既然如此,天呐,你怎么还能夜夜跟我聊天!"

天呐!这算得上是锐利的谴责,她知道,也接受,并且对自己心生迟钝的厌弃。但这"锐利"与"迟钝"混淆在一起,却令她沉溺。

她感到委屈,委屈得愈发沉溺。她知道自己已经委屈了很多年,所以天呐,沉溺都像是一个激烈的抗议了。

在抗议的情绪里，她终于发现了独处的魅力。丈夫夜归乃至彻夜不归已是常态，即便在身边的时候，也没有多少有效的交流，也从不对等地看待她，断言她即使活到了八十岁，也依然会是一个不谙世事的小孩——可他又不按对待一个小孩的方式来宽宥她。以前，她只感到独处时的孤单，现在，她开始在独处中探究，凝神正在发生和已经发生的。她觉得，这才是真正地、清晰地活着，是在术语一般地认识着生命。

今天照例还是男孩先到的酒店。房间是她在网上订好的，用的是他的名字。每一次都是这样，她比他大十几岁，一切由她来安排，好像这样更恰当。但她知道，自己实际上是希望被男孩来安排的，被他当作一个同龄人，甚至，被他视为一个小女孩。有时候他也会喊她"妹妹"，她感到幸福，分开后却迎风流泪，独自哭泣。

这家酒店是他们固定的约会地点，第一次就是她定下的地方。然后便进入了一个固定的模式：她订好房，他先到，去前台办理手续，等待她的到来。久而久之，酒店对于他们有了家的意味，因为房间的格局和陈设是不变的，渐渐地，会给人带来家一般的熟悉感。他们也的确以"家"来称呼这家酒店，他约她，会给她发信息说："我想回家了。"她订好了房间，会告诉他："在家等我。"当她进到房间后，对男孩子说的第一句话，往往也是："我回来了。"

除非时间紧张，每次约会，她都是步行着来去。两年来，她就这样走在春风和秋雨里，走在夏露与冬霾中。走向那个"家"和离开那个"家"的过程，在某种意义上，比她和男孩子在一起的时刻对她更重要。她走着，想起小时候看过的安徒生童话，《海的女儿》中有一段句子，她从来都不曾忘记过："她觉得每一步都像在锥子和利刃上行走，可是她情愿忍受这种痛苦……"

这样的情感她从少女时期就蓄积在胸中，无数次地在内心里想象，但从未兑现在现实里。所以她要走，似乎就这样走着，往复于自我意志的危机边缘，便能够最终走进残酷但却绝美的童话世界里。

进门前她看了时间，独自在走廊上站了几分钟，手指无意识地划着走廊贴着壁纸的墙壁。直到那个时间到来，才准时地按响了门铃。他们拥抱，接吻，她的手指像刚刚划着墙壁一样地划着他的后颈，他捧着她的脸，两只手温暖极了。男孩已经摆好了晚餐，一些简单的食物盛在便当盒里，鸡翅、蔬菜沙拉、寿司，都是些易于打包的。她还是被感动了，何况他还准备了一支红酒。

男孩压根不知道她已经做了怎样的决定，只是郑重地想要纪念他们的两周年。他帮她脱了大衣，搭在自己的胳膊上，然后继续揽着她的腰亲吻她。他说过，他喜欢她丰满的下嘴唇，每次接吻，都要贪婪地吮吸。这个动作对她太有效了，每一次都能让她情难自禁。

男孩也是充满了仪式感的人，他们相识的时候，他是留着胡子的，很有型，后来有一天他打电话给她，说是自己的生日，希望她来亲手替他刮掉胡子。她去了，有生第一次使用剃刀。泡沫，胡茬被切断时的手感，一切都是那么新鲜。剃掉胡子的男孩同样地令人感到新鲜，像是变了一个人，焕然一新，但又似曾相识。"真帅！"她说。"哪里，又长了一岁，老了。"男孩说。他对她说"老了"，这让她忍俊不禁。她满足了男孩子的愿望，同时，自己内心那种与生俱来的对于仪式感的渴求也得到了极大的满足。

那一次是在男孩的家里。他一个人独居，房子却是父母单位的，邻里都是他父母的同事，所以去他家里她有心理障碍，她怕被他父母的同事们看到。尽管她不觉得自己的外貌看上去会比男孩子大很多，但潜意识里，她还是无力面对旁观者头头是道的检验。

男孩斟好了酒，举起来和她碰杯。

他的手指隔着毛衣沿着她的胸部滑动，最后停在她腰带的铜扣上，打开，合上，合上，再打开。她的思绪里还是那一次男孩子生日留下的记忆。那一天，她从他家的楼上下来，一回头，看到男孩正在窗前眺望着她。走出很远后，她依然能够感到身后那绳索一般缠绕着自己的目光。夏季，树影婆娑，她感到自己的心都被那条绳索勒疼了。

酒杯碰出清脆的响声，纪念开始了。

男孩回忆起他们的最初。微信加了好友三天后，他对她提出了一个要求，说要彼此删除，重新通过手机号码来添加，理由是，他不想双方在微信好友的来源栏里显示为"附近的人"。她欣然接受，那样的显示同样让她不舒服，有种无可抹去的轻浮和草率。她喜欢男孩的这份心思，因为这就和她一样,"每天都像是演电视剧"。

他们第一次接吻,男孩突然痛苦地推开了她,说他"还要再想一想"。这"还要再想一想"让她感动极了,在她眼里,这就是被认真对待着的证据。分开后她哭了一路,后来找了一家咖啡馆坐下,继续哭了几个小时,心里万分挣扎。

她常常会哭得没完没了,专门给她调理的一位老中医第一眼见到她时,就对她说过:"姑娘,你要少哭一点。"哭泣已经一目了然地伤害到了她的体质。那天回家后,孩子都看出来了,对她说:"妈妈你眼睛都哭肿了。"丈夫却照旧无动于衷,好像早已经习惯了跟一个整天演电视剧的女人生活在一起。

她吃得很少。

"多吃点儿。"男孩对她说,夹起一块寿司喂给她。

她依偎在他身边。

"你不用节食,"他说,"你反倒应该再胖一些,你太瘦了。"

"不喜欢吗?"

"喜欢,你怎样我都喜欢。"

"可你说我应当再胖一些。"

"哦,"男孩有些窘,"好吧,我更喜欢你再胖一些。"

"喜欢胖的?"

"丰满好不好?"男孩坏坏地对她笑。

如果一切就在这种情绪下进行,今天的道别就完全符合她的心愿了,但男孩很快就说起了他的工作。职场上的竞争,同事间的倾轧。她不喜欢男孩子谈论这些事情时不经意间流露出的世俗气,相处日久,正是类似这样的流露渐渐地令她感到了沮丧。

"走着瞧,"男孩愤愤地说,"看看谁笑到最后。"他这是在说跟自己有矛盾的同事。

"去冲澡吧。"她温柔地对男孩说。

他进到卫生间后,她一个人又默默地喝了杯酒。多年来,她已经养成了独自喝一杯的习惯。遇到口感好的酒,她会整箱地买回来,但往往会遭到丈夫的否定,说她对于红酒的品位并不能令人恭维。当然,对此她同样沮丧。她知道丈夫说得有道理,对于红酒的认知比她更专业,但她所看重的滋味,他从来不懂得品尝。眼下她喝下的这杯酒,一定不是丈夫经验里的那种好酒——男孩显然是买不起那种奢侈品的,他还没什么钱,正处在人生的攀爬阶段。但她觉得此刻流淌在自己体内的,已经不是葡萄酿造出的液体,而是生命百感交集的意义。这种意义能让她觉得自己并非是在虚掷生命,哪怕交织着的是苦涩与忧伤,但一切都是充分的,是满溢着的。就像盛大的婚礼与隆重的葬仪。

放下酒杯,她去拉严了窗帘。窗外的景致让她呆愣了一会儿:夕阳尚未落下,月亮已经升起,两轮昏黄的球体镜子一般同时并置在了惨淡的暮色中。世界静谧得如同一个幻境。

这一次和男孩子相拥,她放弃了措施。这是从来不曾有过的。事先她吃了药,并且提前一周开始了素食,喝玫瑰浸泡的茶水。她控制着自己的身体,为了最后这个不受控制的夜晚。迷乱。他把手指伸进她的嘴里,她哭起来,啜泣着吮吸,有种要将其咬断的冲动。男孩挥汗如雨,汗滴在了她的脸上。她觉得自己变成了一口井,变成了一个源泉。一种明亮而黑暗、温暖而冰凉的感觉在她身体里弥散开,如同天空中并置着月亮和太阳,如同一个幻境。

快十一点的时候手机响了,是丈夫打来的。她裹起浴巾躲进卫生间接听。关门的时候她太紧张了,那扇门的轨道很顺畅,在她过度的力量下闭紧后又被弹开了一道缝,她眼睛的余光可以看到男孩在床上坐直了身子。

丈夫显然在一个热闹的场合,手机里传来嘈杂的谈笑声。他大声问:"你在哪儿,回家了吗?我可能得喝点儿,不能开车了,没回家的话你顺路来接一下我。"

她调整着自己的语气,眼睛望向镜子里的自己,手指开始不由自主地在镜子上沿着自己的影像勾画。"嗯,我在外面,公司还有点儿事。要不,你喊代驾吧?"

"这么晚?"

"嗯,谈点儿事。"

"行吧,你早点儿回。"

"我也没开车,要不……"

丈夫已经挂断了手机。

"要不,你告诉我你在哪儿,我还是打车去接你吧。"她喃喃地说。

但丈夫已经挂断了手机。

她于是想到,其实这个深夜在外喝酒的丈夫也是孤单的,那种孤单同样在他身体里喧嚣,就像一个深不见底的空谷,每一个微小的声音都能引起连绵的轰鸣,所以,他精疲力竭地回到家里,让电视机的音量充满自己的肺腑。填充,那不过也是一种填充。

她记得有天夜里自己深夜回家,在小区的花园里看到了丈夫,他没发现她,正叼着雪茄在逗弄几只流浪狗。他还在用手机拍照,蹲下去,把脸尽量凑近狗脸,吐出舌头,同时伸长了胳膊自拍。手机的闪光灯打开了,每拍一张,挤在几张狗脸之间的丈夫的脸就在黑暗中闪亮一下。她远远地看着,心里空前地疼痛。后来他开始正步走,引导着几只狗跟他排成一列纵队,在花园里巡游。她不知道他会不会把那些自拍发到微信的朋友圈里,他们彼此之间互相是屏蔽着的。

卫生间的门被拉开了,她从镜子里看到男孩赤裸着站在她的身后。他的体型很漂亮,这也是她喜爱他的理由。她不由得裹紧了自己身上披着的浴巾。对于自己的身材她还是自信的,她只是难以做到赤身裸体地呈现在男孩面前。分娩时她做了剖宫产,肚子上有一道骇人的刀疤。男孩不说话,她在镜子里向他微笑一下。他走上来从后面抱紧了她。他的头探在她的肩膀上,深深地埋着,开始亲吻她的脖颈。他在轻轻地咬她。她看不到他的脸,觉得他应该是哭了,但不想让她看见。他们就这样抱着挪进了房间,他灼热地抵着她的臀部。她反手关闭卫生间的门时,依然将其控制在了那个她所能接受的闭合程度上。

重新回到床上,他们都没有再说什么话。她一边迫切地迎合着,一边开始拼命回忆今晚男孩对自己说的最后一句话是什么。她想让自己记住,因为她知道,那将是她听他说的最后一句话了。她不会再见他了,不会了,连电话都不会再接听,她将删除他。但是她想不起来。男孩说过的最后一句话是什么,她无论如何也想不起来。

男孩默默地拼命,仿佛要将自己的命跟她叠加在一起。她的身体反复绷紧,犹如做着大运动量的健身。高潮来临的时候,她的血液奔涌,意识里是一片流淌的白色。

然后，他沉沉地睡去了。她去简单地清理了一下自己，回来躺在他的身边，也打了会儿盹。迷迷糊糊中，她回忆起有一次跟他说过："找一个合适的女孩结婚吧。"他看着她，也像是看着一个不谙世事的孩子，"你是真傻啊，现在的女孩子有多现实你知道吗？我再也遇不到一个像你一样的小女孩了。"一想到今夜之后，男孩的人生就将处在一种"再也遇不到"的巨大的亏欠里，她就万分内疚，感到自己的心都被揉碎了。她给了他一个礼物吗？如果是的，她凭什么又将之拿走？

离开前她无声地清理了房间。她将镜子前男孩用过的牙刷放在口杯里，将自己用过的丢进了垃圾桶；她将床下两个人的拖鞋整齐地摆放在一起；她收拾了桌上的便当盒，将它们统统装进一只塑料袋中；她将男孩扔在地毯上的内衣捡起来，叠放在床头柜上。她哭了。她不想男孩醒来后看到的是一屋的狼藉。

穿上大衣她在床边站了足足有两分钟。卫生间透出的光将她的影子照在了床上，她再一次觉得自己的身影笨笨的，像一头熊。这头熊的影子覆盖着熟睡的男孩。她轻轻地走出了房间，几乎用尽了自己全身的力气减小着关门的声音。

"咔哒"一声。她的心里却犹如雷鸣。她并没有马上离开，而是站在门外静静地又待了一会儿。如果这时候男孩追出来，她知道，一切都将逆转。甚至，她的人生都会完全颠覆。

她向电梯走去，手指一路划着走廊的墙壁。

酒店外面依然有等候客人的出租车，但她还是想走一走。夜空差不多是乳白色的，能见度很低，就像她高潮时脑海中的景象。她走在世界的高潮中，想到4000流明灯光和微距镜头拍摄下的雾霾。那些疾矢一般的颗粒物向她涌来，却让她再一次感到了饥饿。她的手伸进包里慌乱地摸着，但那块莫须有的饼干并没有出现。此刻，她只是被一股强烈的食欲控制住了。她想吃东西，一刻也不能等地想要吃东西。

她知道下一个十字路口过去有一家二十四小时营业的麦当劳，有几次约会来早了，她在那里吃过红豆派，喝过可乐。

快步走到路口时，斑马线上的红灯亮了。即便没有一辆车驶过，她也呆呆地等着绿灯亮起。她看着信号灯上的数字一秒钟一秒钟地递减，感受内心里规则和欲望的竞赛。空旷的街头像是被外星人洗劫了一般，或者是基督降临之前的世界，所有的建筑差不多都湮没在了雾里。也许基督的确会再来，但你只能眼睁睁地先看着信号灯上的数字闪烁着再递减几万年。你得熬着。

走进麦当劳，柜台里的店员向她打了声招呼。这个店员在深夜里毫无倦意，好像专门等着她的到来似的。他认出她了吗？她觉得不大可能，白天这里的顾客那么多，他不可能对她留下什么印象。她为自己要了一个汉堡和一杯热饮。她几乎是狼吞虎咽地吞食着那只汉堡，以至于几次都被噎住了。那杯热饮太烫，所以当她抓起来喝的时候被狠狠地烫着了。那个店员始终关注地望着她，她被看得不好意思起来，勉强地冲着对方笑笑。她被噎住和烫着了的感觉交替填充着。是的，这就是她想要的，她渴望的其实并不是食物，她只是想被一种有强度的感觉所填充，哪怕那种感觉是一种对自己的戕害感。

这种渴望她并不陌生。当年，哺乳期的她挽回了自己的丈夫，她陪着他去找那位空姐，取回他的东西。但那个丈夫的灵魂依然在外面游荡。他神不守舍，灵魂的归家之路似乎遇到了塞车。夜里她起来给孩子喂奶，让他帮忙给自己倒一杯水。他照做了，递上来的，却是一块尿不湿。她看看他，他站在床边，胳膊垂在睡衣的两侧，无辜地笑着，恍惚地笑着，一点都没有觉察到自己的荒唐。

"水，我要一杯水。"她一个字一个字地对他说。

他听不懂，疑惑地看着她。

"我要一杯水。"她再次说。

他的目光不可思议地看向那块尿不湿。

她终于爆发了，尖锐地叫喊起来："我要一杯水！"

怀中的婴儿大声啼哭，空气都像是破裂成了无数的碎片。水端来了，她疯狂地灌下去。那是一杯足足有一百度的沸水。可她几乎没有感觉到灼痛，像是被人抽了一鞭子，只是"啊"的一声扔掉了手里的水杯。她的咽喉被严重烫伤了，那一刻，她感到了窒息，呼吸完全被阻隔了。当天夜里她就被送进了医院。足足有两个月，她不能喝三十度以上的液体，每次吞咽食物,都犹如吞咽着自己。但她居然对此感到了依赖,这种极具痛苦的滋味是如此充分,充实着她,填补着她,让她能够相信自己依然具备着沉甸甸的、铅球一般的感受力。

走出麦当劳,她的喉头依然有哽咽的滋味。一辆出租车停在她的身边,司机探出头招呼她:"上车吧姑娘,霾多重啊。"

她微笑着摇了摇头。

司机还不死心,"再说了,这么晚一个人走夜路也不安全啊。"

这是一个圆头圆脸的中年男人,给她一种外星人的感觉。

她迟疑了一下,打开了车门。她并不怕霾,也不怕危险,但她是一个不会拒绝别人热情的女人。对于这个世界,她从来心怀善意,尽管她知道自己有多么的委屈。新年的时候,她会对街头遇到的陌生人道一声"新年好";她去福利院做义工,照顾智障儿童。有时候她会想,要是丈夫病倒了,瘫痪了,再也不能去和世界纠缠了,该多好,那样,她就可以忘记一切,踏踏实实地照顾他了。这样的念头她对男孩也动过,好像那样一来,她就有了充分的理由,可以被某种无可辩驳的道德的说服力支持着接近他了。

这当然很傻。男人们都雄心勃勃。男孩也跟她讲自己的抱负,原本正面的奋斗精神,往往却被说出了险恶的企图。她不喜欢。丈夫说她永远长不大,她不服气,她只是拒绝他们所认可的那种"长大"。

坐在副驾驶座上,她翻看手机的朋友圈。已经有人辟谣了:拍摄霾的图像,需要借助电子扫描显微镜,放大十万倍甚至是二十万倍,才能看到霾真正的图像,视频中拍到的,只是尘埃。电子扫描显微镜,真好,又一个头头是道的术语。

"只是尘埃。"她小声嘀咕,同时努力地望向窗外。窗外浓雾密布,几米外的车灯都是朦朦胧胧的,车子本身也不像是在真实地移动,像那种大型游戏机的模拟驾驶。

"我能抽一根烟吗?"司机问她。

"抽吧。"她说。

"这天儿,"司机给自己找理由,"在外面待十分钟就相当于是抽了根烟。"

"没关系，"她说，"你抽吧。"

她又无声地哭了起来。

过了一会儿，司机降下车窗，将其实还没抽几口的烟扔出了窗外。

"姑娘，你没事儿吧？"

她有种被托起和包裹着的感觉，感到自己的眼睛如同"电子扫描显微镜"一般，看到了世界那真实的图像。世界在高潮中，它是白色的。

到家之前有一阵子她都睡着了，就在一边眼涌泪水的时候。下车后，她看了下时间，已经是凌晨两点半了。她没有急着上楼，而是又在楼下站了一会儿。空气中有股辛辣的味道。她站了差不多有十分钟，效果相当于进门前抽了根烟。

已经是新的一天了。她意识到今天是周末，她要在下午去学校接孩子。她答应过孩子，这个周末去玩室内攀岩。

在电梯里，她删除了男孩所有的联系方式。

还没有进家门她就听到了电视机的声音。打开门，玄关的射灯依然亮着。客厅的灯没有打开，只是被电视机的屏幕所照亮。

丈夫躺在沙发里，并没有换上睡衣，鞋子也没有换，不过一只穿在脚上，一只不知道去了哪里。显然，他是喝醉了。

她走过去，默默地看着自己的丈夫。他的睡姿很古怪，蜷缩着，右臂以一种高难度的动作缠绕进两条腿之间，像是被打断了骨头或者表演着柔术。他的唇角流淌着涎水，鼾声听上去艰难极了，每一下都像是溺水者被水呛进了肺里。她想要喊醒他，或者起码先帮他擦擦嘴，但又立刻放弃了念头。她觉得，此刻，让他就这样窝在沙发里，没准才是对他最好的优待。不要叫醒他，不要。

电视里在播放球赛，英超，切尔西对南安普顿。她站着看了一会儿。她也喜欢足球，但从来都只支持丈夫不喜欢的球队。电视的音量可能被调到了最大，奇怪的是，她居然不觉得吵，反而在这种大分贝的声响中感受到了突然降临的安宁。她觉得自己从未这样平静过。她也坐进了沙发里，呆呆地看着电视，让自己和酣睡的丈夫一同被电视屏幕忽明忽暗的光影笼罩着。房间里的暖气很充足，她感到了热，用手抚摸自己的脸，脸却是冰凉的。腰腹酸痛，是一种空空如也的困乏。

这样坐了许久,她空茫的心情被门铃声打断。对讲器里是小区保安的脸:"对不起,您能不能把电视声音关小一些?有业主投诉了。"她轻声地道着歉,转身回到客厅关了电视。突然的安静对于酣睡着的丈夫竟然像是一声惊雷,还没有回过身,她就听到了丈夫大声地呻吟。客厅里一片黑暗,玄关上的那盏射灯只投射过来微不足道的一点光亮。一瞬间,她感到宛如回到了那家酒店的房间。

丈夫在不断地呻吟。停顿一下,继而发出更大声音。他分明是在吁求着什么,嘶哑,迫切,还伴着类似抽泣的哀鸣声。

她突然听懂了,像是受到了神启。

他在痛苦地祈求:"水……水……水……"

她去给他倒水。水壶在厨房,她的大衣还没有脱掉,自感如一头笨拙的熊在黑暗中穿越三百平方米的房子。黑暗中,她的眼睛再次如同"电子扫描显微镜"一般,头头是道地看到了世界那真实的图像。她看到了人的痛苦、人的饥渴、人的盼望,并置的月亮与太阳,尘埃和霾,还有无数盏等待夜归者的灯。然后她想起了男孩子对她说的最后一句话。那时,他翻下身去,气喘吁吁地对她说道:"给我一杯水。"

《长江文艺》2017年第3期

评鉴与感悟

一杯水中的暗淡微光

弋舟是一位城市的观察者和书写者,他习惯将笔触深入到城市深处毛茸茸的角落,去探求城市文明的暧昧与颓败,并且对生活其中的个体进行精神层面精微的考察,映照出这一群体内心褶皱中存在的困厄、隐疾与温暖。同时,弋舟还是一位接续了先锋精神的作家,他以"70后作家"的身份,在现代主义哲思的潜在引领下,探讨城市生命生存的本质与前景。

《但求杯水》的最初构思,是起源于法国文化周上诺贝尔文学奖得主勒·克莱齐奥的提议。他提出与共游长江的中国作家们共同创作一篇以"水"为题材的小说，《但求杯水》便是这个提议的成果之一。据弋舟解释，小说题目的灵感来源于美国女作家安妮·普鲁的短篇小说《身居地狱，但求杯水》。与安妮·普鲁书写粗犷的美国西部文化的挽歌不同，弋舟的这篇作品仍旧着眼于精致的都市，特别是都市人复杂微妙的情感关系。

可以说，《但求杯水》叙写了一个都市女性的心灵逃逸史与回归史。小说中的"她"已经结婚生子，但却一方面维系着与丈夫名存实亡的婚姻关系，一方面在情人身上寻求缺失的生理与精神的激情补偿。最终，经过灵魂深处的挣扎，她还是离开情人，回到了自己的家。

这一形象显然是作品要极力刻画的，她是当下城市女性生存状态的"典型"，集合了多方面互相对立又缠绕的特质。首先，这是一位苛刻的"造梦者"，在生活中精密地制造着自己的完美梦境。小说中多次出现一个词语——头头是道。其实就是她渴望着生活的头头是道，就如同她精心布置的光影一样。其次，这一形象是一位空虚的独行者，她始终生活在孤独之中。孤独带来了潜在的空虚，她想"被一种有强度的甚至具有伤害性的感觉所填充"，因为比起痛苦，充实带来的满足感更重要。因此，"情人"对她的意义，主要是为了弥合孤独带来的创痕。最后，这也是一位不愿长大的善良女性，一直对这个世界保持着善意，希望世界是美好的，更希望生活是如愿的。她用自己的方式拒绝长大，拒绝着别人标准下的长大。

那一杯水，是小说意义的重要寄托物，是城市人心灵的解脱和救赎的希望所在。小说第一次出现水，是哺乳期的她挽回丈夫后，喝下的那杯沸水。她需要在沸水带给她的强烈痛苦中得到彻底的解脱。第二次出现水，是离开情人回到家后为丈夫倒的那一杯水，它意味着回归，也象征着她从虚幻梦境中的解脱。在经历了痛苦、虚幻、迷茫后，她回到了最有"意义"的地方。那杯水，是城市虚幻生活中的一点微光，指引她回归了真实。

即使当下的生活存在诸多类似地狱的灰暗景象，但弋舟还是为我们描绘了暗淡的光亮。正因"身处地狱"，我们才"但求杯水"。这一丝微光即使再微弱，也不会熄灭，它是重建现代城市混沌的生活秩序的可能，毕竟有光在，就有希望。（李嘉桐）

白耳夜鹭

/艾玛

我住到崂山脚下这背山面海的小渔村有些年头了,还是头一回碰到从C城来的人。

怎么说呢?C城其实是我故乡,距小渔村有三千多公里,两地间没有直达的飞机、火车。我在那里长大。当然,C城其实并不叫C城,和其他古老的小城一样,它也有个文雅好听的名字,只是我暂时还不想在这里说出来,就用C城来称呼它吧。记得有位大师曾说过,讲故事时连真实的地名都不说出来,而用A、B、C、D之类的字母代替,或是笼统地称为滨城、山城,这样的行为是怯懦的。有点道理,我打小就不是个胆大的人。

从C城来的人叫秦后来,没错,后来。起初我以为是"厚来"什么的,他将杯子里的茶水倒了些在桌上,用手指蘸着那些茶水在桌上写了两个字,原来是"后来"。我就笑了。我的发小叫柳明天,高中时有个女同学叫林开端,我大学时还有个同学叫杨终于。有叫"明天""开端""终于"的,当然就会有叫"后来"的,这么想就不觉得奇怪了。秦后来是个摄影家,我到村里的小酒馆喝酒时遇到了他。那几天天气奇冷,夜晚气温都到了零下二十度。酒馆外的防波堤上,冰壳子一层层地堆得老高,有人说这是这地区二十年来的最冷天。我倒没觉得特别冷,冷到一定程度,所有的冷在我看来都差不多,无所谓更冷最冷。C城在长江以南,"你们南方人真抗冻",这是我到北方后听得最多的一句话。再抗冻,渔村的冬天也不好过,没有集中供暖。集中供暖一直是城里人的事。我不串门,不知道村子里其他人是如何度过冬天的,但我在租住的小屋里用C城人的方式取暖:一个两根导热管的电炉子(我一般只开一根),上面加一个木头架子,架子上铺块小棉被,棉被上搁块木板(可以当桌子用)。没活干的时候我整天坐在炉子边,将小棉被盖到大腿上,看电视,上网,或是听窗外寒风呼啸。傍晚时分,我会顺着村里那条新铺的水泥街道,到海边李照耀家的小酒馆去喝一壶。

那天傍晚,我走进李照耀家的小酒馆时,秦后来正坐在临窗的一张桌子那儿喝酒。连续两个晚上,我走进酒馆时他都在那儿,桌上两碟小菜一瓶酒,一个人坐在窗边吃着喝着。

"一盘白菜海蛎肉饺子,一壶老酒。"我走到他对面的一张桌子边坐了下来,对坐在柜台后玩手机的李照耀喊话。

酒馆里没什么客人,安静得很,只有空调嗡嗡的轰鸣声。天气冷,不是双休日,也不是节假日,这海边除了鸟,难得见到几个人。我朝秦后来看了看,碰巧他也抬眼看我,我就掉转目光,看窗外。防波堤上的冰壳子比昨天又高了不少,海水已退得老远,露出一大片黑黝黝的泥滩,一群海鸥嘎嘎叫着,在泥滩上飞来飞去。据说,它们中的常住居民很少,大部分都是从西伯利亚飞来过冬的。

"这样的冷天对它们来说也许不算什么。"我望着窗外,想。

十多年前,岛城的海鸥只有几千只,现在已达数万只。"海鸥通人性,岛城市民为挽留海鸥做出的努力肯定是被海鸥们记住了,所以每年它们都会带着它们的后代来这儿过冬。"岛城的鸟类专家曾在电视上这样说。专家这样说过后,去栈桥、音乐广场喂海鸥的居民越来越多了,鸟食也越来越讲究。我来岛城郊外这个叫雕龙嘴的渔村也有十来年了,与海鸥不同的是,没人为挽留我做过努力,我也还没有后代。

李照耀的老婆把热气腾腾的饺子和酒放到了我面前。她掉转臀部离去的一刻,我照例闻到了一股子热乎乎的带着些酸味的气息,像是发过头的面食的味儿,这股气息打着旋儿从我鼻尖前掠过。天寒地冻的,女人身上的这股子热气有些让人馋。

"明天，也许我可以去趟蓝泉墅，宁兰芬家的那棵粉茶不知道怎么样了。"

这么想着，我为自己倒了杯酒，剥了颗大蒜。来这儿后我学会了吃生蒜，不过我从不在去蓝泉墅的那天吃。李照耀家的饺子不错，酒是加红枣、枸杞、姜片煮过的即墨老酒，这样冷的天，热乎乎的老酒和女人一样不可或缺。我打小跟着我老娘喝米酒，冬天用带盖小壶煮米酒喝，几杯下肚，便可驱尽一天户外劳作所受的风寒。来这儿后我开始喝老酒，即墨老酒加姜片、红枣和枸杞煮过后，与C城米酒的味道非常相似。记得我刚来的那年，找李照耀要这酒时，李照耀笑话过我。他露出黑黑的牙根，笑道："怎么天天这酒？跟个娘们似的！"现在他早不笑话我了。凡事都是习惯了就好。就像我，离开C城多年后我已习惯了成为另外一个人，我把一个真实的自己留在了C城。

秦后来不时看看我，几番欲言又止。终于，他站起来，满脸堆笑地问我道："请问这位朋友，你是不是C城人？"

我马上意识到我的口音出卖了我。我们C城人说"一壶老酒"时，会把"壶"发成"浮"音。离开C城的最初几年，我说话很注意，毕竟不把"壶"啊"湖"什么的说成"浮"也不是什么太难的事。这些年来我有些懈怠了，随着时间的流逝，我渐渐觉得即便把"壶"啊"湖"什么的说成"浮"好像也不是什么大不了的事。

酒馆的空调不太好，秦后来穿着羽绒服，前襟大开，露出里面满是口袋的摄影背心。近年来，来岛城拍海鸥的摄影爱好者越来越多，他们大多去栈桥、音乐广场拍摄，也大多选气候宜人的时候来，很少有人来雕龙嘴一带的海域，更不用说在大冬天里来。不过，在冬天里来雕龙嘴以及附近的会场村、黄山村拍海鸥的摄影家我也碰到过几个。他们都是些厉害的家伙，多半善饮、健谈，有那么一两个甚至还相当有趣。我把酒杯放下，点头答道："没错。"

秦后来很兴奋，他指了指他桌子上的东西，又指了指我的桌子，意思是可不可以坐过来。有什么不可以？同是天涯沦落人，相逢何必曾相识。

我做了个请的手势。秦后来把他桌上的一盘驴肉、一盘葱拌八带端过来，他喝的是小瓶的七十度琅琊台原浆，这种酒喝下去时就像喝了一把剃刀。

"我叫秦后来——"他说着，两只手就去身上各个口袋里摸，摸了一阵后，他有些歉疚地看着我，说，"抱歉，忘了带名片。"听口音他不是C城人。

"叫我小赵好了。"我从未有过名片。我伸手过去，他握了一握。

"秦是秦始皇的秦，后来嘛——"他说着，拿起茶杯往桌上倒了些茶水，然后噌噌在桌上写了两个字。对于一个摄影家来说，他的手指白了些。

我对他的名字没什么兴趣，不过等他写完，我还是伸长脖颈看了看。

"你去过C城？"我问。

"我刚从那儿过来，"秦后来很兴奋地说，"好个漂亮的小城！"

是的，C城。我端起酒杯向他示意，然后一口干了。这样寒冷的天，在异乡，能听一个陌生人谈谈故乡也是件不错的事情。

"你是来旅游还是——"秦后来又问。

"我在这儿工作，是个园艺师。"这是真的，我替附近各园艺场工作，帮他们打理卖出去的杜鹃花树、茶花树和桂花树。因为我，园艺场的老板们在卖这些南方花木时可以理直气壮地打包票：包活。我问秦后来："你呢？来干什么？"

"家里有点事，回家路过这儿。你知道的，城里的宾馆实在是太贵了。"秦后来苦笑了下，问我，"来这儿多久了？"

"有些年头了。"我夹了一筷子驴肉塞进嘴里，问，"去C城拍什么？"

"国庆的时候，C城有个网友给我打电话，说他们那里新开了座火电厂后，他们有两个月没见到太阳了，那时我正在凤凰，想着也近便，就过去了。"

"是个女网友吧？"我笑问。秦后来点点头，也笑了。

C城附近有家很大的水电站，当年它竣工的时候，报纸上说它发的电可以满足十个C城之用。十多年过去了，现在C城又需要一座火电厂了？

我给自己把酒杯满上，敬了秦后来一杯。

"C城人真的两个月没见太阳？"我偶尔也上网搜搜C城，从未见过什么两月不见太阳的消息。不过，雾霾嘛，岛城这样的海滨城市也时不时有雾霾的，C城有，又有什么可奇怪的？

"差不多吧，你知道的，C城地形南北高，中间低，有西北风顺沅水河道刮来时，雾霾才能散，没风确实不好办。"说着秦后来停下来看着我，"很久没有回去了吗？"

"是啊。"我说。双亲都已埋在了山岗，在C城我没什么亲人了。"哪里有钱赚，哪里就是家。"我问秦后来，"去拍烟囱？"我曾遇到过一个摄影家，特别喜欢拍古力井盖。

"嗯，烟囱。"秦后来直接用酒瓶跟我碰了碰杯，他的心思明显不在烟囱上。果然，他喝了一口酒后，看着我问道：

"〇四年你在C城吗？"

"我〇六年才来这儿。"

我不喜欢撒谎，有时候我几乎要把我所有的智慧都用在说实话上。我确实是在〇六年来这儿的，但〇四年夏天我也还在C城。

"啥时候方便，让我看看你拍的C城烟囱嘛。"喝着酒，我开起玩笑来。但这话说完我自己都有些恶心了，听上去像是我和他有多熟似的。

"现在就可以。"秦后来竖起一根白白长长的手指，指着天花板说，"我就住在楼上。"

我对C城烟囱不感兴趣，当然不会真的跑到楼上去看什么烟囱的照片。喝着酒，秦后来跟我聊到了〇四年发生在C城的一件怪事。一辆黑色的帕萨特轿车在沅水大桥桥头小广场停了许多天无人问津，直到车身上积满灰尘才引起人们的注意。这辆车的主人是尔雅音乐学校的校长木歌。车在人不见，自此无人知道木歌去了哪里。

"这件事我也听说了。"我淡淡道。

时隔多年，突然听人提到这桩陈年旧事，让我颇不习惯。木歌失踪案发生时全城沸腾，众说纷纭……〇六年底我打电话给柳明天，委托他帮我卖我们家那套位于丝瓜井民主巷园艺公司职工宿舍区的房子（我没打算再回C城）。两年过去了，人们还在谈论木歌的失踪。不过，相比案发时的情形，人们谈论这件事的语气已变得十分肯定，众口一词，大家认定木歌是因为一个女人，被人装进麻袋，扔到沅江里去了。"色字头上一把刀，牡丹花下死翘翘。要问木歌何处寻，麻袋一装到洞庭。"小孩子们甚至编出了这样的童谣。柳明天跟我说到这些时我就只有呵呵。

"我下了火车见到网友。她先带我去吃了一碗牛肉米粉，安排我住下后，带我去诗墙公园转，我们从渔夫阁、武陵阁、春申阁一直走到排云阁，一路树木成林，桂子飘香，左手江水右手诗，真是个好地方！"秦后来声情并茂地说道。

我不置可否，埋头吃菜喝酒。他说的这些我都再熟悉不过了。从我家所在的丝瓜井出来，穿过箭道巷，过了步行街，就是诗墙公园的武陵阁。从前C城并没有什么诗墙公园，那里只是一道防洪大堤，堤下是船家和附近市民竞相开垦的菜地。我老娘也曾在那儿搞了个小菜园，种些萝卜青菜苦瓜豆角之类。从前，我常常在游完泳后扯一把青菜回家烧晚饭，一年四季几乎不用买什么蔬菜吃。诗墙公园不过是后来的事。大约是在木歌失踪的前两年，政府拿出一大笔钱，请了些有名的书法家誊写历朝历代文豪和外国诗人的好诗，镌刻在青石板上，再将青石板镶嵌在大堤上的一堵带檐砖墙上。那是那几年C城最出名的一件事，创造了一项全新的吉尼斯世界纪录：世界上最长的诗、书、画三绝艺术墙。从前我去江里游泳，将衣服脱了卷起来，用石头压在江边一棵樟树下，防洪大堤变成诗墙公园后，我将衣服卷起来，用石头压在一首外国人写的诗下。"我触碰什么／什么就破碎／服丧之年已过去／鸟的翅膀耷拉下垂／月儿裸露在清冷的夜里／杏与橄榄皆熟透／岁月的善举。"我没来由地喜欢这首诗。诗墙公园有那么多诗，我喜欢的就只有这首，刻着这首诗的石板端端正正地对着那棵大樟树，字也写得很板正，比其他青石板上的好认。要是不离开C城，没准现在我去游泳还是会将衣服压在这首诗下。有可能我会这样干一辈子。仔细想想，真要这样干一辈子的话，那也是蛮有趣蛮牛逼的一件事。

秦后来的网友为何会带一个对烟囱感兴趣的家伙去诗墙公园？这个问题让我一时很有些困惑。但有一点我很清楚，排云阁再往前走，就是沅水大桥了，顺着河边石阶上去，就到了桥头小广场。木歌的那辆帕萨特，就停在小广场那儿最靠江边的位置，视野非常好。十多年前，有私家车的C城人并不多，有些先富起来的家伙喜欢在夜晚开车去江边打野炮，沅水大桥桥头小广场是个不错的地方，临江空旷地，地势高而平坦，有片小树林将之与马路隔开。木歌办音乐培训学校，赶上了一个人人都怕孩子输在起跑线上的时代，他也算是C城先富起来的人之一。那时候好像还没有什么车载定位系统，木歌老婆在他失踪两天后就报了案，可找到车，却是在他失踪二十多天后的事了。

秦后来喝着酒，问我："那件失踪案，你怎么看？"

我没什么特别的看法。C城人对这件事早有定论：有个晚上，木歌开车带着他学校一位教古筝的女老师去桥头小广场欢会，被女老师的男友抓了个现行。女老师的男友和他的几个哥们直接将木歌用麻袋装了，扔进了沅江。木歌失踪后，警方做过大量调查，寻找目击证人，约谈嫌疑人，在沅江下游拦网，还租船在江里捞了好几天……白忙一场。尸体没找到，什么都没找到。当然，C城市民对警方为何什么都没找到，也有自己的看法：古筝老师的那位男友，是市委副书记的儿子。

秦后来点了点头，道："我听到的也是这样，可是——"他转动着手里的酒瓶，"什么都没找到，这是很不正常的。"

"木歌失踪了，因为搞女人。警方什么都没找到，因为女人的男友是市委副书记的儿子。"这些话听上去毫无逻辑，也全是无凭口说，可全城人都信。在有些事情上，舆论的想象比证据的真实更能深入人心。其实唯一可以确定的是，确实没人知道木歌去了哪里。古筝老师受不了人们的指点议论，后来也离开了C城，当然，也没人知道她去了哪里。

木歌这家伙我不陌生，他比我略大几岁，家住黄金台，距民主巷一步之遥。不过我和他没什么交集。我们是不同的两种人，他一出生就手握一把好牌，只不过后来他打得有些烂。我跟着我老娘在马路绿化带上种草种花时，不止一次见木歌搂着妹子路过——这点他结婚后也没什么改变。妹子们大都年轻，长得好看。木歌办培训学校有钱后才有的大肚子，曾经也是好看的，像他老娘，眉眼清秀。其实我老娘和他老娘还是小学同学，我师专中文系毕业后，我老娘异想天开想让我留校，听信木歌老娘和某位大领导相好的传言，拎了两条芙蓉王就去找木歌老娘托关系，被木歌老娘骂了个狗血喷头，大耳刮子扇出门，我事未成。我老娘是园林工人，木歌老娘是C城曲艺团唱丝弦的，台柱子，两人小学毕业后就无来往。也不知我老娘中了什么邪。这件事后我老娘嗜酒日甚，夜夜把自己灌得烂醉，没多久就得肝癌去世了。我老娘过世后，我买了张黄牛票去C城大剧院看木歌老娘唱《宝玉哭灵》，只见她头戴嵌宝束发带，身穿白底竹纹排穗褂，脚蹬青缎粉底小朝靴，一句一跺脚："妹妹呀，我来迟哒，我来迟哒……"聚光灯下，声情并茂，光彩照人。木歌老婆坐在舞台一侧拉胡琴，一身黑衣裳，头发低垂，全程面无表情。木歌是省音乐学院钢琴系毕业，听说会唱丝弦会拉胡琴，我没见过木歌唱丝弦，也没见过他弹钢琴拉胡琴，但见过他唱歌。诗墙公园还是道防洪大堤的时候，我见过他在河边练声，长身玉立，声音婉转嘹亮，引来一大群妹子围观。我精赤条条从水里钻出来时也没这么多妹子看过我。"疯子，该死的疯子！"有时候她们还会骂我，朝我吐口水。在女人一事上木歌可谓得天独厚，C城人说他死于男女之事，也不全是空穴来风。据说那位古筝老师也非凡品，她在C城一度名头很响，裙下之臣众多。坊间传她有天生的奇趣，会射精，按现在的说法，大约就是潮喷。记得我第一次听人这样说古筝老师时，一时震惊无语，只觉一股热气从丹田直冲脑门，半截身子都硬了。那会儿我还年轻，见过多少世面呢？其实古筝老师在床上并不像传说的那样神乎，不过，她什么都愿意做，这倒是真的。她长得也不怎么好看，就是身材棒，肤色好，胸大臀宽，脸白圆如汤团——这些我当然不会和秦后来说。韶光逝如水，迢迢不可追。如今在这海边寒冷的冬夜想起那些陈年旧事，我只有兴喝酒，已无兴谈论。

　　第二天，我去了蓝泉墅。蓝泉墅小区里有七百多棵一人高的山茶树，都是我在维护。入冬前，我带领蓝泉墅的园林工人把它们用草席包了起来。在这场寒流到来之前，我又指导他们在草席上裹了层塑料薄膜，想来那些山茶树应无大碍。那晚和秦后来喝过酒后，回到小屋我很快就睡着了。可半夜里我忽地惊醒，心里突然就觉得不好了。我摸过手机，百度秦后来，秦后来——确实是搞摄影的，生于20世纪60年代初，是东北某市摄影家协会副理事长，获得过摄影家协会德艺双馨优秀会员称号，什么题材都拍，并非只对烟囱有兴趣。我稍稍松了一口气。最大的成就是拍到过一只早已被认定灭绝的鸟，白耳夜鹭，一种稀有鸟类，没有亚种分化——也就是说，跟我一样孤独，连个表亲都没有——不喜群居，白天深藏于密林，夜晚独自出行，飞翔时无声无息，宛如幽灵。存世时数目就极少，多年前就上了世界灭绝动物名录的，居然还给秦后来拍到一只……这世界上尽是些没个准头的事。我再也无法睡着了。屋子冷，身子更冷，一肚子热酒也无济于事，末了我只好又从被窝里钻出来，把电暖炉打开，趴在桌上熬过了一夜。早上醒来，窗外寒风呼啸，惨白的太阳光从窗外斜斜刺入，更觉长日寒苦难挨。在这儿度过十多个年头了，头一回有了待不下去的感觉。我起身熬了点小米粥喝了，又上了会儿网，网上屁事没有，也可以说都是屁事，无聊得叫人难以忍受。

在网上游荡了一阵后，我想了想，摸过手机给宁兰芬发微信：

"宁老板，今天我要去小区做养护，你家茶花需要养护吗？"

过了约莫一顿饭的工夫，宁兰芬回复我道："急需养护！"

我笑了。"操，女人！"我在心里骂。

我换了双干净袜子后，从冰箱里拿出一袋湾仔码头速冻水饺煮来吃了。吃完饭我收拾好工具，又把半袋磷酸二氢钾混入一袋鸡粪中，和一袋砂土拌匀，拿只麻袋装了，开着我那辆长安面包去了蓝泉墅。来去多次，我和保安都很熟了，一路畅通无阻。我开着车在小区里转悠，不时停下来看看那些裹得严严实实的茶花树。这别墅小区里种的都是红茶，物以稀为贵，宁兰芬家那棵粉茶的价格是红茶的十倍。查看的结果令我满意，蓝泉墅的园艺工人还是尽职的，浇水适时，情况不错，来年三月，想必是一片嫣红。

到宁兰芬家门口时，大院的电子门已打开，虚掩着，她家的保姆想必又被她支使出去遛狗了。我把鞋脱在门外，自己开门进去，穿过宽大的金碧辉煌的门厅和长长的走廊后，我在宁兰芬家的阳光房里找到了她。宁兰芬衣衫轻薄，坐在那棵粉茶下的一张贵妃椅上等我。像往常一样，我对她笑笑，把工具和半袋肥料放下，拍拍手上身上的灰，一句客套话都没多说。我们一向如此。宁兰芬年过四十，虽然青春不再，但浑身充满北方女人特有的柔韧力道，像团发得恰到好处的筋道十足的面团。而且，跟小妹子相比，她还有一样特别的好处，就是懂事知味，一旦飞身上马，你就只管快马加鞭，铆足劲儿往前冲，她铁定回回都能跟上你，一步都不落的，就有这么好。

完事后，宁兰芬将一张红扑扑汗涔涔的脸从我肩膀下探出来。她喘了几口气，用尖利的指甲挠着我的后背说：

"疯子！你真是个疯子！"

我忍着痛，笑而不语。我翻身躺到她边上，看着头顶上那一片枝繁叶茂，那些小小的花蕾像星星一样散布在绿叶中，花蕾上细细的一线杏红十分肉感、诱人。

"什么都没找到，这很不正常……"秦后来的话在我耳边回荡。这到底是个什么人？

宁兰芬拿起我的一只手把玩，咻咻笑道："真是一把好手！"我把手抽出来，女人坏起来男人可真招架不住。

"疯子，说说看，怎样才能杀了她？"

宁兰芬家的暖气太热了，阳光房里的温度也不低，我出了一身大汗。我爬起来擦汗，漫不经心地应道："那还不是小菜一碟！"我以为她说的是她老公，这段时间她想杀的基本上都是她老公。跟木歌一样，她老公也是个大块头。我嘴上应付着，心里却在盘算如果来真的，也只能巧取，真要硬生生放倒那么个大个子可不是件容易的事。

"那婊子太可恶了，过年都不放他回来，现在我撕碎这婊子的心都有！"宁兰芬坐起来，伸手拂了拂头顶的山茶树叶，愤愤道。

我这才明白这回她想杀的是她老公的小三。现在的汉语就是这点不好，说起来"她""他"不分。难怪有些人要怀念民国，怀念从前。"伊底眼变成忧愁的引火线／不然，何以伊一盯着我／我就沉溺在愁海里了呢？"瞧，伊，好听吧？而且谁也不会把"伊"想成个男人。

我去宁兰芬家一楼的卫生间冲澡，宁兰芬上楼到自己房间收拾去了。我穿上衣服后就成了宁兰芬的花匠。洗完澡后我们都神清气爽的，宁兰芬的怒气也消了许多。我给那株粉茶上肥时她就坐在边上跟我说话，一肚子的不甘心。宁兰芬的老公有两个家，平时跟小三住，逢年过节回宁兰芬这儿。宁兰芬生的是儿子，在北京上大学，往年不管怎样男人都会回家陪宁兰芬和儿子过年。那小三前面生的是女儿，今年也生了个儿子，于是得寸进尺，不想让男人回宁兰芬这儿过年了。

"哎呀你是不知道这个贱货，她还给他定规矩，说就是回来也不能跟我睡一张床！"宁兰芬气得要死。这些年来，屈辱和憎恨像个牢笼，把她变成了困兽。

宁兰芬说归说，我就听一听，一个整天怒气冲冲的人其实是安全的，干不出什么出格的事。再说了，她和她老公的事我也帮不上什么忙，没人能帮上忙。宁兰芬也可怜，看上去锦衣玉食，可一个人和一个老妈妈、两条狗守着栋三层高、七百多平方米的大房子，日子又能好到哪里去？可惜我只能让她高兴一阵儿。

"疯子，说说吧，怎样才能干掉那婊子？"

宁兰芬其实大部分时候想干掉那女人，偶尔才想干掉她老公。

"那还不容易。"我又开始哄她高兴，杀掉那么个娇滴滴的女人少说也有一百种方法。我说，"最简单最经济的办法，就是制造一起车祸，哐哨一下——"我从网上看到，全国每年有二十多万人死于交通事故，平均每天六百多人，车祸撞死人再正常不过，都不用跑路。那女人还是农村户口，撞死她后赔的钱也不会比一个城里人花在一辆代步车上的钱更多。说着说着我挥起了手中的花铲，谈论这样的事我偶尔也会兴奋起来。

"别开玩笑。"宁兰芬皱着眉看着我，"你好好想想！"

她如此认真，让我有些不自在起来。她凭什么认为我干得了这种事？我就把她的话当玩笑，冲她笑笑，起身干活，尽起我作为花匠的本分来。

"一个人不可能凭空消失，总要留下点什么。"秦后来喝着酒，说。

这晚我和秦后来很自然地又坐到了一起，只不过我把老酒换成了琅琊台原浆。秦后来一个劲劝我喝原浆，就像当年李照耀嘲笑我那样，秦后来也说："怎么跟个娘们一样！"

"这么多年了，是时候恰到好处地醉一次了。"我这么想着，就招呼李照耀上原浆。"出息了嗬！"李照耀拿酒过来时取笑我。我就笑，没接他话茬儿。

"调查了三个多月，C城警方居然一无所获。"秦后来直摇头。

他的语气里还透出股与他的年龄、阅历不相称的天真。他为何对这个案子如此感兴趣？一个摄影师而已。但很快我就理解了他，也许跟他的职业有关，想想吧，手端相机拍照，大都举到眼睛的高度，视角长期没什么变化，就这样，还得坚信自己能发现、抓住与众不同的东西……摄影师应该都是迷恋这种坚信的人。

"马航飞机那么大，不也什么都没找到？"我说。凡事无绝对，我不喜欢太较真的人。

"怎么一样嘛！"秦后来道，"在一个有限的时间内，飞机能去的地方多了去了，不过……"秦后来若有所思地说，"历史上倒有这么个人，早期电影之父路易斯·普林斯，你知道这个人吗？"

"没听说过。"

"他用十六个镜头的照相机拍摄了世界上最早的电影，《朗德海花园》，才两秒钟，记录了他老婆在花园里的一转身，了不起的两秒钟。一八九〇年九月十六日，他在第戎搭乘下午两点四十二分的火车回巴黎，准备到巴黎与朋友会合回英国，他的朋友没有等到他。他在火车上失踪了，连他的行李也不见了。后来有人怀疑是大发明家爱迪生找人干掉了他。当时普林斯正在英国申请电影放映机的专利，成功的话爱迪生的申请就要泡汤了。警察搜寻了火车站和铁路沿线，也是没找到尸体，什么都没找到。"秦后来摊开双手，做了个无可奈何的表情。

爱迪生我倒是知道的，不过，一八九〇年的事了，当年高考前背历史口诀，"一八九八，戊戌变法"，比戊戌变法还早了八年呢。一百多年前的失踪案经秦后来之口说出来，仿佛发生在昨日。

窗外夜色深沉，隐隐传来"哗——哗——"的海浪声。

"这个案子，你怎么这么有兴趣？"我有些不耐烦了，干脆单刀直入。我是一个总是往前看的人，不喜欢谈论过去的事情。过去没有意义。申公豹有几千年道行，就因为他老往后看，所以最后只能填填海眼。

"我那个网友……"

秦后来说着，停下来，有些不好意思地笑了。

"是个女网友？"

秦后来点点头，两手在腿上蹭来蹭去。看来秦后来去C城，与其说冲烟囱去的，不如说是冲女网友去的。

我喝了口酒，和秦后来耍笑起来：

"怎么样，女网友？"

"你这小老弟！"秦后来用一根手指指点我，"不错，不错的。"他搓着手，想说点什么，他想了一阵子后，简单重复道，"不错的。"他的表情都近乎羞涩了，看来也是个老实人。

我给自己和秦后来都满上一杯。沅水水好，C城就没有难看的女人。我问秦后来："你在C城住哪家酒店？"

"住什么酒店！"秦后来挥了挥手道，"网友有套房子，是她老公的。"秦后来看着我，一只眼微微眯起来，就好像他眼前有只隐形照相机，"说来你可能不信，她老公就是你们C城那个失踪了的人。"

"操！"我十分意外，但还是装出一副特别兴奋的样子，"难怪你……"我笑着摇摇头，欠身隔桌捣了他一拳。说实在的，这些年来，没人提起过木歌老婆，我自己也几乎忘了他曾有过一个老婆，她长什么样，我竟一点都想不起来了。

"她老公出事后她就搬回了娘家，这房子一直空着。"秦后来满脸笑容，道，"那几天我就住在那空房子里。"

"操！"我笑，不停点头，装出一副羡慕嫉妒恨的样子。

"房子在江边，很大很空，啥也没有。不过，有样好东西。"秦后来脸上露出向往的神情。

"什么好东西？"

"一台老钢琴！"

"哦？""琴盖上刻着外国字，是什么牌子来着？"秦后来看着我，奋力思考着，一脸期待我能帮他想出来的样子。

我看着他，不语。古筝老师曾跟我提到过，那是台德产老钢琴，伊巴赫，产于一九〇四年，花梨木琴身，象牙键。低音透明稳定，中音醇厚温润，高音清脆明亮，应该是C城最好的钢琴了。"论权，他没有。论本事，"有次古筝老师偎在我怀里，淘气地拨弄我，"他比不上你哟……论钱，他也就那台钢琴值点钱，比他荷包鼓的人能从武陵大道北排到武陵大道南。"古筝老师摸着我的脸，愤愤不平道，"他也就敢欺负你！"这倒是的，跟古筝老师相好的男人那么多，可他也就打了我。

"你信吗？那钢琴的琴身……"秦后来探过身子往我这边凑了凑，压低声音道,"是花梨木的!"显然,秦后来不懂钢琴,但应该懂木头。说到花梨木,他的眼睛都红了。

"她不相信她老公死了。"说着,秦后来喝了一大口酒,不小心呛到了,像遇到猝不及防的一击,他的脸一下扭曲起来。一阵猛烈的咳嗽过后,他抹了一下脸,道,"妈呀这酒!"

我不动声色地吃菜喝酒,暗地里十分吃惊。整个C城,恐怕只有这个女人不相信木歌死了。

"十多年了,她每天都在等他回来……"

我的胸口一下被什么东西堵住了。窗外漆黑一片,没有月亮,大海与黑夜完全交融在了一起,墙一样矗立在灯光所不及的地方。

"不过……"秦后来咧嘴一笑,意味深长道,"我觉得她也不是那种认死理的人。"

我喝了口酒顺了顺,问秦后来:"你是看上钢琴了,还是看上人了?"

"钢琴好,女人也好。"秦后来厚颜无耻地笑。

想吃屎都没胆的狗。我不无讥诮地道:"你想把那钢琴搞到手,是吧?"我盯着秦后来的眼睛,道,"我看还是算了吧,这女人够可怜的了,再说,万一她老公没死,哪天回来了呢?毕竟就像你说的,什么都没找到嘛。再说,一台钢琴啊,那么大个东西,真要追查起来可不难。"

秦后来两手撑在腿上,有些羞惭而茫然地看着我。他抹了下嘴,有些苦恼地道:"实不相瞒啊老弟,摄影可真他妈烧钱啊!"

这一次我喝多了,怎么回到小屋的后来我一点都想不起来了。接下来的两天我就像生了一场大病,醉酒的感觉可真是糟糕透了。人在这种时候会变得脆弱,我在窗口一站半天,看着窗外顺坡而下的村舍和远远的那一片海发呆。我觉得有些受够这样的日子了,开始想念起C城来。这么多年来,我还是头一回想到木歌老婆,她在C城也算得上是个名女人,有大把粉丝。她是个出色的琴师。听说她十三岁起就给木歌老娘拉胡琴了,与木歌老娘是绝配,都说她是嫁给木歌老娘的,不是嫁给木歌的。我隐约记得在街上也碰到过她几次的,回回都是一身黑西装,一头清水短发半遮面,目不斜视,低首疾行。现在我连她长什么样是一点都想不起来了。

我从床底下拉出一只旅行箱,当年我拖着它来到了这儿,十多年后,如果离开,我能带走的还是只有它。我把箱子踢回到床底下。

我上网搜了搜路易斯·普林斯,一百多年了,他依然是个鲜活的存在。

我决定再去一趟宁兰芬家。我把院子里剩下的花肥都装上车,找了张纸仔细写上隔多久浇水施肥,什么时候整形修剪。当然,宁兰芬可能都懒得看,找个花匠又花得了几个钱呢?

这一回是保姆开的门,两条金毛跟在她后边。见是我,她笑着把门拉到一边让我进去,什么也没说,两条狗也没吭声。我分几趟把花肥、工具都扛进了宁兰芬家的阳光房。宁兰芬大约是听到动静,脸上贴着张面膜,从楼上下来了。

我看着宁兰芬,她也默默看着我。

"怎么,你还是决定回家过年?"宁兰芬问。

这些年来,每到春节,我就出门逛几天,美其名曰"回家过年"。今年宁兰芬情况特殊,她对我说过,如果她老公不回来过年的话,"那你就留下来过年吧。"

"是啊,回家过年。"我说着拍拍身上的灰,"这些花肥,够用到春上。"

"逢姐,给赵师傅泡杯茶。"宁兰芬扭头吩咐保姆道。

"昨天我跟你说的事,你考虑得怎么样?"她坐下后,剔着指甲问我道。

我不知道她到底了解我多少。我想了想,把手里的活放下,坐到了宁兰芬脚边的地板上,"有件事,我才在酒馆听来的,有个叫普林斯的家伙,你听说过这个人吗?"

宁兰芬摇摇头,"是个什么人?"

"是个外国人,发明家。"

"他撞死人了?"

"没。有一天,他在法国第戎搭火车去巴黎,准备到巴黎与朋友会合回英国,他的朋友没有等到他。他在火车上失踪了,连他的行李也不见了。警察搜寻了火车、火车站和铁路沿线,没找到尸体,什么都没找到。"

"怎么可能?一个大活人,飞了不成?"

"这人在法国出生，在他父亲朋友的照相馆长大，学过绘画，大学学的是化学。大学毕业后，他应一个同学的邀请去英国利兹工作，两年后他娶了他同学的妹妹，这女孩是个出色的画家，夫妻俩开办了一所美术学校。他们还发明了一种将彩色照片印在金属器皿和陶器上的技术，这让他们有了名，还有了很多的钱……"

"男人有钱就变坏，对不对？"宁兰芬的语气听上去非常忧伤。

"他可能有过一段为时短暂的婚外恋，和他办公室的一个年轻女雇员。"

宁兰芬咬着牙，道："哪个时代都不缺贱货啊！"

"他最后露面是在第戎火车站，有人看到他上了下午两点四十二分去巴黎的火车，后来再没人见过他。"

"可能他故意让认得他的人看见他上火车，或者故意碰掉一个陌生人的行李，然后捡拾，道歉，聊两句有的没的，好让人记住他，然后在火车开动前偷偷溜掉，回到利兹，去见那个婊子。"宁兰芬撇着嘴，一脸的不屑，"他们私奔了，对吧？"

不得不承认，女人的直觉和想象力都不一般。

逢姐一脸微笑地把茶端给我，又一脸微笑地出去了。等她走后，我接着说道："普林斯失踪一个月后，人们发现那位女雇员在利兹郊区一家度假旅馆的房间里服毒自杀了。之所以说她是自杀，是因为她自杀前从利兹给她在伦敦的家人拍了一份电报，说自己做下了不名誉的事情，生无可恋。"

"哈哈！渣男干的，是不是？她要很多的钱，逼他离婚娶她，威胁他，男人受不了她了，想彻底摆脱她。"宁兰芬一下兴奋起来，"贱人能有什么好下场？！"

听闻此言，我不由佩服起宁兰芬来。看来，伤害会让人变得疯狂，也会让人变得敏感。

"当时可没人这么想，过了一百多年后，才有个喜欢钻故纸堆的家伙勉强把普林斯的失踪与那女孩的死联系起来。"不能不佩服这个叫普林斯的家伙，做下的事，过了一百年才有人看出一点端倪。说着我都有些嫉妒他了。

"当时大家都认为普林斯遇到了不测，因为在普林斯失踪前，巴黎警方刚破获了一起火车谋杀案，所以……"我笑着摇了摇头，这种运气真是可遏不可求的。一个失踪了的人，或是被推定死亡的人杀了人是不需要担心被怀疑的，因为他已经不存在了。百度百科关于普林斯的介绍中有句话是这样说的："他的性情极其温和敦厚，任何事都激怒不了他。"当时看到这句话时，我的心怦怦地跳起来。没来由的，我认定这个历史谜团的答案，就藏在这句话里。

宁兰芬的眼睛闪亮起来，她兴奋道："这招真是高明啊！那份电报不是那女人拍的，一定不是！"她看着我，"哈，如果……"宁兰芬难掩兴奋，她站起来，两臂环抱，嘴里咬着一根手指在屋内走来走去。她停下来，两眼直直地看着我说："假如……"

以前我会为许多事发疯，现在能让我发疯的事已屈指可数。我笑着，迅速打断她道："我可不行！"我耐心地等着宁兰芬眼里疯狂的火苗一点点黯淡下来后，用了心平气和的语气对她说道，"普林斯，他在照相馆长大，会画画，懂化装术。他还是个化学硕士，一定懂得怎么配制毒药。他智商很高，发明家嘛，史书上还说他心细如发，考虑事情非常周到，不是一般人。"我摊开双手，再次笑着对她说，"我只是个花匠。"杀死一个人很容易，但要干净抽身，让人不怀疑到自己，而且还让人相信那是别人干的，那就难了。人不可能两次踏进同一条河流，再说，凡事还得看看大环境，讲究个审时度势。陈胜吴广时代，你在鱼肚子里塞块布条，上书"陈胜王"几个字，会有成千上万的人追随你。现在你试试？人们只会拿你当个神经病。这些事跟一个女人怎么说得清？

宁兰芬沉默了，表情看上去相当沮丧。

"其实普林斯也没赚到什么。如果那女人真是他杀的，那同时他也杀死了他自己，从此世上再无普林斯，他要忘记与自己有关的一切，彻底成为另外一个人。"我看着宁兰芬，无比真诚道，"相信我，这可不是什么好玩的事，划不来嘛！"

"我就是咽不下这口气。"宁兰芬叹了一口气，幽幽道，"我们本来过得好好的，这贱人跑来不择手段勾引他，先是对他说爱他，不会破坏他的家庭。结果呢？该死的贱人！渣男也该死，最初被我发现后，各种求饶啊，对我说什么只进入她的身体，不进入她的生活，要我看开点。可现在你看，他彻底跟这贱人搞在了一起！"宁兰芬骂着骂着眼睛突然又一亮，目光像刷子一样将我从头到脚扫了两遍后,她说,"不如,你想个办法,先睡了她再说,恶心恶心这对贱人,让我也出口恶气。"

我起身干活,没接她这个话。我认识宁兰芬时她还是个单纯的家庭主妇,才几年工夫,她就变成了这样。

宁兰芬走过来,轻轻捅了捅我腰眼,"事成后给你一百万。"

又是一百万。宁兰芬常常对我说:"疯子,替我杀了她吧,给你一百万。"有时她也说:"杀了他也行,杀一个一百万,杀两个两百万。"屁!什么世道,有钱就这么任性?

"好嘛。"我忙着手里的活,说,"等年前我去园艺场赊他一车子花,摆她家小区门口卖……"

"赊啥呀,我给你钱!"

"好嘛。"我说,"君子兰郁金香蝴蝶兰仙客来风信子,什么好看我卖什么。要过年了,她总归要买点什么的吧?她又不缺钱——"虽然我看到宁兰芬半边脸都抽搐起来,但还是狠心问道,"你男人喜欢什么花?"

"粉茶。"

"那就卖粉茶!"我把那几袋花肥堆到墙角后,拿起剪子去剪那株粉茶上多余而羸弱的枝丫。我一边干活,一边说道:"你男人喜欢,她肯定要买,买了就会让我送到家里去,买了就需要养护……"说到这儿,我停下来,看了宁兰芬一眼。宁兰芬却毫不在意,伸手在我肩上猛击了一掌,道:"就这么定了!我先去网上买个针孔摄像头。"说着她就扭身出去了。

我手里拿着花剪,看着宁兰芬丰腴婀娜的背影,一时有些发愣。她真打算这么干?钱谁不想赚?可我只是个花匠。其实,睡了那女人杀了那女人都不算什么好办法,最好的办法是宁兰芬和她老公离婚,财产平分,然后她和我结婚,她老公和那女人结婚,家庭重组,财富再分配,共同富裕,利国利民,皆大欢喜。可惜宁兰芬她从来都不这么想。

那株粉茶倒是不错的,满树花蕾,含苞待放。宁兰芬原本想让它不早不晚地赶在春节开,一直让我控制着它的生长速度,掐着日子施肥、浇水。但现在她已不关心它什么时候开了。

从宁兰芬家出来,天色尚早,我就开车直接去了李照耀家的小酒馆。

李照耀两口子赶晚集去了，都不在酒馆里，只有村里两个经常来打短工的体格粗壮的大婶在。她们面对面坐在一张桌子边包饺子，一见我，就开起玩笑来。渔村的女人都糙得像海边的礁石，她们嘿嘿笑着，问我为什么不找个老婆过日子，是不是有什么毛病。她们总这样，有好几次还当众提醒我，憋久了家伙就不好用了云云，引得酒馆里掀起一阵巨浪般的大笑。"好不好用试试不就知道了嘛。"以往我都这样说。

"傻子才养老婆！"这一回我这样回答她们。我指了指楼上，问大婶们："那位拍照片的秦先生在不在？"

"你找那个二尾子做什么？"

我只是笑。谁也别指望从她们嘴里说出什么好的来。

"过午见他往园艺场方向去了。"她们不依不饶地问，"你找他做什么？"

看来这他妈的摄影师对什么都好奇。我一下也真说不出找他做什么。我懒得再跟大婶们费口舌，就来到屋外钻到车里抽烟。抽着抽着，我突然就点着火，启动了车子，挂到二挡，我让车子靠边慢慢动着。通向园艺场的是一条双向四车道的马路，但是不直，歪歪扭扭地往前延伸。我不时左右看着，路上的闲人真不多，偶尔一两个，都显得有点怪异。往前开三公里，就是一大片园艺场，再往西开两公里，就到了蓝泉墅……作为一个花匠，这条路我来回走过多少趟了，没什么好看的，摄影师……摄影师又能有什么新发现？一个喜欢拍烟囱的摄影师，最大的成就却是拍到了一只灭绝的鸟，这事有点好玩。

不久，我又回到了原地，重新点燃了一支烟。

我看着前面的海，海水倒比昨天退得更远，坐在车里能闻到海滩淤泥咸腥的腐臭味儿。夕阳冷而昏黄的余晖洒在远处灰白的海面上，防波堤上的冰壳子在黯淡的暮色里泛着幽蓝的光。一大群海鸥收拢翅膀，安静地栖息在一艘搁浅在泥滩上的旧船上。十多年了，木歌坟上——如果他有——他坟上长出的青草都能喂大一群马了，可C城还有个女人惦记着他，还会跟一个陌生人谈起。这让我委实有些烦恼。

天快黑的时候，李照耀两口子拎着一兜兜的蔬菜、海鲜回来了。我跟着他们进屋，翻看李照耀袋子里的海鲜，海蛎壳上结着冰碴子，可肉又肥又新鲜。

"来个韭黄炒蛎子。"我说。我有种预感,有天我会非常想念这一口。

我从腋窝底下掏出一瓶极品琅琊台立在柜台上,对李照耀说:"换箱老酒喝。"这酒是宁兰芬从她家地窖里拿给我的。宁兰芬说她家地窖里的酒能淹死一头鲸鱼,都是她老公收藏的。现在他都不怎么回来了,她一个人几辈子也喝不完,所以她时不时会拿一瓶给我。那个蠢男人丢掉的好东西可真不少。

"成!"李照耀高兴地说,"昨儿个,你可是喝多了啊,被老秦那家伙灌得!"李照耀又开始打趣我。

"切!多什么多!"

"你可别不认账!见谁都胡咧咧。"李照耀摇晃着身子,拍着我的肩膀道,"'朋,朋友,你若去C城……'翻来覆去就这半句话,你抱着我门前那石墩子,也这么咧咧,哈哈哈!头一回见你这样,怪不得你这家伙只喝老酒,白酒你一碰就醉啊!"

一个人酒后还能说出什么正儿八经的事情来?不过是胡咧咧。"朋友,你若去C城……"我也不明白为何我会在酒后冒出这半句话来,到底什么意思?我摇摇头,笑着,当胸捣了李照耀一拳。

"来壶老酒。"我对李照耀说。

这一回我把字咬得准准的,毕竟不把"壶"说成"浮"也不是什么太难的事。

《收获》2017年第2期

评鉴与感悟

在事物的阴影中叙述

艾玛的新作《白耳夜鹭》是一个有阴影的故事。小说通过描写事物的阴影部分,来还原事物本身,构思堪称精巧,暗示重重。

《白耳夜鹭》同艾玛此前的小说《跟马德说再见》一样,写的都是主人公令人心碎的人生,而《白耳夜鹭》中所表达的感情更为隐匿,更加灰暗。艾玛延续使用了双线叙事的技巧，把一个杀人犯逃亡十余年的故事写得百转千回。从C城来的摄影师落脚到崂山下的小渔村，在酒馆与"我"相遇，共同诉说家乡往事，牵引出浮在表面的第一条线索："我"从C城到岛城多年，常常一个人到小酒馆喝酒；而另一条线索交代得十分模糊，是通过"我"波澜不惊的内心独白，将读者带回十多年前的C城，最终发现"我"才是那个杀死木歌的凶手。艾玛没有直接揭开真相，而是将真相的碎片藏在阴暗处，让它们慢慢地隐现。

事实上，《白耳夜鹭》并没有停留在"谁杀死了木歌"的问题上，而是追寻令人心碎的人生，试图破译人性中的情欲密码。小说中的两条线索都围绕着情欲纠葛展开：一方面，通过"我"与摄影师的短暂交往，刺破了一个藏匿十多年的秘密——木歌正是由于勾引了"我"的女友而招致杀身之祸；另一方面，小渔村也演绎着人性的贪婪和欲望。身为园艺师的"我"深藏爱财好色之心，与富商的妻子勾搭成奸并互相利用。而作为旁观者的摄影师说起C城往事时，对木歌的妻子和她家那架花梨木的老钢琴，都流露出贪婪之色。小说中的这些人物，似乎都怀揣着不可想象的欲望，各自游走在支离破碎的人生中。艾玛模糊隐晦的叙述方式使小说始终笼罩在阴影之下，一场被欲望引领的纠缠不休的迷局，被讲得扣人心弦且悬而未决。《白耳夜鹭》看起来像一部悬疑小说，但艾玛不像东野圭吾，她不提供环环紧扣的线索和证据，引导读者分析和推理，而是在人物自然而然的交往和回忆中，透露无数有用或无用的信息，任凭读者去拼凑、猜测、想象。这样的写法与艾玛的创作理念相契合，如她所说："如果要表现光，最好的办法不是直接画光，而是涂抹出事物的阴影。"小说提供的大量信息构成了事物的阴影，而根据何种逻辑和立场来整合这些信息就决定了被还原事物的形状、重量和大小。这样的小说，给阅读者更多自由阐释的权利和空间，读者也因此获得更大的阅读快感。（杨艳坤）

在故乡

/郭平

难于上青天

我们那一带，独门独院的人家只有小华侨一家。小华侨姓什么我都忘了，他妈喊他咪了。我们也叫他咪了。

咪了是个高个子的胖子，背上都是肉。戴白框的高度近视眼镜。咪了不跟我们玩，他不玩，成天夹本书，走过玩铁圈、玻璃弹子、香烟壳的我们，到气象山的桑树林里读书。不是看，是读，大声地用普通话朗读。

我们有时会跟着他上山。气象山上有坟包，咪了坐在坟包上的草上——有时是青草，有时是枯草——朗声读书或背书。那些书我们听不大懂，只记得有次他嘴里发出"难于上青天"，其他的就直接听不懂了。

其实咪了很想接近我们，他夹着书走过我们时，会慢下步子，拿眼睛看我们，雪白的肉嘟嘟的脸上泛起两朵红云来。我们知道他口袋里装着玻璃弹子，他的衣服与所有人都不同，料子好，皮鞋干净得不像样。他的裤兜里鼓鼓地揣着弹子，一走就响。但他不好意思跟我们玩，他放不下他的华侨架子。他家人都放不下华侨的架子，他爸他妈也不理街坊邻居。他们好像活在另外一个世界。他家的院门总是关着，绿色的门，门的信箱也是绿色的。有一回章宏撕了一张作文簿上的空白纸，在上面写了一句话："想跟我们玩，难于上青天。"在经过咪了家门时把这张纸塞进了门上的信箱，然后对我们说，"要想办法呵同志们！我看到过他的弹子，都是花球，整个一副跳棋！要想办法让他跟我们玩，这样就能赢来一副棋。老师不是说嘛，学坏容易学好难。要让他学坏！"

一天下午，章宏弄来一个足球，往咪了家院子里一扔，随后敲咪了家的门。门开了一道缝，咪了两只眼镜伸出来，章宏说："我们踢球，差一个人，你会不会踢球呵？"

咪了嘟着嘴巴，挤了几下眼睛，把门关上了。过了一会儿，捧着球出了门，脖子上挂着钥匙，脚上是一双崭新的球鞋，"我守门呵！"

这是咪了第一次跟我们玩。他胖，球门是两棵靠得很近的柏树，的确攻不进他守的门。他扑出一个球（更多时候是球打在他身上）就大喊一声："输道之难，难于上青天！"

我们玩得很开心，一直到咪了他妈"咪——了，咪——了"站得远远地喊他，他才一步三回头地回家。

咪了跟我们不在一个小学上学，他的学校很远。等到我们上了中学，他还是不跟我们一个学校，他的中学也很远，每天要骑自行车上学。那时候，一个初中生有自行车骑很稀罕。

放学后，咪了会跟我们玩一会儿。我们玩的东西很多，打篮球，踢足球，打弹弓仗，到江边打鸟，更多的是赌东西，也赌钱。咪了不赌钱，我们说他小气，他一急，带着我们一大帮人去"同庆楼"吃了三笼大肉包，以表明他不是因为小气而不赌的。

咪了爱干净，吃东西前一定要洗手。他浑身总是香喷喷的，不像我们。我们初中就开始偷家里大人的烟，到气象山、江边玩的时候就抽烟。我们一再地怂恿咪了抽，咪了不肯。

初二那年，咪了转学到了我们学校。我记得他是一个星期六的下午来的。我们打扫完卫生，骑在后山的围墙上抽烟。看到咪了背着书包跑过来，他告诉我们他转学了。我们开心得不行，把他弄上围墙，指着远处的长江给他看。章宏说一定要请咪了抽烟，以表示对他到来的热烈欢迎。谁知咪了从口袋里掏出一包"凤凰"烟来。"凤凰！"那可是香精过滤嘴的高级烟！我们坐在围墙上，看着咪了被烟呛得咳嗽的样子，拍着他的肩，直夸咪了够朋友。

学校很快把咪了当成了宝贝,他学习成绩太好了,特别是向来目中无人的教英语的许老师,对咪了十分欣赏,常常请咪了到教师办公室,两人直接用英语对话。

"许老师的英语怎么样?"我们问咪了。

"好的。他的英语好的。"

"你们用英语说什么?"

咪了说:"他叫我不要跟你们玩,说跟你们在一起,很快会学坏。"

"这个屌人,果然是狗嘴里吐不出好象牙。"章宏说,"你应该用英语回他'难于上青天'。"

咪了笑,说:"我不觉得你们坏。"

咪了当了班长,下午的自习课经常由他管理。他站在讲台上,看到有谁表现不好,就责令其抄写一遍《反对自由主义》。班上刘琴、张凤等几个成绩很差的女生好像有意跟咪了过不去,自然被咪了要求抄《反对自由主义》。张凤有一回交给咪了一张纸,咪了看了,脸上浮起两朵红云,把纸揣到了裤兜里。放学后,章宏问咪了张凤写的是什么,咪了先是不肯,后来被我们硬逼着拿出字条。我们见那上面歪歪斜斜写着:"你想吃桃子吗?放学后江边桃树林见。"

章宏说:"吃桃子,你懂吗,咪了?"

咪了红着脸,不说话。

章宏笑说:"张凤看上你了,你还不笑纳?我们想吃她桃子还吃不到呢。"

我们都以为咪了绝对不会跟张凤有什么来去,那时候男女生之间都不说话的,只有章宏这样极胆大的会在背地里和女生递纸条约会。

但是,咪了很快就和张凤交流起来。每天清晨,张凤和刘琴都会到咪了家门口等,跟他一起去南山的球场上跑步。我们得到情报后,也奋不顾身地从热被窝里爬起来,在冰天雪地的操场上跑步。张凤她们和咪了并不说话,她们只是一边跑一边相互说着什么,不停地笑。跑完了,与咪了也不说话,各自回家。

恢复高考后,学习成了最重要的事情,学生被分了快慢班。慢班的很多学生根本没有基础,放弃了努力,到江边成了他们每天的活动内容。有些学生出了格，被学校开除；有的，像"骡子"，因为出格出大了，被抓起来劳改。

咪了学习好，一开始就被分在快一班，而且是班里的尖子。我勉强进了快二班，学得很吃力，硬撑着学，希望通过努力能进大学的门。张凤进快二班出乎大家的意料，她的基础非常差。后来同学们都明白了，张凤考试一直作弊。可是纸包不住火，张凤作弊还是被老师发现了，被转到了慢班。

也就是这个时候，咪了出了状况。不仅成绩眼看着一天天往下滑，还经常旷课，经常看到他和章宏坐在后山的围墙上抽烟，一坐就是半天。

章宏告诉我，咪了在追张凤，但张凤不理咪了，跟"骡子"好。咪了坐在围墙上，能看到张凤跟"骡子"往江边的桃林里走。咪了天天给张凤写纸条，都是让章宏递给张凤。章宏说咪了不会追女生，"写什么英语呵，张凤翻字典要翻半天！再不下手，'骡子'早把张凤玩了！"

有一天下午，张凤的老子在校门口抽张凤的耳光，张凤不躲，由她老子抽。"骡子"早一溜烟跑了，咪了却站在边上，想上去阻止张凤的老子，又不知该如何，只是一直叫"叔叔，叔叔"。张凤骂咪了："你算哪根葱呵，跟你有什么屌关系呵？"

我们劝咪了离开，陪着他走到江边。江边是大片的桑林，这里的桑树要比气象山上的矮得多，桑叶肥得多，是养蚕场的桑林。穿过桑林，就是江边了。那里有一大片桃树林，我们坐在桃树林边的大石头上，咪了发烟给我们抽。他抽烟的样子已经很是那么回事了。

"很快就高考了。"我说。

"毕业后我就进清洁管理所顶我妈的职。"章宏说，"以后不是拖垃圾就是拖大粪。你呢，咪了？反正你家有钱。"

江上有船在缓慢地行驶。咪了说："我是不是变坏了？"

我说："没有没有，你咪了是什么人我们知道。你是好朋友。"

"你跟我们不一样，咪了，你不一样。"章宏说，"你不要跟我们学。我们反正没出息，以后只能干苦活。你不一样，你不要跟我们学。"

咪了不说话。过了好一会儿，说："难于上青天呵。"

"什么难于上青天？你是说考大学？"

"不是，"咪了说，"是自由。"

"自由主义？你也想自由主义？你不是反对自由主义吗？"

"自由是自由，自由主义是自由主义。这是两个概念。"

"你不要跟我们学坏，我们应该要留下一些革命的种子。"章宏说，"再发一根烟给我。"

咪了又给了章宏一根烟。

章宏续了烟，吸一口，吐出一个个的烟圈，有的大，有的小，在我们眼前旋转。他说："你说说，自由和自由主义到底有什么不同？"

江上的船驶远了，跟着船的一些白色的大鸟，也飞远了。大江的声音模糊而又清晰，我知道，江上一块块的暗斑，是云的影子。

两个疯子

走到城外博物馆的小坡上，游行就结束了。但小雨还在下。人们都冒着小雨打道回城，只有极少数的人带着伞。开批斗大会时，还是阳光灿烂呢。春天往往这样，不定什么时候就会下雨。

我们沿着运河走，游行总让人感到提不起神来，班主任周老师让咪了领头喊口号，咪了的声音太小，毫无气势。周老师便自己举起臂膀带领全班同学喊，她的嗓子又尖又细，引得街边的狗狂吠。喊了几声过后，周老师的嗓子破了，咳嗽，让章宏领喊。章宏一向表现落后，这样伟大光荣的任务交给他，他一下子失去了平衡，振臂一声"家家防火，人人有责！"弄得大家哄堂大笑。"神经病！"周老师骂了一句，当即撤了章宏的职。

走在运河边的章宏似乎还沉浸在领喊口号的体验里，对着路上的狗、河里的鸭子、树上的麻雀喊"家家防火，人人有责！"

正快活着，忽听运河对面传来更高的声音："家家防火，人人有责！"我们定睛一看，见是梳儿巷的那个韩疯子，不知从哪里钻出来，此时站在河对面朝我们喊。韩疯子很瘦，长得很像博物馆里汉代的一种铜币，整个身体是扁的，肩有点耸，两臂屈在身前，好像随时准备起飞的大鸟。他是五班韩涛的爸爸，除了不打韩涛，其他人，一不小心就会被他打。他打人，都是用石头、砖头砸，偶尔用鞋子——这算是他心情好你命好的时候。被他砸得满脸开花，你只能自认倒霉，疯子，你能拿他怎样？

章宏胆大，听到韩疯子喊，把喉咙提高了继续喊"家家防火，人人有责"。韩疯子高兴起来，脸激动得开花，两手大拍自己的大腿："家家防火人人有责家家防火人人有责家家防火人人有责！"

章宏突然换了话题："滚你妈蛋！"

韩疯子愣了一下，脸上的花开得更鲜艳了："滚你妈蛋滚你妈蛋滚你妈蛋！"

他拍打大腿的速度加快了，感觉马上能飞起来。而且，他开始往红旗桥快走。

"快跑！疯子要过桥来打我们！"

我们狂笑着，往另一个方向逃跑。要是给韩疯子堵住，那就惨了！

我们穿过河滨公园，进了山门口。迎面碰到了山门口的女疯子。女疯子活像上了年纪的白毛女，腰杆笔挺，脸煞白，连嘴唇都是白的，两只门牙没了，衣服裤子上全是破洞。她从来不看人，走路飞快，半闭着眼睛，嘴里永远在说话，不大听得懂，但她反复的两句还是很清楚的："挂的不如凹的，挂的不如凹的。"我听大人说过，女疯子姓蒋，原先在文工团，是那种从农村选进文工团的演员，字就不识几个。在乡下时很出风头，进了城里的专业团，水平不行了。但人很好，胆也大，追求一个靠边站的姓陆的指挥，结了婚，生了一个女儿。陆指挥后来时来运转红起来，开始嫌弃她，坚决要跟她离婚，她就疯了。

"你们晓得吧？疯子分恶人变疯和好人变疯两种。"章宏说，"太好或者太坏都容易疯。"

"这么说，韩疯子是太坏而疯的？"我说。

"你这就有所不知了吧。韩疯子以前整人，整死过人。他跟我爸是一个单位的，也是老师。上学时穷得要命，他的老师和老师的老婆见他可怜，学习又好，给他吃的穿的。结果你们晓得吧，他斗他老师。刷嘴巴？刷嘴巴算什么！他把他老师拖到学校操场的跑道上，让他老师光着腿跪在煤渣跑道上，叫几个学生拖，把膝盖骨头渣都拖出来了。"

"他老师是反革命？"立新说。

"反革命？不知道。"章宏说，"反正把人活活这么拖出骨头渣子来，够他妈邪的。"

"这么邪的人应该不会疯。我爸说，恶是不可战胜的。"立新说。

"错了你！"章宏说，"病是不以人的意志为转移的，照你的逻辑，那日本人就不出疯子了？德国法西斯就不出疯子了？"

"对呵，"咪了说，"应该要有逻辑。我们去同庆楼吃包子吧。"

章宏说："好吧，我们陪你去吃包子。你看你，成天吃，都这么胖了还吃。"

这次咪了特别大方，包子、豆腐脑，吃得我们肚子歪过来。笼里还有几个包子，我们都实在吃不下了，章宏用塑料袋装了，拎在手上。我们走出同庆楼。

刚出同庆楼，又看到了女疯子。她站在邮筒边，用一只铁丝做成的钩子从投信口往里掏。

章宏说："喂，你掏什么东西？"

女疯子不理章宏："死人的事是经常发生的。"

"哪个又死了？今天枪毙了五个。"章宏总是爱乱来。

"千里相送，终有一别。我们就此别过吧。挂的不如凹的。"

"凹的不如挂的！"章宏大声说。

咪了夺过章宏手里的塑料袋，准备递到女疯子手上，又被章宏一把夺回去，拎到女疯子脸前："想不想吃肉包子？想，就跟我们到红旗桥。"

女疯子伸手要抢章宏手里的塑料袋，章宏猛地收回，然后往红旗桥那边跑，女疯子跟着追，我们也跟着跑。

"老韩还在！"到了桥上，章宏指着运河那边，韩疯子果然站在先前跟我们对喊的岸边，架着两只胳膊，还在喊"家家防火人人有责"。

章宏对追过来的女疯子说："你跟那个人喊话，你把他比下去，肉包子就给你。"

"先吃包子！"很奇怪，女疯子跑了半天，气都不喘，我们可都气喘吁吁。

章宏把包子给她，她接过去，大口大口地吃。

"挂的不如凹的！"章宏朝岸边的韩疯子喊道。

韩疯子看到了我们，朝我们高喊："凹的不如挂的！"

章宏说："他还蛮有逻辑的呢！"

女疯子一边咀嚼一边伸长脖子对着韩疯子叫道："挂的不如凹的！革命不是请客吃饭！"

韩疯子乐了，高叫："不是做文章，不是绘画绣花，不能那样雅致，那样从容不迫，文质彬彬，那样温良恭俭让。革命是暴动，是一个阶级推翻一个阶级的暴烈的行动。"

"我手执钢鞭将你打！"

"天若有情天亦老！"

"飒爽英姿五尺枪！"

"天生一个仙人洞！"

"包子有肉不在褶上！挂的不如凹的！你吃不到包子说包子酸！"女疯子学着韩疯子拍自己的大腿。

章宏也学着韩疯子拍大腿："家家防火人人有责！"

我们笑得不行。围观的人越来越多，桥上站满了人。

"滚你妈蛋！"韩疯子的笑容转而为狰狞。

"滚你妈蛋！"女疯子的声音远远盖过了韩疯子。

韩疯子转身四处在地上找东西，我们知道，他在找武器了。果然，他在墙边捡起了半块红砖，然后往桥头跑。

"快跑！"章宏说，"疯子快跑，他要来打你了！"

女疯子一只手紧紧抓住桥栏杆，另一只手挥舞起空了的塑料袋。

我们眼看着韩疯子上了桥，飞快地冲向女疯子。他两眼雪亮，很少看到有人有如此亮的眼睛，他手上的半块红砖高高在半空，在风中发出骇人的声音。

女疯子似乎忘了刚刚的敌人，她兀自向运河里行驶的船挥着手里的塑料袋，全然不觉身旁出现的险情。

韩疯子冲到了女疯子身边，突然刹住脚，脸上又绽出花来。他俯身向桥栏，把红砖丢进运河，扭过脸来，柔声细语问："刚才，你吃的是什么呵？"

女疯子拍拍肚子，说："滚你妈蛋，神经病！"

百炼成钢

东门坡坡顶有棵老合欢树，开花时节满树的花。树下是侯立的家。侯立是我的同学，我们叫他"猴子"。"猴子"瘦得不像人，下巴尖得像羊角锤，脸只剩下皮，眼窝深陷，两只眼睛圆溜溜晶晶亮。

除了上课讲话、做小动作、考试偷看，其他一切事情，他都胆小。

"还跟他爸练拳呢，河不敢下，树不敢上，越练越胆小。"章宏说。

"猴子"的老子侯三长得也像猴子，不过有功夫，会猴拳。据说年轻时只身一人打败过十个围攻他的小流氓。有人曾经怂恿腰刀巷的周英周喜跟侯三较量一下，周英周喜摩拳擦掌想去，他们的老子喝止了，"就你们一身笨肉，也想跟侯三打？他飞檐走壁，我们这一辈多少人亲眼看过的。"

侯三究竟有没有功夫，反正我们没见过，反正"猴子"每天要练功夫是有这么回事的。练什么呢？一是不停地跑，一是不停地跳绳，再就是被他老子罚跪，跪在家门口的路边，一跪就是半天，人来人往的，谁拉他他也不敢起，除非他老子喊他起来。章宏说，天下拳有少林武当太极螳螂，没听说过有跪拳。

"猴子"被罚跪的原因，全是因为他胆小懦弱。他不敢杀生，鱼、鸡、青蛙这些不说了，便是蟑螂，他也不敢打死。他宁愿被罚跪，他似乎很享受在人来人往的路边跪着。有时候合欢花落在他头上，他就顶着，不动。猴头猴脑那样子，实在好笑。

有一天，"猴子"告诉我们，他老子准备实施整治他的计划，先是让他手里拎着一条臭了的鱼，招来苍蝇，让他用苍蝇拍打。"这个简单，""猴子"说，"打苍蝇我敢。"接着让他打蟑螂，这个他也开始能够承受。再接下来，侯三用笼子捉了一只大老鼠，让"猴子"用竹签活活把老鼠戳死。"猴子"说老鼠的皮很厚，怎么都戳不穿，后来还是连笼子放在金鱼池里把老鼠淹死了。

夏天，我们在东门坡看到"猴子"蹲在门口，他面前是一大盆青蛙，他在活剥青蛙的皮。"猴子"一边剥一边发抖，嘴里说道："对不起对不起，请你原谅我！"

我们看他受罪，帮他剥。结果被他老子看到了，"猴子"免不了又是一顿长跪，从下午一直跪到第二天天亮。而且，第二天侯三弄来一只大公鸡，让"猴子"活活地把大公鸡的毛一根根拔掉，最后再用牙把鸡的咽喉咬断。浑身是血的大公鸡赤身裸体，脖子歪了，却还不死，光着身子在地上扭动，身上沾满了落在地上的合欢花。这一回，"猴子"没哭，先只是一个劲地抖，后来他止住了身体的颤抖，拎起裸体大公鸡的头，嗷嗷地叫着，把它摔在石板上，只一下，大公鸡就不再动弹了。

"这总行了吧？这总行了吧！""猴子"满嘴是血，对他爸喊。

侯三面无表情，把他家的黑狗牵过来，递给"猴子"一把杀猪刀。"捅死！你把黑虎捅死！人间正道是沧桑，老子要叫你百炼成钢！"

"猴子"哭丧着脸，接过刀，闭着眼睛，"啊——"的一声，攥着刀就往黑狗身上乱捅，一连捅了几十刀，然后疯了似的跑下东门坡，不见了踪影。

章宏和我不敢看，蹑到梳儿巷。章宏蹲到一个井旁边，"哇哇"地呕吐起来，我也跟着干呕。

"一打四整顿"时，我和"猴子"都被分在四中。白天到各家各处找狗，所有的狗都要拉到四中一间教室里关起来。

腰刀巷周英周喜家养了一条大狼狗，铸钢厂的民兵吴大海带着我们去周英周喜家，要把这条狗抓起来。我们都知道这条狗，很凶，加上周英周喜可是出了名的棒汉，大流氓，没人敢惹的。吴大海抖了一下手里的七九式步枪，说："我们执行公务，谁敢惹我们？你们到时看我的就行了！"

我们跟着吴大海去了腰刀巷。"猴子"悄悄对我说，他不想去周英家，"我爸以前跟他爸有仇。不能公报私仇，对不对？"我说："那你在外面等着，不要进院子好了。"其实我想，"猴子"还是胆小。

我们还没进院子，就听到狼狗令人胆破的咆哮声。这条大狗棕黄色的毛，标准的黑背，两只耳朵竖立，眼冒凶光。它被铁链子拴在一棵大树上，朝我们扑，弄得铁链子哐啷啷响。

周英周喜光着膀子，正在练石担子，胸肌鼓鼓的，像两只倒扣的大海碗。

"什么屌事？"周喜摸着胸肌，歪着脸看吴大海。

"上面布置了，所有的狗都要集中关起来。"吴大海拽了拽臂上的红袖章。

"然后呢？"周喜说，"过几天再送回来？"

"这我就不晓得了。"

周英坐在板凳上，双臂抱在胸前，显得胸肌更雄壮，他说："要抓你抓走，反正我只认你。你负责给我送回来。我的狗要是有个三长两短，嘿嘿，他妈的你有数的。"

说着，周英解开拴狗的铁链，意思是要把链子递给吴大海。说时迟那时快，我们还没反应，那条狗一下子扑向吴大海，咬住了他拎枪的右臂，发了疯地撕扯。吴大海"啊啊"大叫，手里的枪掉在地上，人也被狗拖倒在地，右臂上血直喷。

周英见势不对，使劲地拉铁链，把狗拉开。那狗兀自狂叫不已，又想扑我。我吓得往外逃，一下子和进门的"猴子"撞了个满怀。他手里拎着半截撬棒，大步进了院子。我不敢再进去，准备去指挥部搬救兵，又觉得此时不该当逃兵，应该去救吴大海和"猴子"。

正不知所措，只见"猴子"一手拽着那条大狼狗，一手拎着七九式走出院子。吴大海龇牙咧嘴跟在后面。这条刚刚还凶悍无比的大狗，此时不知为何，像是丢了魂似的，耳朵耷拉着，浑身不住地颤抖，像即将被枪毙的犯人，一副怂样。

"快去喊救护车呵！""猴子"对我喊。

于是我飞快地跑起来，我跑出了腰刀巷，跑过了梳儿巷，跑过了东门坡。东门坡上那棵巨大的合欢树上开满了合欢花。不知怎的我突然想起了保尔·柯察金，我觉得"猴子"就是中国的保尔·柯察金。

我代表人民结果你的狗命

枪毙赵磊那天，我们跑错了地方，没能看到枪毙犯人。那次连赵磊一起毙了五个呢。

公判大会是下午一点钟在体育场开，估计四点钟左右枪决。我们是中午就到十里长山靶场的，我们坐在正对靶场的一个山头，那里视线极好，可以清楚地俯瞰对面被劈成直壁的半个山。如果在这里枪决犯人，在这个点看是再好不过了。

但是，我们又猜错了。等了几个小时，白等了。于是我们下了山，在路边扒了一辆手扶拖拉机上城。我们实在走不动了,上午我们可是步行着去十里长山的。

手扶拖拉机"突突突"地开到离城还有一大段路时,突然熄了火。司机怎么用把手摇也无济于事。我们只好下车,打算走回去。章宏顺手拿了拖拉机上的几根胡萝卜,我和黄国梁也各拿了几根。我们走到一个小河边,在河水里把胡萝卜洗干净,坐在河边啃吃。新鲜的胡萝卜,很好吃。

天冷,风有点大,太阳也快下山了。我们移动到对面的河岸,那里有不少枯了的芦苇,也背风。

章宏突然说:"假如我们是战友,如果敌人把你们抓起来,你们会把我交出来吗?"

黄国梁说:"不会不会。我们是革命战友嘛!"

我说:"我说不准,万一敌人要严刑拷打我,我不晓得吃得消吃不消打。"

我说的是真话,我一直在思考这个问题。书上写的那些在敌人酷刑之下死也不交出同志战友的事情,我简直不敢相信。

这个意思,章宏用嘴说出来了,并且,他立即翻身坐了起来:"我们试一回怎么样?你们把我绑起来,就当我是地下党,残忍地折磨我,让我交出革命同志,看我到底交是不交。"

说着,他把自己的裤带抽出来,递到黄国梁手上。黄国梁一边笑一边动手绑章宏。章宏此时已经进入角色,头侧昂着,满脸凛然大义,眼睛好像看到了黎明的曙光。

"你还玩真的呵!"黄国梁也真的下了手,不仅紧紧地把章宏绑了,还抽出自己的皮带,折成双,下牙龇出上牙,鼻子挤成了桃核,左右两下,抽得身边的树直掉皮。

"妈的!你到底说不说?"

章宏微微抬起头,向着更远的地方眯着眼:"动手吧!我仿佛听到了战友们急行军的脚步声。你在发抖,你害怕了!你杀吧,杀吧!我的战友、我的儿子会为我报仇的!"

黄国梁绷不住,一笑,把嘴里没咽下去的胡萝卜喷了章宏一脸。"不行了不行了,笑死我了!"黄国梁往地下一躺,继续哈哈大笑。

章宏也笑，他让我给他松了绑，拿着皮带对黄国梁说："现在该你了，我看你是不是真革命。"

他把两根皮带接起来，把黄国梁绑在树上，又让我把皮带抽出来给他。

"说！密电码在哪儿？你的接头人是谁？"章宏用皮带轻轻地拍着自己的手掌，此刻的他，已经不再是正气凛然的共产党，而是脸色阴暗的国民党了。

"动手吧！我仿佛听到了战友们急行军的脚步声。你在发抖，你害怕了！你杀吧，杀吧，我的战友、我的儿子会为我报仇的！"黄国梁平时背书背不下来，对这些不三不四的话倒记得死牢死牢的。只是他的表演功力不行，一边说，一边忍不住笑。

"啪！"章宏一皮带抽在了黄国梁的头上，"死到临头还嘴犟！说！"

"小逼养的，你他妈真下手呵！"黄国梁疼得直抽脸，他想挣脱捆绑，但根本挣脱不了，章宏把他绑得死死的。

章宏脱了棉袄，走到河边，折了几根芦苇，绑成火把形状，顶头用一块手帕系了。然后从口袋里掏出火柴来，先给自己点了一根"光荣"烟，接着把手帕点着了，火很快烧着了芦苇。章宏把芦苇举到黄国梁脸前大约一拃远，黄国梁大叫："不要了不要了，我全说我全说！"

章宏伸手给了黄国梁一巴掌："他妈的快说！"

"说什么呵？老子什么时候有过地下党同志呵？"

章宏把火把朝前捅了捅，黄国梁的脸被烫到了，他大骂："章宏你妈逼有神经病呵！你一家都有神经病！"

我见势不对，赶紧上去拉章宏，谁知章宏飞起一脚踹到我肚子上。我蹲在地上，抬头看章宏，发现此时的章宏杀气腾腾，完全变成了一个我不认识的人。

"再给你三秒钟，不说，明年的今日就是你的祭日！"黄国梁的头发被章宏手里的火把烧焦了一撮。

"说什么呵？不要再烧了不要再烧了！"

"你有没有给白玫递过纸条？"

"啊？没有！没有！不不不，不要烧了！我说我说，有有有，不是我写的，是德胜写的，让我塞到白玫作业本里的。"

"纸条上写了什么？"

"我没看。不不不，不要烧了！我说我说我全说！德胜想钓白玫，他让我给白玫递过三次纸条，一次约白玫到江边，一次约白玫到南水桥，一次约白玫看电影，白玫都没去。德胜派手下的喽啰们把白玫的哥哥白朗打了一顿，还把他的航模砸烂了。"

"继续说！"章宏手里的芦苇快烧完了，他转身往河边跑，想再弄些芦苇接着烧接着审讯黄国梁。

黄国梁趁机拼命挣脱，眼看绑缚有些松脱了，章宏大步赶到，他从口袋里掏出一把链条枪来，插上一根火柴，对准黄国梁："动，就打死你！"

黄国梁不敢动，缩着脖子，紧闭双眼："别开枪别开枪！"

"还有没说的！"

"不不，别别，我全交代了全交代了！"

章宏举起枪，睁一眼闭一眼，抠动扳机，"啪"一声，火柴扎进了黄国梁头顶一拃的树干，"叛徒！我代表人民结果你的狗命！"

天黑下来，我们给黄国梁松了绑，章宏穿上棉袄。我们离开河岸，往城里走。我们每人都点上了一根"光荣"牌香烟，那是章宏从家里偷出来的。

我两只脚又酸又疼，毕竟这一天走了太远的路。我一边走一边偷偷用烟头烫了一下自己的手背，我看着自己脚上破了两个洞的布鞋，想，不知什么时候轮到我接受真正的考验。最好是，永远也没有这一天！

流氓

秋菊比我大好几岁，我一直搞不懂，晓芳为什么要和秋菊好。她们是最要好的朋友，从小玩到大，几乎形影不离。晓芳是出了名的好，秋菊呢？"从小就不学好！"这是大人们都这么说的。不过，"近朱者赤近墨者黑"这个道理在她们这里似乎说不通，两人成天在一起，晓芳还是晓芳，秋菊还是秋菊。秋菊说起脏话来，就如黄河之水天上来，谁要是被她骂一顿，基本就算报废了。

小学就不谈了，初中时，秋菊就跟校外的流氓鬼混，一中的男女学生到江边厮混的风气，大概是从秋菊的时代开启的。据说秋菊初中就打过胎了。

起初秋菊是和省军区的葛军玩。葛军有办法给她弄到军衣军裤，的确良的，穿在本来就不难看的秋菊身上，很像那么回事。葛军骑着二八"凤凰"车，带着秋菊在街上飞驰，风把秋菊的头发吹起来，一路上，她碰到认识的人就用她的破锣嗓喊人家的名字。但不久以后，葛军就把秋菊甩了，这种花花公子，怎么可能一直跟秋菊好呢？

秋菊的老子是清洁管理所的工人，老娘在胶木厂烧锅炉，都是老实巴交的人，三棍子打不出一个闷屁来。她老子拉车时伤了腰，瘫在床上，大小便不能自理，家里没人时，他把大便直接拉在身上。秋菊每天都要把她爸背到井上，把他爸脱光了，给他爸洗干净。后来晓芳想了个办法，在她爸睡的棕绷上剪了一个大洞，下面放一只搪瓷盆，这样她爸就不会把屎拉在床上了。

被葛军甩了没几天，秋菊就和城外的二肥好上了。二肥是城外的打架王，以前练铅球的，看上去老成样，但实际上他比秋菊小两岁。二肥虽然爱打架，其实人不错。秋菊跟着他，免去了许多小流氓的骚扰。但好景不长，二肥因为打伤了人被抓劳改。秋菊立即又被小码头的阿海弄去了。

二肥出来后，去找秋菊，要秋菊回去跟他，阿海当然不愿意，二肥跟他约架，阿海晓得不是二肥的对手，只好让出了秋菊。但二肥为人心眼不大，记恨他劳改期间阿海吃他女人的豆腐，找机会又把阿海打伤了，又进了班房。"没出息到家"的秋菊，再次跟阿海厮混。

阿海长得不行，还好赌。秋菊跟他时间长了，阿海开始不拿秋菊当回事了。有一回，他跟一帮赌棍到公交汽车总站货场一辆废弃的车里赌牌，带着秋菊。这一回他们没有赌钱，而是赌谁赢了谁干秋菊一把。结果一帮子人全被抓了起来，阿海被毙了。

那次秋菊被带到公安局审问，她穿着裙子，里面什么也没穿，一边交代，一边拎起裙子擦眼泪，其实她根本没有眼泪，她是想勾引对面的公安员。公安员怎么会上她的钩呢，当即换了女公安员审她。女公安员也是公安，训练有素，把秋菊打得够呛。

被劳教一年后，秋菊到清洁管理所当了工人，算是顶她爸的职，每天用一辆大板车拖垃圾，顺便在垃圾里拣些能卖的东西。在她劳改期间，她爸死了，是晓芳和钱钢帮忙料理了她爸的后事。

劳改回来后的秋菊一下子老了许多，头发都白了。原来跟她一起混的那些人，一个都不再理她，她也知趣，只是成天干自己的活。天不亮出门拖垃圾，下午两三点回家。路上买些烧腊、猪头肉什么的，到了家，用开水烫烫脚，然后吃烧腊，喝酒，喝得不省人事，倒头大睡。

依然把她当人的，只有晓芳和钱钢。

那时晓芳跟了德宝，生活并不如意。常常会到秋菊家来，跟她说话。晓芳让秋菊找个人成个家，一个人成天做醉鬼总不是个事。秋菊说："像我这样的人，哪个愿意要？再说，我也看不上谁。男人，除了多长一根鸡巴，就跟畜生差不多。"秋菊劝晓芳跟钱钢好，跟德宝不会有什么好下场。晓芳说："我大概是中了邪。要说钱钢人是真好，样样好，但我就是跟他父不到一起。我看到他就想用脚踢他。"

"钱钢的鸡巴是不是不行？"秋菊说。

"流氓！"晓芳说，"他的鸡巴行不行，我哪里晓得！"

"那我哪天跟钱钢试试，说不定他厉害得很！"

"说不定说不定，你去试你去试！"

晓芳说是这么说，实际上她知道死心眼的钱钢不会跟秋菊成一家子。秋菊的名声太坏了。谁愿意跟一个远近闻名的女流氓结婚呢？尽管晓芳到处说秋菊人其实非常好，实心眼，比那些道貌岸然的人好一百倍。

钱钢爱晓芳，也爱晓芳爱的人。他时常到秋菊家跟秋菊喝酒。钱钢不擅说话，秋菊除了骂人，也不大爱说话。两人在一起，就是喝酒。喝醉了，秋菊上床睡觉。钱钢一醉话就会多起来，坐在秋菊的床边一个劲地说晓芳，说他多么多么爱晓芳，除了晓芳他谁也不要。秋菊醉了，就开始骂男人，骂葛军，骂二肥，骂阿海，有时却又说他们的好，说葛军大方，二肥有劲，阿海会玩。他们各说各的，两人的话完全不在一个频道上。有时钱钢会摸着墙壁走出秋菊家的院子，有时倒头睡在院子里的井边。每回离开秋菊的屋子，钱钢都不忘在秋菊的床头放一些钱。

钱钢后来喝酒喝死了，因为是醉死在桥下，当被发现时已经硬邦邦的，给他换衣服有点费事。他的衣服还是秋菊给换的。据说秋菊带了热水瓶、脸盆，用热水毛巾给钱钢擦了身子。据说秋菊一边给钱钢擦身子一边说："你看你，白长了一根鸡巴。你连流氓一回都不敢，也算是男人？"

秀凤打胎

秀凤被女公安员带着,去江滨医院妇产科打胎。这是她第三次打胎了。

天气很热,秀凤有点胖,两条大腿相互摩擦着走。她穿了一条半长不长的蓝裙子;脚上一双塑料凉鞋,不,是两双鞋子中的左右各一只凑成的一双;上身一件发黄的白衬衫,被鼓鼓的胸脯撑出抛物线的口袋里有一大把硬币。脸上是得了宝贝似的欢喜——秀凤从来都是欢喜的,她是个傻子。

"这是又要到哪里去呵,秀凤?"有人问秀凤。

女公安员用眼睛阻止路人的问询,秀凤却已经抢着回答提问了:"江滨医院!去打胎!"

"带钱了?"

"带了带了,带了二分钱!"

秀凤对钱没有概念,她好像只认得两分钱硬币。不学好的学生如果想要看秀凤脱裤子,就会到秀凤家门外喊她的名字,手里捏两分钱硬币朝她晃,秀凤就会背过身,把裤子脱了,把白胖的屁股撅起来对着他们。他们于是把硬币往秀凤的屁股上扔。

得了钱,秀凤会去巷子里的小店买各种吃的,金刚脐、"老鼠屎"、甜的咸的橄榄,一吃能吃一大堆。所以她长肉。

秀凤比我大四岁左右吧,小学就在一个学校,因为留级,她跟我到了一个班。个子比一般男生高出一个半头,力气大得要命。爱笑,上课时不注意就自己嘻嘻地笑。老师也不怎么管她。管她干什么呢?管了反正也没有任何用处。有时上着课好好的,她站起来就往外走,走出学校,一个巷子一个巷子地闲逛。上班上学的时间,到处没什么人,秀凤一边吃东西一边唱老师教的歌,"金灿灿的麦田"。所有的歌,她只会唱头一句,其他的她记不住。音乐老师徐老师说秀凤的嗓子好,很想教教她唱歌,但秀凤死活只学得会头一句,徐老师只好作罢。

到了江滨医院,秀凤进了人流室,女公安员也跟进去,她要听秀凤在手术台上说什么话。目的是要挖掘出这次又是谁干的"好事"。

第一次秀凤怀孕,公安员和老师就让秀凤说出是谁干的。秀凤先是说章宏,老师说她胡说,因为章宏当时才小学五年级,还不具备这种能力。让她认真负责地回答。秀凤想了想,说是她哥哥羊子。公安员说她胡说,因为秀凤的哥哥羊子在牢里已经两年多了。老师到底熟悉秀凤,给了她两分钱,还说要给她买一双新鞋子。秀凤笑了,又想了一会儿,说:"周喜。"

"哪个周喜?"

"腰刀巷的周喜呵,疼,淌血了。"秀凤嘻嘻笑。

周喜于是被抓起来坐了牢。

周喜是周英的弟弟,这两兄弟是城南的霸王,不好惹。他们还有四个姐妹,也凶。周喜被抓起来以后,周英和四个姐妹到秀凤家来闹事,把她家的屋顶都掀了。

这事过后不久,赤脚医生王大治因为强奸案被抓,交代问题时把他奸污秀凤的事也交代了出来,周喜的冤枉于是洗清了,被释放了。他出来之后的第一件事就是冲到秀凤家,要砸她家的东西。可是秀凤家家徒四壁,没什么可砸。而且,一见周喜,秀凤主动把裤子往下一拉,正面对着周喜。周喜无奈,赶紧走人了。

公安局对这事进行了反思,发现当时在问秀凤时,秀凤唱了一首歌的头一句:"赤脚医生向阳花。"

"妈的,我们大意了!"公安员拍自己的脑袋,"歌词不就是在回答吗?"

秀凤第二次怀孕后,公安有了经验教训,他们安排人陪秀凤散步,给她买好吃的,叫她唱歌。

"是谁弄你的?你唱歌吧!"

"赤脚医生向阳花。"秀凤唱。

"不是这首。你还会什么歌?"

"金灿灿的麦田呵。"

公安员认为这是一条重要的信息。他们分析,秀凤可能是在麦田被人弄的,那时我们学农去过麦田。"金灿灿",则有可能是我们学农的农村一个姓金的农民。

果然,公安员到我们学农的农村排查时,一下子就抓出了队长金匡林。我们学农,正是金队长带领我们的,而且,除了他,这个村也没别人接触我们。

金国林被抓起来，很快被毙了。挺幽默的一个人，真没想到，幽默的人也会干这么阴暗龌龊的事。在我的想象中，一直认为只有独眼独腿的刘大华那样的人才会干这种事的。

后来金国林的家人一直上访，认为公安抓错了人杀错了人。一是因为金国林阳痿，没有作案条件；二是在我们刚进村时，金国林给我们做过一个幽默风趣的报告之后，就去省城的肉联厂拉猪血去了，我们那次的劳动只有一天拾麦穗，他没有作案时间。

但公安驳回了金国林家属的申诉，他们认为，阳痿不阳痿，不是绝对的。金国林跟他老婆在一起时阳痿，并不代表他跟别人在一起时也阳痿。这是一。第二，金国林的确有个把小时左右是跟学生一起拾麦穗的。有女生反映，金国林还跟秀凤说了几个笑话的。

不过，这事多少有些疑问。所以，这一次秀凤打胎，组织决定派一个精干的女公安紧紧跟着秀凤，要趁她最清醒的时候把罪犯从她嘴巴里掏出来。通过歌词套她的情报看来是不可取了。

那么，秀凤一个呆子，什么时候清醒呢？

"痛苦！"公安局的领导说，"痛苦的时候人最清醒！让医生不要给她麻醉措施！"

秀凤躺在手术台上了，她先是笑嘻嘻的，在护士给她清洗身体时还大声笑出来。等戴着口罩的女医生过来跟她说话，让她不要紧张，一会儿就好时，她认出了这位医生，这是妇产科的矮子主任"地包天"，尽管她此刻戴着口罩，秀凤还是认出了她。前两次，也是"地包天"给她做的。

秀凤从手术台上坐起来，对"地包天"说："谢谢医生！"

女公安员发现秀凤此刻完全是清醒的情况。秀凤的眼神从来没有如此准确与宁静，大滴的眼泪从秀凤眼睛里流出来。她发现秀凤长得其实挺漂亮。

她问"地包天"："人是不是在痛苦的时候最清醒？"

"地包天"看着女公安员，说："是呵。清醒的时候最痛苦。"

女公安员移动了一下枕头，让秀凤躺好，又低下身子把秀凤的两只鞋摆整齐。然后，转身走出了手术室。

《雨花》2017年第4期

评鉴与感悟

儿童世界中的时代刻痕

这篇小说在平和的叙述语气中，以聊天说地的方式，讲述了记忆深处的一件又一件童年小事。仔细看会发现，叙述人讲述的六个故事并不是随便组合在一起的，而是按照成长的轨迹，以越来越激烈和残忍的秩序来进行排列，在此过程中，时代的印记也越来越清晰地显现出来。

"难于上青天"是比较简单的童年故事，描写少年朋友一起玩耍逃课，有了初生的爱情和对人生的怅惘；"两个疯子"中，写了孩子们引弄和观看疯子吵架，而对两个疯子的来源的交代，已经开始带有明显的时代特色；"百炼成钢"中，则描写胆小善良的孩子，在父亲的逼迫下，学习残暴地对待动物；"我代表人民结果你的狗命"中，少年之间开始模拟成人世界的暴力行为，模拟的游戏与现实中的暴力难以分开，已经初见暴力时代的本质；"流氓"一节中，青年男女的爱情故事，显出当时普遍的价值混乱和人们的茫然；"秀凤打胎"中，执法人员以极其荒谬的、几乎是游戏的方式去判断凶手，肆意伤害人的身体，甚至草菅人命，令人胆寒。

"我代表人民结果你的狗命"，是小说中关键的一节。少年们比照着流行书籍，以游戏的方式模拟敌对状态下的严刑拷打。但是，当游戏深入到"敌我斗争"的情境之后，人的权力欲望和暴力欲望却难以控制地迸发出来，像章宏就是借由这种形式，满足了自己对女性和同伴秘密的窥探。

儿童的内心原本是纯净的，他们恶意的语言和暴虐的行为往往是对成人的模仿，是社会现实的反射。儿童之间逼真的暴力游戏，非常深刻地说明了当时人们对暴力的熟悉和崇拜，以及施暴者在威权之下隐藏着的邪恶私人欲望。由此可以想见，那时的人们是生活在一种特定的狂热情境中，人善良的一面被忽略或鄙视，恶的一面却被鼓励、被奖赏，被无限地激发。比如"猴子"的善良和胆小不能被容忍，他的父亲想要通过暴力杀害动物的方式对他进行"改造"；秋菊和晓芳的爱情选择，都指向各种暴力的男性，而老实的、"样样都好"的钱钢，则被认为不具有男性魅力。此外，在秀凤打胎中，对凶手的追查和处理如此随便、残忍，这种不尊重知识逻辑和日常逻辑，不尊重个体生命的现象,暴露了当时整个社会管理的粗暴、激进和混乱。

不论是讲述小说前半段的轻松童年,还是后半段的狞厉事件,叙述者都几乎没有加入自己的主观评判,而是始终保持一种不动声色的态度。这使得叙述人所讲述的故事更具客观性和真实性。那些童年的亲切往事,还有令人齿冷胆寒的恶行,都让人信服,也令人震撼。小说对特定历史的书写,也因此显得更加深刻可感。

这部小说最坚硬的内核,在结尾处公安和护士之间的问答中显示出来:是清醒的时候最痛苦,还是痛苦的时候最清醒?无论是哪一种,都是一种对当时历史的痛切追问和理性思考。小说看似平和的语气背后,也有着痛苦的清醒,和清醒的痛苦。(李馨)

调整呼吸

/裘山山

1

她一上来就说，我好心好意的。

她说的时候，嘴巴向前努起，有些委屈的样子。

我好心好意地让她加入我们，好心好意地想跟她沟通一下。我哪晓得会发生这样的事。霉哟！

我感觉我必须和她沟通了，沟通是很重要的，你晓得吗？有一篇文章专门谈沟通，说得太好了，我还在朋友圈转发了的，人与人之间……

别扯那些没用的！身边一老头吼了她一句：直接说事！

她不满地瞥他一眼：是警察让我从头说的嘛，你又不是警察……不行不行，我要调整下呼吸，心里面太乱了，太乱了。

说罢她闭上眼，就好像身边没人，深吸一口气，然后慢慢吐出，再吸一口，再吐出。如此五六次，终于睁开了眼睛。

好了，现在你问嘛，警察美女。

语气里好像忽然有了底气。

时间？大概就是下午两点的样子。我本来以为个把小时就可以了，但是很不顺，谈了半天都谈不拢，我把啥子道理都给她讲了，她都听不进去，哪有那么犟的嘛！老辈子（注：老辈人）经常说，听人劝得一半，她一点儿都不听，四季豆油盐不进。

我们？就是我们三个嘛，我和孙姐，还有李美。孙姐叫孙玉芳，比我大一岁。李美叫李艳萍，比我小几岁。在我们菩提馆，比我大的我都叫姐，比我小的我都叫美女，跟过去在单位上喊小张小李是一回事。

好长时间？可能有两三个小时吧。反正一直在谈，就是谈不拢，跟她沟通实在是困难，后面就吵起来了。其实我不想跟她吵，我们晚上还有重要的事情。我只是想说服她。哪晓得我说什么她顶什么，还不耐烦地站起来要走，我只好把她按住。

我承认，大家情绪都有点儿激动。主要是她嘲笑我们，说我们脑子进水了，盲目崇拜。简直是太过分了，明明是她不对！孙姐和李美很生气，我也很生气。她一个人肯定吵不过我们三个嘛，到最后气得话都讲不出来了，脸发白，还冒冷汗。太小气了。我喊她调整呼吸，她也不理我，气成那个样子。

说到这儿，女人竟然笑起来了，好像赢了什么似的。这让坐在她对面的郭晓萱觉得不可思议。毕竟，发生了这样不幸的事。

女人叫牟芙蓉，六十岁，真看不出她有六十了。说话的时候，腰背笔直，头发一丝不乱地盘在脑后。衣着整齐干净，虽然质地一般，却很时尚，立着的领子还镶了一道亮边儿。立领下挂着一串珍珠项链，看那么大颗粒，应该是人工的。唯一能显出她年龄的，就是右脸颊靠耳朵的地方，有一块斑，俗称老年斑，拇指指甲盖那么大一块儿。

当然，她搽了粉，这个一眼就能看出。还抹了口红，搽了胭脂。额下的眉毛漆黑坚挺，一看跟眼睛鼻子就不是原配。

整个谈话过程中，她就那么笔直地坐着，神情淡定。两只手掌上下叠握着，放在腿上。郭晓萱总觉得她那不是随便握的，是经过训练后的样子，好像是坐在舞台上表演。

相比，她身边的老头就老相多了，佝偻着背，一脸倦容。

她翻来覆去说得最多的一句话就是，我完全是好心，我好心好意地想帮她，好心好意地喊她来沟通。哪晓得……

老头又一次训斥道，你啥子好心好意？纯属多管闲事。你又不是她妈，管那么宽！自己家里的事不管！

郭晓萱制止了老头的牢骚，让女人继续说。她想听。不仅仅是为了要弄清情况，还有几分好奇。这个女人，尊重一点儿说，这个阿姨，真是稀罕，是她从没见过的稀罕人物。她和自己的母亲年龄接近，却像是待在两个不同的世界里。

本来郭晓萱有些懊恼，她晚上八点才回家，奔波了一整天，真的是累惨了。她打算早点儿烫个脚上床，看个韩剧放松一下。可是刚擦了脚，就接到所长电话，说他们所辖的万福小区有人报警，某住户在家里发现一具尸体。所长说他已经派简向东和田野过去了，叫她也过去协助一下。她无奈，只好重新穿上袜子裹上羽绒衣赶过来。

到了后得知，这家就老两口，下午老两口都不在家。男主人打麻将去了，女主人参加文娱活动去了。晚上九点多，男主人先回家，进门就赫然看见客厅的沙发上躺着个女人，不认识，喊也不答应。好像不对劲儿。男人就一边打120，一边给老伴儿打电话。老伴儿电话一时没打通，120倒是很快来了，一看，说女人已经去世了，并且有可能去世两三个小时了。你们还是直接联系殡仪馆吧。120丢下这句话就走了。这下男人紧张了，就给派出所打了电话。

等简向东他们到达时，女主人已经回来了，就是这个牟芙蓉。她一回来就说，死者是自己的朋友，而且是自己今天下午叫到家里来的。

霉哟，我走的时候她还好好的，就是说头晕，想躺一会儿。咋个就死了喃？我以为她躺一会儿就会回家，我还叫她走的时候把门碰上呢。咋个就死了喃？

她说头晕，你们怎么不陪她，或者送她回家？简向东问。

哎呀，我们有急事的嘛，时间搞不赢了。任何事情都有轻重缓急的嘛。我哪晓得她会死呢，还死在我家里头。

牟芙蓉一副责怪死者的神情。

简向东感到事情蹊跷，虽然医生初步诊断，死者死于突发性心肌梗死。可是，这个牟芙蓉，怎么会让一个身体不舒服的朋友躺在自己家里，自己外出呢？

简向东就让郭晓萱带女人回派出所去了解情况，录个口供。自己和田野留下来等法医鉴定，并联系死者家属。

简向东嘱咐郭晓萱：问详细点儿，看看是怎么回事。

郭晓萱点头，略有些兴奋。分到派出所两年，她还是第一次遇到这样的案子。考虑到牟芙蓉上了年纪，郭晓萱让她老伴儿陪着她一起去所里。老头儿满脸怒容，一直恨着老婆，一看那恨意就是储存了很久的，还带着好几年的利息。

郭晓萱对牟芙蓉说，你接着说，为什么把她叫到你家来？

哎呀，我都说了好几遍了，就是为了沟通。沟通在人与人之间就像血永那么重要。

血永？郭晓萱略略顿了一下，反应过来，她大概是说的血脉。

说实话，我忍了她好几天了，实在忍不下了。她刚参加我们两次活动就起幺蛾子，说这门儿那门儿的闲话。今天中午吃了饭，我和孙姐，还有李美，就决定要和她沟通一下，不能再让她这样下去了。

我晓得我一个人说不过她，她文化高，我就叫了她们两个一起谈。

哪晓得……

2

唐佳开门进屋，屋里漆黑。她拉亮客厅的灯，叫了一声妈，没人答应。屋里安静得过分，是那种安静了很久，尘埃都一一落定的感觉。她又叫了一声妈，这次音量提高了一些。还是没人应。

她依次走到卧室厨房厕所看了个遍，的确没人。卧室里整整齐齐，床上的被子像宾馆那样平铺着；睡衣叠好放在枕头上，没有丝毫入寝的意思。厨房干干净净的，洗碗池里一个脏碗也没有，筷子筒里的筷子，照例朝一个方向斜着。看感觉，晚饭就没在家吃。厕所地面清爽，马桶盖盖着，没有任何不好闻的气味儿。

至少房间显示出的气息是，没有外来闯入者。

唐佳稍稍放了点儿心。来之前她曾担心母亲一个人倒在屋子里。去年体检，发现母亲有冠心病。她也怕母亲洗澡的时候，发生煤气中毒什么的。总之独居老人可能发生的事她都想到了。当然，母亲不能算老人，刚退休一年，五十六岁而已。

看来母亲是出门去了，屋里没一点儿人气。拖鞋也端端正正地摆在门口，鞋尖冲墙。

可她上哪儿去了，这么晚还不回来？平时她去朋友家做客，再晚都要回来的。她说在别人家睡不着。前些年工作的时候，不得已出差，她会带上枕头，哪怕枕头占了她小半个箱子，她说那样好歹能找到一点家的感觉，不然无法入睡。

母亲是个过分有条理、过分爱干净的人。

唐佳掏出手机，再次拨打母亲的电话，她真希望铃声从某个房间响起。但是没有，电话依然是通的，屋子却听不到一点点声音。这个号码，她今天已经打了七八遍了。每次都通，每次都一直响到断。您所拨打的用户暂时无法接听，请稍后再拨。

从来没发生过这种情况，偶尔没有接，很快就会打回来的。一种不好的预感在她心里冒出。她发了条信息过去：妈，求你赶紧给我回个话，急死我了。

本来唐佳大白天是不会联系母亲的，她们母女通常都是晚上睡觉前联络一下，互相问问情况。但是今天下午，单位上一个同事说晚上要请大家吃火锅，过生日。这个同事跟她关系不错，她想去。于是她给母亲发了条短信：妈，下午帮我接下叮当可以吗？我们单位有饭局。母亲没回。她就打过去，电话通了，却没人接。

唐佳估计母亲是在参加什么活动。母亲有个习惯，每次开会或者参加活动，总是把手机设置成静音。她认为当众手机响铃很没教养。也许母亲今天有活动。

她想了一下，又发了一条：算了，我还是让叮当他爸去接吧。你安心参加活动。于是她转而给丈夫打了个电话，把任务交给了不太情愿的丈夫。

饭局结束，她连忙赶回家收拾残局，把儿子弄睡觉。等消停下来，才忽然想起母亲一直没回她话。这不像母亲的做派，母亲看到未接电话，怎么也会给她打一个的。于是她再次打过去，母亲还是没接。怎么回事？再有活动，也不可能持续到晚上啊。再说这么长时间，母亲就不看看手机吗？

母亲家里早已取消了座机，手机是母亲唯一的通信工具。手机联系不上，她就不知道该怎么联系了。

挨到晚上九点多还是打不通电话，唐佳有点儿不放心了，就索性打了个车赶到母亲家。她甚至想好了，见到母亲就要说，不要老把手机搞成静音，让人着急。

可没想到，家里没人。

唐佳纠结了一会儿，给父亲打了个电话，支吾半天说，我妈她，有没有和你联系？父亲很不满地说，你哪根神经搭错了！你妈恨不能把我吃了，怎么会和我联系？唐佳说，我不知道她上哪儿去了，从下午开始就联系不上她了。父亲说，这才不到半天，那么紧张干吗。唐佳说，可是很奇怪，她手机通了一直不接，我都打了七八次了。我跑到家里来，也没人，感觉不对劲儿。

父亲略微停顿了一下说，你去看看她柜子里的枕头在不在，就是大立柜靠里面那扇门，你妈有时候发神经，会突然去别处住的。

唐佳一边拿着电话，一边打开柜子，一眼看到了那个小枕头，包在一个透明塑料袋里。她说，枕头在。旅行箱呢？父亲又说，床下的旅行箱在不在？唐佳弯下腰看了一眼说，箱子也在。父亲说，那我就不晓得了。嗨，不会有事儿的。她又不是青春美少女。

爸！唐佳生气地叫了一声。

父亲连忙说，反正她没联系过我，从去年她把我撵出来就再没联系过了，我打电话她都不接。她退休的事儿我都是听你说的。你妈就是犟，好歹让我解释一下嘛，连个解释的机会都不给我。

唐佳心里恨恨地想，谁让你五十多了还在外面瞎搞?!

她不满地挂了父亲的电话，又打给丈夫，丈夫手机占线，打了两次他才接。干吗呢？大晚上还跟谁煲电话？唐佳有些不满。丈夫敷衍说，单位上的事。怎么样，你妈在家吗？唐佳顾不上追究，急急地说，家里也没人，电话还是不接。会不会也是单位有饭局，太吵了听不见电话？丈夫分析。我妈都退休了，参加什么单位饭局啊。再说，有饭局也不可能那么晚吧？

会不会突发奇想，参加什么旅行团了？丈夫又提供一思路，完全不对症，也是，他和唐佳母亲，更是隔着几层。

唐佳说，不可能。就是参加，也该告诉我一声啊，没必要不接电话嘛。

丈夫说，那倒是。噢，肯定是手机丢了！

唐佳说，哎，这倒有可能……可是，也不对啊，她知道我每天晚上会跟她联系的，如果手机丢了，她该找个朋友的电话告诉我一声嘛。我妈不是那种大大咧咧的人。

丈夫说，手机一丢，六神无主，忘了呗。

唐佳还是觉得不可能。她了解母亲，母亲是个非常有条理的人，到退休，都没有发生过丢三落四的事。父亲有外遇被她撞上那天，她都还是做好饭，吃完饭洗了碗，把桌子抹得明晃晃的，才坐下来和父亲谈话。

3

问讯已进行了半个小时，还没什么实质性进展。

虽然牟芙蓉很健谈，不需要引导就滔滔不绝，可是经常跑题。郭晓萱不得不打断她，一次次把她叫回来。

你说走的时候，她还是好好的？

是啊，我还给她倒了杯水，是蜂糖水哦。我不晓得她有心脏病，刚才那个医生说是心肌梗死，这种病我听说过，死得飞快。

死因还没最后确定。郭晓萱严肃地说：你们争吵很激烈？只是吵，有没有……

你的意思是说打她吗？没有打。绝对没打。我就是推了一下她的肩，孙姐戳了一下她脑门儿。那个李美嘛，比了一下扇耳光的动作，也没扇。这根本不算什么嘛。我们上课的时候，青师经常这样对我们的，推两下拍两下都是经常的事，有时候青师还踢我们呢。是真踢哦，她火起来，一脚就踢过来了。

说到这儿，牟芙蓉竟然笑起来，是一种甜蜜的笑，仿佛诉说某种幸福：青师真的要打我们，你信不信？

青师是哪个？青师就是我们老师嘛。大名赖青青，年轻的时候是杂技团演员，得过好多奖呢。我们都喊她青师，多亲切的。

噢，先说明哈，这件事和青师无关，青师完全不晓得。

牟芙蓉再次漾开笑容，仿佛刚才那一笑，波纹太强，一时散不开，必须再推送一次。

青师真的要打我们，我挨过几回。太好笑了，刚开始的时候，她喊我做塌腰，我整死塌不下去，只晓得把屁股撅起来，她冲过来就踢了一脚，踢到我屁股上，还好我站得稳哦。

牟芙蓉呵呵地笑出了声。

我们那儿老一点儿的学员，没有哪个没挨过打。为什么打？肯定是着急嘛，嫌我们动作不到位嘛。

生气？才不生气呢，她是为我们好，真心为我们好。不管以前是做什么的，不管是公务员还是老板，在青师面前都是学生，打了都不会生气，都认。

这件事她上课的时候跟我们沟通过的，她说如果她不严格，就是害我们。我们完全理解，现在哪里有那么负责的老师哦。我好感动哦。我读书的时候，老师张都不张我一眼……

那么，病故的那位应女士，跟你说的青师是什么关系？郭晓萱又一次把她拽回来。

你说应美哇？肯定也是师生关系嘛。

应美？她不是叫应学梅吗？

我刚才跟你说了呀，比我小的学员我都叫美女。应学梅还是比我小几岁的，我就叫她应美。应美也是学生，我们都是学生，青师是我们的老师。我们都是菩提馆的学员。只不过应美是刚加入的，我介绍的。

我和她是咋个认识的？早就认识了，我们是初中同学。国庆节同学聚会，她主动过来和我打招呼，说她也退了。难怪，她原来多骄傲的，根本不参加我们班聚会。

为啥子骄傲？成绩好嘛，加上她妈妈就是我们学校的老师。我们那个时候因为"文革"耽误了课，学校就把好几个年级的学生伙到一起上课。我们班有大有小。她是最小的一个。但是她太会读书了，成绩好得很。后来就考起了大学，毕业又当了干部，清高得很。

现在退了休，大家都一样了。晚年生活还不见得有我好呢。真是像我们青师说的，活下去就是胜利，你只要一直往前走，就有可能超过那些原来比你走得快的人。真是这样呢。当年那么骄傲的学霸，那天多谦虚地听我摆龙门阵。你简直想不到。

一旁的老头似乎已忍无可忍了，掏出一包烟向郭晓萱示意了一下，走了出去。

牟芙蓉毫不受影响，再次挺了挺脊背：她夸我气色好，显年轻。我就告诉她我是练瑜伽练的，原先也是黄皮寡瘦的，从开始练瑜伽就改变了，现在我的水平都达到专业水平了。她开始还不信，我就马上站起来给她比了两个动作。

牟芙蓉站了起来，似乎想当场表演，被郭晓萱止住了。她坐下，掏出手机来，翻开照片给郭晓萱看——

我那天就是给她看了我练瑜伽的照片，我说刚开始的时候，我弯腰都摸不到脚背，现在我随便弯腰都可以摸到脚背了。瑜伽的二十个基本体式我都可以做了，我还可以做两个高难度体式，上轮式和下轮式。这个在我们菩提馆只有五个人可以做。

郭晓萱看到照片上，这个女人真的可以把腿扳起来靠在脸颊上，还可以把身体朝后弯成一张弓，还可以把两只手在背后合十。她吃惊地瞪大了眼睛。莫说六十岁，她二十多岁也做不到的。

牟芙蓉非常骄傲地说，她当时看到照片就目瞪口呆了，就像你这样，眼睛鼓起多大。

郭晓萱连忙收回目光。

她问我练了多久，我说练了九年。她简直不相信。她说九年前你也五十了呀。我说是哦，我们菩提馆一多半学员都是五十多的，还有六十多的。我们青师说，任何时候开始都不晚，就怕你不开始。我们菩提瑜伽馆不但练瑜伽，还排练舞蹈——但是我们跟那些跳广场舞的大妈完全不同哦，我们很专业的，每天忙得要命，简直不得空。

她听了我讲这些，不是一般地崇拜，看她的眼睛我就晓得。

唉，我就是不该问她想不想参加，主要是当时太兴奋了，没忍住。其实我们馆早就满员了，除非有人退出才能进新人。但是我看她那么崇拜地看着我，就主动说，来嘛来嘛，和我们一起练。

她还是有点儿银（矜）持的，她说等我哪天有空去看看吧。

郭晓萱听见"银持"想笑，又忍住了。

有什么好银（矜）持的，不就是一个科长吗？她越银（矜）持，我就越想把她拉进来。唉，就是从这儿开始扯拐的。我不该带她去看。简直不该。那天她一看到青师就大惊小怪的……太过分了。

4

唐佳在手机通信录里翻了半天,也没找出一个母亲的朋友。丈夫刚才建议她联系一下母亲的闺蜜,她才发现她根本找不到母亲的"闺蜜",一个也找不到。她知道母亲有几个要好的姐妹,有两次在家里遇见,还叫过阿姨,但她没有她们的联系方式。谁会想到去要父母朋友的联系方式呢?

唐佳很后悔,那个时候为什么不记两个阿姨的电话呢?

说来,她都不知道母亲的生活是什么样的。虽然每天晚上通电话,但从来都只有几句。吃饭没有?早点儿休息。偶尔都懒得打电话,发个微信,今天还好吗?母亲就说,还好。或者母亲说,降温了哦,不要感冒。她就回一个知道了,你也要注意保暖。

刚才她一边跟丈夫通电话,一边在屋里来回走,这才发现客厅有变化,长饭桌被移到了靠窗的地方,上面铺着宣纸摆着笔墨,看来母亲在练习写毛笔字了。然后又看到晾台的晾衣架上,挂着青花布的衣裤。她从没见母亲穿过花衣服,而且连裤子都是花的,让她很是好奇。看来母亲有新的爱好了。

自打自己结婚后,她就没和母亲好好交流过。各忙各的。父亲发生外遇后,唐佳觉得,母亲怎么也会跟她哭诉一次,就做好了准备,到母亲家来住了一晚上。哪知母亲依旧很淡定,说其实她早有感觉了,只是不想去探究真相。顺其自然吧。唐佳说,这种事怎么能顺其自然?你应该敲打一下他。母亲说,敲打一下,他只会藏得更深。唐佳说,那你怎么察觉的?母亲说,嗨,老夫妻了,说话一个尾音不对都能露馅儿,何况……我发现他在偷偷吃壮阳药。母亲说到这儿居然扑哧一下笑了起来。那个晚上,母亲还是跟她聊了好一会儿,谈了自己对婚姻的感受。母亲说,夫妻之间,装糊涂很重要。我本来一直想装的,但是运气不好,撞上了,再装就是耻辱了。

母亲退休后,唯一的支撑没了,眼看着精神气儿散掉,唐佳就动员母亲去参加社区活动,或者上个老年大学,或者约上以前的女友去旅游。母亲都以各种理由拒绝了。唐佳真是不明白,她看到人家那些母亲,要么在家晒孙子晒饭菜展示天伦之乐，要么穿得花红柳绿的在风景区自拍，自己母亲却是两样都不参与。

母亲说，唱歌跳舞我都不会，看书写字我自己可以在家做，至于旅游，一定得找到称心的同伴才行。

母亲过于清高，大学毕业，事业上并不顺利，始终是个小科长。但还是这个瞧不起那个看不上，即使退休了，也放不下身段。就连网上的朋友圈儿母亲都不参与，只是偶尔为女儿发的照片点个赞，自己从来不发。唯一的社交，就是偶尔跟大学里的两个女生一起喝茶。有两次唐佳有事找母亲，她说她在外面跟同学喝茶。

可是，唐佳也不知道那两个同学的电话。

实在无奈，唐佳只好打给母亲原来单位上的一位女同事，那个女同事的电话唐佳是有的。

对不起呀黄老师，这么晚打扰你。那个，我妈妈她，今天有跟你联系吗？

黄老师叫黄槐，曾和唐佳母亲一个办公室。黄槐说，应老师吗？没有呀。我最近一次遇见她，还是中秋节的时候，她来领月饼，在单位门口碰到的。我们搞活动请她来，她也不来。

黄槐说话依旧是慢条斯理的，和母亲有几分相像。

唐佳迟疑了一下说，黄老师，你知不知道我妈好朋友的电话？黄槐说，不知道呢。唐佳又问，那你知道她最近参加什么社团了吗？问完觉得不好意思，自己都不知道，怎么指望单位的同事知道？黄槐果然说，没听说。可能不会吧？她不喜欢那些，原来一说起老年大学什么的她就撇嘴。唐佳想，没错，母亲是那样的。

黄槐问，怎么了，你跟应老师联系不上了吗？

黄槐一直叫母亲应老师，即使母亲当科长的时候。如今还是这么叫，这让唐佳有几分亲切。她和母亲差十二岁，和自己差十三岁，所以都以老师相称。

唐佳说，就是。她今天下午一直不接电话，我觉得奇怪，就到她家里来了，家里也没人。这么晚了，平时这个点儿，她早就回来了。她不喜欢晚上出门的。

黄槐说，哦，那是有点儿奇怪。

是啊，我打了好多次电话了，响断了都没人接。她不会生我的气吧？

黄槐说，不会不会，应老师不是那样的人。我上次给她电话她当时没接，后来就回过来了，还跟我道歉呢。应老师特别有教养。

黄槐一边说，一边拿起手机拨通了唐佳母亲的电话，的确是，响断了都没人接。

您拨打的电话无人接听，请稍后再拨。

唐佳也听见了这个声音，越发焦急起来，这样的情况从来没发生过。我老公说可能是手机丢了，手机丢了也应该回家呀。都这么晚了她能跑哪儿去嘛。我看了家里，箱子什么都在，不像出远门。我感觉有点儿不对劲儿。

黄槐也急了：那是不是应该报警？

唐佳忽然就带了一丝哭腔：我都不知道该上哪儿去报警。

黄槐说，要报警的话，应该到应老师户籍所在地的派出所。不过，我听说起码要四十八小时。除非是小孩儿走失。

唐佳说，那怎么办啊，我就这么干等着到四十八小时吗？为什么非要等四十八小时？

黄槐说，我也不知道，大概失踪的人很多吧。我觉得应老师不会有事的，她那么平和的一个人。这样，我现在过来陪你一起想办法。

唐佳软弱地说，好的，谢谢黄老师。

5

牟芙蓉终于有些累了，提出要上厕所。

郭晓萱注意到，她底下穿的居然是毛裤，跟上面的旗袍完全是两个世界，用她的话说，完全不能沟通。大概再想时尚，也架不住老关节出毛病拖后腿。

从厕所回来后，她的精神气儿好像泄掉了一些，没那么振作了。她坐下，又开始闭上眼睛，吸气，吐气，如此三次。然后睁开眼对郭晓萱说，我们青师说，调整呼吸很重要，不然心就乱了，心乱了魂就没了。我现在遇到啥子事，都要先调整呼吸。

郭晓萱拿纸杯给她倒了杯水，她喝了几口，然后很仔细地擦了嘴角，拉了拉衣服的下摆，坐正，仍然把两手叠好，放在腿上。

她注意到了郭晓萱的目光，又说，我们青师说，任何时候，人都要坐有坐相，站有站相。尤其是女人，一辈子就是活个样子，活个形象，你要让别人看到你最好的样子，你才会好上加好……

比如你，警察美女，肩胛骨就没打开，本来那么漂亮，一含胸就掉分了，晓得不？

话锋突然转向自己，郭晓萱有些尴尬，她下意识地挺了挺背，甚至暗地里想，自己要不要也抽空去练练瑜伽？

看来青师是你们的偶像喽？她讪讪道。

肯定嘛。我们青师任何时候出现在我们面前，都是女神范儿。你根本看不出她六十岁了，真的，比我还显年轻，从后面看像二十多岁。我这件衣服，就是比着我们青师的款式做的，太有范儿了。青师那天穿起走进菩提馆，我们简直惊呆了，就跟林青霞张曼玉一样。青师手巧，她身上的衣服都是她自己做的。我们的瑜伽服也是她设计的，跟其他瑜伽馆的不一样，其他瑜伽馆就是土白布，我们是青花……

应美那天一报到，青师也给了她一套青花瑜伽服。她也是，不但不感恩，还恩将仇报。本来我们菩提馆都满员了，青师看在我的面子上破例收了她。她倒好，才去两次就生是非……

我好心好意跟她说，穿上这身青花，走路的步子一定不能太大，也不要哈哈大笑。她居然说，不就是装淑女吗？这咋个是装呢？是修养嘛，唉，简直是没法跟她沟通。

沟通个屁！你就是多管闲事！老头抽完烟进门，又是一声吼：啥子家务都不做，一天就在外面惊风火扯地乱整。

我咋个是管闲事呢？毕竟是我把她介绍进来的，看到她不对就应该管。她反驳老头，神情很坚定。

她那样做很不好！对青师不好，对我们整个团体都不好。我们这个团体像个大家庭一样，那么和谐、友爱，不珍惜怎么行？我们每个人都有责任爱护它保护它，我们又不是跳广场舞的大妈。

再说了，她那样做，连带把我的名誉也搞坏了，本来我在群里头还是很有威信的。青师经常叫我做示范。真的，她太不应该了。我必须告诉她，她那样是不对的。我如果不说，她自己简直意识不到。她能加入我们，是她的福分……

老头又吼了起来：到现在还在说这些没用的，你个老太婆！一天到晚神癫癫的，做些莫名其妙的事！我早跟你说过要出事！这下好，人死在你家里，看你咋个交代！

牟芙蓉神色突然黯淡，那两条本来正上扬的眉毛，突然就耷拉下来。文过的眉毛如黑剑一样，毫无缓冲地刺向两颊。

但很快，她又振作起来：我又没做什么违法的事，我就是好心好意介绍她加入我们。我看她退休了，很无聊，天天在家窝着，脸都是卡白卡白的。她比我小几岁，看起来比我还显老，我走出去，没有哪个看得出我有六十岁了，是不是嘛警察同志？

郭晓萱差点儿点头。

昨天我婉转地说了她几句，要她尊重青师，她多尖刻地给我顶回来，说我盲目崇拜，没有原则……啥子原则不原则的，她就是喜欢居高临下。都退休了，还端起干啥子？我们学员里还有个局长呢，都不像她那么端起。

我只好约了孙姐和李美一起来帮助她。她也是，那么小气，吵不赢我们脸就气得发白。还是大学生哦……

郭晓萱不想再听她唠叨了，开始总结性地帮她梳理——

是不是这样，下午你把她叫到你家，和她谈话，谈话过程中你们发生了争吵，大家情绪都比较激动，然后她感觉身体不舒服，你就让她在你们家躺着，你们就走了。是这样吗？

是的，就是这样。她点点头，忽然叹了口气。脸上的粉有些撑不住了，没有弹性的黄皮肤显露出来。真相毕露。

我好心好意地喊她来谈，哪晓得根本谈不拢。我不知道她有心脏病，要是知道我都不会叫她练瑜伽。瑜伽不适合心脏不好的人。我真是太倒霉了，本来是好心好意的。我们正在批评教育她，不是，我们正在沟通，她突然说头晕得很，不想说话。我估计她是不想听我们说了，装病。

我想既然说不通，就不能让她参加晚上的活动，免得她在会场乱说。我就喊她在我们家休息，我真的是好心好意的。

你们没给医生或者她家里人打个电话？

搞不赢了，我们五点半要赶到酒店做准备。慌慌张张的。

你的意思是，你们把她一个人丢在你家里了？

她顿了一下说：我哪想到会那么严重？头晕嘛，我也经常头晕，喝点蜂糖水就好了。我想她休息一会儿就可以回家了嘛，我跟她说，你走的时候把门关好……

于是你们走之后，她就心脏病发作，去世了。郭晓萱的声音和表情，都变得严肃起来。

牟芙蓉听到这话，把本来已经坐得很端正的身子，再次调整了一下，挺了挺脊背，虽然面容上已经显出疲倦和衰老。但看得出她在努力撑着——

我还不是后悔得要命？要怪就怪我当时太心急了，生怕影响到晚上。孙姐和李美两个也觉得是不应该影响晚上，我们就先去酒店了。路上好堵，还好我们没迟到，晚上的活动很成功，老头打电话的时候我们刚刚结束。我那个独舞还被青师表扬了的。

牟芙蓉说到这里，两只手下意识地比出了兰花指。

6

值夜班的年轻警察，像是刚毕业的大学生，一张脸尚未刻下岁月的痕迹。他一边在电脑前坐下一边问，失踪的是老年人吗？

唐佳连忙说，不是老年人。

警察说，多大年龄？

唐佳说，五十多。

警察瞪了她一眼：五十多还不是老年人？喊！

唐佳愣了，她从来不觉得自己妈妈是老年人，顶多是中年人。她苦笑着看了眼黄槐，心想，自己这个三十多的人，在这个年轻警察的眼里一定是中年人了。

什么时间失踪的？

唐佳说，嗯，今天下午就联系不上了。打电话一直不接，刚才，就是我们来的路上又打，还是不接。太奇怪了。

警察说，打电话没接很正常嘛，我也经常顾不上接电话。

唐佳说，但是对我妈妈来说是不正常的，她从来不会这样。

警察的眼神完全是不以为然的，似乎是说，凭什么你妈妈不接电话就是不正常？但他说的是，下午到现在，也还不到十个小时嘛。

唐佳连忙说，我知道要四十八小时，我就是觉得太反常了。我怕她出意外，她一个人单身生活……万一……

警察摆摆手，没事没事，你既然来报警了我们肯定会接的，肯定要登记的。

警察依次问了姓名、年龄、地址、身份证号，以及失联的时间、地点，还有她妈妈的电话号码。然后依次录入电脑中的一张表格上。

唐佳看到那张表叫"失踪人员登记表"，还有编号，心里稍稍安心一点。

智力健全吧？我的意思是，有没有老年痴呆症之类，走出去记不到路了。很多来我们这儿报失踪的都是这种情况。

唐佳连连摇头，没有没有。她脑子很清楚。关键是她以前没出现过这种情况。

黄槐也在一旁证明：她刚退休一年多。退休前是我们的科长。就是因为她平时做事很有条理，一点儿不糊涂，我们才会着急。

年轻警察登记完了，按了个保存。好了，先这样，我们这里有情况的话，会马上联系你们。

唐佳说，你们不马上采取措施吗？

警察说，采取什么措施？现在就组织警力满大街去找吗？

唐佳忽然按捺不住地喊了起来，如果是你妈妈找不到了，你会这样吗？

眼泪一下就出来了。黄槐连忙搂住她的肩膀。

警察愣了一下，然后态度很好地说，我理解你的心情，大姐。但是，你知不知道，每天都有很多人来报告失踪，其中大部分两三天后就找到了。尤其是老年人，一时找不到家了，这种情况很多。我们不可能每个都立案。除非你有证据证明对方可能存在人身安全危险，或者说对方可能会受到侵害……刑事立案是非常复杂的事情，立了就不能撤，而且需要拿出大量的警力。如果你不能提供足够的涉案理由，公安机关缺乏立案的依据，是不会立案的，报案后只会给予公民必要的协助。

唐佳感觉他在背书。但还是起到了作用，她平息下来。

黄槐替唐佳回答说，好的，我们知道了。

警察索性转向黄槐：放心，我会把刚才登记的信息发布到我们的平台上，让其他派出所一起关注的，一旦有消息，我一定及时联系你们。我建议你们自己也通过网络平台发布一下消息，发动亲友找，可能效果更好一些。有线索的话也及时告知我们。

黄槐连连点头。

两人从派出所出来，互相道别。黄槐安慰唐佳，也许明天就会有消息的。唐佳忍着眼泪谢谢黄槐陪自己那么久。然后各自上车，打算离开。

唐佳刚刚发动汽车，电话就响了，她忙不迭掏出电话，真希望是母亲的。真希望母亲说，不好意思啊，我电话关了静音，一直没听到。

可是是丈夫。

丈夫说，那个，刚才警察来电话，说他们在一个人家里，发现了妈妈……

在哪儿？谁家？

嗯，他们说，妈妈她，心脏病发作，已经不行了……

7

郭晓萱接到田野打来的电话，说法医已经确定应学梅是死于心肌梗死，没有其他外力因素。

我们已经联系到了死者家属。你们走后，在她家沙发下面发现了死者的手机，手机是静音，一闪一闪的，已有十几个未接电话了。估计她是想打电话求救，掉到了地下。

还有，那个牟芙蓉离开的时候，的确是给应学梅倒了一杯蜂糖水。这点可以证明当时她们没有恶意，是没料到会发生不测。虽然她的举动有点儿不可思议。

你问完了，就让他们回家吧。

郭晓萱说，好。

牟芙蓉似乎猜到了电话的内容，她盯着郭晓萱的脸问，搞清楚了哇？我可以回家了哇？

郭晓萱点点头。

她马上站了起来，胜利似的跟老头说，我就说不怪我嘛，是她自己身体出问题了嘛。其实也没什么，一下就走了痛快，不受罪。我还希望我以后像她这样呢。

老头依旧是怒气冲冲的样子，完全不搭理她，转身出了门。

郭晓萱说，那个，我想再问你两个问题可以吗？

牟芙蓉说，问嘛。

郭晓萱说，你一直说死者说了不该说的话，她到底说了什么？

牟芙蓉的怒气又上来了：嗨！她一来就说她认识青师，认识就认识嘛，又说青师年轻的时候……做过那些事，被单位除名了。

什么事？

算了，我不能讲，不能传播。我才不信青师会做那样的事，我们都不信，她肯定是听到谣传了。青师怎么可能像她说的那样嘛。

再说了，不管你从哪儿听到的，都不应该乱说。谣言止于智者。警察美女，你说是不是？

郭晓萱说：还有个问题，晚上你们到底有什么事，那么着急？

牟芙蓉顿时云开雾散，两根漆黑的眉毛挑了上去：哎呀，今天是青师生日啊，六十大寿！我们早就计划好了，半年前就计划好了，今天晚上要为青师庆生。

我们都不说她六十，我们在蛋糕上给她插十六根蜡烛，祝她永远像少女一样美丽。

我们排练了好几个节目，我有两个舞蹈，其中一个还是独舞，把瑜伽动作都用上了，还有莲花手倒立哦。

我们为这次生日晚会准备了很长时间，我还专门订了一套纱裙，效果之好……不摆了。我们肯定不能因为她影响了呀。

还好晚会非常成功。青师说她感到非常幸福。今天是她最幸福的一天。我们也感到非常幸福，今天是个开心的日子。

郭晓萱觉得后背发凉，这个女人，揣着的那颗心，如同她那条能竖起来贴脸颊的腿一样不可思议。

她站起身，示意她可以走了。

牟芙蓉挺着背,深吸一口气,吐出,然后走出门。

推开门的一瞬,她又回过头来说:警察美女,记得哈,把肩胛骨打开,像我这样,不要含胸。

《上海文学》2017年第5期

评鉴与感悟

退休女性的现实一种

在对现代人日常生活的书写中,裘山山凭借女作家特有的细腻和敏感,真实地呈现着平凡人生中隐藏的痛苦、困惑和挣扎。她关注到小人物的现实境遇,把《调整呼吸》写得朴素而感伤。小说写了一位老人的意外死亡,由此牵扯出人与人之间巨大的沟通障碍,对当下众生相的描摹非常有代表性。

作家在《调整呼吸》中,将两个不同场景并置,让两个场景里的人物从未谋面,却始终紧紧纠缠在一起。一边是女警察对"嫌疑人"牟芙蓉的询问,并在后者冗长琐碎的回答中,将事件的脉络拼凑出来:牟芙蓉想要拉应学梅一起进菩提馆学习瑜伽,双方沟通时出现分歧,应学梅突发心肌梗死猝死在牟芙蓉家中。与此同时,小说中另一个场景中的故事也在同步发展。死者应学梅的女儿唐佳不断地寻找母亲,在此过程中,应学梅生前的生活随之展现,一个退休独居、疏离人群、孤独清高的女性形象逐渐清晰。当这两个场景中的信息经过碰撞,结合成一个整体时,应学梅之死的真相也就凸显出来。实际上,她的死是外界刺激和自身性格共同作用的结果,死亡在意料之外,也在情理之中。

这种空间叙事的方式是成熟而高明的,两个场景并行,看似各自独立,实则相互缠绕。事件明朗的过程十分缓慢,节奏几乎凝滞,两个场景不断转换,如同剥洋葱一般让真相逐步显现。试想,如果小说换一种叙述方式,直接畅快地讲述应学梅死亡的前因后果,那么故事就变成了一条新闻,迅速被人遗忘。因此,这种剥洋葱式的写法,不仅诱发了读者寻求真相的好奇心,同时营造了一种叙述者与读者同步了解真相的效果，在探求真相的过程中，叙述者并不比读者早知道，也不比读者知道的多。

小说写的是普通人，准确说是普通女人，无论是直接呈现在读者面前的牟芙蓉、唐佳，还是隐藏在叙述中的死者应学梅，她们多少都是病态的，是缺乏正常交流与沟通能力的。小说无处不在写沟通，但沟通之后横亘在人物面前的仍然是难以消除的障碍。这些障碍有些是拒绝沟通，例如死者与周围人、牟芙蓉与周围人；有些是沟通不彻底，如死者和女儿之间只有单纯的问候却缺乏实质的关怀。裘山山的笔触没有停留在这些障碍上，而是伸向更深处，指出应学梅之死绝非意外，是社会、家庭、自我的"集体谋杀"。小说指向的是一个微小群体——退休之后难以找到正确位置的女性，她们在生活上享受不到家庭和社会的关爱，加之缺乏沟通甚至拒绝沟通，导致她们中有的像死者应学梅，秉持着知识分子的清高而孤独终老，另一部分以牟芙蓉为代表，她们缺乏主见，随波逐流，庸俗不堪。

即便是带着明显的社会批评色彩，小说也看不到严厉的批判，听不到歇斯底里的呐喊；既没有大起大落的情节冲突，也没有大喜大悲的感情变化。裘山山只是将敏锐的感觉触角伸向人与人之间的疏离，真实、朴素地再现了小人物的困境，并且恰如其分地抓住了这种微妙的感觉，使死亡逐渐被消解，麻木和悲凉在文字中不动声色地流淌，读完让人背后发凉，无限感伤。（杨艳坤）

最短的白日

/迟子建

是冬至的正午，我在古兰甸附近的一家乡镇卫生院做完三台肛肠手术，搭乘一辆破旧的运输水果的货车，赶往大连。

货车司机是我第二台手术的患者的哥哥，看上去五十上下，虎背熊腰的。他见了我先问吃了没。我摇摇头，告诉他我去高铁上吃。他一抹嘴说："咳，早知道把剩下的半盘饺子给你带来好了，冬至的饺子夏至的面，不吃的话，就觉得这日子没过似的！我老婆今儿包的饺子，是鲅鱼韭菜馅的，可鲜亮呢。我吃了满满一盘，还抿了两盅酒呢。"

我坐在副驾驶的位置上，抽了抽鼻子，我的过敏性鼻炎发作了。司机以为我是在闻他酒气大不大，说："放心，我喝了一两不到，你没看脸都没红吗？这点儿酒对我来说，就跟女人抹口红差不离，沾沾唇，表面光鲜，肚里还素着呢。"说完，他打了一个悠长的呼哨。

司机的快乐不是没来由的。他顺路载我去大连，我们少收了他弟弟几百元钱，他就不用给他弟弟钱了。不然照当地风俗，亲人进医院做手术，哪怕只是摘除个阑尾，也得出个三头五百。

我从早晨八点进手术室，平均一小时一台。手术间隔我不过喝口茶，抽支烟，做做深呼吸，略解疲劳。所以现在两腿酸痛，双手僵直，手脚有被捆绑的感觉。

货车离开灰蒙蒙的小镇，驶上高速公路了。

我想趁此打个盹儿，可司机不知是生性好说，还是酒精作用，谈兴很浓，他一边开车一边问："你头晌做了几台手术？"

我懒得用言语答他，伸出左手，竖起三根手指。

"我弟说他比进城做手术少花不少钱呢。就是这样，在镇卫生院也得花四五千，你得分掉其中一多半吧？你是外请的高手，主刀的，肯定拿大头！"他用右掌拍了一下方向盘，像法官在宣判时落下法槌，给我一锤定音了。

我含糊地"哦——"了一声，算是回答。

他"咳"了一声，说："技术跟技术的命真不一样啊，握手术刀的，就比我这握方向盘的吃香！你割仨屁眼儿，四五千块钱到手了吧？我起早贪黑地干，活儿好的话，半个月才能挣这么多哇。"

虽说我外出做的这类手术风险很小，患者术后在卫生院监测一下体温、呼吸，如无感染和其他并发症，一周内即可出院，但我毕竟是肛肠病专家，司机称我为"割屁眼儿的"，让我不爽。我白了他一眼，身体后倾，头搭在座椅靠背上，抱起胳膊，耷拉下眼皮，身体呈现出一种为他闭幕的状态。他只能长叹一声，专心开车了。

从哈尔滨西站到大连北站，再从大连北站到哈尔滨西站，这两三年来，我数次往返于这段旅程。通常来说，我从哈尔滨出发是正午，四个多小时后，就置身大连了。如果是夏秋时节，我会在黄昏时分先去泡个海水澡，然后吃顿海鲜，踏实睡上一觉，第二天清晨奔向手术地。我付出精湛的医术，受痛又受惠的，是那些亟待手术却在大城市医院排不到床位的人，是对大医院的手术费望而却步的人，是小病终可小治的普通患者。我与乡镇卫生院有约在先，收取足够丰厚的专家主刀费。要是一天能做四五台手术，我的钱包就是被蜜浸润的蜂巢，叫人心甜。有时赚个千头八百的，我也乐意跑一趟。为患者解除病痛，毕竟能给我黯淡的生活带来一丝明媚，让我觉得自己是个有用的人。当然，到了冬季，寒流就把我泡海水澡的享受剥夺了，而冬闲下来做肛肠手术的人，却如涨潮的海水，汹涌而至。到了此时，我抵达大连后，会直奔手术地的乡镇（它们多在古兰甸周遭），吃一顿农家饭，在异乡的夜晚，关上房间的灯，坐在窗前吸烟看星星。古兰甸在我眼里就是葵花的花蕊，而那些乡镇是四散的金色花瓣，温暖地照耀疲惫的我。

我像我这个年龄的绝大多数中年男人一样，上有老，下有小。父亲十五年前去世了，如今八十多岁的母亲跟弟弟一家生活。同在一座城市，自从我儿子进了强制戒毒所，母亲见我就生气，每年只允许我看她两次了。一次是七夕节她生日的那天（她会数落我为父失职，害得她长孙没法给她拜寿）；还有就是腊八节的那天，她会赐我一碗粥喝。母亲有严重的肺心病，一到冬天病症就加剧，尤其是雾霾天。她声称要活到长孙出戒毒所的那天，代我教育儿子。母亲与我老婆一样，说是养不教父之过，把儿子吸毒完全归咎于我。这时我会心虚地辩解："养不教，父之过"中的"父"，不单是指父亲吧。母亲和老婆闻听此言，总是将双目瞪向我，像要发射子弹一样，令我脊背发凉。

我也的确比较娇宠放任孩子。他自幼想干什么就干什么，想要什么，我就尽量满足他。我以为一棵不经修剪的树，才能顶天立地。可我忘了，他生活的现实丛林，远比真实的丛林要物质和险恶。

我以前在某医科大学一家附属医院的肛肠科工作，作为常上手术台的主刀医生，工资奖金外加患者送的红包，日子过得很滋润。而我收红包，总要还给患者一半。虽说我知道即便这样，我也不是个正人君子，但至少良心稍安。

我的职业让我看多了说死就死的人，医院的太平间从没冷清过，就像妇产科病房总是人满为患一样。不同的是一些人彻底在这世上闭嘴了，一些人则哭喊着来了。不管人生多么悲苦，没谁死后会为自己哭上一场，所以我对灵魂的有知始终持怀疑态度。死了便死了，如同空中的一朵云，散了就散了，不会有同样一朵云的复原。这也决定了我对人生和金钱的态度，该挥霍就挥霍，因为人可以大把大把地赚钞票，却不能大把大把地赚时光。我不讲究穿戴，以我的职业，一件白服得穿大半辈子。我曾跟人说过，要是人人皆是医生，布店的老板就得哭晕。而我穿白服的时候，总觉得这是给自己在提前吊孝。除了穿，其他的享乐我都注重：住得舒适，吃得可口，开一辆自己喜欢的车。所以我们家很早就卖掉安发桥下的旧居，在道外买了一套可以看松花江的房子。

说起道外，我老婆不喜欢那个区。我是外县人，可她是在哈尔滨南岗的俄式老房子出生的，那一带原是俄国人的中东铁路高级职员居住区，每幢房子都是带庭院的花园小洋房。虽说后来居于此的中国人是两三家共用一幢，但出生在那儿，她总有点儿跟贵族沾亲带故的优越感，瞧不起旧时下里巴人居住区的道外。如今的道外虽然大加改造了，但依然杂乱，达官显贵极少居此，所以房价相对便宜。而我要的就是道外的这种世俗气，街巷不规整，小店小铺四处开花，夜市吆喝声不绝，古玩市场前是卖糖人和烤红薯的，花街前趴着打盹儿的狗，载货的三轮车夫一边蹬车一边哼着小调，剃头的依然在盛夏时赤膊在街角招揽生意，生活不就是在这乱象中，才活力毕现吗？我最爱道外老字号的小吃店，一个豆腐馅包子，一碟酱牛舌，一瓶啤酒，便是我周末的好享受了。

我老婆在一家事业单位工作，是园艺设计师，收入虽没我高，但也不错。她的工作节奏是：上班绘图，下班搜包。这时的她像个训练有素的医生，而我的钱包则是病灶，她总能不留死角，干净利索地将钱一扫而空。当然，有时她下手慢，会被我儿子先行搜罗去。儿子懒于学业，高中时就三天两头逃课，打网游，泡酒吧，最后只考上了一所郊区的民办大学。他有宿舍却不住，而是租房，和女友住一起。当然，他的女友是不固定的。

我老婆拿了钱，最热衷的是买貂皮大衣。寒风凛冽时足蹬高跟长筒靴，身披款式花色各异的貂皮大衣，"咯噔——咯噔——"地走在中央大街的石子路上，是她最惬意的时光。在哈尔滨这座城市，园艺设计师冬天多半闲起来了，她有充裕的时间炫美。

因妻儿搜我钱包成瘾，迫使我在办公室的抽屉里放私房钱，还在工资卡外另开了一张卡，不定期存些钱，以备不时之需。密码他们很难破译，747474，就是"起死起死起死"的谐音。一个医生用这样的密码，等于为自己立下了"救死扶伤"的座右铭。我明确告诉老婆儿子，这张卡是我的日常消费卡，休得惦记。除了吃喝和养车，每月支付给母亲一千五百元生活费（打到弟弟的账户上），我还有不能公开的花销。因为除了老婆，我还有一个女人，她是道外开馄饨馆的，丈夫因病去世了，有个上大学的女儿。我先是被她家的馄饨诱惑住，接着是她。虽然她也告诉我，她不止我一个男人。她说不再婚了，哭男人的感受她不想经历第二次。我和她并不常见，有时彼此忙，或是都没有情人在一起本该有的需求，我们会两三个月也不见一面。有时我有心情了，去馄饨馆找她，赶上她食客不绝；或是她突然渴望我了，冒充病人来挂我的专家号，见我无暇抽身；我们只能在陌生人的包围中，热辣辣地对望一眼，无奈走开。

一个多小时后，货车驶入大连。司机一进城就把我甩下了，说是卡车限行，让我自己打车到北站。我在寒风中等了近二十分钟，才打到一辆车。抵达北站时离开车只剩一刻钟了，我加塞儿取票，走急客安检通道，才没误车。

上车后未等坐稳，车就开了。高铁列车从海滨城市驶出，就像一条闪着银光的带鱼——是我童年唯一在过年时能吃到的那种鱼，扁头，身形如长剑，异常雪亮。得益于我第一台手术的患者，他是乡企老板，给我在网上订下一个特等座，否则我自购的不过是一等座的票。

特等座与一等座在同节车厢，以车厢门为分割点，由磨砂玻璃幕墙隔成了两个独立空间。特等座占这节车厢的四分之一吧，一共八个座位，却只有两名乘客。另一位乘客是个中年男人，他坐在临窗座位上，哇啦哇啦打电话，与人说玉米的价格，看来是个生意人。列车驶出大连后，他扫了我一眼，嘟囔道："高铁不让人抽烟，真能把人憋屈死。"见我未应，他又开始打电话，这次他是打给家人的，他想家里的狗狗了，非要听听狗狗的叫声。大概狗狗不太配合吧，只听他骂道："真是白疼你了，等我回家，不打烂你的狗头不算完事！"

列车员进来验过票，分发给每人一份牛皮纸袋包着的食品。我打开一看：不过是两块饼干、一小包花生米、三颗山楂果脯，根本不顶饿。我问列车员："特等座给提供餐食吗？"他"哼——"了一声，说："想吃正经饭，你得掏钱买。"我问怎么买，他语气和缓了一些，说："谁下午两点了还不吃饭？饭口早过了。不过我可以帮你问问，看有没有剩下的盒饭。"

列车员走后不久，果然来了个服务员。他像医生一样穿着白大褂，手持托盘上是三份卖剩的盒饭。他问谁要，我说我要。他说了声二十块，让我自取一盒。我付过钱，把手伸向三份盒饭，摸了一份稍微温乎的，捧在手中。饥饿的肠胃立刻开足马力，将半生不熟的大米粒和憔悴不堪的青椒肉片卷入囊中。吃过盒饭，倦意袭来，我斜倚车窗，朝外望去。

天空灰蒙蒙的，原野一片苍茫。飞速掠过的风景中，是光秃秃的庄稼地、三三两两的牛羊、低矮的房舍、火光中烧麦秸的人，以及坟场。是冬至的缘故吧，这些景物在大地折射出长长的影子，与实物相映，看得我眼花缭乱，很快就睡过去了。

我醒来时天色已昏。那位乘客不见了，不知他是在营口、鞍山还是刚经过的沈阳下的车。

一个穿制服的小伙子，与我平行坐在过道另一侧，低头摆弄着手机。他虽坐着，但看得出他身形高大，一双长腿斜伸着，阔背宽肩。他见我伸着懒腰站起来，笑眯眯地盯着我说："叔，你可真能睡，从鲅鱼圈一路睡到沈阳。"

他四方大脸的，宽额，浓眉，不大不小的眼睛，敦厚的嘴唇，圆润微翘的下巴，元宝耳。那挺直的鼻梁，在他平和的面目中，就像一道坚毅的墙，彰显着他温柔中的强悍。

"是啊，我一觉就把天睡黑了。"我对他说。

"叔，这不怪你，这得怪冬至。今天是白天最短的日子，太阳不待见咱，回得太早了。你说太阳相当于天庭的CEO，它又不用打卡，谁管得了它啥时来啥时回呢。"他幽默地说。

我问他是特等座的服务员吗，他摇摇头，说："我是设备维护和故障处理的。"

我说："那就是技工了？"

他点点头。

"怎么特等座这么少人坐？到了沈阳这样的大站，也没人上吗？"我说。

"叔，这车从起点到终点，才四个来钟头。搁过去，站都能站下来，现在二、三等座也挺不错，坐一等座的人都少，别说特等座了，这么贵，谁花这个冤枉钱啊？"小伙子摆了一下手，说，"要是我，就买三等座！省下的钱，下车后找家馆子，吃了它。"他吧唧一下嘴，大概想起某种美味了吧。

我说："我当年上大学，寒暑假回家，总是坐硬座，也没觉得苦。现在呢不管岁数大小，屁股都娇气了，知道挑座了。"

小伙子说他观察了坐特等座的，商人和官人多，还有就是"小姐"

多。他说那些一身名牌、目光空虚、颐指气使、身上散发着浓烈香水味的女孩，都是不知被什么人包养的人。

我说："你怎么那么肯定？"

他说因为特等座多半闲着，所以他常来此歇歇。这样的女孩上车后，就煲电话粥，他能从女孩的话中听出端倪。

我问他："你今年多大了？"

"二十五，跑车都三年了。"小伙子说。

我叹息一声，说："你比我儿子才大两岁哇，就自食其力了。你一个月能挣一万吗？"

小伙子把自己的耳朵当风铃了吧，轻轻拨弄了一下，说："叔，一听你就是做大买卖的，挣一万哪能呢！每月最多时开七千，平常也就五六千块。在同学眼里，他们还羡慕我挣得多呢。他们不知道我遭的是啥罪啊，在车上吃不上一顿好饭，能像现在这样清闲坐上一会儿都是少的。有时赶上我休班，领导一个电话又叫你上岗，你要是不来，得罪了领导，哪有好果子吃啊，就得硬挺着上。谁都知道透支身体不是好事啊。我们段上有个跑车的，比我大四岁，刚结婚两年，连着跑了一个月的车，下车后坐公共汽车回家，结果卖票的发现有个乘客趴在座上睡觉，老不下车，就扒拉他，问他哪站下。结果发现人都硬了。"小伙子叹息一声，说："幸亏他还没孩子呢，要不把媳妇可坑惨了。"

"那你成家了吗？"我问。

"叔，像我这样的人，哪好找啊。我处过一个对象，第一次约她吃饭，就跟她吹了。"小伙子跟我细说原委，"我点菜时，客客气气地叫服务员过来，结果服务员走后您猜她怎么说？她说你又不是不花钱吃饭，对服务员那么恭敬干啥？我一听就觉得这女孩素质不好。结果大师傅把鳇鱼炖土豆做咸了，她吆喝过来服务员，一顿训斥。挨了骂的服务员通告了后厨，大师傅满头大汗出来道歉，说昨夜没睡好，手感不如往日好，盐搁多了些，这道菜他来买单，不收我们钱。可她不依不饶，非要人家重做。我一看哪，她一点儿同情心都没有，不想再见她第二面。吃了饭，我埋了单，出了饭馆把她送上出租车，就把她电话列入我手机黑名单了。我想找个朴实的女孩，不张扬，善解人意，能尊重人的，要不将来我妈都得跟着遭罪。"

小伙子的话刺痛了我。我儿子的女友，我见过两个，都是穿奇装异服、满嘴脏话、玩世不恭、喜欢抽烟喝酒的女孩，可他却欣赏她们，称其活得明白。他就是带第二个女友泡吧时，沾染上的毒品。那个女孩无论冬夏，都穿超短裙。等我发现儿子的脸色和精神出现异常时，他已染毒两年了。因为从我这里得不到足够的钱，他和女友就借高利贷吸毒，所以他进戒毒所，我得为他们偿还近百万元的债。我被迫放弃过去的工作，去了江北一家条件虽一般、但收入和自由度更高些的肛肠病专科医院，这样能外出多揽些活儿。当然，一个人该有的享受我还是要的，吃顿海鲜，看场电影，偶尔去快捷酒店开个钟点房和馄饨馆的情人私会，短暂快乐一下——而哪种快乐会长久呢。

我曾问儿子：明知毒品有害，为什么要吸？他说生活太无聊了，毫无想象的空间，有钱没钱都空虚。可他吸食毒品后，在幻觉中却无限充实。他想当皇帝就是皇帝，可以锦衣玉食，嫔妃成群，想斩谁就斩了谁。他想做风雅的乞丐呢，就怀抱酒壶，破衣烂衫地穿行在飞舞着蝴蝶的桃花林中。他在幻觉里可以舀银河之水泡茶，可以捉一个地狱的小鬼给他当马夫。当然，他那时还可以给我当老子，发号施令，而我是跪在他面前俯首帖耳的儿子。我根本不知他的空虚从何而来，在我想来，他衣食无忧，即便学业荒疏，不成栋梁之材，也该做个正常人，过个安稳日子。

小伙子见我沉默着，说："叔，是不是你觉得我不该跟那个姑娘吹？反正现在的女孩太多这样的了。不看人品，认钱的多。还有就是爱耍性子，好像不'野蛮'点儿，就不可爱似的。像您这么有钱的，您儿子身后的小姑娘，肯定一帮一帮的，您是不愁找儿媳妇的了！不像我妈，四处托人给我找女友，五十出头的人，都成白毛女了！"

"那你爸不管你的事？"我问。

"我十岁时，爸就没了。他那时在粮库上班，有一年刚上冻时，他赶着毛驴车运粮，为了抄近路，贸然上了一条还没冻严实的冰河，结果冰裂了，他连人带车一起掉进冰窟窿。我爸真可怜啊，驴扑腾着上岸了，他和粮食却沉下去了。我妈憎恨那头驴，她说好牲口能在危难时救主，坏牲口却是扛着招魂牌的小鬼，把主人出卖给阴间了。"

列车到达铁岭西站了。小伙子起身忙他的活儿去了。他起身的一瞬，我看清了他的身高，至少一米八，真是魁梧。天已黑透，上下车的旅客不多，站台看上去有些冷清。

我心底喜欢上了这个阳光而结实的小伙子，期待着再和他聊聊，可自铁岭起，直到四平和长春，来特等座的，是其他乘务人员了。他们坐下来摆弄一下手机，小憩片刻，也就走了。这样又剩下了我一人。

车窗外是滚滚夜色，如墨流淌。有时经过有灯火的地方，这墨里就撒了星星似的，闪闪烁烁。在时速三百多公里的列车上，窗外所有的风景都仿佛长了腿，拼命在奔跑。所以即便灿烂的灯火，转眼也成了"昨夜星辰"。

列车到达终点站前，小伙子又来了。他见了我亲切地笑着，说："叔，再过一站，就到哈尔滨了，您快到家了。"

"听你口音也是东北人，你家在哪儿呢？"我问。

"已经路过了——"小伙子有点儿惆怅地说。

他没有告诉我他家具体在哪儿，只说那地方在他高考的那年，出了著名的舞弊案。他和作弊的考生在同一考场，知道他们作弊，一直在答卷过程中与自己斗争，是否向监考老师举报（他说怕同学报复，最终选择放弃），所以发挥失常，只考上了一所铁路专科院校。而他的梦想，是学艺术。

"学艺术？"我有些惊诧。

"我爱电影。"他说，"最喜欢伊朗的马基麦基迪、阿巴斯，还有日本的黑泽明、北野武，他们拍的片子太牛了！"

"那你喜欢黑泽明导演的《德尔苏·乌扎拉》吗？"我问。

"那还用说嘛！"小伙子如遇知音，兴奋地竖起大拇指说，"叔，您是我跑车以来，遇见的最有文化的商人！"

小伙子告诉我，他并不喜欢目前的工作，累，枯燥，还危险。有一回列车高速行驶着，雷电突袭，列车紧急停车，车厢也停电了。外面是黑咕隆咚的夜，他打着手电下去查看，站在高架桥上，看着坠落的高压线，就像看着要扼住自己咽喉的绞索，直打哆嗦，差点儿掉下去。危险还不止于此，小伙子说高铁的高压电线是2.75万伏的，他感觉头上悬着一把看不见的利剑，担心常年工作会受到辐射，虽说专家说不会对乘务人员的身体有害，但他就是怕。他曾想着不干了，购置点儿专业设备，和几个志趣相投的朋友一起做微电影，卖给大的网络平台。小伙子边说边从手机中翻出他用手机拍的一部微电影，点给我看。

这是一部时长只有五分钟的片子，一个三轮车夫在风雨中运货，他穿过一条泥泞而逼仄的小巷，镜头追踪的是车夫的背影，与他并行的，是个打着黑伞拎着一只鸡的紫衣女人。鸡的翅膀被别在一起，像是打了死亡的蝴蝶结，它的冠子在雨中那么鲜艳，可它的腿却在无力地挣扎着。而与车夫相向而行的，先是个披着蓝雨衣一瘸一拐的老汉，跟着是一条垂头丧气的黄狗，再跟着是个挎着一把胡琴、将一块塑料发泡当雨布擎在头顶的赤膊男孩，他仿佛顶着一团雪白的云。三轮车夫所经过的房屋，低矮破旧，有的屋顶还生长着碧草。他就这么蹬着车缓缓向前，越走路越高，也越艰难。到了一个高坎的时候，那个紫衣女人踅进一家小饭馆，大约是卖鸡去了；而先前那条黄狗，不知何时掉过头来，追上三轮车。车夫攀越高坎的时候，它在其后，用嘴顶着货物，拼力助推。镜头就此戛然而止。车夫是否越过高坎，黄狗是否帮上大忙，雨最终停了没有，影片都没有交代。

"真好。"我觉得这两个词，不足以说明它对我的震撼，又加了一句，"走心。"

他说："谢谢叔。可惜设备不行，要是有专业的，我会做得更棒。我积累了不少这样微电影的素材呢。"

"这里的人物是真实的，还是你找的演员？"我问。

"你看他们像演员吗？"小伙子对我的判断力有点儿失望吧，他略带嘲讽地翘起嘴角，说，"你能看出演的成分吗？这是我前年夏天休假去乡下玩时，雨中抓拍到的。"

"那你怎么没按照自己的想法辞掉工作，做喜欢的事情呢？"我问。

"叔，正当我想这么做的时候吧，半年多前，我妈有天突然上不来气，浑身出汗，嘴唇比茄子都紫，话都说不出来了，幸好那天我休班，见她不好，赶快送到医院急救。一做心脏造影，发现冠脉有堵塞的地方，得放俩支架。医生就问一句'进口的还是国产的'，这话听着这个冷哇，就好像人到了鬼门关，小鬼说有钱的升天堂，没钱的下地狱一样，我都想哭。国产支架一个一万多，进口的两三万呢。咱当儿子的，咋能说不用进口的呢。

就这样，我妈一场手术，把我上班后辛辛苦苦攒的六万块钱给整没影了，哪还有钱购置设备啊。叔，我觉着没啥，妈就一个，得好好待她；微电影嘛，我用手机可以先拍着玩儿，就当是练手啦。再说了，万一我真的置齐了设备，鞍子行了，马却没动力跑起来了，也许还拍不出好片子呢。万一创业失败，我拍的微电影在网上没人点击，得不到报酬，吃饭都会成问题。到了那时，我妈看着我得多闹心啊，还不如跑车呢。"

小伙子从他所崇拜的大银幕电影导演，聊到他的微电影梦，意犹未尽，又谈起了读书。他说喜欢纪实类作品，尤其是艺术家传记，让他有梦里见到隔世亲人的感觉，说不出的温暖和忧伤！他说曾在一家读书网站，按照畅销排行，买过几本排在前列的虚构类小说，中国的外国的都有。小伙子调侃道："那种书翻了开头就知结尾，它的功用就是骗骗小姑娘，让睡不着觉的人看三页打个盹儿，让——"

小伙子话未说完，一个面色煞白、表情严肃、身材瘦小的中年男人进来了，他穿制服，佩戴"列车长"臂章。小伙子见着他霍地起身，打了个立正，歪头冲我扮个鬼脸，迅疾离开了。他走到玻璃感应门前时，那自动弹开的玻璃门，在他硕大的身躯面前，就像毕恭毕敬的仆人。列车长漠然扫了我一眼，旋即离开。

我不知列车到达终点后，在万家灯火时分，我到哪里能吃上一顿冬至的饺子。我老婆热衷于逛商场，说是节假日时一些名牌商品可以低至三折出售。她逛累了，就在商场的快餐店吃碗过桥米线或是砂锅丸子。儿子进了戒毒所后，她依然爱逛商场，但她一样东西也不买。以前她从商场回来，总是英雄凯旋似的，手中大包小裹的，满面荣光；现在则跟乞丐一样，面色凄苦，空空而归。我渴望着这个夜晚，她或者馄饨馆的女人，能唤我吃碗她们做的水饺。然而没谁给我打一个电话，或者是一个温柔的短信问候。也许老婆正漫无目的地逛商场，而馄饨馆的老板娘，在这个生意红火的夜晚，满脑子是赚钱的念头，哪能想到在她生命中本就不很重要的我呢。

我心灰意懒地用手机上了一会儿网，浏览了一下当日新闻，昏昏沉沉睡去。等我醒来时，列车已驶入哈尔滨西站。

终点站到了，酣睡了一路的手机，此时却苏醒了，来电铃声悦耳地响起来。我接起电话,是我做手术的那家卫生院的院长打来的,他告诉我上午做的第三台手术的那位环形痔患者,术后本来一切正常,但半小时前他突然肛下大出血,陷入昏迷状态,现正紧急送往大连途中。

我大声问:"怎么会这样?我的手术可以说是天衣无缝的。"

对方只得实言相告,说患者术后感觉良好,因为冬至,亲属送来一饭盒饺子,他一高兴,全吃了不说,还喝了一瓶啤酒。

"刚做完肛肠手术,这么大吃大喝不是找死吗?"我走下列车,站在喧闹的站台上,与对方吼着。

"不管怎么的,手术是你做的,你最好返回来看看。虽然我们有护理责任,但要是出了人命,你我都没好日子过了。"

"本来我就没有好日子过。"我气咻咻地挂断电话。

"叔,你咋还不出站?人都走光了。"小伙子拉着一个精巧的黑色拉杆箱,从我身边经过。

"出了点儿事,我还得返回大连。"我沮丧万分地说。

小伙子停下来,从兜里掏出手机,查看着什么,说:"叔,那您赶快去二站台。再过十五分钟,有一趟车去大连。"他指点给我,该怎样转往二站台,然后又嘱咐道:"您没票,跟验票的列车员说有急事,先上车后补票吧,特等座不是在车头就是在车尾,您放心,肯定有空着的!"

小伙子挥手与我告别。他拉着行李箱走进哈尔滨冬至的夜晚,而我则在抵达故乡的一瞬,又开始了夜色中的旅程——我们奔向的都是异乡。

《十月》2017年第3期

评鉴与感悟

"我们奔向的都是异乡"

作家迟子建擅长描写东北家乡的风土人情,她以一支温情之笔书写人间的诗意和人心的光明。但从最近的作品来看,迟子建的笔锋变得冷峻粗粝,她开始直面现实的无情和残酷。今年的短篇小说《最短的白日》,就是将人内心尚存的理想主义置于冷冰冰的现实面前,然后再毫不留情地击垮它。读这篇小说，与其说是令人感慨万千，不如说是痛心疾首。

在《最短的白日》中，迟子建首先将人内心的孤独和人与人之间的隔膜，完全融入"我"这个中年男性的内心强烈感受之中。"我"是一位"日子过得很滋润"的肛肠科医生，尽管衣食无忧，但生活却并不如意，以至于"为患者解除病痛，毕竟能给我黯淡的生活带来一丝明媚，让我觉得自己是个有用的人"。究其原因，这种黯淡的生活图景，不过是源于"我"内心的孤独——儿子因为吸毒进了戒毒所；妻子热衷于买貂皮大衣炫美；情人仅仅能够让"我"满足"本该有的需求"，"短暂快乐一下"。说到底，包括亲人在内，所有的人都无法带给"我"任何慰藉和温暖，无法驱散"我"内心的孤独感，甚至无法让"我"在冬至这天吃一顿水饺。这似乎是在说，现代人已从根本上失去了爱的能力，也从根本上失去了寻求温暖的可能。

相比之下，"我"在高铁列车上恰巧遇到的那个怀揣着电影梦，却又不得不屈从于现实的列车员，反倒一扫"我"心头的灰暗，以至于"我心底喜欢上了这个阳光而结实的小伙子"。事实上，这是小说中唯一一个充满着温暖的人物。尽管出于生计，他不得不屈从于现实，但现实并没有磨去他的棱角，他内心依旧怀揣着梦想和希望，希望有朝一日能够实现。在这个年轻人的身上，可以看到迥异于大多数中年人的那种朝气和希望。他的出现，多少给小说总体过于灰暗的氛围，带来了些许暖意。

然而遗憾的是，这种暖意也是暂时的。因为说到底，这不过是他内心尚存的理想主义。而当这种理想主义一旦置于冷冰冰的现实面前，它就会立刻不堪一击，直至粉碎。尽管小伙子有着自己的电影梦，可这又能怎么样呢？他依然要从事"并不喜欢"的工作——"累，枯燥，还危险"，依然要挣扎在无聊琐碎的现实里。说到底，梦想终究敌不过现实，因为理想主义在丛林法则面前根本没有容身之处。

有趣的是，如果把小说着力刻画的两个人物（"我"和小伙子）放到一起做一个对照性的阅读，就会发现这篇小说的深刻之处：虽然表面上看，"我"和小伙子在金钱和身份上的差距如此之大，但他们却共同"分享"着这个时代的压抑性的伤痕——正如小说结尾所隐喻的：

"我们奔向的都是异乡。"换句话说,在今天这个社会,不论你是否占有一定的物质财富,也不论你内心是否尚存未曾泯灭的梦想,我们的内心都无时不在忍受着灵魂深处的孤独和煎熬。从这个意义上说,《最短的白日》成了理解现代人精神危机的巧妙寓言——无论是否摆脱了物质困境,你都无法走出精神困顿的卑弱人生。(杨毅)

滞留于屋檐的雨滴

/叶兆言

1978年12月,首都北京正在召开很重要的三中全会,陆少林的父亲在南京一家医院过世了。对于父亲的离开,陆少林有心理准备,医生跟他谈过。父亲也坦然地说过这事,安慰他,让他不要太难过,让他抓紧时间复习功课,准备再一次参加高考,并祝愿他这次一定会考好。父子间的感情非常好,可以说特别好,陆少林心里难受,流了好几次眼泪,对即将要出现的状况不敢多想,又不能不想。该发生的事终于发生,父亲进入弥留状态,他紧紧捏着父亲的手,渐渐意识它像黑色的冰块一样,越来越凉越来越黑暗。为什么父亲的手会像黑色冰块,他一时想不明白,这念头在脑海里一闪而过。护士们正在忙乱,母亲和姐姐在帮死者换衣服,然后往太平间里送。

谁也没有号啕大哭,母亲没有,姐姐没有,陆少林也没有。母亲与父亲的关系不是很融洽,姐姐和父亲的关系也不是很融洽,陆少林心里悲伤,非常想哇啦啦哭上一场,母亲和姐姐的冷漠,让他感到为难,只能一边推车,一边静静地流眼泪。太平间管理员显然习惯这样的场面,从一大串钥匙中,找到那把打开太平间的钥匙,将铁门打开,让他们把放着父亲尸体的推车推进去,说搁在墙角就行。接下来填写单子,约好送火葬场时间,什么规格,花多少钱,怎么样怎么样,所有这一切都是陆少林母亲在操办。

父亲去世那天,是陆少林一生中最伤心的一天。这一天,不仅父亲永远离开了,晚上的家庭谈话中,母亲当着姐姐面,说出一个非常惊人的消息。她十分平静地告诉陆少林姐弟,这个刚死去的男人,并不是陆少林的亲生父亲。再也没有什么消息比这更能打击人,更能折磨人,二十岁的陆少林看着目瞪口呆的姐姐,仿佛让人用生硬的木棍在脑袋上狠狠砸了一下。

姐姐木木地看着母亲,有些想不明白。父亲生前明显偏爱陆少林,她觉得姐弟两人之中,如果有一个不是亲生的,也应该是她。

过去一年中,停止多年的高考恢复了。陆少林参加过两次高考,都失利了。第一次是77级考试,进入了复试,没取。第二次是78级考试,差三分,又没取。说起来很巧,两次考试我都参加了,我们一起报名,一起复习,又走进同一个考场。

陆少林住的地方离我家不远,我们都不是应届生,高考恢复,我已经当了四年工人。他跟我同一届,是一家小饭馆的服务员。我们关系变得密切,与准备参加高考有很大关系,在同一所夜校复习,找了相同的辅导老师,背一样的复习材料。当然也还有一个原因,他母亲与我母亲是同事,虽然不在家属大院住,经常会到这里来玩。

陆少林父亲逝世不久,我们有过一次难忘的谈话。记得是放寒假前夕,剩下最后一门马克思主义哲学还没考,他突然到学校来找我,告诉我父亲去世了,心里很不痛快,很忧伤,非常想找个人聊聊,说说话。我告诉他明天还有一门考试,他看我有些为难,便不说话。我不忍心,也不好意思,说你既然来了,那就聊聊吧,反正考试都是临时抱佛脚,老师蒙我们,我们再蒙老师,大家都不知道自己在说什么。

陆少林说,其实也没多少话要说,只是想告诉你,我爸爸死了。

隔了很多年,都不能忘了他说这话时的表情,显得很冷淡,一点都不悲伤。不明白为什么要专门跑来跟我说这个。我们坐在学校的某个角落,他从口袋里摸出一包香烟,明知道我不抽烟,递了一根给我,自己再取一根,然后大家一起抽,什么话也不说。很快烟抽完了,他说你去复习功课吧,我们以后再聊。嘴上这么说,还是聊了一个多小时。这一个多小时,我略有些心不在焉，忘不了明天还要考马哲。对于他的谈话，能记住的无非一些要点，他告诉我，过去一直不知道，直到父亲死了，母亲才告诉他，这个男人与他根本没有血缘关系。

　　陆少林告诉我，父亲死了，两件事让他耿耿于怀。一是小时候尿床，母亲和姐姐讥笑他，威胁要告诉老师，要让所有同学都知道。陆少林说他非常担心，觉得太丢人，一想到就害怕，晚上不敢睡觉，怕睡着了又尿床。为他解开心病的是父亲，他告诉陆少林尿床根本不算什么事，说你姐姐也尿过床，你妈妈有没有不知道，反正爸爸小时候不仅尿床，还在床上拉过屎呢。陆少林说他听到这么说，立刻释怀了。

　　第二件事是到了青春期，陆少林开始梦遗。他不知道该怎么办，跟当初尿床一样，很害怕，很难为情。母亲知道了，第一时间告诉姐姐，母女俩一阵讥笑，说不学好，说不要脸。说你以后还这样的话，自己去洗短裤，脏死了，没人会帮你洗。姐姐比他大五岁，印象中，除了欺负他，没什么可圈可点。陆少林再碰到这样的事，偷偷把短裤洗了，再把湿短裤穿身上焐干。他不知道所有男孩都会这样。终于有一天，父亲告诉他梦遗比尿床更常见，说过去的男孩子，比他再大一点，都可以娶媳妇了。

　　说老实话，不明白陆少林为什么要跑来诉说这些。他自顾自说着，重重地叹一口气，沉默了一会，说本来准备在我面前大哭一场，现在突然不想哭了，心里有些话，说出来，也就痛快了。看不出他有什么痛快，我看到的只是他的悲哀，是他所经历的双重打击。一个这么好的父亲不在了，这个人还不是他的亲生父亲。第二天考马哲，我情不自禁地会走神，总是想起陆少林，想起他说过的话。戴着老花镜的监考老师十分仁慈，从头到尾都在看报纸，说是闭卷考试，遇上答不出来的题目，大家也就不客气，悄悄把书拿出来，互相讨论和转告，应该抄哪一段。

　　陆少林又考了一次大学，还是没考上。他有些绝望，不明白为什么总是考不上。确实冤枉，当初一起复习，他成绩一向都比我好，尤其是数学。文章也写得漂亮，在夜校上补习班，他的命题作文不止一次被辅导老师拿出来当作范文。

　　又过一年，他成了电大学生。因为不脱产，还得上班，觉得这个电大生没意思，干脆不想毕业，没拿到文凭。那年头，年轻人除了考上大学，很少换工作。陆少林在一家集体所有制的小饭馆当厨师，突然开始对书法产生兴趣，天天临字帖，迷上了制作砚台，弄了一些石头，自己加工。有一段时间，常到我所在的学校来蹭课，旁听古代文学史和古汉语。说句老实话，他的古典文学和古汉语水平比我高出许多。

有机会便在一起聊天，他最喜欢说父亲的故事。陆少林告诉我，养父死了以后，他一直在想，为什么这个人会对自己那么好。印象中，姐姐总在抱怨父亲重男轻女，姐弟感情不好，很重要一个原因，是姐姐觉得父亲偏心。陆少林的养父是一所中专学校的老师，教什么也不清楚，反正是与无线电发报机有点关系。"文化大革命"中被打成国民党特务，造反派在一张穿国民党军服的集体照上看到了他。陆少林告诉我，他确实参加过国民党。

陆少林的养父也曾经是名解放军，参加过抗美援朝，加入了共产党，受过伤，他家墙上挂着一张他穿志愿军军服的照片。对于这个父亲，陆少林有很多不能明白的地方，为什么不太喜欢自己的亲生女儿，为什么会原谅妻子的出轨。最后只能得出一个比较荒唐的结论，就是他对陆少林好，只是为了讨好母亲。

"你不知道他对我母亲有多好，那种好，你真的没办法想象。"

一说起养父对母亲的好，对她的百依百顺，陆少林就忍不住唉声叹气。小时候，母亲的一位朋友老梁，经常到他家来串门，有一次，无意中撞见母亲与老梁搂抱在一起，一时间也不知道是怎么回事。母亲大声呵斥，让他到外面去玩，让他赶快出去。陆少林不明白她为什么会那么生气，不明白为什么只要养父不在家，这个叫老梁的男人就会过来。有时候养父在家，那个男人也会来，大家有说有笑，一团和气。

陆少林小时候曾听人背后议论，说养父真是好性子，器量也太大，绿帽子一顶又一顶戴，都能够凑成一个班。因为是小孩子，不知道什么叫绿帽子。养父死了以后，有一段时间，一直觉得老梁就是他的生身父亲。对着镜子琢磨，越看，也觉得自己像老梁。姐姐出嫁后，与母亲越来越不融洽，与弟弟关系反而有很大改善。过去并不知道与弟弟同母异父，对父亲始终有怨恨，父亲不在了，她觉得自己很同情父亲，觉得父亲挺无私的。

姐姐结婚不久，又有了一段新恋情，闹得风风雨雨，声名狼藉，最后不了了之。她跟弟弟检讨，说自己性格有问题，女儿像妈，坏毛病可以遗传，她真是对不住陆少林的姐夫。陆少林借此机会打听，问还记不记得那个叫老梁的男人，姐姐便笑，说我怎么会不记得，我太记得了。

"这个人会不会是我的亲爹呢？"

"当然不是。"

"你怎么知道当然不是？"

姐姐告诉他，父亲死后，有个男人来过，就是陆少林的生身父亲。提出来要见一见陆少林，结果母亲一顿臭骂，把他赶走了。陆少林听了很激动，连忙问那男人长什么模样，现在什么地方。姐姐说她也只是匆匆看了一眼，当时并不知道是谁，这个人离开，才听母亲嘀咕了几句。好像是在新疆什么地方，年纪也不小了，五官跟陆少林很像，个子看上去蛮高的，似乎要比他还高一些。

陆少林找了个机会，直截了当询问母亲，问自己生身父亲的情况。母亲大怒，说我这辈子最记恨两个男人，一个是你这爸，明知道你不是他亲生的，非还要做出不在乎的样子。你以为他是真对你好？狗屁。他为什么要对你好，无非是想让我难堪，让我觉得亏欠他，让我抬不起头来。母亲最恨的另一个男人，是陆少林的生身父亲，她说这个没良心的狗东西，只要我还剩一口气，他就别想见到你。你也不许找他，绝对不允许，如果敢去找他，我立刻就死给你看，我立刻找一根绳子吊死，你信不信。

陆少林后来与一位女同事好上了，这个女人比他大好几岁。刚知道这消息，我也有些吃惊，因为在他干活的小饭馆见过，是个端盘子的女服务员，眼睛细细的，看起人来，总会让你觉得她是在琢磨什么事，好像你们过去就认识一样。皮肤很白，个子不高，已经结了婚，有一儿一女。

陆少林也不回避与她的关系，问他是来真的，还是闹着玩，他的回答是无所谓，真也行，假也可以，完全看对方态度。他的所作所为完全是被动的，全看女方心情。女方说要离婚跟他，他说行，那你就离吧。女方又改口，说我们的事还是就这样吧，我不想离了，大家混一天是一天。陆少林说，好吧，那就混一天是一天。女的很生气，跟他吵跟他闹，结果分了合，合了又分，分分合合，始终藕断丝连。

那段日子，陆少林住的地方离我很近，一处沿街的老房子。我经常去聊天，有时候，那女的也在。房间不大，一张小钢丝床，一张很大的工作台，拉了几根细绳子，上面荡着很多木头夹子，用来挂他写的篆字。他迷上了刻图章，喜欢在砚台上刻字，那些字都很难认。桌上一本《说文解字》还是跟我借的，借了也不还了。就是那段时间，那女人离婚了，他们同居过一段日子，十分平静地分手。陆少林告诉我，她爷爷新中国成立前夕去了台湾，后来又去美国，是个有身份地位的人物，多少年没联系，改革开放，重新接上头。老人家说走就走了，留下一大笔遗产，大家分。

和陆少林一起聊天，还是喜欢谈他养父。他觉得他应该写篇小说，说这个人看上去没什么故事，其实全是故事。他说的那些细节，举的那些例子，别人眼里也许稀松平常，可是在他看来，都有着特殊意义。说着说着，眼泪流了下来，说自己挺对不住他，说他若在，看见现在这样，看见儿子这么不争气，肯定会很伤心。陆少林说养父生前的最大愿望，就是希望儿子能考上大学。如果养父还在，就算是为了他，陆少林也一定会考上大学。

"我知道上大学不是什么事，不过为了他，我肯定要上大学。"

陆少林工作的小饭馆因为沿街，要拆迁，说拆就拆了，他成为最早下岗的一批职工。形势发展谁都想象不到，下岗就是失业，陆少林觉得上不上大学不是什么事，没想到还真不一样。一纸大学文凭本来是块遮羞布，不知道却成了一道护身符。这以后，陆少林开过小馆子，干过保安，当过营业员，没一项活儿做得长久。再后来，隐身在郊区的一间空厂房里，专心制作砚台。

我案头的一块砚台，就是陆少林做的，石料和刻工非常讲究。好东西需要遇到懂行的专家。有一天，一位著名书法家到我家做客，看见那方砚台，爱不释手，说自己收藏了许多名贵的砚台，我的这一块十分了得，非常了不起，一定要拜访陆少林。于是就带着他去了，见面以后，用一个很难让人拒绝的价格，跟陆少林订了十块砚台。现在的书法家都太有钱，钱对他们根本不是什么事。

藏身在偏僻郊区的陆少林，成了一位隐士。他在保姆市场找了个安徽妇女，照顾自己生活，也是小眼睛，白皮肤。陆少林说他就喜欢眼睛小皮肤白的女人，看着顺眼，看着很含蓄。他住的地方有些简陋，养了一条草狗，一个小车间，堆了许多石料，到处都是粉尘。说起来手工制作砚台，还是得用机器，真要干活，噪声非常大。

当年的那位相好去找过陆少林，她又结婚了，与一个做生意的大老板走到了一起。现在钱更多，是个标准富婆。在他那儿盘桓了半个月，旧梦重温。陆少林与她说笑话，问自己雇的这位安徽保姆，是不是跟她有几分相像。话让人很不高兴，怎么能拿她与一个来自乡下的保姆相比呢。陆少林后来说起这事很得意，两个女人为了他争风吃醋，都在背后说对方不是，非常有趣，很好玩。你看不上安徽保姆，人家安徽保姆也看不上你，说她卸了妆，难看死了，像个老妖婆。

陆少林后来又送了一方砚台给我。当初领着著名书法家去见他，人家看中这块砚台，出很高的价，他都没肯卖。我不好意思接受，陆少林说这砚台没你想得那么值钱，你就算是代我保管吧。他已经不再做砚台，根本没人愿意买，识货的人实在太少，靠做这玩意儿维持不了生活。郊区也在大拆迁，小车间已不复存在，一个台湾人用非常低廉的白菜价，将他这些年来制作的砚台全部打包收购。他如今是在停车场上班，做夜班。陆少林告诉我，自己更喜欢做夜班。夜深人静，停车场的小汽车一辆辆躺在那儿，仿佛一口口棺材，尤其是那些黑色的高档轿车，更像。让人感到哭笑不得的是，陆少林竟然提出要拜我为师，说自己正在考虑是否要学习写小说。

陆少林说："我想来想去，还是想把父亲的故事写出来。"

不知道他说的是哪个父亲，是养父，还是从未见过面的生父。陆少林经常提起他们，最初是养父多一些，后来说得更多的生身父亲。往事如烟，父爱如山，虚虚实实的幻想，真真假假的梦境，当然都只是随口说说，从来也没真正地动过笔。母亲快死了，临终前，陆少林又一次追问，她说早跟你说过，死也不会告诉你的，现在都要咽气了，你以为我会改变主意，你就不要做梦吧。

陆少林的母亲叫吕慕贞，她死了，寻找生父的希望更加渺茫。做砚台的那些年，陆少林去过很多次新疆，一方面，为了找可加工的石料，另一方面，也是希望能有生父的消息。当然是没有一点消息，不可能有消息。排空驭气奔如电，升天入地求之遍，为了能够获得生父的线索，陆少林做过许多努力，他曾设想在新疆的报纸上登一则广告，上面写着"吕慕贞的儿子寻找生身父亲"，除了能提供母亲的名字，他想不出还有什么有价值的信息。陆少林幻想自己在新疆出了车祸——确实也有过一次相当危险的翻车——他的生父见到报道，专程赶来跟他见面。或者是得了某种不治之症，生父获得消息立刻赶过来，自己早已离开人世。陆少林很认真地跟我讨论，能不能将他寻父的故事发表在《读者》上面，因为他知道这是一份发行量非常大的刊物。

陆少林甚至跟我描述过这样一个虚拟场景，他离开了人世，怎么离开不重要，反正是死了，命丧黄泉。他的生父千里迢迢赶来南京，约我在一家茶馆见面，向我表达了此生未能见到儿子的遗憾。他让我说说那个从未见过面的儿子，说说儿子生前的故事，说说儿子的养父，说说儿子的母亲，说说儿子对生父的思念。茶馆外面下着雨，下下停停，一会儿大一会儿小，屋檐上滞留着雨滴。陆少林的生父白发苍苍，俯首侧耳倾听，突然老泪纵横，哽咽着，一句话也说不出来。

许多乐器，不在尘世演奏已久。不明白陆少林为什么要在这虚拟场景中，让我去扮演这样一个角色。为什么那些故人故事，临了还要让我来为他叙说。

陆少林不是小说家，他不写小说。

《江南》2017年第3期

评鉴与感悟

无处逃离，无法安放

如果将时间倒推三十年，我们在读到这篇小说时，想必不会如此震撼。那个年代，一批刚刚在大乱离时代走出来的作家和更多横空出世的新锐作者都在追溯着我们民族的"根"，在断裂和承续之间引线穿针,迷茫也清醒,焦躁又冷静。而《滞留于屋檐的雨滴》则在新世纪第二个十年的尾巴上闪烁出了动人的光泽。

1978年、三中全会、父亲去世,这三个要素同时出现在故事的开端,这种表述直接将小说拉向了一个"反跑"的方向,让已习惯于阅读"个人"的读者心中一震,暂时放下了物质生活和私密情感,不再徘徊四顾或是展望远方,而是沿着时间的河流漫溯。

主人公陆少林是在父亲去世之后,才从母亲口中得知,自己和父亲并无血缘关系。这无异于晴天霹雳。而比事实更令他无所适从的,是他无法得知自己亲生父亲的任何信息——全部的线索在母亲的缄默以及威逼之下归于隐秘,寻找变得艰难而无力。这种不知"渊源何在"的感受一次次撞击着他,让他的精神世界凌乱不堪。他屡次与"我"倾诉,渴望表达内心的压抑和无助,他对于亲生父亲的期待渐渐支配了他全部的热情,他心不在焉地生活,犹如冷漠的躯壳。

恢复高考之后,陆少林几次参加,均以落榜告终,后来以制作砚台为生,出了不少精品,但也不了了之。他的情感世界一样是死水一潭,与有夫之妇"可有可无"的爱情,和保姆的世俗生活,都是那样随意又温吞。养父的去世、生父的无处找寻,似乎抽干了他面对生活的激情,在一切都开始走向欣欣向荣的时代,他像一朵萎靡的花,苦苦低着头,拒绝阳光的照射。

陆少林无休止的寻找以及父亲这一意象,已经隔了山水和时光,与历史相观照,和现实互为影射,我们无法不把这种苦苦的找寻当成是作者的呼告:当我们已经习惯于在市场经济和一片伟大的场景中沉浮,热衷于各类八卦和不切实际的梦想时,还有没有重新关注自己"根源"的可能?

当然,叶兆言也通过这篇精短的小说,借尺幅之地,以点带面地勾勒出一代人的迷茫。

再次将目光投放在故事发生的时代背景之上,不难发现,这种"找寻"是一个群体的"症候",他们的童年以及少年在一片狼藉中度过,他们被时代塑造的世界观又被一次会议彻底打碎,他们无法找到自己的"父",无论"生父"还是"养父"都变成了飘然而逝的意象,他们视自己为无源之水,苦苦追寻却难有归处。他们只能与时代的浪潮同构，一面努力活出自己的价值，一面又对自己的存在甚感迷茫。就像题目所说，他们是"滞留于屋檐的雨滴"，难以落下又无法回归，他们进退两难，无法逃离，无处安放。

因此，他们，也或许是我们，只有"彷徨于无地"，带着一种悲哀的不甘。（陈曦）

草莓的滋味

/李云雷

那时候我们那里很少种草莓。草莓是很稀罕的水果,我们那地方是平原,多的是苹果、梨、桃子、杏和山楂,草莓都是从外地运来的,我们那里的人吃不习惯,又很贵,所以我们很少吃,连见都很少见到。到我上中学的时候,我们那里才有人开始种草莓,那也是从外地引进的,在当时算是一种新技术,种出来的草莓卖价很高,只有敢冒险的人才会去种,大多数人还是老老实实地种庄稼。

我第一次见到草莓,是在我的好朋友高振兴家里。那一年暑假,我骑自行车骑了三十里路,到他家里去找他。高振兴家在我们县城西南大约二十多里。我从家里出发,向西骑到县城,城西有一条斜着向西南去的路,我沿着这条路一直向前走。在那之前,我没有去过高振兴家,只是听他说起过,沿路要穿过七八个村庄。我记得他们村的名字,想着快到的时候找人问一问,总该能找到,就这样匆忙上路了。此前我没有走过那么远的路,我去的最远的地方是我父亲的果园,离我家大约三十里路,但那是一条大路,我也是跟家里人一起去的。现在骑行在这条路上,四周的环境越来越陌生,我感觉心里有些慌张。这是一条土路,路两边是笔直挺立的白杨树,杨树的外面是一望无际的庄稼。这时正是暑假,地里的玉米、高粱、谷子都已长高了,像一排排青纱帐,空气中飘荡着成熟庄稼微甜的气息。这是正午时分，路上很寂静，很少看到行人，我一个人骑在车上，可以看到暑热在地里蒸腾，眼前有隐约的光晕。

我和高振兴在县城读书，都是从乡村来的。刚上初中的时候，我们都有些不适应，城里的同学，眼界比我们宽广，性格比我们活泼，衣服也比我们漂亮，让我们有点自卑。我们刚从乡村进城，总感觉这不是我们的世界。我也有几个县城里的朋友，但总感觉跟高振兴最亲近。那时候高振兴的叔叔在我们学校当老师，住在学校东边的教师宿舍。那是几排红砖瓦房子，青年教师可以分一间宿舍，结了婚的可以分到三间，正房对面，还有一排小房子，也分给了他们，可以做厨房、储藏室等。高振兴离家远，来回奔波不便，就住在他叔叔的那间小房子中。那时候每当下了课，我们去食堂打了饭，就端着饭盆到他的小屋一起去吃。那时候我们都很穷，在食堂里打的饭菜都是最便宜的，两三个馒头，再打一个素菜，端到小屋里，我们边吃边聊，感觉也很高兴。有时候我们为了省钱，连素菜也不买，到街上去买几个咸菜疙瘩，或者一罐辣椒酱，买回馒头来就着吃，也吃得不亦乐乎。我和高振兴都很喜欢吃辣椒，我们还进行比赛，将一个馒头掰开，浇上辣椒酱，一勺，两勺，三勺，再夹起来吃，看谁吃的辣椒多。我们买的辣椒酱不是后来市面上卖的那种，而是本地产的那种辣椒粉加盐做成的酱，又辣又咸。那一次我夹了四勺，高振兴夹了五勺，我们都龇牙咧嘴地吞了下去，他赢了，但是那天下午，我们两个都拉了肚子。我们还吃咸菜疙瘩，那是一种黑乎乎的酱菜，我们不只是当咸菜吃，还当零食吃，吃完饭后，一人倒一碗白开水，从咸菜上扯下几条，边喝水边吃，就像吃零食一样。那时我们也没有什么零食，那种咸菜似乎可以刺激我们的味觉，让我们感觉很美味。我们两个坐在床边，吃着咸菜喝白开水，聊着学校里的事、家里的事、同学之间的事，谈得很开心，不时迸发出爽朗的笑声，那间狭小黑暗的小屋留下了我们很多美好的回忆。

在我们班里，高振兴是一个很出色的人物，他不仅学习好，而且志向远大。在班里他的成绩总是名列前茅，不是第一就是第二。下课后到球场上打篮球，他的身影也很活跃，总能够冲到对方半场三步上篮，纵身一跃，将球扣到篮筐里，引来围观的女生一阵阵热烈的掌声。高振兴还有一手绝活，就是他可以在篮球架上荡来荡去。那时候我们学校的篮球架是木制的，底部埋在地里，球架支撑在半空中，篮板后面有两根平行的木棍，离地很高。高振兴身体灵活，他三跳两跳，就可以撑着球架跳到篮板的后面，双手抓住那两根平行的木棍，像玩双杠一样在那里悠来荡去。他在一根木棍上悠着，荡着，突然两手同时松开，滑向另一根木棍，啪的一声紧紧抓住。当他两手松开时，我们的心都提到了嗓子眼，有胆小的女生就啊地尖叫了出来，但高振兴的动作很漂亮，他在半空中画了个弧线，像飞鸟滑翔一样，两只手就紧紧抓住了那根木棍。他在空中一倒手，一转身，又面朝着原先那根木棍，再一悠，一荡，一松手，又抓住木棍，回到了原先的位置。课间十分钟，他可以在空中飞好多个来回，几乎成了我们学校操场的一景。我们班里的男生，不少身体也很好，但没有人敢像他一样在篮球架上荡来悠去。但有一次，高振兴也发生了失误，他在从一根木棍向另一根木棍滑翔的时候，突然失手，从半空中跌落了下来。篮球架下围观的人群惊呼了一声，连忙赶上去扶他。高振兴摆了摆手，不让人动他，过了一小会儿，他自己慢慢爬起来，活动了一下手脚，看看没有大碍，才让我们扶着回了教室。那一次他甚至没有去校医务室，过了两三天就恢复如常了，继续在篮球架上悠来悠去。

  那时候我不住校，高振兴住在学校里，每天早上六点半他都起床跑步，围着我们学校的操场跑八圈，四千米，跑完步之后才到食堂吃早饭。他跟我说他每天坚持跑步，不只是为了锻炼身体，也是要锻炼意志，他说人活一辈子，要做一件大事，现在就应该做准备，好好锻炼自己，充实自己，将来好承担起自己的使命。我问他承担什么使命，他说，我们国家还没有实现四个现代化，各方面都很缺少人才，我们这一代人要让中国走向富强。在那间黑暗的小屋中，高振兴跟我谈了好多，让我似乎看到了另外一个世界。那时候高振兴的阅读面很广，我也跟着他看了不少书，我们关心的都是大问题，中国向何处去、历史在这里沉思，这样的问题最能够激动人心，引发我们之间的辩论。那时候我们的学校很穷，很简陋，连一个图书馆都没有，我们看书都是从别人手里借的。我们学校东边不远有一个文化站，那里的二楼有一个对外的阅览室，周末不上课的时候，高振兴时常到那里去看书报，等我们见面的时候，他就会兴奋地跟我讲起很多消息。当时的国际形势纷纭复杂瞬息万变，苏联解体之后不久，海湾战争又爆发了，我们国内在反和平演变。谈到这些问题，我们在那间小黑屋中都忧心忡忡。虽然我们的知识还不够，但总感觉这个世界在变，感觉这个世界与我们有关，尤其是高振兴，他坐在床边，眼望着屋顶，紧紧皱着眉头，像一个大人物。

　　骑在路上，微风轻轻吹来，我感到很惬意，想象着我们见面之后快意谈笑的样子，不知不觉走了很远。在一个路口，我看到一个卖西瓜的老头，头戴一顶草帽，靠着车子昏昏欲睡，我走过去向他打听高振兴的村子，那个老头见我不是来买西瓜的，有点失望，随手向前一指，说过了这个村，下一个路口就是了。我谢过了他，骑上自行车继续前行。到了下一个路口，那里正好有两个人在树下乘凉，我上去问，果然就是这个村子，我又问高振兴，他们都摇头说不知道，原来村里的人都不知道学生的学名。我又跟他们说他是在哪里上学的，他叔叔也是那个学校的老师。有一个人恍然大悟似的说，你说的是那谁家的老三吧？又指指点点地跟我说他家在哪里。我骑上车向南进了村子，按他说的去找，但村子里的路很复杂，走了一会儿，我就迷路了。正好在这时，我看到几个小孩在那里跳房子，就上去问他们，没想到这些孩子很热情，说我知道，我们带你去吧，说着在前面蹦蹦跳跳地跑开了。我赶忙推车追上去，跟着他们来到一处旧宅院。进了院子，一个小孩大叫着："三叔，有人找你！"

　　"谁呀——"高振兴从屋里走出来，手上还抓着一本书，一看到我，他又惊又喜，脸上像绽开了花朵，连声说："你怎么来了？"说着他过来帮我闸好车子，让我到水龙头上去洗了把脸，又将我拉到他住的西厢房，两个人坐下，才慢慢安静下来。他的房间很狭小，屋里还堆放着各种农具和杂物，西边靠窗的位置有一张床，床边是一张桌子，桌上摆放着一些书籍。这时金色的阳光洒过来，屋子里亮堂堂的。我们坐着说了一会儿话，高振兴突然起身出去，等他回来的时候，手里端着一个篮子，对我说："来，快尝尝这个！"我看着篮子里红白交叠在一起的小小水果，有点好奇地问他："这是什么？""这是草莓，我们家里种的，你尝一下。"我拿起一颗草莓，仔细看着。这是我第一次见到草莓，红红的，很大，上面有一些白色的小斑点，底部摘掉青色根蒂之后，有点发白。我凝视着这陌生的水果，感觉有点奇怪。"快吃吧！"高振兴又劝我。我把草莓轻轻放入口中，感觉有点酸，有点甜，又有点涩，那是一种特别清爽的味道。

高振兴村子的西边，有一条很高大的河堤，那天下午我们爬了上去，河堤下面种满了庄稼和树木，一直延伸到很远，在影影绰绰的远处，还可以看到另一条高大的河堤，但那已经属于另一个县了。高振兴跟我说，我们现在看到的巨大河床，就是黄河故道，几百年前黄河在这里改道，只留下了这个大河沟，据说以前河沟里都是黄沙和黄土，狂风一卷，漫天飞扬，周围所有的村庄都被笼罩在昏黄色的天空下。新中国成立以后，政府开始治沙，人们在这里种植耐旱的白毛杨，一年又一年，河沟底部便种满了树木，风沙逐渐减少，到我们这个时代，已经很少再见到了。大河沟的中间，在白杨树林之中，现在还有一条小河，河的两岸是飘荡的芦苇，还有一条小船系在岸边。那天我们在黄河故道上，骑着自行车向南走了很远，一直到黄昏。我们骑行在河堤上，看到夕阳在黄河故道缓缓落下，内心涌起一种悲壮的美感，在那一刻，我们好像和山河大地融合在了一起。

到了傍晚，我们一起跳到河里去游泳。那条河比我们村里的河更宽，水流更湍急，我们跳到水里，像两条鱼在水中扑腾着浪花，从这一岸游到另一岸，又爬到岸边的大柳树上，从树杈上跳下来，激起很大一片水花。刚开始的时候，我站在那里不敢跳，高振兴一脚踢来，我一躲闪，从半空中掉了下去，啪地砸在水面上。我呛了一口水，拼命挣扎着冒出头，也在水中游了起来。我们游累了，就一起爬上岸，到白杨树林的草地上躺着。这时天色已经暗了下来，天上的星星眨着眼睛，亮闪闪的，像是在说着什么话。有那么一瞬间，我感觉周围的环境很陌生。那时候我几乎没有离开过家，在这三十里外，似乎已经很是遥远了，心里偶尔会生出莫名的恐慌，但一转眼看到高振兴在那里，内心好像就安定了下来。虽然我和高振兴是同一年的，但我总感觉他比我成熟很多，像个兄长，让我有一种天然的信赖。在那片白杨树林中，高振兴还跟我说，在那条河的上游，有一座龙王庙，很早的时候就有了，《水浒传》里就提到过，他说等明天清晨，我们起一个大早，骑上自行车到那里去玩，我很高兴地答应了。

晚上我跟高振兴住在一起，在他那个房间里，我们抵足而眠，彻夜长谈，聊学校里的人与事，聊自己读过的书，也聊我们的理想与未来。高振兴问我:"你说到了2000年,我们能实现四个现代化吗?"2000年?四个现代化?我愣了一下,思绪一时还收不回来。在我的感觉中,2000年似乎还很遥远,好像是在遥不可及的未来,又像是一个想象的终点,我无法想象2000年是什么样子,也无法想象那时的我们会是怎样的。见我不说话,高振兴又说:"到了2000年,我们国家变得强大富饶,我们也都长大了,那该有多好啊……"他的脑袋枕在双手上,眼睛盯着挂在屋顶上的蚊帐,在黑暗中闪闪发光,似乎看到了一个无限美好的未来。

在那天晚上,高振兴还跟我讲起了他心底的秘密,那就是他偷偷喜欢上了一个女生。那时候我们那地方风气极为保守,学校的管理也很严格,男女学生之间萌发了情愫,只能当作最重要的秘密,深深地埋在心底。高振兴将这么重要的秘密告诉我,让我既感动,又兴奋。我问他喜欢的是谁,是什么时候喜欢上的。这时高振兴变得凝重起来,他皱着眉头,很长时间不说话。似乎犹豫了很久,最后他才跟我说出了一个女孩的名字。那个女孩我也认识,就是我们班的女生小竹。

高振兴说,他一开始并没有太注意小竹。那时候我们都是男生和男生玩,女生和女生玩,男女生之间很少说话。有的男女同学相处了两三年,都没有说过一句话,前后排学生隔得比较远的,连印象都不是很清晰。高振兴也是这样,他一开始对小竹也没有什么印象,虽然小竹长得很好看,但那个时候好看对我们似乎也构不成太大的吸引力。高振兴最初对小竹有印象,还是在文化站。那个时候他周末常去文化站读书看报,阅览室在二楼,他坐在窗前读书。有一次偶尔抬起头,看到一个女孩骑着自行车,从远处飘然而至,她的自行车转了一个弯,进了旁边的家属院,他看着她翩然而去的背影,一下子被她迷住了。他隐约觉得这个女孩很熟悉,后来才想起,原来她就是我们班的小竹,从此对她就开始注意了。后来时间长了,他发现每到中午十二点之前,总是能够看到小竹从外面骑车归来,从他的角度,只能看到她的侧面和飘飘飞舞的衣裙,但就是那一瞥,那短短的一瞬,让他怦然心动,他从心底里喜欢上了小竹。

他记得,小竹在班上总是安安静静的,很少跟人说话,下了课也不跟人一起玩,别的女生在教室前大呼小叫地跳皮绳,她就只是在旁边看着,别的女生三五成群地叽叽喳喳聊天,她也只是在那里听着。但是有一次我们班上开元旦晚会，却让我们看到了她的才能。那天晚上，我们班上每个人都要表演节目，还分成两组进行比赛。小竹本来不想表演，但再三推辞不过，只好上台唱了一首歌。她唱的是《像雾像雨又像风》，这是当时很流行的一首歌，她的歌声细腻动人，征服了我们班上的所有同学，我们都强烈要求她再唱一首。小竹被逼无奈，只好又唱了一首，这次她唱的是《红灯记》：

    我家的表叔数不清
    没有大事不登门
    虽说是亲眷又不相认
    可他比亲眷还要亲……

  那时候我们都没有听过样板戏，但是小竹的歌声却让我们陶醉，她的嗓音很稚嫩，但又表达着一种坚毅，唱的时候她的表情很认真，可是眼睛里流露出的却是小女孩的羞怯，一下子打动了我们的心。那天晚上，还发生了一件事，我们的班主任靳老师来得晚，他带来了一台当时还很少见的双卡录音机，我们都让他表演节目，他推不过，用录音机播放音乐，他和着伴奏唱起了《像雾像雨又像风》。他唱完后，我们都热烈地鼓掌叫好。但是这时候高振兴却注意到，小竹的表情似乎有点不高兴，或许她觉得靳老师跟她唱了同样的歌，收获的掌声也比她多。不等靳老师唱完，她就偷偷溜出了教室，一个人骑上自行车回家了。高振兴溜到教室门口，只看到了她远去的背影。靳老师后来才知道小竹也唱过这首歌，在第二天的班会上郑重地向她道了歉，但小竹却只是红着脸，坐在那里静静听着。

  他还记得，那天他在文化站的阅览室看报，天上突然下起了大雨，雨点啪啪地敲打着他面前的玻璃窗。这时快到十二点了，他很担心小竹，不知道她是否还在外面。那时候每到中午十二点，他都在期待小竹的出现，虽说小竹并不知道他在等她，但他却将这当作一种默契，好像是一个人的约会。那天已经过了十二点，他也没有看到小竹回来，心想或许她今天没有出门，也不用为她担忧了。他将读过的书报放回原处，从阅览室走出来，走到一楼的屋檐下，看看雨下得渐渐小了，正要向外走，突然迎面骑来了一辆自行车，那正是小竹，他一下愣在那里，怔怔地望着她。小竹并没有看到她，她的裙子没有淋湿，但是头发有点乱，像是在哪里避了雨。此时她的自行车向右一转，正要向家属院骑去，她不经意地一抬眼，正好看到了高振兴，似乎一下没有反应过来。她向前骑了两步，在前面转过了一个弯，又骑回来，在高振兴面前停下，站在他面前，问："下雨了，你没带伞？"高振兴笑了笑说："雨小了，没事。"小竹好奇地问他："你怎么会在这里？"高振兴指了指二楼，说："到这里看一会儿书。"小竹点点头，又说："你等一下，我回家去给你拿把伞。"高振兴笑着说："不用了，这会儿雨也停了。"说着他朝小竹挥挥手，迈开步向外走了出去。等他走出文化站那两扇斑驳的大门时，回头一看，小竹还推着自行车伫立在那里。

　　那天晚上，高振兴向我诉说了他对小竹的思念，但他也很忧伤，不知道该怎么面对这莫名的情愫。在那种保守的风气中，他不知道要不要向小竹表白，还有，小竹是一个城里的女孩，而他则是一个来自乡村的男孩，城乡之间的巨大差距，也让极为自尊的他难以开口，他怕受到拒绝和伤害。在这个深夜里，我听到了高振兴内心最深处的声音，这让我惊讶又意外。他所说的话，改变了我对他的印象。在我从前的印象中，高振兴是一个胸怀远方的有志青年，他在不断地磨炼自己，将来一定会成为我们国家的栋梁之材。但这个深夜的一番话，让我看到了一个我不太熟悉的他，那是一个内在的他，充满了忧郁与浪漫色彩。高振兴问我该怎么办，我也不知道，只能同情地看着他。那时候我也没有谈过恋爱，心里很乱，不知道该如何面对这么复杂的情感，只是在暗夜中倾听着他的心声。

　　第二天一大早，我就向高振兴告辞，说我要回家了。高振兴很诧异，极力挽留我，说昨天我们不是说好了要一起去看龙王庙的吗，那个龙王庙里有两棵大槐树，据说是明朝留下来的，好几个人都抱不过来，很壮观。我跟他说，突然想起家里有一件急事，我必须得赶回去，下次我们再去看吧。我坚持要走，高振兴挽留不住，流露出很失望的神情，有点手足无措。最后他没有办法，说他去送送我，正好从他家的草莓地路过，可以看看草莓。

我跟他走到村东那块地里，那时候正是草莓成熟的季节，看到一棵棵草莓种在地垄上，绿叶葳蕤，叶子上洒满了清晨的露珠。刚长出来的草莓在叶丛中隐隐约约的，阳光照过来，闪烁着璀璨的光。那些草莓有的红，有的白，缀在植株上闪闪发亮，像一颗颗宝石。高振兴告诉我，草莓成熟得很快，前一天还是发白的，第二天清晨就熟透了，又鲜又红。所以种草莓，每天早上都要去摘，一大早起来赶到地里，红得发紫的草莓已经摇摇欲坠了。我和高振兴一起去摘草莓，每人挎着一个篮子，在熹微的阳光下，从一行行草莓植株旁走过，弯腰将成熟的草莓摘下来。那些草莓拈在手里沉甸甸的，红的红，紫的紫，有的大，有的小，都已经成熟了，散发出一股迷人的清香。摘了一篮草莓，我们坐在田垄上休息。那时候正好有人在地里浇水，一条垄沟里清水活泼泼地流淌着。我们来到水边，将刚摘下来的草莓在水里洗一洗，就吃了起来，那清甜与酸涩交融在一起的味道让人着迷。高振兴将一篮草莓搁在我的车筐里，让我带回家，我推辞了一番，推不掉，只好接受了。

　　从草莓地里出来，我们一起向村外走。到了他们村的村口，我让他回去，高振兴不肯，又跟我一起向东骑行了六七里路。来到一座小桥边，我们在那里停下，坐在石墩上，又聊了起来。我们谈的是共产主义问题，高振兴问我："你说，我们这一代人能看到共产主义实现吗？"我想了一下，不知道该怎么回答。那时候的报纸上都说我们处于社会主义初级阶段，只有建成了发达的社会主义，才能向共产主义过渡，高振兴看的书报比我多，应该比我更明白。我不知道该说什么，高振兴说："我真想看看共产主义是什么样子，到了那时候，可以实现人的全面解放，我们就什么苦恼也没有了……"一谈起这些问题，高振兴就跟昨天判若两人了。昨天晚上他是那么忧郁，而现在的他是多么阳光、健康与自信，像是一个真正的共产主义新人。这时微风吹来，白杨树的叶子哗啦啦直响，空气中弥漫着玉米成熟时的香甜味道，我们看到桥下的小河翻滚出细小的波浪，又喧闹着向远方流去，一直消失在天边。坐了一会儿，我和高振兴分手，他向西，我向东，我们各自骑上自行车回家。走了很远，我回头一看，高振兴也正在回头看我，我们挥了挥手，便又向前骑去。

　　离开高振兴，我骑车走在路上。前面的路像一条向远方延展的灰色带子，闪着灰色的光，路两边的树木站立着，显得有些肃静。这时候天慢慢阴了下来，从西南方向涌来一层层乌云，随着风迅速地向这边翻滚。我想一场雨或许是不可避免了，脚下加快了步伐，车子飞快地向前奔驰，但是我的心却越发乱了。是的，我回家并没有什么急事，只是想找个借口离开高振兴，他昨天晚上的话打乱了我的心，让我很纠结。因为我和他一样，也在默默地喜欢着小竹。当我听他谈起对小竹的情感和思念，心中满是酸涩，但又不知该如何是好，只能默默地倾听着。

　　那时候小竹坐在我的前排，她扎一条马尾辫，眼睛很黑很亮，上课时她的辫子总是晃来晃去，有时她还会转过头来跟我说话。我清晨上学的时候，时常可以看到她的身影，她骑一辆自行车从南边过来，跨过小桥，向西一转，一直向前就到我们学校了。这时候我从东边骑车过来，可以看到她转弯，看到她的侧面和飘飘飞舞的衣裙。那时候正是初春，我们县城里种满了白杨树，满城飘的都是白色的杨絮，像纷纷扬扬的大雪。小竹的自行车骑在前面，我可以看到她的马尾辫左晃一下，右晃一下，她的身影在漫天大雪中隐约闪现，看上去很美。我紧紧跟在她后面，一路向前骑。等到了学校，她存好了自行车，我才赶过来，彼此照面，点一点头，就算是打过招呼了。那时候我总是将自行车停靠在小竹的车子附近，这样下了晚自习，我就可以跟在她后面一起走了。晚自习下课的铃声一响，我看到小竹收拾好书包，走出教室，我也就紧跟着走了出去。到了存车场，她推了自行车向外走，我也赶紧跟上去，在她身后不紧不慢地骑着。骑到电影院那个十字路口，我看到她的身影向南骑去，才跨过那个路口，开始一路猛蹬，车子在夜色中如风驰电掣一般。我感觉我有点喜欢小竹了，但那是一种很朦胧很新奇的情感，像是丝瓜的藤蔓刚刚萌生出来，嫩嫩的，软软的，像是要抓住什么，但又抓不住，风一吹，只能在空中摇摆。我将这种陌生的情感深埋在心底，不敢对任何人吐露，甚至对高振兴也是这样。

　　但是在一个人的时候，我总是会想起小竹来。当我飞快地骑车回到家，坐在自己的那间小屋里，总是会想象小竹的样子，想象她在做什么。在我的想象中，小竹好像是一个居住在童话里的公主，那里有一个四面环水的城堡，她住在城堡的最高层，在那里她像仙女一样，总是那么美丽而潇洒，从来不会为任何事忧心，当她偶然打开朝东的玻璃窗时，也不会想到有一个满怀爱恋的人正在远方凝视着她……对小竹的喜欢改变了我很多，这个时候我才真正在意起自己的衣着打扮，也为自己家境贫寒而感到羞愧。我生怕自己不能配得上她，开始从各个方面改变自己。我穿的衣服虽然仍很破旧，但是我会让它们变得尽量整洁一些。我想吸引她的注意，在球场上左冲右突，晃过好几个人，很潇洒地起步扣篮。我也不再整天疯疯癫癫地跑着玩，而开始将精力转到读书上，想着在期末考试的时候一鸣惊人，可以让她刮目相看……

　　我不知道，我的改变是否引起了小竹的注意，但是我感觉她似乎也与我有了一点默契，一点交流。每天清晨，当我们一前一后，骑着自行车在县城的街道上穿行时，透过那些在空中飘舞的落叶，我能感觉到她注意到了我凝视的目光。在教室里，当我们的眼神偶然相遇时，在她慌乱躲闪的刻意中，我似乎也能感受到她想要掩饰什么的心情。我感觉我对她的情感越来越深了，对她的幻想也越来越多。就在这个时候，发生了一件对我来说很重要的事情。那天晚上，下了晚自习，看到小竹走出了教室，我收拾好书包，赶紧追了出去，到了存放自行车的地方，我看到小竹在不远处，我低下头去开锁。这时候我突然感觉有一丝异样，猛一抬头，看见小竹推着自行车向我走过来，走到我身边，她停了下来，黑暗中她的两只眼睛闪着光，那么大胆，又那么羞涩。我看到她手里拿着一样东西，匆匆往我手里一塞，话也没说一句，转身骑上自行车，飞快地向前骑走了。我一下愣在那里，不知道发生了什么，借着夜空中微弱的星光，我看到我手里拿着一封信，那是一个白色的信封，信封里的信纸沉甸甸的。好像天启一般，一下子我似乎明白了过来，内心不禁涌起狂喜，原来是这样啊，当我喜欢她的时候，她也在喜欢我！我颤抖着将那封信放在贴身的衣兜里，赶紧去开锁，慌乱中竟然插不进钥匙，好不容易骑上自行车，等我追到校门口的时候，已经看不到小竹了，我一路狂奔，追到电影院南边那座小桥，也没有看到她的身影。我放慢了车速，继续向东骑，竭力让自己激动的心情平静下来。骑车走出了县城，四周的旷野分外安静，我看到一轮明月悬挂在夜空中，清辉遍地。

　　是的，这是一个美好的故事，也是一个美妙的想象。当你读到这里时，你就会明白，当我听到高振兴的心声时，内心是多么矛盾与纠结。在那个时候，我真想成为他，这并非出自同情，而是因为我真心喜爱这个兄弟，我不想失去他。也因为那时候我们并不真的懂爱情，我们感受到的只是朦胧的新奇与吸引，爱情与友情的界限并非那么分明。那么就让我们在这里结尾吧：我骑车从高振兴村里出来，一路上看到乌云密布，很快就要下雨了，我加速疾驰在那条路上，内心里翻滚着复杂的情感，一会儿是与小竹的甜蜜，一会儿是对高振兴的愧疚。这时候一场大雨突然从天而降，冲刷着我，也冲刷着车筐里的草莓，我在大雨中奋力蹬着自行车，看到新鲜的草莓在车筐中一跳一跳的，我禁不住拈了一颗放在嘴里，酸酸的，甜甜的，那种奇妙的感觉在我身上弥漫⋯⋯

　　我宁愿故事在这里结束，但是⋯⋯但是，现在让我们想象另一个结尾吧，就当它根本不是真的。让我们再次回到那天晚上，那个存车场。我正低下头在开锁，忽然感觉有点异样，我一抬头，看见小竹推着自行车向我走过来，她走到我身边停下来，黑暗中她的两只眼睛闪着光，那么羞涩，又那么大胆。我看到她手里拿着一样东西，匆匆往我手里一塞，转身骑上自行车，飞快地向前骑走了。在她转身之前，我听到她低声说了一句，"帮我把这个带给高振兴，好吗？"我一下愣在那里，不知道发生了什么，借着存车场微弱的灯光，我看到我手里拿着一封信，那是一个白色的信封，信封里的信纸沉甸甸的。好像天启一般，我一下子似乎明白了过来，原来是这样啊，当我喜欢她的时候，她在喜欢高振兴！我颤抖着将那封信放在贴身的衣兜里，赶紧去开锁，骑上车我一路狂奔，追到电影院南边那座小桥，也没有看到她的身影。骑车穿过县城，我放慢车速，继续向东骑，竭力让自己的内心平静下来。四周的旷野分外安静，我看到一轮明月悬挂在夜空中，清辉遍地。

　　是的，这是一个悲伤的故事，现在你知道了，那个暑假我去找高振兴，并不是假期中耐不住寂寞，也不是要去吃草莓。我骑行在路上，随身带着那一封信，一路都在想着要不要送给他。在那之前，我其实已经犹豫了很久，有很多时刻，我都想将那封信撕碎，就当什么也没有发生过，有时我也想将那封信打开，看看里面都写了些什么，但是我都竭力忍住了，我觉得如果那样，自己就成了一个卑鄙小人。但是在那天晚上，当我听到高振兴的倾诉时，内心的恶劣情绪却越来越高涨，当他提到小竹的名字时，我不禁浑身一颤，我没想到他跟我喜欢的竟然是同一个女孩。随着他的讲述，我脑海中闪现着他和小竹在文化站的画面，小竹在元旦晚会上的歌声。但是在这里，我的记忆也跟他发生了分岔，我不记得小竹在那天唱过什么样板戏，我只记得她唱的那首歌：

  我对你的心你永远不明了
  我给你的爱却总是在煎熬
  ……你对我像雾像雨又像风
  来来去去只留下一场空

  在无数个睡不着的夜晚，当我想象城堡中仙女一样的小竹时，这首歌的旋律总是在我脑海中缭绕，挥之不去。在这个晚上，当我听到高振兴谈起小竹时，就像看到一个强盗攀上了城堡，想要去抢夺我的公主，我极力忍住对他的憎恨与厌恶，但也暗自下了决心，我绝不能将这封信交给他，哪怕我不能跟小竹亲近，我也不能让任何人走近她，即使为此我成了卑鄙小人，那又如何？第二天清晨，离开高振兴家之后，我一个人骑行在路上，在瓢泼大雨之中，我在犹豫中终于下定决心，将自行车停在一棵大树下，将那封信撕得粉碎，和那篮草莓一起，深深掩埋在了泥土中。大雨仍在哗哗地下，我在那里站了一会儿，骑上自行车，慢慢走远了。

  是的。这不是一个美好的结局。那时候我还比较单纯，似乎很难做得出来，但也不是没有可能，人的复杂有时会超出自己的意料。不过让我们就当这是假的，让它停留在我的想象中，解解心里的怨气吧，现在我要讲的是第三个结尾。那天晚上，当我听到高振兴的倾诉时，内心复杂而纠结，不知道是不是该将那封信拿出来给他。夜深人静的时候，高振兴已经沉沉睡去，我仍然躺在床上辗转反侧，内心犹豫不定。在那个时候，我真想成为他。是啊，一个男孩喜欢一个女孩，那个女孩也喜欢他，这是人世间多么美妙的事情，而我……而我不应该成为其中的障碍。是的，尽管我也喜欢她，时常幻想着跟她在一起的美妙画面，但是我不能破坏他们，不能破坏这么美好的情感。他和她，一个是我最好的朋友，一个是我心爱的女孩，我不忍心让他们中任何一个受到伤害，那么就让他们相爱吧，就让我远远地离开他们吧。在暗夜中，我终于做出了这个艰难的决定，睁着眼睛一直挨到天亮。第二天一早，我就跟高振兴说要离开，他很诧异，一再挽留，但我的态度很坚决，他不知道我的内心经历了什么，我想我简直快要支撑不住了。但高振兴一直热情地要送我，送到草莓地，送到村口，又送到小桥。在小桥的石墩上，我们还谈起了共产主义。他昨晚倾吐出了心声，现在很轻松，但是我的内心却感觉到了沉重的压力。

　　终于我们骑上自行车，挥手分别了。我看到高振兴一路向西走去，在两行白杨树中间的那条土路上，他的身影越来越远，越来越淡，一晃就消失了。我想当他回到家中，在床头上发现压在书下的那封信时，内心一定会充满喜悦，也会充满诧异。我想在那一瞬间，他一定会像看到了共产主义一样幸福。而我呢，我在向东的路上一路飞奔，这时候乌云从西南方向翻涌过来，狂风大作，吹得白杨树也哗哗直响，田野里的玉米低下去，低下去，又低下去，忽然大雨从空中降落下来，呼啸着打在我身上，啪啪直响。但我也不管那么多了，只是一心向前骑着，那条路变得越来越湿滑，泥泞，我的眼前也变得越来越模糊，我分不清是雨还是泪。不知道在风雨中狂奔了多久，突然，我和我的自行车一下摔倒在地上，我的腿被车子压住，一下挣不脱，从脚踝那里传来阵阵的剧痛。我想爬起来，但刚直起身子，又摔倒在那里，我趴在路上的一个水洼里，终于安静下来。这时候，我感觉整个宇宙都压在了我的身上，我什么都看不见，只看到一颗草莓从车筐里滚出来，在地上蜿蜒曲折地滚动着，慢慢静止下来。在寂静的雨水中，那颗草莓是那么红，那么美。

《人民文学》2017年第6期

评鉴与感悟

对先锋的回溯与超越

属于20世纪80年代的先锋文学，已经在当代文学史上形成了相对固定的范式。对于叙述的重视甚至崇拜，令先锋小说中虚构与现实的界限变得暧昧；内容的本质意义，也在先锋作家的视域里变得不再"至高无上"。经过三十年的沉淀与发酵，"先锋文学"一词已带上了浓重的历史意味，而当年正处盛年的先锋作家如格非、苏童、余华、叶兆言等人都已经历了半世的人生历练，纷纷将写作的指归转向了现实世界及其人本身。从这样一个"后先锋"的视角来看，《草莓的滋味》一方面向先锋文学致敬，回溯了先锋文学那令人迷醉的叙事狂欢；另一方面又直指人心，超越了叙述崇拜，使意义变得无比明晰。

《草莓的滋味》讲述了一个逝去年代关于爱情、友情，犹如草莓般甜蜜而又酸涩的故事。"我"与高振兴是高中时的好友，二人同时喜欢上了一位叫小竹的姑娘。令"我"悲伤的是，小竹心仪的人不是我而是高振兴，并且希望"我"帮忙送给高振兴一封信。在送信的过程中，"我"产生了各种不同的幻想，这些幻想与现实产生了鲜明的对比，使"我"倍感纠结、无奈与难过。

稍有先锋文学阅读经验的读者在面对《草莓的滋味》时，都可以敏锐地体察到当年先锋文学叙事的趣味。一方面，作品再一次颠覆了传统的叙述策略，令作品所叙述的事件出现了同一时间线上的不同走向。两个事件（小竹的信与送信的结果）分别对应着两个不同的结果，这两种结果一种是"我"的想象，一种是"现实"，两者是截然相反的，更是没有可能同时存在的。两种结果的并置使得作品产生了内外两个叙事层次，外层是关于故事现实的叙述，内层则是关于"我"内心期待的叙述。另一方面，作品精妙地重建了马原建立的"叙述圈套"，在叙述过程中，叙述者多次从故事的幕后来到台前，既能亲手推翻自己刚刚建立起来的事件的真实性，又能强有力的控制故事多向发展的节奏、速度与性质。这种异于传统的叙事范式，让我们看到了《草莓的滋味》对于先锋文学的回溯与致敬的色彩。

更重要的是，《草莓的滋味》在本质上是"有意义"的。文本并没有以叙述实验为最终目的，而是让特殊的叙述方式产生意义。内外两个叙事层次的建立，让作品得以进行双线且立体的人物塑造。外层的叙事是现实的叙事，在这一层叙事中，高振兴的形象得以十分全面的建构。这是一个具有绝对"正面意义"的形象,拥有着20世纪中后期中国社会所期许的优秀青年的近乎所有品质,他淳朴、坚毅、上进,作为一个平凡的人却有着伟大的情怀。"我"对于高振兴是仰慕甚至敬仰的。而内层的叙事是"我"的想象,是对于"我"内心世界的书写。"我"对于小竹充满着热爱,但是面对与高振兴的友情,"我"又陷入了前所未有的感情漩涡之中。在这样的心理困境中,"我"最终选择了友情,将小竹的信送给了高振兴。同时"我"又幻想着,假设着,幻想小竹的信是给自己的,假设自己将小竹的信撕碎,一走了之。在这个假设的结局中,"我"的纠结、矛盾与痛苦都被化解,但这仅仅是希望而已。

《草莓的滋味》的意义在于,一方面以典型的先锋笔法向先锋文学"致敬",另一方面它又为先锋精神在当下的发展提供了一种崭新的可能,使迷狂的叙述与文学作品的现实书写得到了恰切的交融。也许,这就是在对先锋文学普遍回忆总结的当下,对那个闪光的文学时代最好的回应。(李嘉桐)

大象席地而坐

胡迁

第一次听说这个事情,是在黎凯的家里,他说花莲市的动物园里有一头大象,"它他妈的就一直坐在那儿,可能有人老拿叉子扎它,也可能它就喜欢坐在那儿。然后所有人就跑过去,抱着栏杆看,有人扔什么吃的过去,它也不理。"他原话就是这么说的。他还告诉我他一直想去那儿看看这头大象。那是一年前的事情了。前天,黎凯跑到他家楼顶上跳了下去,因为他老婆劈腿了。但我知道黎凯对他老婆没有那么在意。

黎凯回到家里,他本来要去出差,但是发现自己的皮鞋拿错了,两只不一样——他常年吃一种安眠药吃坏了脑子。他就把火车票改签,然后回家。门大概被反锁了吧,因为他的钥匙打不开。等他进了屋,发现他老婆衣冠不整。

黎凯说:"我找我的皮鞋。"

她说:"都在鞋柜里。"

黎凯就去翻鞋柜,终于找到两只一样的。他本来想就这么出门,但发现他老婆嘴上有个牙印。我觉得他安眠药吃得还不够多,所以才会发现那个牙印。

"家里有人?"黎凯说。

"根本没有,你怎么回来了?"

"我来拿东西啊。"

"那你要待在这儿吗?"

"什么?"

"你要待在家里吗?"他老婆显然很慌张。

于是黎凯先走到厕所看,又去卧室,他还特意翻了翻衣柜。我不知道他最后怎么知道的,反正他打开了他们家那个大得不像话的洗衣机,因为他老婆每周都要把床单被罩洗一遍。他打开之后,我正坐在里面。

他说:"那只皮鞋是你的?"

我说:"是。"

洗衣机在阳台上,我正考虑怎么出来呢。实际上我不知道该怎么从洗衣机里爬出来。不过我已经把脑袋伸了出来。

我看到,黎凯拉开窗户就跳了下去。我没听到什么动静。黎凯老婆冲了过来,趴在窗户上往下看。

我就赶紧跑了。把上次落在他家的皮鞋也带走了。因为他老婆上次送了我双鞋,我就把自己的皮鞋忘在他家。

所以这两天,就有新闻稿登出来,"苦难白领因妻子出轨激愤自杀"。下面讨论的人分成两拨,一拨人骂他老婆,一拨人骂我。这件事我失误在,首先我认为黎凯一点也不爱他老婆——其实我也不爱,我只不过因为追求一个女人没追上,才去找了黎凯老婆,因为我们在大学时关系很好。

接着,我追求的那个女人,她去了台北。我就跟了过去。

她总是很忙,有一堆事情要做,而我什么事情也不做,也没有任何事情要做。当我缺钱的时候,就去跟着开剧本策划会。里面有很多我这样的人,我们坐在那儿,帮一个项目出出主意,瞎扯淡,然后每人分些钱。我一个字儿也不给他们写,只去瞎扯淡,所以赚得并不太多。我身边有三个人,可以把我拉去参加这种策划会。一个是做话剧的,他已经结婚了;一个是我的大学同学,他前一阵拍了个反响还不错的电影;还有一个是我的前女友,她本职就是做编剧。这样,不管我跟其中的任何一个人说起我没钱了,他们都会拉我去开剧本会。他们并不想跟我扯上这种工作关系,只是怕我也许哪天会死掉,才会帮我。但我没想到已经转行的黎凯如此果断。有一次我和那个拍电影的同学一起去四海骑摩托车,一辆汽车压了中线,我压弯出了问题,栽进悬崖旁的地沟里,假如没有地沟,我就会从一百米高的山峰上滚下去。当时他担忧地跑过来看我。我有点混乱,因为我根本不知道是冲下悬崖还是安然无恙,对这一生是比较好的解决办法。但我还是感到一丝庆幸。所以这个同学就给我介绍了一个大项目的策划会,我现在可以跑去台北也是因为这笔钱。

到了台北,我去台湾"中华电信"办手机卡。这里有三个柜台,其中有个老太太在买手机,她坐在那儿买了有一个钟头;另一个柜台是个老头,他要换卡,估计坐了更久的时间。剩下的我们十几号人就等那一个柜台。我真不想老了也变成那样。我换了新手机卡,给她打电话。

"是我。"我说。

"你换号了?"她也许并不想接到我的电话。

"没有,我到台北了。"

"真假?"

"我在西门町的峨眉街换了手机卡。"

"来做什么?"

"瞎晃,顺便找你。"

"疯了吧?我可没空陪你,安排得很满。"

"没关系,吃个饭就行。"

"不行的,今晚已经约了人,他们作家就是很傲骄,谈得并不顺畅。"她说。

"那就吃个夜宵。"

"这……晚点联系。"

她把电话挂了。

我去商店里买了双拖鞋,把从黎凯家里拿回来的皮鞋换下来塞进包里。但包里占据空间最大的就是这双皮鞋,于是我又把它拿出来,扔到垃圾箱里了。倒不是因为在意黎凯是否穿过。

之后我坐在一家超市门口,买了一打啤酒。门口放着两个小圆凳子,我一个人占据了两个凳子。有个东南亚人想来坐,但我没有把啤酒拿下来,他站了一会儿就走了。如果在他们老家我可不敢这么干。我从下午五点，一直待到晚上十点，中间去一家宾馆用了几次洗手间。我运气很好，离开的时候没有人来坐这两个小圆凳子。这是我今年运气最好的事了。十点刚过，我给她打电话。

"你来士林吧。"她说。

我到了士林，站在一个咖啡馆门口，等了半小时，她出来了。

她，以及一个作家，还有一个不知道做什么玩意的人，他们三人在门口告别。她一脸笑容，作家也一脸笑容，那个不知道做什么的也一脸笑容。我总觉得这个作家很难缠，是为了多见她几面，因为她很好看。

等他们告别完，我朝她招了招手。

我看着她，她说："怎么了？"

"没怎么。"

"那你看我做什么？"

"该看什么呢？"

"谁知道呢，我不喜欢别人看我。"

"得了吧。"

我们沿着街道走了一会儿，进了一家看起来好像很有名的鹅肉老字号。她好像一天没吃东西的样子，吃了半个鹅腿，还有一份皮冻之类的东西。我一口也吃不下。

"你来找我做什么？"她擦了擦嘴。

"跟你待一会儿。"

"那就要跑过来？"

"我没有事情做，但跟你待着比较放松。"

"我们不太可能的，因为不是一路人，所以你跑这么远来找我，也没什么用。"

"那你跟什么人是一路呢？"

"反正不是你，因为你不知道我的点，我也理解不了你。"

"听起来可真复杂。"

"对，就是你这种冷嘲热讽，让人很不舒服，我跟你待着并不舒服。"

"两天前，我睡了一个朋友的老婆，让他看到了，他就跳楼了。我来台北是为了把这个事混过去。"

"你为什么要做这种事呢?"

"因为你不见我。"

"那你现在告诉我了,我以后可能更不会见你了。"

"不管告不告诉你,见你都会越来越困难。"

她微微皱着眉头,我仔细观察着她。我一直想从她身上找到某个破绽,以此来让自己从这个阴影里走出去。

从鹅肉店出来后,不到五百米就走到了通河边,我们找了个地方坐了下来。不能跟她去喝酒的地方,因为她每次只抿几口,让人觉得很烦躁。

我说:"那个作家说什么了?"

"他不满意剧本,要自己弄。"

"但作家写不了剧本,你怎么说的?"

"我不能这么说。"

"你可以这么说。就说,你可以自己弄,但你写不了剧本。"

"可以这样说服别人吗?"

"百试不爽。我去开策划会,如果原著作者来了,他总是不满意,我就这么说的:你可以自己写,但一个月后就拿坨屎过来,这里的每个人看了以后还不告诉你,都说挺好的。"

"你不怕事情黄吗?"

"他已经签了合同,黄了他拿不到后面的钱,而且版权都签走了。"

"我说不出口。"

"但你在对付我上可没什么说不出口。"

"因为你一直缠着我。"

"最开始可不是这样。"

"最开始不是这样,但相处一段时间,我发现并不合适,我不舒服。"

"你说过了,你不舒服,我不觉得人什么时候舒服过。"

"那是你,我有喜欢的人,跟他在一起就很舒服。"

"你们认识多久了?"

"半年。"

"然后怎么样了?"

"关系很好啊。"

"怎么个好法？"

"他善解人意，对我很好，我见到他很开心。"

"那怎么半年了也没什么进展呢？"

她不说话。我闻到河里的腥味，但又好像不是，我侧头一看，果然两个东南亚人正朝这儿走着。然后她朝我靠了靠。我把她搂过来，她也没推脱。之前就是这样，我在家里也把她搂过来，她也没拒绝。再之前也一样，总是这样。

东南亚人走过去之后，她把我的手移开，朝一侧坐了坐。

"你就一直在台北待着吗？"我说。

"对啊，忙完就回去。"

"我带你去花莲看个东西。"

"不去。"

"你不知道看什么就不去？即便你不去，我也告诉你吧，那是我听过最好玩的事，一头大象坐在动物园里，每天坐在那儿。"

"好玩吗？"她抬起眼睛看着我。

"一年前，那个哥们告诉我的，前几天他就跳楼了。我刚才说过吧？搞不懂为什么。你真的不想去看看？"

"我不想跟你去任何地方。"

"那你现在为什么坐在这里呢？"我几乎脱口而出。

"那我走了。"她站起来。

我拉过她的胳膊，她就坐下来。这太无聊了。

"你走吧。"我说。

她站起来，但我一动不动。她看着我，说："你不跟我一起走吗？"

"为什么？"

"我不想你一个人在这儿待着。"

"你有什么不想的呢？"

她怨怼地看了我一眼，起身迈步。

我想着在河边坐一会儿，但还是有点担心她，就跟在她身后二百米的位置。她住得离这里并不远，期间她看了两次手机地图，只有几百米的距离。到了那家宾馆，我看着她进去，就离开了。

半夜，我找了机场对面的一个宾馆，窗户是双层真空，所以可以看到各个时辰飞机的起飞与降落，但听不到任何声音。白天，这间屋子幽暗无比，远离市区，所以我可以坐在一把椅子上。在这两天里，我每天上午起床，中午去街道里面吃一个便当，晚上带回一瓶酒，然后坐在椅子上看着机场。

在宾馆住了两个晚上，第三天我收拾好行李去了花莲，一百二十公里，火车跑了三个小时。这算个镇子，这个镇子全是针对游客的夜市，里面最有名的是烤野猪肉，味道跟牛皮纸差不多，但每个人吃得津津有味。他们得飞两千公里来到这里，买一份牛皮纸，吃下去，发个朋友圈说这是阿里山野猪肉。我在小镇游荡了两天，一直待在气温酷热的室外，因为燥热能缓解一点不安。除了夜市，我所住的民宿老板是个头发染成浅色的中年男人。在上午，我出门的时候，他站在门口。

"你是做什么的？"他说。

"做电气焊的。"我说。

"电气焊？"

"就是焊接铁器。"我并没有撒谎，因为我爸会一点，所以我也会一点，我几年前还去焊接铁门的店铺里做过一阵子。

"那很好。"他说。

我不知道好在哪。

我说："你呢？"

"我是一个流浪汉。"

"流浪汉有这么一栋楼？"

"我年轻时周游世界，现在年纪大了，在这里定居。这个地方很好，很安静。"

"是挺安静的。"

"现在我主要做木雕。你的房间里没有，但客厅里的桌子，楼道里的，都是我做的。"

"厉害。"

"电气焊也一样吧？"

"不一样，电气焊就做一些铁门、招牌。"

"做木雕呢，可以跟木头交流，让你的心更平静。我喜欢木头，跟它们讲话也非常舒服。"

听到"舒服"二字，我心里很懊丧。我说："我有点头痛，你知道药店在哪吗？"

他有点蒙，也许来的游客都要听他讲个把小时，兴之听至还会回到客厅一边摸着那张桌子一边讲，游客也会觉得自己跟木头交流了，平静了。那民宿里有吉他、书架、电视机、垃圾桶、狐臭，我住的房间还是一体式空调，都他妈滚蛋吧。

我报了两个旅行团。第二天早上我站在门口等司机，我肚子有点痛，等了半小时后，就去对面的网吧找厕所。中间这个司机给我打电话，说麻烦我快一点，我说我马上。然后我从厕所出来，站在一个玩游戏的人背后，看着他打完那一盘，就出去上了车。这个司机一路上都拉着脸。

第一个旅行团是去当地最高的山，中间有条沿着溪流徒步的石子路，穿着拖鞋走这条路可真难受。这条路很长，有几公里，头顶上方是悬崖，下面是条混着白色泥巴的河。走到这条路的尽头时，脚也肿了，浑身都是汗水。我坐在一块大石头上，看着那个铁门上挂的牌子："未开放区域"。过了会儿一个女人朝门里走，她打开铁门，然后站在里面，想把门重新锁上，但那根铁棍总是跟锁眼对不上，门又很沉。这准是气胖出了问题。她大约尝试了十分钟，我根本不想走过去帮她，虽然我知道原因是这个铁门的门轴被那块石头挤歪了。两个中年男人笑哈哈地走过去，说："我们来帮你吧。"他俩很高兴，一起抬着门，锁眼扣上了，然后他们三人都很高兴。女人锁好门后，朝前方没修好的路走去。两个中年男人互相看了一眼，仍旧很高兴。

我沿着石子路往回走，路上我看到河岸上有一只死鸟。我去年养了只柴犬，但狗贩子卖的是病狗，那只柴犬得了犬瘟和细小（注：一种犬类疾病），每天吐一堆虫子，我照顾它有半个月。每天晚上，我得爬起来，去给它灌药，打针。有一天早上，它哀号一声，但我实在太困了，我大约给它打过有五十针。中午我过去看，它四肢已经僵了，舌头伸出来。我觉得它体内的虫子大概还活着。

第二天，我去了另一个旅游团。来到一片山丘，山上云雾缭绕，还有大片的金针花海，有一个小村子看起来如同瑞士，但这有什么用呢？

那辆车是另一家旅行社的，他们负责的线路不同，车上的四个人会说闽南语，他们用闽南语说话。

听了半路我实在不耐烦，我说："你们非要讲闽南话吗？这车上就我一个人听不懂，这是你妈的什么意思呢？"

"哎？你怎么讲脏话？"

"我讲什么脏话了？"

"你讲脏话了。"

"那你们就别说闽南话！"

之后所有人不再说话。刚才质问我的那个人可能会把我扔下去，但他已经四十多岁，基本上打不过三十岁的我，所以我丝毫不担心。我把一车人的心情都搅和得糟糕透顶。

在下山时，路过一个牧场，我去喝牛奶，看到有只鸵鸟站在牛群里，它瞎了一只眼睛，站在草地上一动不动。我感到很悲伤，需要扶着木头栅栏。我看着那只鸵鸟，不一会儿突然觉得很开心，因为我搅和得一车人都很失望。等我朝旅游车走去，那个司机本来在跟另一辆旅游车的司机讲闽南话，我盯着他，他就不说了。我走过去，"给我个火。"他掏出火机递给我。我盯着那个司机看他还讲不讲闽南话，抽完一根烟后，我上了车。

这辆车可以把人送去不同的地方，可以是所住的民宿，也可以是书店或饭店。我让司机把我送到动物园，当时已经四点半了，他说动物园五点半关门，我说你就送我到就好了。

司机把我放到动物园门口。他最后冲我笑了笑，大概终于摆脱了我。就跟我所追求的那个女人一样，终于摆脱了我。

我进了动物园，这个园子很小，每隔一段路程会有地图标示，顺着标示，我找到了那头大象。其实来看的人并不多，也许是因为动物园已经快关门了。

我走过去，那头大象坐在土地上，在它周围有粪便、不知道干吗用的草，还有几个傻不愣登的树桩子。他们把它当什么啊。周围是一圈栅栏，还有其他两头大象准备回它们的棚子。我跟它离着有四五十米，我也不知道它看着哪儿，可能什么也没看。它坐着一动不动，总让人觉得哪里有点奇怪。

这个栅栏有两米高,我看到它面前二三十米的位置上有零碎的胡萝卜、苹果、吃汉堡剩下的那几口面包什么的。

我很艰难地翻越了栅栏。这太可笑了,因为我八九岁就可以翻过两米的围墙。我跳了下去,有别的大象看到我也没什么反应。

我跑向那头坐着的大象。身后有人喊着什么,根本听不清楚。因为我得看看它为什么要一直坐在那儿。这件事可能是我这辈子最大的一个问题了。

等我贴着它,看到了它那条断了的后腿。它看上去至少有五吨重,能坐稳就很厉害了,我几乎笑了出来。说实话我很想抱着它哭一场,但它用鼻子钩了我一下,力气真大,然后一脚踩向我的胸口。

那几个动物园的人跑过来的时候,我还能看到他们嘴里骂着什么呢。

《西湖》2017年第6期

评鉴与感悟

为了祭奠一个认真活过的灵魂

胡迁是一位年轻的电影导演。他对世界的观察,像是透过电影镜头般的细微、精确。在他眼中,世界不再是完整充实的,而是满是破碎的意义和心灵的虚无。他笔下的人物总是迷失在自己的生活里,用自己独特又荒诞的方式践行着只属于自己的生存信条——活着死了都一样,但还是要努力活着。

《大象席地而坐》中的"我"就是这样一个个体典型。"我"是一名编剧,过着自由而又随意的生活。与一般人不同的是,他不断通过自己的怪诞行为,挑战着传统的道德规范,消解着生命的意义。一方面,他对性道德极度漠视,竟与朋友黎凯的妻子偷情,被黎凯发现后,导致黎的自杀;另一方面,他对于生命的态度也是完全冷漠的,甚至带有调侃意味。对黎凯的死,他不仅没有产生一点愧疚——即使黎凯之死是由于他的失德造成的,反而还调侃着这一生命的消失。另外，他对待爱情的态度，同样是具有解构意义的。尽管渴望爱情，但对得不到的爱人，他却表现出可有可无的态度。这种对一切规范视如无物，对一切珍贵的事物都不以为然的态度，不仅仅是他对世界的轻视，更是他对"生命原本虚无"的认识。

这个人物怪诞反常的行为，还包括他对具有"异质"性的事物采取的消极姿态。比如在与他人相处时，他主动摆出"侵犯姿态"（故意迟到）与"防御姿态"（不想交流），不为他人提供便利，甚至故意制造障碍。这种处世态度使得自己的生命状态更加糟糕。当然，这种对抗姿态中，潜藏着巨大的无奈与失落。

小说中那头被一再提到的"席地而坐"的大象，正是个体的非常生存状态的隐喻。坐着的大象，本身就是不正常的。而主人公之所以那么强烈地想要看到那头大象，是因为这是个和自己有着同样生存状态的家伙。因此，当他亲眼看到这头大象，并知道了它站不起来的原因时，他感到了深深的荒诞和痛苦："我几乎笑了出来，说实话我很想抱着它哭一场。"

小说很精妙地运用了简短的对话，表达了以"我"为代表的城市人在现代生存语境下的焦虑与不屑。像"他妈的""什么玩意儿""屎"等零星出现的粗鄙化语言，恰当地表现了个体与这个世界的对抗姿态。这样的语言策略，真实地外化了个体生命的生存态度，并从破碎肮脏的语言中投射出不安和撕裂的灵魂。

在写这篇短评时，得到一个令人悲痛的消息：胡迁选择自杀来结束自己年轻的生命。从他的微博和访谈中可以看出，他一直同时对抗着物质生活的压力和生存的虚无感，他既想"之后的几年还得攒钱，把自己第一部电影版权买回来，两辆超跑钱"，同时还要努力而无望地追寻着电影与文学的梦想。瘦俊的面庞，憔悴的神情，无奈的心灵，终究没有敌过真实且残忍的现实。胡迁用他自己和他的作品让我们读懂了一个群体，这个群体始终在虚无、惶恐中奔跑，一边奋力证明自己的价值，一边无奈地消解着生命的意义。不幸的是，他成为那个奔跑的人群中，第一个到站的人。

谨以此文，祭奠一个挣扎过、绝望过，也认真活过的灵魂。（李嘉桐）

别亦难

/任晓雯

那日,陶小小的猫跑了。

它是一只黑色的东方短毛猫,腿脚修长,脖颈纤细,尖窄的脑袋上,耸了一对三角大耳,间或一转,细麻绳似的尾巴便抽直起来。

三年前的夏夜,它从房门缝钻进来,蹲在厨房地板上,一声挨一声地叫。陶小小听了不忍,舀两勺米饭,拌上剩菜,喂与它吃。翌日,猫又来了,舔光陶小小给的牛奶,在屋里走动开来,沿了墙角,一嗅一嗅。第三天,它叼来一只死老鼠作酬,放在陶小小脚边。陶小小把老鼠扫进簸箕,扫帚一扔,噘嘴道:"过来。"黑猫迟疑着,过来了,眯着眼,蹭着陶小小。陶小小抚摸一晌,捏住它的后颈皮,将新买的尼龙项圈箍在它脖子上,"以后,你就叫玲玲。"

陶小小有一个女儿,也叫玲玲,是她三十六岁上生的。玲玲,玲玲,喊起来嘀呱松脆。丈夫张博仁嘀咕了一句:"张玲?这名字太俗,没有书卷气。"

张博仁的母亲不喜陶小小,嫌她年纪大,屁股窄,不是个能生的;又嫌她太高,比男人还高半头,简直浪费粮食和布料。可张家成分不好,找不到像样媳妇。张玲出生不久,张母过世了,临终嘱咐儿子:"高个女人忒强势。你要克牢她，免得有一日她骑到你头上来。"

张玲四五岁时，张博仁开始殴打陶小小。他是个烤砂工，常年铲砂送砂，练得浑身是劲，胳膊上两块"栗子肉"硬邦邦的。他一手卡住妻子脖颈，迫她俯首下来，一手捏了拳，朝她身上冲，还腾了一只脚，往她阴部一蹬一蹬。她左右扭摆，甩他不脱，便闭了眼，抿了嘴，身体蜷缩起来。他见她不肯落泪求饶，愈发恼怒，直打得她身体松软了，才罢手。

张博仁从不将妻子打出血，野蛮人才将女人打出血，比如当年冲进张家的红卫兵。女人，是要打一打的，但斯文人家，最好别见血。张家是斯文人，张博仁幼年会写小楷，临过赵孟頫。张父办了个学校，讲什么墨子、兼爱，后来把校舍书籍统统捐给国家。在挨过几次批斗后，他失踪了。有说他投奔台湾，有说他畏罪自杀。张母盼他死，又不甘心，"倒是便宜他了呀，自己痛痛快快翘辫子，害得我们母子受苦。"

张博仁的哥哥去了黑龙江，姐姐用尼龙绳套住脑袋，把自己拴在床头横档上，被人发现时，两只脚都乌紫了。张博仁做着苦生活，住着亭子间，四十多岁才娶妻。妻子也是年纪一把，寻不到婆家，勉强嫁过来的。她本不该是他的女人，这本不该是他的生活。

张博仁整日躁闷，似有一把慢火在身体里炖着他。陶小小在桌旁咀嚼的样子，在眼前走动的样子，在床沿上织绒线的样子，都令他无法忍受。他下班回了家，总要轻轻慢慢走到房门口，似想出其不意，逮她个把柄。一日，便逮到了。陶小小在门内跟女儿讲："爸爸是个坏人，爸爸不喜欢你，喜欢男小囡。只有妈妈待你好，你长大也要待妈妈好。"他捏了拳头，冲将进去。那是他第一次动手。她胸腔深处闷闷叹了一声，身体向后仰倒。玲玲哭叫起来，护住母亲。他扯开她的手，她又护回去。如是几次，他跟醒了酒似的，晃悠悠收手。陶小小缓慢坐起，脸色犹如刷过一层浆。他后退半步，声音轻下去："几点钟了，还不烧饭。"

打人是会上瘾的。张博仁越来越爱找碴，甚或没有理由，也动起手来。但他是斯文人，不会将她打出血。三十五年后，当他中风瘫痪在床，便如此为自己辩解："打出血了才叫打，没出血的，都是两口子闹亲热。老太婆，你说，是吧？"

黑猫不请自来后，陶小小在弄口电线木头上发现一张寻猫启事。黑白打印照里的走失者，正是她新收养的玲玲。它真正的主人，是一位"张女士"；真正的名字，叫作"妹妹头"。

妹妹头——像弄堂里倒马桶的小脚老太起的。陶小小的母亲，就是这样的小脚老太。她呼唤每个女儿，都叫"妹妹头"。她饿着她们，给她们穿小一码的鞋。陶小小自记事起，时时觉得饿，连酱油都偷来抿一口。母亲打她，又搂住她，"妹妹头啊，我是为了你们好。陶家种气差，个个长得像晾衣裳竹竿。我让你们少吃点，长矮点，是盼你们寻个好婆家。你看我，就是个头太高，只好嫁给你爸。你爸算个啥物事，懒得能抽筋，穷得来淌淌滴，没有女人想跟他。"

陶小小温暾暾长到十二岁，倏然蹿高起来。夜间惊醒，膝盖痛麻，似有一股力道将双腿往长里拉扯。父亲偷偷给她买零食。母亲发现了，"穷鬼、懒胚"乱骂，还拉过陶小小，使劲摁她脑袋，像要把她摁矮回去。

陶小小终究比父母高，也比四个姐姐高。当她过了二十六岁，母亲开始事事嫌鄙她。她太高，太丑，但这怪不得她。她是贤惠的，时常惹得街坊夸奖，"妹妹头脾气交关好，一日到夜闷声不响。手脚也勤快，样样物事拿得出手，明年帮我家也绣一副枕头套。啊，对了，啥辰光成家啊？"三十五岁时，做媒的翘脚娘姨寻上门来，"我这里有户人家，妹妹头中意吗？姓张，工人，脾气蛮好，规规矩矩的。"母亲一口应下，"啥聘礼都不要，把人要过去就行。"

陶小小撕了寻猫启事，又在街区里兜转，将所见的启事尽皆扯碎。她等了个把月，确信"张女士"不会找来，这才跟遛狗似的，天天遛起她的猫来。

黑猫一走野地，就不安生，爬树、钻墙、抓麻雀。逢到落雨天，又躲躲窜窜，不肯出门。陶小小买了宠物雨衣，裹在它身上，"玲玲啊，妈妈是为你好。家里气味臭，闻多了会生毛病，每天要出去走一走的。乖乖，我们回来吃最贵的罐头。"黑猫脑门沾了雨，发疯一般乱叫乱跳。陶小小拽紧牵绳，不停踢它，直踢得它乖巧下来。

很快，所有人都知道了这只猫。跳舞队阿姨们围拢来，叽喳指点，说它长得像羊，像鹿，像马，像狗，像豹子。也有说："这猫长手长脚的，跟陶阿婆最像。"陶小小抖一抖牵猫绳,笑起来。她好久没有咧开嘴笑,上回还是女儿张玲考取中专时。展眼二十五年过去了。

忽有人道:"这猫是怪胎吗,从没见过这样的猫。"另有人道:"你是没见识。我家洋女婿就养了一只这样的,浑身带斑纹,聪明得不得了。外国人流行养怪里怪气的品种,宠物店买,贵得要死。""那也是带斑纹的,不像这只,墨擦里黑,有点吓人。""外国人不养黑猫的,不吉利。""外国人归外国人,中国人养黑猫能辟邪的,不过我是不会养。""你不养,有人养。前阵子弄堂口不是有人贴油印小纸头吗,说是家里丢了猫,请大家相帮寻一寻,寻到了奖赏五千块洋钿(注:上海方言,指五千元人民币)。也是一只黑猫,跟陶阿婆这只有点像。""呀,我也看见过,真的蛮像的。"陶小小忙道:"我这只是真金白银买来的。那人不看牢自己的猫,怪谁呀。"从地上抱了猫咪,快步回家。

自此,陶小小不再遛猫。她把从超市服务部偷来的塑料绳编作三股粗,四五米长,替换原先的牵绳,绳头拴在张博仁的折叠床腿上。又在旁边放一只藤篮子,铺上棉垫,撒好猫薄荷。

张博仁的折叠床,嵌在三面墙壁之间。原先这里是个壁橱,在张博仁褥疮有味后,陶小小卸了橱门,敲掉门框,把他连人带床塞进去,"我是为你好,弄得屋里厢全是味道,你自己最难受。"

张博仁是在卧床半年时染的褥疮,恶化后发出异味。他泡在脓水里呻吟喊叫。她被吵得睡不着,喂他头孢和安眠药。当他患上败血症,她以为是感冒,又加喂了百服宁。未几,他开始神志不清,这才送他去医院。医生说:"再晚一点,就救不过来了。"

张博仁从医院出来,对陶小小说:"你对我是有感情的,否则也不用看病,让我在家里死掉拉倒。"

"我不想你随便死掉,太便宜你。"

张博仁笑了,"我是惹你讨厌,可你一个人活着,更没劲了。"

"喊,巴不得一个人,想做啥做啥。我参加跳舞队去,每天跳跳扇子舞,心情好了还能旅游,我想到天安门看一看。"

张博仁又笑,"跳舞队都比你年轻一截,才不会带你玩。只有我不嫌鄙你。少年夫妻老来伴，年轻时谁家不打闹。老了就消停了，老两口你陪着我，我陪着你，一辈子过完拉倒，是吧？"

现在，张博仁不能确定了。陶小小有了一只猫。她像疼女儿似的疼猫，对张博仁愈发懈怠下来。她给他的喂食，减至一日一顿，"医生不是讲了吗，像你这种情况，不能吃太多，免得增加肠胃负担，弄不好搞出糖尿病。"

洗澡、翻身、换尿布也少了。张博仁重新闻到自己身上发出的各种复杂的味道。他会再次得败血症的，而陶小小，一定不肯再救他。

张博仁痛恨黑猫。猪来穷，狗来富，猫咪来了戴孝布。这畜生就是个丧门星。它跟人一样精刮，晓得讨好女主人。陶小小说"去"，它便去；说"来"，它便来；让跳就跳，让躺就躺。陶小小吃饭，它便乖乖蹲在桌底，递什么吃什么。晚间也跟陶小小一床，她看电视，它也看电视；她躺下，它也躺下。它似乎自知不够圆软，便要刻意扮可爱，团了身子，收起四肢，脑袋往她身上蹭，口中呜啊作婴儿声，引得陶小小又亲又抱，心肝宝宝乱叫。

陶小小不在家时，它才将乖巧的嘴脸卸下，时或蹲在穿衣镜前，从镜面里观察张博仁。张博仁从棉被底下抽出一根不锈钢"不求人"（注：痒痒挠），指指戳戳吓唬它，"看啥看，马屁精，当我好吃是吧？自己照照镜子，算个啥东西，猫不猫狗不狗的。你也配叫玲玲？我女儿才叫玲玲。玲玲高高挑挑，漂亮得不得了。老太婆拎不清，对一只猫这么好，对亲生女儿那么差。玲玲就是被她气跑的。她不许玲玲读高中，逼她考中专。毕业出来，中专已经不吃香了，害玲玲找不到好工作，还要辛辛苦苦进修。玲玲谈了个男朋友，一间办公室的同事，互相知根知底，不是蛮好吗？她偏要拆散，说男的个子太矮，是外地户口。矮怎么啦，外地户口怎么啦？小畜生，我告诉你，讨好老太婆没用，她翻起脸来，亲生女儿下跪磕头也没用。你晓得她做了啥？她跑到玲玲单位哭闹，要求领导出面管管，闹过几次，把玲玲工作闹丢了。玲玲从小到大，啥事都依着她。我们住的一室一厅，也是玲玲买的。玲玲作孽啊，哭来哭去，留了一张纸条，就跑掉了。纸条上写了啥，老太婆不给看，肯定是玲玲骂她了。骂得好，哈哈，哈哈，玲玲走啦，走啦，她不要老太婆了，也不要我了。不不，玲玲没有不要我，玲玲最孝顺我了。你看看这根'不求人'，就是她送的。以前她每日给我挠背。手劲不轻不重，指甲不长不短，挠得可舒服。有天她突然送了这个，还塞了一万块钱。册那（注：上海方言，骂人的话），我早该猜到的，她那时就想离家出走了。"

张博仁说一歇玲玲，说一歇陶小小，又说一歇玲玲，甚至说到早前过世的父母。往事在头脑中交混起来。他认定母亲是被陶小小气死的，认定陶小小欺负了自己一辈子。中风这件事情，保不准也是她的手脚。张博仁越说越恨，恨不能跳下床来揍谁一顿。他抖着面颊，朝黑猫勾起手指，一抠一抠的，"瞪了两只绿眼乌珠做啥，总有一天帮你抠出来。"

黑猫像是听懂了，跳上床尾瞪着他。后腿抻直，脊背弓起，双耳朝后折过，尾巴犹如抽鞭子一般左右甩摆。他向它嘀嘀挥舞"不求人"，"小老虎，你想吃了我吗？来呀，来呀。"它愈发将瞳仁鼓圆起来，测度他手中武器的威力，自觉不敌，便后退两步跳下床去，满地发泄怒气。抓家具、咬床罩、拍翻水杯、扒拉晾晒的衣裤，还低头撕咬头颈里的项圈。

陶小小把项圈称为"衣裳领头"，每日拎一拎松紧，检查接口，"乖宝宝，让妈妈看看，领头戴好了没有。"项圈粗得像打包带，把脖子毛磨光了。陶小小不是不心疼，却害怕黑猫逃走。她好几次见它又蹭又扯，企图挣脱出来。

此刻，这猫跳上钻下，还是挣脱不开，便勾了头，耸了背，将下巴搩入项圈。居然成功了。它张嘴咬项圈。一咬不断，项圈撑住它的嘴，将半只脑袋勒紧起来。它摇晃着，呜咽着，喘息着，笃笃转，头头转，脖颈渐渗出血来。

张博仁笑了，"小畜生，难受吗？跑也跑不掉，死也死不了，哈哈，跟我一样，哈哈，哈哈。"黑猫叫得越大声，他就笑得越大声，笑声在嗓子口滚得毛糙糙的。他扭转至床沿边，一手撑着身体，一手举起"不求人"。那猫提防不及，吃了一击，赶忙腾出爪子，抓扑"不求人"。张博仁五官拧起，胳膊肘愈发往外撑，仿佛忘了瘫痪，即刻要跳下床去。斗了几下，黑猫颈部吃痛，便拖了一径血迹，跌撞撞往外间跑。张博仁奋力一掷，"不求人"砸到猫背，往墙面一弹，跌落在地。张博仁挂倒在床边，整个人虚脱了。

不知多久，听得锁孔响。张博仁挣扎着躺正回去，闭目假寐。房门铰链吱嘎作声，"玲玲，妈妈回来啦，啊呀。"菜篮子扑通扔下，保暖鞋沙沙乱走，乒乓拉开抽屉，乒乓合上，一阵窸窸窣窣。猫叫声，安抚声，椅子碰撞声，逐渐安静了。墙上的三五牌挂钟，咔嚓嚓走动，间杂了古怪的轻响。张博仁意识到，是陶小小在啜泣。他从没见她哭过。"老太婆，是你吗，发生啥事体啦？我刚才困着了。"

啜泣声消失。陶小小抱着猫进来，踢正藤篮子，将它轻放进去。项圈已被剪开，猫脖子上涂满金霉素眼膏，贴了七八张创可贴。张博仁想故作惊讶，怕反而惹怒妻子，便不动，不出声。陶小小红着鼻头，跪在地上，像拥抱婴孩似的拥抱她的猫。西晒太阳从窗角擦过去。屋内的家具物什，都混沌沌的，仿佛一堆年代久远的陪葬品。

良久，张博仁轻声道："喂喂，晚饭吃啥？早上到现在，我就喝过两杯水。"陶小小将黑猫放下，又护着猫窝，凝视片刻，这才起身，直着两条跪麻了的腿，一跛一跛扶墙而出，拿来两只猫罐头，"玲玲乖宝宝，饿了吧，吃点东西吧，吃完就全好了。"那猫蜷着，偎着，软着耳朵，口中呼噜作声。她继续哀求，它才一舔一舔吃起来。

陶小小服侍黑猫躺下，收拾了食盘，走到外间去。张博仁听见碗盏咣啷，微波炉叮了一声，便撑起身体等待。少时，有洗碗声。又过一刻，陶小小进屋来，俯身察看她的猫，见伤口已经止血，便轻轻抚摸它。张博仁道："昨天的冷馒头，你一个人吃掉了吗，我吃什么？"

陶小小捡了地上的"不求人"，扔给张博仁，又到单人床边，掀开床罩，将枕头堆高起来，一手抱着猫，一手拿了电视遥控器，躺靠上去。张博仁道："干吗不睬我，哪里得罪你了？"陶小小将电视机开到最响。"喂喂，打算饿死我吗？你等着。"她没有听见。电视节目里的嘉宾，恰好爆起一阵笑，淹没了他的声音。

逾数日，黑猫逃走了。它是趁陶小小去超市时逃走的。张博仁说自己睡着了，啥都不晓得。"怎么可能，门窗都关着。""你没拴住它啊，猫咪跑来跑去，就跑掉啦。""这下你高兴了是吧，你巴不得它跑掉是吧。"陶小小抓起"不求人"，锈斑斑的爪头，往张博仁脸上刮。张博仁喊："打人不能出血,不能出血。"很快没力气喊。

陶小小把"不求人"一扔,套上老棉袄,不及换拖鞋,便甩门出去。她浃了两腋热汗,在回光返照般的初冬日头底下,寻找了整个下午。她走遍街区,将附近楼房上下爬过几遍,把弄底大垃圾桶个个兜底翻,又在草丛、车库、自行车棚里徘徊良久。待到天黑,路灯下聚起几只流浪猫,她喊着"玲玲,玲玲"跑去,猫们一哄而散。她泄了气,膝盖窝一软,坐到路沿上。

夜风空空四击,将她缟白的头发挑拨起来,又钻进领口和裤腿,将湿漉漉的棉毛衫裤冰在她皮肤上。她怔怔低了头,见一只时跳时停的塑料袋嚓嚓刮磨地面,似要揭走她灰长的影子。两个女孩叽喳而来,一个跟另一个耳语了什么。两人噤了声,加快步子经过她,才重新说笑起来。

陶小小扭头瞩视她们,已经看不见了,仍然扭着头。她们估摸二十来岁,跟她女儿一般大。不,张玲已经三十九,虚岁都四十了。不不,张玲还是小女孩呢。陶小小忍耐张博仁一辈子,全是为了这女儿。中年得来的孩子,唯一的孩子。第一次抱她,感觉她比一只猫咪还小,还软。陶小小不舍得她碰冷水干脏活,甚至不舍得教她煮饭、洗衣、套被子。谁能想到呢,她居然翅膀硬了,飞了。她留下的字条,只有三个字,"对不起"。对不起有啥用,这简直要了陶小小的命。她报过警,警察不予立案,"年轻人闹闹脾气,几天就回来了。"陶小小整日在街上游荡,看见高个子姑娘,便要追上认一认,缠着说几句话。她被当成神经病、捡垃圾的、拐卖妇女的,甚至挨过一顿打。养完伤,下了床,她发现自己的脊背再也挺不直了。

除夕夜,她接到陌生电话:"阿姨,张玲让我帮忙拜个年,她一切都好,不要挂念,也不用找她。她让我汇两万块钱,是孝敬你们的,麻烦留意一下汇款单。"陶小小正欲细问,那厢挂断了。她不甘心,抓着听筒"喂喂"不停。张博仁道:"年夜饭都不好好吃。"冲来揍她,胳膊抬到一半,抬不动了。她瞪视他片刻,大了胆子,轻轻一推,他便跌软下去。

生活不停给陶小小吃苦头,一个接一个,她苦了一辈子,全是为别人,到头来没个体谅她的。白眼狼,白眼狼,人也是,猫也是。陶小小的心口上,仿佛被抓刺了一下。她扶着街沿起身,脚掌冻僵了,踩在地上扎痛扎痛。她慢慢往家的方向挪动。

陶小小家在一楼。她轻唤"玲玲，玲玲"，绕楼一周，重回门前，拿钥匙开锁。推门的时刻，她朝屋里"嘿"一声，等了等，仿佛期待黑猫奔来迎接。没有动静，连张博仁都没有像往常那样应声，"谁呀，老太婆吗，你回来啦？"他甚至都没有好好待在床上。

　　他拖着两条长满褥疮的腿，和一块脏兮兮的橡胶垫，爬到了外间。他保持最后的姿势，一手抓着门框，一手抠住地面，手背上有道道血痕。釉面地砖的纹色犹如鸡蛋花，过于阔大的砖缝，嵌满油腻腻的黑垢。这是他半开的眼睛里定格住的世界。

　　陶小小记得，好几天没喂他饭。她不想喂，说不上为什么。也许是医生讲的，卧床病人不宜吃多。她踢他一下，闻到鸡蛋腐烂似的味道，空空做了一个呕，抬脚绕过他，进到里屋。

　　五斗橱、大衣柜、单人床、塑料椅、移动边桌。昏昧的吊灯光里，家具们挤挤挨挨，一副怕冷的样子。旧报纸、铁皮罐、月饼盒、过期月历、儿童玩具、废弃包装袋、成叠中学教材、用完芯油的圆珠笔、破了洞的平底跑鞋、发不出声的半导体收音机、准备剪成抹布的旧汗衫……房间堆得潽潽满满的，犹如一片记忆的荒场。在最里端，三堵墙壁之间，便是张博仁的折叠床，床边是藤篮子做的猫窝，斜斜翻倒下来。陶小小走去将它扶正。

　　她看见折叠床上的棉被又薄又黑，隆起一块，仿佛卧床者还躺在那底下。她揭开被子，看见了她的猫。猫的毛色失去光泽，显得比任何时候都黑。它一动不动，没了眼珠。一根沾了血的不锈钢"不求人"，横在它的旁边。

《人民文学》2017年第7期

难以告别的畸形人伦关系

任晓雯似乎有着一双比任何人都锐利的眼睛和一颗比任何人都慈悲的心。在她的笔下，人伦是真实到残酷的，人性是复杂到战栗的。但她描写这滴血的现实，并不是为了将人心的暗痕暴露在阳光之下，而是为了让我们看透人性，看透自己，以期达成某种精神的救赎。

《别亦难》描写了一个家境不对等的婚姻组合，自始至终，这个家庭内部的关系都是畸形的。小说以冷静的眼光注视着陶小小和张博仁相互"折磨"的一生。到了晚年，张博仁瘫痪在床，失去了原有的权力地位，陶小小则以极端冷漠、无情的态度，报复了多年以暴力对待自己的丈夫。

小说着力刻画了家庭内部畸形的人伦关系。张博仁始终生活在"斯文的男性沙文主义"的幻想之中，"打出血了才叫打，没出血的，都是两口子闹亲热"。他在拥有对陶小小的绝对控制权的基础上，通过暴力巩固着这种权力。而陶小小，一方面在传统审美（太高，太丑）的强势影响下，自我固化自身的家庭地位，另一方面也通过"不肯落泪求饶"进行含蓄的反抗。当然，这种反抗，直到晚年张博仁瘫痪时，才获得全面的实现。更可悲的是，这种畸形的家庭关系还具有遗传性。陶小小的母亲将女儿速配出去，张博仁母亲的遗言是要儿子"克牢"妻子。相应地，女儿玲玲无法忍受在这种畸形的人伦关系中生活，早早离家，这又进一步加深了张博仁和陶小小晚年孤独凄惨的悲剧性。

陶小小显然是小说叙述的重心，她与张爱玲《金锁记》中的曹七巧在精神向度上颇有几分相似。她们既是受害者又是害人者，既是被控制的一方，也是控制人的一方。母亲的轻视与丈夫的暴力，使她们在家庭中都处于绝对的弱势地位，她们在肉体和精神上都受到了极大的伤害。同时，她们又将这种刺骨的痛原封不动地转嫁到了儿女身上。《别亦难》中，张博仁失去了家庭权力地位后，陶小小通过种种看似合理的手段"磨损"着他的身体，直至他在与黑猫的搏斗中死去。看到张博仁的尸体，"她踢了他一下，闻到鸡蛋腐烂似的味道，空空做了一个呕，抬脚绕过他，进到里屋"。最终，她将自己遭受的一切，都毫无保留地反击回去。

评鉴与感悟

黑猫的出现，不可不说是十分精彩的叙事依托。那只黑猫，就是二人情感发泄对象的替代品。从表层来看，陶小小与黑猫的关系是和谐的，但是稍加深究，就会发现隐藏在表层之下的感情隶属关系。对于陶小小来说，黑猫是被她破坏的女儿生活的替身，她对黑猫的关心，是女儿应得的赔偿。她生怕黑猫不接受她的悔恨与愧疚，便使用束缚的手段强迫黑猫接受自己的情感，以期心安理得地获得自己的无罪宣告。与此相反，张博仁对于黑猫的态度，有更多的敌对意味。这只猫同样是张博仁的情感寄托，只不过他寄放的，是对于自己一生"悲惨境遇"的不甘。在他人看来，张博仁掌握着对陶小小的绝对权力；但在他自己看来，却是"陶小小欺负了自己一辈子"。是陶小小令他失去了女儿，是陶小小气死了自己的母亲，而这只黑猫又抢夺了陶小小对他应当的报答。所以，唯有将这只猫置于死地，才能补偿自己一辈子受的罪。

从最后的结局可以看出，在这样畸形的家庭中，没有人是胜利者。互相欺压、彼此折磨的人伦关系，在中国家庭中代代相传。"别亦难"即是对告别这种非常的伦理关系之难的叹息，这声叹息，照见了灵魂中人伦的灰暗，也照到了作家对于理想人性的期许。（李嘉桐）

宽　吻

/双雪涛

　　时间还早，我端着咖啡看一个女孩子丢飞镖。她一只脚在前，一只脚在后，轻轻耸动肩膀，飞镖击中靶子旁边的白墙。我扭头看她，原来她闭着眼睛。才上午十一点，她就把自己喝醉了。但是她那么年轻，应当醉得更晚些。她走过去，捡起飞镖，站在原处，闭上眼睛。我说，往左，她向左挪了挪。我说，再往左，她又往左走。我说，可以了。她用力将飞镖掷出，春卷把头一躲，飞镖击中了他身后吉姆·莫里森的相框，相框晃了一下没有掉下来。春卷是这儿的调酒师，也是DJ（注：夜店等场所的打碟工作者）和老板。说是DJ，其实有点敷衍，他四十岁左右，头发弯曲，但是表情严肃，所放的音乐也十分单调，莫里森、披头士，偶尔放一点陈年的乡村音乐。他用抹布擦了擦洒出的酒说，你不能再喝了。女孩儿指着我说，是他喝多了。春卷说，他喝的是咖啡。女孩儿扭头看着我说，听见了吗？他跟你说，你不能再喝了。她的眼睛因为酒精的作用湿漉漉的，像鳃一样收缩。她身材瘦小，皮肤雪白，却不那么紧致，好像铺满细沙的海滩，踩上去可以留下脚印。我说，以前没见过你。这片的酒鬼我都认识。她掏出钱包说，再来一杯伏特加加橙汁。掏了半天，掏出一张银行卡，说，我刷卡。春卷说，POS机坏了。我说，我有现金。春卷看着我说，庄老师。我说，你回座位等着，我给你端过去。我给她倒了满满一杯橙汁。春卷说，问清她住在哪里，她马上就要睡着了。我回到自己的座位把没写完的文档保存了一下，扣上电脑，走到她对面坐下。她用手指着我说，你不能再喝了。我把橙汁推到她面前说，你最好也别喝。她摇晃自己的手包说，今天开了工资，我刷卡。我注意到她穿了一双运动鞋，脚踝的皮肤和脸一样白。我说，用不用给你叫辆车？她拿起玻璃杯又放下，说，我趴一会儿，十二点叫我。我说，我待不了那么久。她从手包里拿出一只哨子递给我，十二点吹这支哨子。说完便趴在桌子上睡着了。哨子细长，口扁，像是白钢的，风口方形，上面拴着一条带子，带子上有个"阮"字。我拿在手里看了半天，一定是用过很久，"阮"的耳刀旁已经磨掉了一半。二十分钟之后，我要去上课，我把哨子挂在她的脖子上。走过吧台的时候，我对春卷说，十二点叫醒她。春卷说，我这儿不是旅馆。我指了指钟说，十二点，还有四十分钟。

下午的课我分析了村上的短篇小说《蜂蜜饼》，这是一篇不知名的作品，《神的孩子全跳舞》集子里的最后一篇，但是不知怎么回事儿，十五年前看这篇小说，便被其吸引，然后找来村上的所有书看。因为一个短篇小说而看了村上的全部作品，这种情况不太常见。李巍和我在一起的时候，曾经说我之所以当了作家，是因为经常会迷恋一些奇怪的东西。我说，比如呢？她说，比如一个集子里不知名的小说，比如班级里最不起眼的女孩儿。我说，你这样说有点过于谦虚。她说，没有，你这种迷恋是有原因的，你有独特的眼力。那是我们俩最要好的时候，大概六年前，她刚刚怀了小雪，我刚刚签了第一本书的出版合同。她想吃草莓，我便去买草莓，她想吃葡萄，我便去买葡萄，她吃了一颗不吃了，我便把剩余的全吃光。现在我每当看见草莓和葡萄就有点反胃，那几个月已经吃下了一辈子的配额。

下午有点热，学生们有点困倦，我想讲个笑话，提提他们的精神，可是大多我知道的笑话已经讲过，比如詹姆斯·乔伊斯脑袋套着老婆的内裤写作，比如欧内斯特·海明威说，《老人与海》里没有象征，只有鲨鱼，鲨鱼象征评论家。一个女生噘着嘴，半睡半醒，无聊得吹着自己的刘海，好像老迈的心脏一样一跳一跳。我见过大约一千个这样的学生，如同误入课堂的鱼，从我的课堂游出去，他们就会马上忘记我说的话，找到属于他们自己的话题，一条微博，或者用手机摇到了附近的某个人。世界上有太多值得年轻人关注的事情，他们不大会关心蜂蜜饼和小夜子，至少不会当真。

小夜子穿着一件黑色圆领毛衣。她双手放在桌面上，说了声"预备"，然后先右手像甲鱼一样哧溜溜钻进毛衣袖，在背部做出轻轻搔痒的姿势。继而拿出右手，这回把左手伸进袖口，绕脖子轻轻一圈，又从袖口退出，手里边拿着白色胸罩。委实敏捷得很。胸罩不大，没有钢丝支撑，即刻又被塞入袖口，左手从袖口退出。接下去右手进入袖口，在背部窸窸窣窣地动了动，旋即右手退出，至此全部结束，双手在桌面上合拢。

啊，就是这么回事，当年我曾让李巍试过，小夜子二十五秒，李巍三十七秒，在没有经过练习的情况下，快极了。她有一对柔软的肩膀和修长的手臂，还有藐视现实的想象力，在操作的过程中不停作弊。教学楼底下是一片整齐的草地，一个工人正驾着红色的除草机工作，轰鸣声如倦懒的下午一样催人入睡，没有内容，不知所终。我设想了一下从窗户跳下去的场景，还有我面前这些年轻人的反应。也许他们会掏出手机拍下我俯卧的样子。

下课之后，我去学校的游泳馆游了两千米，然后回到咖啡馆。女孩儿已经不见了，春卷也不在，这个钟点他会回后面午睡，让侍者看店。一个壮硕的男人正在丢飞镖，力道十足，大部分都中了靶心。他看我看他，说，玩吗？我摆了摆手说，不玩。明天是周末，早上九点接小雪。我坐在自己的老位置上，查看了一下小雪给我发的语音，明天她想去海洋馆。离这儿不远处，新建了一个海洋馆，据说是亚洲最大，有许多珍奇的动物，还有一条充满了鲨鱼的长廊，奠基时有几个动物保护者来静坐，后来被警察礼貌地请走了。他们来自天南海北，下午就被送上了回家的火车。我不了解一个坐二十小时火车来保护动物的人到底是什么样子，如果他有个五岁的女儿，是不是能说服她不要去看浣熊和海豹。我们养殖动物，吃掉动物，我们享有很多可怕的权利，也面临着无数独有的困难。在海洋馆修建的时候，我看见过一排运送海水的大车，还有一辆吊车吊来一座人工的岛屿。在海洋馆开幕前几天，春卷跟我说，这两天晚上他都看见有车运出动物的尸体，有大有小，用黑塑料裹着，不知运去哪里。他说，水土不服，我们这儿为什么没有海？因为不该有海。我倒没多想气候的问题，也许我们这儿最早的时候也是海洋，享受着宁静，承受着海水的重压。我想起了苏联的古拉格，服苦役的人，冻成一坨，挖土机一翻，便成了基石。但是当小雪提出要去海洋馆，我毫不犹豫地答应了，我不是动物，它们不会了解我的需要。

酒吧很安静，十几把椅子，一个外国老人坐在角落，双手摆在桌子上，端详着属于自己的啤酒，玻璃杯里的啤酒，形式里的内容。我戴上耳机，开始写一篇小说的结尾，从某种意义上说，我现在是一名大学教师，写作只是我的爱好。每当我戴上耳机写作的时候，就好像漂浮于海洋，没人搭救我，充满了危险。有时身边有鲨鱼游弋，天上的飞鸟也会时不时飞下，啄我的眼睛，但是只有这时，我属于我自己，拥有太阳和风，洋流通过我的身体，无论是漂向赤道还是北极，都不会让我恐惧。我在努力写的是一个十二岁男孩探险的故事，寻找他失踪的亲人，从他在湖边拾到姑姑的一只鞋子开始，然后来到一座乡野的教堂。小说是一条隧道，结尾如同隧道尽头的一线光芒，我写了大概三四遍，还没找到恰当的方式，那线光芒有时过于耀眼，有时过于微弱，不是我想要的成色。即使我找到了让自己欢欣鼓舞的结尾，也许在他人眼里，这也是一篇烂透了的小说。又有什么关系呢？就像有些音乐在耳机里听就可以了，不用打开扬声器。大概一个小时之后，我的手机响了一下，是小雪的语音：爸爸，明天早上舞蹈课窜课，不能去海洋馆了，你替我去看看好不好？照几张海豹和海豚的照片。你能跟它们合影吗？告诉它们我为什么去不了。我说，好，爸爸会去，你的舞蹈老师严格吗？最近学会了什么？可不可以下周跳个舞补偿爸爸？没有回复。我等了大概半个小时，然后继续工作。

第二天一早，我步行来到海洋馆。这是我第一次仔细端详这个东西，原来所谓海洋馆只是一片巨大游乐场其中的一个建筑。从入口望进去，里面还有摩天轮和旋转木马，再里面还有一些别的项目，被假山遮挡看不清楚。还没有开馆，一切静止，几个穿制服的人在里面说笑，脸上映着清晨的阳光。我以为自己是最早的一个，结果发现售票处门口已经排了大概二十个人，一个孩子穿着鲨鱼鳍骑在父亲脖子上，母亲站在旁边，拿着水和面包。像我这种独个儿一个男人，站在队伍里，实在有些不太协调。一张海洋馆的票，我说。一百二。一百五是通票，可以玩所有项目。售票小姐对着下巴底下的麦克风说。我说，我就去海洋馆，我不需要所有项目。票是蓝色的，上面画了一只出水的海豚。

　　走进海洋馆的入口，就看见海豹，大多沉在水底，似乎昨晚熬了夜。我不知道怎么去和它们合影，它们看起来像礁石一样一动不动。一个工作人员走过来说，先生，想和海豹合影吗？我说，想，但是它们都睡着了。工作人员说，这边还有一只醒着。原来转过池子，一个帘子后面，一只高脚凳上坐着一只海豹，身上有幽蓝的花纹，还有几根白色的长胡子。我说，真的？她说，当然，三岁，我们每天给它消毒，你可以抱着它。我站在它旁边，闻到一股洗发水的味道。它有睫毛，眼珠黝黑，毛皮像果冻一样。相机在我面前，我有点不自在，工作人员说，你往左靠一靠，现在有点像偷拍。我说，就这样吧。工作人员说，球球，那你往右靠一靠。海豹摆动了一下尾巴，上身朝我歪过来，胡须触到了我的肩膀。我小声说，我的女儿叫小雪，她今天有舞蹈课不能来，我代她向你问好。海豹坐直了身体，没有回应。也许是我蠢，即使它能够听懂我的话，也没有适当的器官为我签名。工作人员告诉我，相片在出口取，都挂在墙上。你再往前走，走过一个木桥，有食人鱼。我说，我不想看食人鱼。他说，不会有危险，保护措施很好，一般海洋馆没有，我们这儿是特批的。再过十分钟有喂食表演，你现在过去能占个位置。我道了谢，走上木桥。果然有一只巨大的玻璃缸，里面蜂聚着小鱼，三角形，扁身大嘴，似乎知道吃饭的时间快要到了，有几只先行撕咬起来，须臾又散开，其中一只尾巴残了一角，丧失了自己的平衡和尊严，歪着身子游到里面去了。人们围着水缸，有两个小孩儿鼻子都要贴上，瞪着大眼，用手指着。一个穿靴子的男人套袖上沾着血，拎了一只大塑料桶走过来。我马上向前走了。手机响，是李巍发给我的视频，小雪在压腿，脑袋贴在腓骨上，和其他孩子比，她有点瘦弱，但是我相信这有利于跳跃。李巍是严格的母亲，她观测到小雪的舞蹈天赋，不会让她吃胖。在分开之后的半年多时间里，偶尔我们会通一个电话，从孩子开始，然后聊聊最近的事情。我不知道她是否宽恕了我，她从来没有明说，但是她从来没提出让我回去。那个酒醉的夜晚，那个陌生的身体，那些从未说过的脏话，那个站在窗前的早晨，丝毫没有褪色，甚至更加鲜艳了点。我记得我歪在床头，敞着领子，让那个学生试着照我说的做，戏剧性地脱掉胸罩。她怎么弄也不行，后来我索性伸手扯了下来。我似乎还扭过她的双手，让她背朝着我。我从来不会这么做，不过自那次之后，有时站在课堂上，突如其来，看见女学生认真听着我说的话，看见她们的刘海，我就想把她们翻过来，扭住。我需要回想葬礼之类的东西，回想生活里最为美好的时刻，比如小雪出生时的样子，脖子软软的，高声哭叫，才能将自己稳定下来。

　　窄路的两旁种着绿植，天棚有玻璃，日光照下来，折成无数道亮线。我看了一些蜥蜴和乌龟，有只蜥蜴因为被人注视，变成了树枝的样子。走过了无数玻璃橱窗，随便看着底下的简介，很多动物是从美洲和非洲来，在这里睡觉。有的有剧毒，有的比猫还大，吃着游人给的果子，双手捧住，吃完还会吐着芯子作揖。走到一片昏暗处，拐角一条小路，铺着木板，牌子上写着：海豚剧场。大概是保留节目，牌子前面排着长队。前面还有鲨鱼长廊，但是鲨鱼不太适合小雪，海豚大概可以，和海豚照张相，我应该就可以回去。排了大概半个钟头，进到一个圆形的场子，斗兽场一般，四周围着座椅，穹顶高举，状若头颅。我加了十块钱，于是坐在第一排。几个女孩子在人群中穿梭，兜售着海豚模样的纪念品，手机扣、钥匙链，还有海豚模样的水枪——从海豚微笑的嘴巴，可以射出水去。一个男人，梳着背头，拿着麦克风炒着气氛。有孩子从后面冲过来，扒着栏杆向下看，什么也没有，只有蓝色的水，家长跑来将其抱走。其实我从进来时，便看到在大池子的旁边，用胶合板挡着，应该有个小池子，底下相通，就像运动会里的等待区。终于主持人喊了一声，四个年轻人，两男两女，拎着塑料桶从胶合板后走出来，水面也起了波纹，从我的角度看下去，四只海豚排成一列，慢慢游入主池，停在各自驯养员的脚边。表演开始，驯养员胸前挂着哨子，桶里装着死鱼。海豚们跳舞，腾跃，把气球顶向观众席，引起一群人的围抢。它们还会唱歌，声音之尖利超过想象，好像火车的汽笛。我怀疑这样高亢，是因为大海空旷，在这里听，着实有些刺耳。我站起来想要拍照，突然注意到他们胸前的哨子，他们离我不过十米，我可以清晰看见，他们嘴上的哨子，长条扁口，闪着冷光。可是这四个人中，没有我昨天见过的女孩儿。他们都太高大，而且面无表情，腮帮子鼓起，往海豚嘴里塞着死鱼。每只海豚都在微笑，看着安全而且顺从，它们安静地游弋，又突然地浮出水面，专心听着哨音，熟练地表演各种花样。大概十五分钟之后，四人鞠躬，四只海豚也消失不见。这时主持人提高了嗓门，从水池侧方的一个高台上，出现了一个女孩儿，穿着潜水服，脖子上挂着哨子。她扬手向大家致意。我注意到这时池子里出现了另一只海豚，比刚才那几只都大，游得速度也快，迅疾地贴着池子打转。女孩儿好像打翻的瓶子一样，从高台跃下，落入水中，剧场里响起一片惊呼。然后是彻底的安静，主持人也不见了，只见水波荡漾。我已经僵住，忘了拍照。突然女孩儿从水中飞起，脚踩着海豚的嘴唇，在空中翻了一圈，重又落入水中。掌声四起，孩子们大喊着，你看，你看，她还活着！我已经将她认出来。我看见在水中，她骑上了海豚的脊背，然后再次浮出水面。这东西好像来了力气，游得比刚才还快，下颚像一把刀把水切开。女孩儿开始是匍匐着，后来一点点站起，许多人站起身来看，只见她终于松开了双手，一脚在前，一脚在后，弓着身子，眼睛看着前方，嘴里叼着哨子。哨声响起，十分悠长，海豚突然一跃，两人在空中分离，然后又落在一起。几次之后，海豚开始打转，越转越快，女孩儿张开双手保持平衡，终于两人旋转着沉入水里。水面恢复平静。不一会儿，女孩儿自己沿着梯子爬上来，散开头发向大家鞠躬致意。她的头发滴着水，束发的皮套勒在手上。

  人们陆续散去了，我没走。从很小的时候我就喜欢游泳，而且游得不赖。在我的家乡，有一个湖，一端有峭壁，水中有细小的鱼和柔软的水草，我常常浮在湖面，半睡半醒。男孩儿就是在这湖边捡到了姑姑的鞋子。我在那儿待了一下午，如同被催眠，把节目又看了两遍，一切都一模一样，每次女孩儿都从高台上跳下来，只是最后一场时，天光渐暗，穹顶亮起了灯。最后一拨人走了，打扫卫生的阿姨在我身边捡垃圾。一个年轻人，头发泛油，似乎没有睡醒，捏着管子冲洗着池边的栏杆。我走过去说，你这里谁是经理？年轻人没有抬头，说，那个高台底下有个办公室。我说，刚才那个女孩儿是不是姓阮？他转过身来，你干吗的？管子里的水在我脚前形成了一个圈。我说，没事儿，你忙。办公室布置得十分简单，墙上贴着表演的时间表，工作日一天两场，节假日一天三场。另一面墙是奖状和锦旗，欢乐大使，洒爱人间，勇敢无畏，技艺绝伦，一面锦旗上写着。经理听我说完，说，我得跟上面汇报，这事儿没遇着过。他的头发很少，有一张椭圆而疲惫的脸，很难想象，在海洋馆里会有一个看起来这么干燥的人。我说，汇报吧，需要签字我可以签字，你们没有风险。他说，这么说有点不礼貌，但是，你有传染病吗？或者最近有没有伤风感冒？我说，我有体检报告，上周刚刚下来，我经常游泳，身体很健康。他说，你的工作证我看看。我把工作证递给他，哦，大学教师，他说。我说，我也是为工作，今天看了表演，觉得可以写点东西。他说，报纸你熟？我说，日报的主编是我同学，我现在就可以给他打电话。他说，你打，我听听。我拨通电话，按了免提，不出所料，他对我的这个特稿感兴趣，在电话里便提出可以出一点预付款，而且埋怨我上次给南方某报纸写的稿子没有给他。经理说，有几点跟你说清楚。第一，三天时间，多一天都不行。第二，我不收你钱，但是你别乱写，你有学校，我们上面也有政府。我们这一帮人，天天泡在这里，也不容易，你多夸夸。第三，人你可以问，海豚你可以摸，但是不能下水。我说，为什么？他说，海豚有牙。你用回去准备吗，还是现在开始？我说，没有什么准备的，如果不打扰你们工作的话。他说，今天没表演了，晚上是训练，你想先采谁？我说，最后出来那个女孩儿，从台子跳下来的那个。他说，阮灵。行，上来就逮住我们的头牌。你去池子旁边等着，一会儿我让她过去找你。

　　灯比刚才更暗，池水显出黑色。场地空无一人，能闻到一点腥味。我回到刚才的位置，掏出手机，没有信息。这个钟点儿，小雪不是在写作业，就是在看动画片，每到周末，她能看一个小时动画片。阮灵穿着白色的短袖衬衫和蓝色短裤，脚上穿着一双红色的塑料拖鞋，走到我近前说，你是庄老师？我说，我是。她说，我从来没见过记者，不知道怎么说话。我说，我不算记者，写的东西对人不对事儿。你愿意说就说，不愿意说也是一种状态，可以写进去。她递给我一盒盒饭，说，没吃吧？我说，没吃。她坐到我旁边，说，我现在有点累，咱们能少说两句吗？我说，没问题，可着你来，随时可以停下来。一会儿训练？她说，十分钟之后。我说，海豚有名字吗？她说，当然有，平时说话，总不能叫它们海豚。我说，你那只叫什么？她说，叫海子。我说，呵，你读诗？她说，什么诗？

它是大海的儿子，所以叫海子。我说，哦，也对。海子几岁？她说，七岁。我大概说一下吧，省得你挨个儿问。它是宽吻海豚，雄性，原来生活在太平洋，捕来时两岁。它的智力很高，相当于四五岁的孩子；它的力量很大，四五只这种海豚，鲨鱼也不怕，它们可以围成一圈把鲨鱼撞晕。你看这只哨子，是我和它们沟通的工具，它们相互也吹口哨，内容很多，玩耍、驱逐、交配，或者就是唱歌。游的时候它们靠回声辨别方位。海子从来的时候就和我在一起，当时不在这个海洋馆，今年才被这儿买来。本来我不想再换环境，这儿我一个人也不认识，但是海子来了，我想来想去，还是来了。我说，有意思，你说你累了，但是也没少说。她说，现在开始不说了，歇会儿。我说，你歇着，我把你说的记在手机上。其实我挺好奇，一个女孩儿可能有很多种生存方式，但是当海豚驯养师，实在是不多。她说，我原先是练游泳的，后来受了伤，退役了。教练推荐我不行的话就试试这个，我也喜欢动物，就来了。我从十二岁出来学游泳，到现在，有时候一年也回不了家一次，就是跟海豚在一起。我说，我有个问题，海子是你训练的第一只海豚吗？她把头发束上，说，不是。训练的时间到了，你来的时候不错，我们在排新节目。她站起来。我说，我见过你。她说，在哪？我说，昨天中午，流浪者酒吧。她说，是你给我端了杯橙汁？我说，嗯。她说，但是你没叫醒我，害我迟到了。我说，你那哨子，我能买一个吗？她说，买不着，你坐这儿别动，海子来了。

　　海子是一只害羞的海豚，尤其在夜晚的时候，不愿意见生人。他们排的节目是一个短剧，两个男性的潜水员扮成鲨鱼，把阮灵乘坐的木筏顶翻。海子从小池子游进来，驱逐两条鲨鱼，然后驮起阮灵，把她拱到岸上。那天晚上只是一个开始，阮灵坐在池边，脚伸进水里，海子蹭着她的脚，听她讲故事，这个救人的故事。海子好像有点不情愿，几次游出去，阮灵吹响哨子，它又讪讪地游回来。阮灵的故事编得一丝不苟，她先讲为什么她会在筏子上，是因为她坐的船失事了。为什么她会上那条船呢？是因为她要坐船回家；而之所以要回家，是因为她做了一个梦，她的爷爷因为年纪大了，进山时走丢了，她要回家看看，如果没丢最好，如果丢了，她就去山里把爷爷找回来。这个游乐场里，有她的宿舍，离摩天轮不远，是整个游乐场的西北角，有一条碎石子铺的小路。她没让我送她，这里头到了晚上是全封闭的，不会有危险。我们相互留了电话，然后挥手告别。在海洋馆的出口处，我看见一面墙上挂着我和海豹的合影，原先应该挂了许多，现在只剩下一张。我拿下来放进包里，走了出去。

回到家里我洗了个澡，身上全是氯水的味道。我租的这个公寓是个高层，两室一厅，我把一个房间用作书房。我坐在书房写了点东西。从书房的窗子，能看见海洋馆的屋顶，圆圆的，有一个尖。走在路上，我给李巍发了条信息：睡了吗？她没有回。我又发了一条，今天我认识了一只叫海子的海豚，两米长，两百公斤，但是其实是个小孩子。她也没有回。我核对了一下明天要用的教案，明天要讲《奥康纳的天惠时刻》，或者也可以叫《奥康纳的绝望》。

1964年，重写《启示》，和基尔克斯计划新的小说选集，准备秋季出版。2月初，检查显示纤维瘤是引起贫血的原因。手术前一天在医院修改《启示》的校样。2月25日，纤维瘤被成功摘除。3月初，回到家里，因感染和重新诱发的狼疮而越来越虚弱，月底回到医院。5月初接受输血和可的松注射，仍然虚弱无力。当月21日，在离开亚特兰大的皮德蒙特医院之前，签署选集出版合同，选择"上升的一切必将汇合"作为书名。把未完成的短篇小说藏在枕头下，唯恐被禁止写作。7月7日，要求并从教区教士那里领受了敷油（旧称临终者涂油礼），当月中旬，收到了卡佛寄回的《审判日》，根据他的建议做了修改。月底，住进博尔德文医院。8月2日，陷入昏迷，3日零时刚过，死于肾衰竭。4日，和着米利奇维尔圣心教堂低沉的《安魂曲》葬于纪念山公墓，她父亲的身旁。

这就是奥康纳1964年的经历，她拖着残躯，面对自己是个临终者的事实，还是修改了文稿。我怀疑那修改可能没有什么意义，只是作为她的存在方式进行，也许在各种药物的夹缝里，改得更坏也说不定。对于生存她已丧失了希望，可对什么东西依然怀有希望，到底是个什么东西，我不太清楚，但是一定极为重要。阮灵的形象几次进入我的脑海，她是苍白的，不难看，湿漉漉的。我想起她光着的脚，像个小孩子，上面涂的红色指甲油已经斑驳。海子笑眯眯地倚着她的小腿。又写了一会儿，我把和海豹的合影拍下来，给李巍传了过去，然后把照片贴在书柜上。

  第二天的课在上午，学生们大多清醒。今天是周日，我上的是选修课，学生大都不认识，来自其他院系。有一个孩子站起来问了几个较好的问题，她对奥康纳的名作《善良的乡下人》有些看法，认为其主旨可以概括为恶的启迪。下课之后她说她写过几篇习作，想请我看看，我给了她一个邮箱。中午我打开手机，发现李巍还是没有回复我的信息，这是十分罕见的情况，上次出现还是小雪得了急性肠炎，跑到医院急救，她把电话忘在了家里。我给她打去电话，响了十几声自动挂断了，我连续打了几个，都是十几声后自动挂断。我突然感到极为恐惧，跑到路边，准备打车回家，我们原先的家。这时一条微信进来：我在登机，手机未来一周都不好用，勿念。我说：去哪？小雪和你在一起吗？怎么不提前告诉我？她说，日本，临时决定的，不用担心，小雪想去日本迪斯尼和海洋馆，我给她请了假。我说，好，注意安全，到了有wifi的地方请和我联系。没有回音。

  下午的海洋馆出了点意外状况，工作人员水加得太满，喂食表演的时候，几只食人鱼跳了出来，其中一只咬中一个五岁男孩儿的小腿，撕下手指那么长一条肉来。场面大乱，孩子的家长先是将食人鱼踩死，然后又和负责这一区域的经理厮打起来，救护车来时，不但拉走了男孩儿，把经理也拉走了，他的鼻子被打断了。受这个事情影响，海豚剧场的人相当寥落，目测大概不超过二十个人，稀稀拉拉分布在池子周围。晚上阮灵继续带着海子训练，"鲨鱼"没有来，只有她坐在木筏上，然后装作失足跌进水里，海子把她驮起来，就近放在池边。阮灵告诉它，不应该放在这么近的地方，这样观众会觉得不过瘾，应当驮着她在池子里绕一下，等她给它信号，拍它的嘴唇，它再把她推上去。效果不好，海子似乎没太理解她的意思。训练结束后，阮灵没有给它鱼吃，海子也没有多争辩，依然笑着，游入了相当于自己宿舍的池子。向外走时，我问阮灵，日本的海洋馆和我们的有区别吗？她看了我一眼说，区别很大，前年我去过一次，他们训练海豚特别严格，海豚能够钻火圈，如果你交足够的钱，孩子可以骑在海豚背上在水里兜风。我说，你能做到吗？她说，我不能。走到室外，没有一丝风，闷热异常，在分手之前，阮灵说，海子的尾巴上长了一块疮，你注意到了吗？我说，没有，是我的问题吗？是我摸了它？她说，和你没关系，几天前就长了。明天它恐怕得休息一天，你后天来吧。

夜里无法入睡，热得出奇，空调工作的声响都像热浪一样在房间里转悠。我洗了两个冷水澡，然后光着膀子坐在书房看书。我想起我写第一部长篇小说时，家里没有书柜，几乎没有家具，只有一张废旧的铁桌子，奇长无比，是房东留给我们的，或者说是懒得搬走的。我们在前面摆了两把椅子。那是一个同样炎热的夏天，我脱得只剩一条裤衩，拼命打字，故事源源不断，我只需伸手把它们逮住，有时写得燥起来，就弄条湿毛巾搭在脖子上。李巍给我扇扇子，可我浑然不觉，当她睡倒在我后背，我才发现她的浑身已经湿透了。已过午夜，可我还是没有一点睡意，我打开邮箱查看邮件，那个女生给我发了两篇小说，都不好，十分做作，充满了无谓的比喻，有一些不错的见地，但是和小说没有关系。在邮件的正文她说她听过我所有的公开课，现在的专业是通信工程，希望考取我的硕士，未来成为作家，邮件的底部留了她的联系方式。当初那个女生小说要比她写得好些，至少，比喻比她少一半。我把邮件看了两遍，连同附件一起删掉。我忘记了我正在写的东西，开始构思我的报道，开头也许是：海子七岁了，人生第一次做梦。它梦见它的驯养师阮灵比它还小，需要它的保护；它梦见每到夜晚便会长出两只脚，登上陆地，走过阮灵走过的碎石路，寻思着她走在路上会想些什么。海豚会不会做梦，也许问一下阮灵就会知道。这时手机进来一条微信，小雪用很小的声音说：爸爸，有个叔叔。我知道小雪半夜爬起来，从李巍那儿偷出手机，发完这条微信便会把记录删掉，然后偷偷放回去。我想问她是不是去了东京的海洋馆，骑没骑上海豚的背，但是我知道我即使问了，她也不会看见。我翻找了垃圾箱，找到刚才那封邮件，读了一遍，然后彻底删除。我随便套了一件T恤衫，给春卷打了个电话，今天你当班吗？他那边有音乐声，当班，怎么个意思？我说，把我存的那瓶酒拿出来。他停了一下说，你这半年都没喝酒。我说，所以，你已经帮我喝了？他说，那没有，就是得找找。我说，找吧，我十分钟之后到。

酒吧里人不多。春卷这个酒吧，总是人不多，但是一直开着，也许他很有钱，也许第二天就会关门，我从来没问过他。他知道我姓庄，知道我是个老师，我们经常聊天，但是他从来不打听别的，我也只知道他是个单身男人，能调很不错的龙舌兰。今天放的是 *Light Me Fire*，声音不大。他给我倒上酒，说，约了人吗？我喝光一杯，说，没有，就我自己。他又给我倒上，说，你上次喝多了，在我这吧台上趴了一宿。我说，是，第二天落枕了。他说，你这酒不错，但是再存半年可能更好。我又喝了一大口，说，我怕丢，喝了比较踏实。他笑了笑说，有人玩飞镖，我已经躲过好几支了，醉得比上次还厉害。我才发现阮灵也在，她和那天晚上一样的装束，独自一人，一脚在前，一脚在后，飞镖拿反了。我走过去说，要点橙汁吗？她看了我一眼说，不要。我说，带我一个好吗？她说，不带。一支飞镖出去，屁股朝下落在墙角。我说，一个人？她说，又要采访我？我说，没有。我看了一会儿说，只是想聊聊天，让你少喝点。她说，你警察吗？我怎么老能看着你？我有权保持沉默，我说的话会成为呈堂证供。在灯光里头，她看起来很好看，面颊白皙，四肢纤细，脖颈修长。小女孩长大之后应该就是这样吧。我没有再说话，只是看着她把一支支飞镖丢得到处都是，然后帮她捡回来，让她再丢。她说，你问过我一个问题。我说，嗯。她说，你问我，海子是我带过的第一只海豚吗？我现在回答你，不是，我带过两只海豚，海子是第三只。第一只海豚叫比特，我从五岁带到七岁；第二只叫憨憨，我从六岁带到七岁。我说，嗯。她说，它们后来都死了。我说，怎么死的？她说，都是自杀。但是都有预兆，预兆就是尾巴上长疮。跟你说过，它们用声呐代替触觉，游泳池不是大海，在游泳池里，它们发出的声波会来回去地弹射，让它们彻底迷失。所以你看到的海豚，基本都是瞎子，只是因为熟悉地形，所以还能游。我说，没有办法？她说，都没活过七岁。比特把自己撞死，憨憨绝食死的，死在我怀里，那时身上已经长满了疮。海子上周刚过完七岁的生日，算是比较有毅力的。我说，但是尾巴也有疮了，可是为什么它们还在微笑呢？她看了我一眼，它们是宽吻海豚，就算你把它们的脑袋砍下来，它们也是笑的。我说，总会有办法的。我想了想说，我们可以把它偷出来，放回大海里去。她说，你愿意和我一起干？我说，愿意。她说，真的？那可会被判刑。我说，我认识几个律师。她笑了，说，你醉了。我说，必须得这么干。我雇辆大车装满水，把它放了之后，就去自首，你就说我挟持了你，和你没关系。她说，那罪就更大了。我说，我在哪儿都能写东西，也许监狱对于我来说更好，没有自由，能安心写点东西。她停了一会儿说，就算把它放回大海，它也会饿死，它已经不会捕食，它的归宿就在游泳池里。我走过去，从她的手里夺下飞镖说，我们可以先教它，偷偷地把它教会，然后把它放回大海，或者，肯定有别的办法。她站直了，没有摇晃，盯着我说，我比你更需要它。我说，那就想想办法。她说，你怎么对它这么上心？你不是大学教师吗？你应该活得很舒服啊？我说，我就是不想让它死，就是不想让它死啊。不知为啥，我的眼泪流了出来，流到领子里，我的手里攥着酒杯和飞镖，想把它们捏碎。她伸手拍了拍我，说，换个地方吧。我说，去哪？她说，去看海子。

海豚剧场里漆黑一片，阮灵隐入暗处，点亮了灯。她从仓库里拖出竹筏，扔在池子里，然后吹响了哨子。海子不知从何处游了进来，它叫了几声，然后停在阮灵脚边。阮灵说，尾巴。海子转过头去，把尾巴伸出来，阮灵看了看，让它游到另一边去了。她小声对我说，和我想的一样，疮好了一点，不出意外的话，它还能活一年。我说，活到八岁？她说，嗯，一个纪录。我说，为什么？她说，因为海子喜欢我，当然比特和憨憨也很喜欢，不过海子是最喜欢我的一个。我说，最喜欢你的一个？她说，对，所以它会坚持活下去，因为这个节目，它会活着，然后一次次把我救起，即使它知道这是假的，它也会担心，担心另一只海豚搞砸。所以它会相信这个节目是真的，然后等待每天救我。我知道有点残忍，但是我想不出别的办法。我立在池边，没有说话，我看着池水里的海子，看着它的影子。它什么也看不见，它只是游来游去。我说，我能下水吗？我能抱着它游一会儿吗？她说，你会水吗？我说，会。相信我。她说，三分钟。我说，三分钟。她走到池边，有些趔趄，和海子说了几句话，然后冲我点了点头。

我脱光了自己，一丝不挂跳进水里。我抓着它的胸鳍，它缓缓地向前游去。我一点点地靠近它，抱住它，它极其冰冷，但是没有躲闪。上面传来醉醺醺的哨子声，我感到自己正在变得滚烫，我奋力贴着它，不让池水分开我们。

《收获》2017年第4期

评鉴与感悟

对"游离者"的文学观察

《宽吻》实在是一篇容量很大的短篇小说。立于纸面的文字所讲述的故事并不跌宕，甚至有一丝平淡，乃至乏味，但在这波澜不惊的情节背后，述写的是一个都市个体的精神困境与存在难题。

小说中的"我"是一位大学教师、作家，同时也是一个社会的"游离者"。一方面，"我"以"无所谓"的姿态自适地游戏在生活中，以行动颠覆着世俗对于教师的道德束缚；另一方面，只有写作与家庭，可以使"我"保留仅存的责任感。"我"轻飘飘地存在，游离在现实之中。

这种游离，实际上是一种关于存在的困顿。在很大意义上，"我"的存在与小说中的宽吻海豚"海子"的存在是共通的。他们同样"游离"于自己的生存环境中，同样以形式化的微笑回应着生存，同样被困在小小的"水池"之中。"海子"的困顿，是不自知的困顿。它永远游弋在那一片小小的水池，死亡是它不远的归宿，旁人皆知唯有它不自知。而"我"的困顿，是清醒的困顿。对"我"而言，生活的一切都是束缚自我的枷锁，"我"因此放弃了对生存意义的寻找。对"我"而言，存在就是孤独的，直到"我"偶然遇到阮灵和海子。

了解了海子的境遇后，"我"终于找到了自己的同行者，因为"我们"实在是太像了。"我"在不动声色中爆发了对于海子强烈的保护欲望："我就是不想让它死，就是不想让它死啊。"同时，"我"在海子身上得到了真切的"同体感"："上面传来醉醺醺的哨子声，我感到自己正在变得滚烫，我奋力贴着它，不让池水分开我们。"

"我"在作品中的形象是"内在"且丰富的，在心灵的层面上，"我"是丰满的、相对完整的。而阮灵，春卷等人物形象则由于处于"被观察"的角度，而显得相对不完整。但就是从这些不完整的形象上也能看出，他们同样"游离"着，同样"困顿"着。这样的人物设计，形成了一个立体全面的"游离者"群像。在这一群像中，不同的形象有着不同的"游离者"特质，"我"的游戏态度，春卷的慵懒，阮灵的彷徨，妻子的无奈……

小说中还出现了多个关于文学、音乐的名词，这些词语并非装点，而是大大强化了作品所要表达的情感精度。如吉姆·莫里森歌曲的冷漠、绝望，奥康纳作品的怪异、荒诞，村上春树《蜂蜜饼》关于作家的书写等,这些细节都与作品想要表达的精神向度保持高度一致,使得作品的思想表达在多个方向都产生了深化的可能。更为重要的是,这些准确且精妙的细节,给作品营造出多重阐释的维度,增加了作品的丰富性和多义性。

小说聚焦于那些生活的游离者,那些深知"世界是荒谬的,人生是痛苦"的人群。对他们而言,"游离"与"困顿"已成为生存常态,是人生不可摆脱的宿命。《宽吻》通过贴近这些人物,也完成了小说对人的存在问题的文学观察。(李嘉桐)

都市猫语

/张翎

茂盛一觉醒来，习惯性地伸手到枕头底下摸出手机，发现屏幕一片漆黑，才猛然想起昨晚收工回家的路上，他用了三年的手机毫无预兆地死了。

这一阵子他生活里发生的事情似乎都是毫无预兆的。比如正月里，他那个向来力壮如牛连医院的门都没进过的爹，头天晚上还在跟人大呼小嚷地喝酒猜拳，第二天到了中午却不肯起床，一摸，已经浑身冰凉。再比如春天里他和哥哥包养的鱼塘，头天鱼还活蹦乱跳的，第二天早上塘面上却是白花花的一片。他还以为是日头反射在水上的光，走近了才看清楚那是死鱼翻起来的肚皮。再比如已经跟他谈了一年恋爱的桔子，五一还在和他谈着聘礼的事，六月里却跟邻村的祥庆订了婚。桔子跟自己什么事情都做过了，而且，他们从来没有吵过嘴。岂止没吵过嘴，连句厉害话也是没说过的。

他只是没想到。

村里年岁最长、见过世面最多的杨太公说，其实天底下哪样事情都是有兆头的，只是人的眼睛太笨，看不出来底里。茂盛仔细想想也是：树上的芽叶看起来是一天里爆出来的，其实力气已经攒了一冬天；天边的第一声雷劈下来叫人猝不及防，其实风和云已经憋了很久的气；病虫子说不定已经在爹的肚子里住了三五年，只不过借着那顿酒才把疯撒出来而已。他是个凡人，没长天眼，他只能看见皮肉上突然鼓出来一个脓包，却看不见脓在皮肉底下已经行了九百九十九里路。杨太公见他蔫蔫的打不起精神来，就开导他说树挪死人挪活，换个地方说不定就换了运气。正好村里有一个后生去年到了温州打工，说那个地方天气和暖人好活，他就离了家，到温州城里当了一名的哥。

茂盛从被窝里钻出来，拿脚从床底下勾出拖鞋来，套进去，起了床，手里捏着一柄冰冷铁硬的手机，怔怔的，一时不知做什么好。到这时他才意识到，原来手机是他的眼睛耳朵嘴巴，他靠手机才看得见外边世界的动静，听得见外边世界的热闹，他靠手机才能跟外边的那个天地搭得上话。手机岂止是他的眼睛耳朵嘴巴，手机还是他的手脚，他得靠手机才能摸得着路走得了道。手机活着，他就活着。手机死了，他就成了个四面是水的孤岛，连岸的影子都找不到。连着他和世界的那根线突然断了，他便惶惶不知如何是好。

他抓起枕头，想翻出藏在枕芯里的那张存折，手伸到一半又停住了。用不着看，他脑子里记得那个数字，精确到小数点后面的两位。一万六千八百九十二块七毛九，其中有一万块钱是临走时妈妈塞到他包里的。加上支付宝里的三千块钱和微信钱包里的一点零钱，那就是他在这个城市里的全部家产。他完全可以去手机市场买一部新的苹果手机，可是他不能。家里虽然没人张嘴跟他要过钱，可是他知道哥哥要还买鱼苗时借下的债，妈妈要给爷爷做八十大寿，妹妹要交高考补习班的学费……他的钱只有一个来头，却有九十九个去处。这九十九个成员的长队伍里，苹果手机只能排在末尾。

待会儿去南站天桥下边的那个手机市场，找个人问一问能不能修。如不能修，只能去买一部华为，便宜的那款。他对自己说。

他推开窗，天亮了，又没有亮透。风钻进他的鼻孔，带着细细一丝声响，有点痒。这可不是家乡的风。这个时节家乡的风早就长了牙齿，能把人咬得遍身都是窟窿。南方的天候就是好啊，秋天长得像没有尽头。家乡早该万木凋零了，可这里门前的那棵柑橘树，枝条被果子压得低低的，绿的和黄的颜色上都还挂着油。当初他决定租下这个地方，除了和交接班的司机相近以外，多多少少也是因为这棵树。

那天他来看房子，大老远就看见门前有棵树，在风中抖啊抖啊，抖着满枝的绿和星星点点的黄。走近了，他才看清楚是挂了果的柑橘，只觉得眼睛一亮，心里便先有了几分喜欢。这地方在城郊，离市中心有些路，房子是那种在年复一年的拆迁风声中活活等老了的旧平房，颓败得紧，漏风，说不定还会漏雨，地板踩上去惊天动地地叫唤。但他一打开窗户，满眼便是那片绿和黄，又听得房主开口说两间房统共月租六百——那个价格在城里刚够租一间厕所。他闭着眼睛还了五十块钱的价，暗想着一定挨骂，没想到人家竟爽爽快快地答应了，他就猜那是天意——那棵柑橘就是老天爷给他的好彩头。

当然，那时他并不知道这屋里不久前刚死过人，是一个久病的老人，实在挨不下病痛而上吊死的。当茂盛得知真相时，已经是几个月之后的事了，那时他已经和这屋子摩擦出了暖意，竟不知害怕了。

他不知道现在是几点钟。自从有了手机，他就不戴手表了，嫌沉。老黄依旧横卧在床尾，在被子窝出来的一条皱褶里露出半张脸，扑哧扑哧地打着呼噜。他就猜想还没到六点。每天到六点，老黄就会睁开眼睛跳下床来，跑到墙角那个大瓷碗跟前，等着茂盛来喂食。老黄的脑袋瓜子里好像埋了一张磁卡，比日头比钟表比打卡上班的工人都守时。

老黄是一只母猫，皮毛通身灿黄，只在两眼之间有一道棕色的竖纹。老黄身形硕大，四腿颀长，看起来更像是一只经过驯养的迷你虎。在成为茂盛的宠物之前，它曾经是沿街乞食的野猫。有一天茂盛起床，开窗时发现外边的窗台上蹲着一只猫。那猫全然没有街猫惯有的惊恐之态，见人并没有逃跑，而是懒洋洋地翻了一下白眼，若无其事地接着睡觉。茂盛忍不住喂了它几口前晚吃剩的盒饭，猫吃了，第二天竟在同一时间回来找茂盛。后来干脆自说自话登堂入室，赖在茂盛屋里不走了。茂盛每日下班回到家里冷冷清清，有只猫走动着也算是有点生气，就留下了它，取名老黄，随口喂些剩饭剩菜。幸好老黄有一副与硕健的体格不相匹配的小胃口，费不了茂盛几个饭钱，实属皮实好养。

很快茂盛就发觉老黄是只有脾性的猫。那脾性有点像自卑，又有点像自傲，总而言之有几分硌涩。每日茂盛在哪里，老黄就尾随到哪里。茂盛下班回家，它远远地听见了脚步声，早早就跑到门口等候。待茂盛进了门，它却又后退几步，用那双介于猫和虎之间的灰绿色眼睛定定地看着茂盛，看得茂盛心里发毛。那眼神很是复杂，有傲慢、好奇、警戒、期待，也有那么一丝半点的哀怨，却绝对没有阿谀。它和茂盛之间隔着的，总是那样不远不近的三步。茂盛进了，它就退；茂盛退了，它就进。就连睡觉，他们也保持着那样的距离，一个在床头，一个在床尾。老黄从不肯轻易接受茂盛的爱抚，茂盛从老黄身上得到的唯一一次接近于亲昵的表示，是有一天夜里他踢了被子，老黄在他赤裸的冒着汗臭的脚板上轻轻地舔了一舔。茂盛几乎有些受宠若惊。那湿漉漉的一舔，以前从未发生过，后来也没有被重复——老黄把亲近的主动权，毫厘不让地攥在了自己的手心，就连最美味的猫食也买不通。茂盛无可奈何。

老黄终于醒了，从被子的皱褶里探出身子，伸了一个长长的懒腰。这是一个架势十足的懒腰，腰和后臀所形成的那条弧线，几乎像一张扯得很满的弓。突然，它的耳朵兔子似的抖了一抖，嘴里发出一声低沉的嘶吼。那声音让人联想起丛林，而不是街道。紧接着，它从床上一跃而起，身子在半空画出一条灿黄的流线，然后轻轻地落到了门口——它赶在茂盛之前听到了，不，感受到了，来人。

敲门声是几秒之后才响起来的，很重，很急，一声压着一声，在这个时辰听起来有几分心惊。茂盛开了门，只见门前站着一个身穿桃红色腈纶棉外套的女人。女人手里拖着一只拉链已经开爆的蓝色拉杆箱，身上背着一个双肩包。双肩包是倒背着的，沉的那头坠在前胸。

"你是叶茂盛？"女人问。

女人说话的声音沙哑粗糙，声带、喉咙和舌头像在砂纸上走过了一遭——一听就是个烟鬼。

"我叫赵小芬，是大头介绍来的。"

大头是和茂盛交替着开同一辆的士的司机，茂盛开早班，大头接他的手开晚班。

女人化着很浓的妆，睫毛膏在下眼睑印下一排黑色的污渍，唇膏在牙齿上溢染出一片猩红，一动表情，脸上就扬起一丝细细的粉。

她该叫"小粉"，而不是"小芬"。茂盛暗想。

茂盛觉得嘴角轻轻牵了一牵，就知道那是笑的前兆。他狠狠地咬住嘴唇，扯紧了已经松开的脸肌。

老黄对来人显示出了异乎寻常的兴趣，它彻底打破了先前那个苛严的三步规则，围着女人转了一圈又一圈，不停地闻着女人的腿，鼻子里发出响亮的咻咻声。这一刻老黄的表现更像是一条没见过任何世面的乡野土狗。茂盛只是没弄懂，老黄的兴奋到底是出于愤怒，还是欢喜。

"大头说你要找房客。他给你打了一夜的电话，你都没接，所以我直接来了。"

茂盛这才想起昨天跟大头说过的话。这阵子满街都是载客的车，滴滴、优步、神州……百样千般，的哥的生意清淡了许多。下个月老板要加份子钱，茂盛就跟大头说想找个房客来分担房租。本是一句随口的话，没想到大头上了心。他更没想到，大头介绍来的竟是个女人。

"我知道你不要女房客，可是大头说你上早班，我上的是夜班，我们可以不照面。"

女人似乎看穿了茂盛的心思。

"我不怎么做饭，耗不了多少水电。"

女人把双肩包卸下来，放到地板上。这时老黄的兴趣一下子从女人身上转移到了女人的包上。老黄的喉咙里传出一阵怪异的声响——是声带发出的低频震颤，听起来像是在寻找，又像是在召唤。那声响与其说是耳朵接收到的，倒不如说是皮肤感觉到的。

女人的包突然蠕动了起来，过了一会儿，半松的袋口钻出一个黑乎乎的东西。

女人打开袋口，从里头抱出一只猫来。

"大头说你也养猫，我就把小黑带过来了。"

女人把猫抱在臂弯里，犹犹豫豫地看着虎视眈眈的老黄。

"没事的，它看起来凶狠，其实是个孬种。"茂盛替老黄辩解着。

女人将信将疑地将手里的那只猫放到了地上。猫很小，大概刚断奶不久，皮毛几乎是纯黑的，只是尾巴上有两块白斑。它站在老黄跟前，似乎还没有老黄的一条腿高。它想站，却没站稳，脚一软，似乎要倒。

老黄走过来，用鼻子嗅了一下小黑。小黑向后跌跌撞撞地退了一步，老黄斜过半个身子，堵住了小黑的退路。两只猫睁大眼睛彼此对望着，地球咔嚓一声停止了转动，空气中有一些噼里啪啦的声响——那是两道目光的狭路相逢。老黄和小黑身上的毛突然噌的一声竖了起来，像是两朵结了绒的蒲公英，一朵大，一朵小；一朵黄，一朵黑。

小黑的毛发先矮了下去。它喵地叫了一声，声气孱弱，犹如一根要断没断的线。老黄身上的毛也渐渐平伏了下来。接下来发生的事情，让茂盛吃了一惊。

老黄伸出它那根粉红色的舌头，开始舔小黑。老黄舔小黑的时候，力气是用两，不，是用钱来计量的。它只用了半根舌头，神情极是小心翼翼，仿佛小黑是一件稀世名瓷，多一钱力气就能将它碎成齑粉。

老黄舔了很久很久，一直到把小黑舔成一团湿淋淋的毛线。老黄把平日舍不得花在茂盛身上的口水，像海洋一样慷慨地奉献给了素昧平生的小黑。

"狗东西。"

茂盛暗暗骂了一句。

茂盛就是在那一刻决定留下那个女人的。他一直也没改得了他的脾性，他总会为一些莫名其妙的原因做出一些莫名其妙的决定。比如几个月前，他就是为门前一棵精神抖擞的柑橘树，决定租下这个住处的。而今天，他又要为这只老黄见了化成一摊水的小黑猫，决定把房子分租给这个女人。

"六百。"茂盛粗声粗气地说。

他期待着女人还价。就是杀下两百块钱，他依旧合算。

"你这鬼地方，离城里一千里地。除了我，连鬼都不稀罕住。"

女人从一个脏得几乎辨不出颜色的手提包里，扯出三张同样脏得几乎辨不出颜色的纸币，扔到窗台上。

"五百五，多一分也别想。月初给三百，月中给两百五。"女人说。

茂盛心里一阵狂跳。这个女人将替他交付全部的房租，从今天起，他将在这个屋子里白住。他觉得离那只想象中的苹果手机，已经接近了一大步。

茂盛并不知道，女人被房东赶出去，已经在客运站的候机厅过了两个夜晚。她，连同她的猫。

就像先前他不知道这个屋子里死过人一样。

赵小芬说得不错,在她住进来很长一段时间里,他们都没有照过面。他出门上班的时候,她还在睡觉;而他回家的时候,她已经出门。他们周末都不休息,一周七天连轴转。

只是家里多出了一些东西,在提示着他屋里还存在另外一个人。

比如说浴室里摆放的那些化妆品。

小芬的化妆品不是收在一个化妆包里,而是随意散落在浴室的各个角落。洗手盂旁边立着几支唇膏,肥皂架边上放着两瓶指甲油,洗澡时放干净衣服的凳子上搁着几盒粉底霜和粉饼……每一个瓶子每一个盒子都是脏的。内容涂溢到容器外边,混杂着女人的指痕唾沫和皮屑。茂盛不太懂女人的行头,桔子除了脸霜和口红之外,几乎没使过什么化妆品。桔子的口红是浅红的,接近于唇色,涂和不涂并没有太大的差别。茂盛是在那些散乱的化妆品里,发现了小芬的重口味的。宝蓝色的指甲油,黑色的唇膏,艳红的带闪光颗粒的胭脂……这个浓妆艳抹的女人走在街面上会是什么一副模样?茂盛突然对女人上班的时间和地点产生了一些奇怪的联想。

有一天他上厕所,发现马桶边上的垃圾桶里扔着几团染着血的手纸。他赶紧扯了一片干净的纸盖在了上面。那一整天,那几团纸一直在他的脑子里飞来飞去,像受了伤的蝴蝶,睁眼闭眼都是。

还有一天,他在浴亭的挂钩上看见了一条半湿不干的黑色内裤。其实那都不能叫作内裤,它至多只是一条剪裁成丁字形的窄布,布边上镶着精致的蕾丝,中间的某一个地方缝着一朵小小的红玫瑰。茂盛盯着那朵玫瑰,觉得有块烧得通红的炭火在他心里落了下来,他听见了嗤嗤的声响——那是皮肉烧焦的声音。他只觉得这个叫赵小芬的女人在这个屋子里埋下了无数块这样的炭火,他走到哪里都有被烧焦的危险,他简直防不胜防。

于是他在冰箱上贴了一张字条。

请收好卫生间里的东西,卫生间不是你一个人的。

他下班回家,发现缝着蕾丝和玫瑰花的内裤消失了,化妆品装进了一个有锁边的大塑料口袋，垃圾桶也清空了。冰箱上却出现了一张字条，就在头天他写的那张纸条之下。

  穿过的袜子不要丢在沙发上，沙发是公共场所。

  女人的字迹像是被一巴掌拍扁了的昆虫，模糊潦草，却还保持着一点恣意横行的意思。
  当时他还不知道，这是他们漫长的隐身对话的开始。
  后来冰箱上还持续不断地出现过许多张纸条。

  不要喂猫吃剩饭。下班带包猫食回来，一样的牌子。上次是我买的。
  别光说猫食，上次的猫砂是我付的钱。
  下班回家轻点，有人要起早。
  上班关门别那么大声，有人还在睡觉。
  提醒：明天是十五日。
  房租塞你门缝底下了，丢了别赖我。

  很快那些纸条就排成了长长一支队伍，很奇怪，谁也没想起来把过期的那些揭下扔掉。
  有时茂盛没事，端着一碗泡面站在冰箱跟前，一张一张地看着那些越排越长的纸条，心里竟有点想笑。这是两个人躲在错位的时间之后的喊话。不，是顶嘴。他说的每一句话，女人都会顶回来，不仅是内容，而且在句式，甚至到词语，很有点两国交兵寸土不让的意思。
  而他们的猫，却每时每刻寸步不离地腻在一起。
  小黑渐渐长大了些，就很是淘气起来，窗外每一阵风吹过，屋里每一声细微的响动，窗口射进来的每一块光斑，都是它信手拈来的玩具。实在没有东西可以牵绊住它的注意力时，它就会抓着自己的尾巴转，一圈又一圈。老黄蹲在小黑身边，看着它永动机似的片刻不停地跑来跑去，满眼都是慈祥和溺爱。老黄到茂盛家不过才几个月，茂盛还没见过老黄发情时的模样，也不知道老黄从前在街上生没生过崽。看它现在的样子，老黄似乎跳过了恋爱生子的阶段,直接成了祖母。

有时小黑玩腻了,就过来招惹老黄。小黑用糍粑一样大小的爪子,拍打着老黄的脸。老黄从不气恼,通常只是轻轻地摇一摇头,像轰苍蝇似的躲着小黑的爪子。有时实在烦了,就用牙齿咬住小黑的耳朵,以示警诫。其实那不是咬,更确切地说,那是含。老黄把小黑的小耳朵轻轻地含在嘴里,怕化了似的,小黑老鼠似的吱的一声——是撒娇,老黄就松了口,伸出一条肥厚的舌头,开始舔小黑。老黄一天不知要舔小黑多少次,老黄的舌头有七七四十九种功能,是洗洁精、擦脸毛巾、镇静片、安慰剂、安眠药……小黑安然享受着老黄的爱抚,既不推让,也不俯就。

老黄对茂盛的被子已经彻底失去了兴趣。老黄现在在沙发角上睡觉。老黄睡觉时把身子摊得很开,把自己做成世上最柔软舒适的一张床。小黑则把身体蜷成一个小球,尾巴钩成一个黑白相间的圆圈,就像它还在母腹里的样子,枕着老黄的手臂,贴着老黄的肚皮,安然入眠。看着小黑睡觉的样子,茂盛不知怎么的就想起了桔子,却又不知道这两件事中间到底有没有一毛钱的关系。

有一天,茂盛正睡着懒觉,被一阵声响惊醒。开门一看,小芬穿着一身棉睡衣,大马猴似的站在电磁炉跟前炒鸡蛋。热油里落进了水,油花炸得噼里啪啦,音响开得惊天动地,某个黑人歌星正在声嘶力竭地吼着一首谁也听不懂的歌。茂盛咳嗽了好几声,小芬才听见,回过头来看到他,见了鬼似的跳了起来。

"你怎么,没上班,今天?"她问。

"车坏了,老板拿去修了。"他大声喊叫着。

她就把音量调低了些。

"我以为屋里没人。"她说。

茂盛说:"这响动,你耳朵受得了?"

小芬说:"不吵,一点也不。"

小芬关了电磁炉,鸡蛋已经炒老了,焦糊糊的,很难看。她从锅里舀出一碗粥来,吃一勺粥,夹一筷子鸡蛋。鸡蛋吃了半口,又把剩下的那半口递给了坐在她脚下的小黑。小黑是吃猫粮长大的,不吃人食,偏过头去不予理睬。她又把那半筷子鸡蛋伸到老黄嘴边。老黄吃过人食也吃过猫粮，却对那鸡蛋兴趣索然，舔了一舔也把脸扭了开去。

"你不是不让喂剩饭吗？"茂盛说，说完就想起这是某张字条上的内容。

"大少爷！"小芬愤愤地骂道——她骂的是猫。

茂盛打开冰箱，拿出一瓶腐乳，递过去给她。

"在家没做过饭吧？连猫都不吃。"茂盛说。

小芬抬头斜了他一眼，说："什么样的人就有什么样的猫，都嘴刁。"

她毫不客气地打开瓶子，夹了一块腐乳出来，放到碗里，吃一口，喊一声"咸"。

她刚洗过澡，头发还没干，披散在肩膀上，滴滴答答地淌着水。她还没来得及化妆，洗去了脂粉的脸干净清爽，眉眼开阔，这会儿的她看上去几乎就是个中学生。茂盛忍不住暗自感叹：他娘的这化妆品到底是什么东西做的，怎么那么脏？

这身棉睡衣底下穿着的是那件黑色的缝着蕾丝的内裤吗？那朵玫瑰应该落在身体的哪个部位？茂盛想。挂在衣架上时，它仅仅是件内裤。而当有一个胴体可以落实的时候，感觉突然就不同了。

茂盛的脸有点热。

"其实，你不化妆，挺好。"茂盛听见自己说。

这话没经过脑子就直接跳到了舌头上，说完了，他就后悔。轮得着他说吗，这话？他和她算个什么交情？纵使他们交换过了一万张纸条，他们依旧是两不相干的陌生人。

小芬撇了撇嘴，说："不化妆能行吗？谁能找你？人人都把你当孩子。"

茂盛这才明白，对于这个叫赵小芬的女人来说，化妆的目的跟世上居多的女人都不一样。别人是想靠化妆来遮掩年纪，她却是想靠化妆来遮掩年轻的。

"你是想问我做什么工作的，是吧？"小芬问。

茂盛的脸又是一热。这个女人像是他肚子里的蛔虫，总能抢先一步猜出他的心思。他其实是问过大头的，大头说不清楚。大头跟小芬并不真熟，是朋友的朋友辗转介绍的。大头只知道她是安徽人，来温州快一年了，换过很多份工作。

"想问你就问。"小芬说。

"我没想问。"茂盛瓮声瓮气地回答。

"不问你别后悔,就这一次机会。"小芬依旧嬉皮笑脸。

"我后悔个屁。"茂盛说完了,又为自己的口吻懊丧。他听上去几乎有些在意。

"哎,我说那个的哥兄弟,你怎么那么闷?懂不懂什么叫玩笑啊?"

小芬从兜里掏出烟盒,点上了一支烟。

闷?

茂盛心里一惊。从前桔子也这么说过他。他一直以为桔子变心是因为他家里穷,可是祥庆的家境也没比他宽松多少。兴许,桔子是因为祥庆爱说爱笑会哄人?

茂盛就想笑一笑。可是刚才那一下绷得太紧,脸还硬着,像没化透的冻肉。要是有镜子,他知道这时的笑容肯定夹生。

"放松点,别太把自己当真。"小芬又抽出一支烟,朝茂盛扔过来。"别告诉我你不会抽。"

茂盛就着小芬的烟头,点着了火。从前他跟着哥哥跑码头贩鱼的时候,就学会了抽烟,只是没上瘾,说不抽就不抽了。这一口烟进了肚子,他以为久违的味道会勾出从前的那些记忆,可是时过境迁,两股烟走的是不同的道,既不相识,也没相遇,彼此只是陌生。

他抽烟的样子很古怪,一气连抽两大口,然后在肚腹里憋着,待到憋足了劲道,才慢慢地从鼻孔里逼出来,逼出一串圆圈。那圆圈刚开始时很紧很圆,后来就渐渐地懈了劲,变成一个个松松扁扁的椭圆,最后在天花板上撞碎了。

这是哥哥教给他的魔术。

小芬见了,忍不住咯咯地笑了起来。

"没想到你也有这一招啊,的哥。"她说。

"好吧,你告诉我,你是做什么的?"茂盛把一根烟抽到了头,终于问。

小芬站起来,把脏碗哗啦哗啦地扔进了水池子。

"晚了。我说话算数,就一次机会。你算是错过了,哥。"

那天之后，又是很长一段时间，他们彼此没有再照过面。后来茂盛发现小芬趁他上班的时候，往家里带过人。

最初的迹象是茶几上出现的一个眼生的金属烟灰缸。

小芬自己有一个烟灰缸，是玻璃的，吹成一朵敞口的花。小芬抽烟的时候，走到哪里，就把那朵花端到哪里。小芬从来不用别的烟灰缸。

又过了几天，茂盛倒垃圾的时候，发现街角收集垃圾的那个塑料桶里有一只熟悉的垃圾袋。那个袋子上印的是一家超市的名字。这家超市是大头的一个朋友开的，不久前关了张，就把压在库里的购物袋拿出来分送给朋友做垃圾袋使。茂盛手里的垃圾袋撞到那个垃圾袋的时候，发出一声硬硬的声响。茂盛好奇，就打开那个袋口，发现里头是五个空啤酒罐。

还有一天，小芬忘了清空沙发上的那个烟灰缸，茂盛数了数，里头躺着十八个烟蒂，不同的牌子。

从那天起，茂盛就开始留意垃圾袋里的内容。渐渐地，他可以从啤酒罐和烟蒂的牌子和数量上，大致判断出家里来过几拨人，那些人又待了多久。

他开始猜测她在家里会和那些人做些什么事，趁他不在的时候。想着想着，也不知怎么的，脑子就拐上了一条歪路。她和他们一起抽烟，喝酒，或许还有……是在她的床上？还是在沙发上？抑或是地板上，像好莱坞电影里的那些男女那样？那件缝着蕾丝和玫瑰花的丁字裤，是好戏上演之前的最后一块幕布。幕布不是戏，可是戏却总要经过幕布那道关口的。所以她在一切事情上都可以如此潦草漫不经心，却唯独肯花心思挑选了这么一块精致的幕布。

她和她带进家来的那些人开始闯进他的夜梦。她的面目始终是模糊的，他到现在也没能真正记起她的相貌，因为他只见过她两面，而这两面又是彼此打着架、毫无相似之处的，但他却感觉她开始操控他的情绪，她和她那件黑色的绣花内裤。有几次他甚至萌生了趁白天没客的空当，偷偷开车回家把他们逮个正着的想法。有一次他甚至已经把车开到了家门口，最终还是冷静了下来，没有进去。她不是他的婆娘，也不是他的未婚妻。他们甚至不是朋友。他只是她的房东。不，从法律的意义来说，他甚至算不上是她的房东。他不是来抓奸的，他仅仅是要提醒她一个房客应该恪守的规矩。

就在发现茶几上那个陌生烟灰缸里有十八个烟蒂的那一天，茂盛理直气壮地在冰箱上贴出了一张条子。

不要往家里带人。

其实这张条子已经在他脑子里酝酿了一阵子了。它最初的版本是：

请不要随便往家里带陌生人。

后来又改为：

请不要随便往家里带人。

再后来又改为：

请不要往家里带人。

等到最终的版本出现在冰箱上时，字数已经比初稿简化了将近一半。

茂盛删去了"请"字，因为这个字会把要求变成请求，而只要是请求，就必须接受遭到拒绝的可能性。"随意"和"陌生人"两个词，也会招致诸如"没有随意""不是陌生人"之类的反驳。他必须在所有的漏洞还没有成为漏洞的时候预见到漏洞，并把它们一一堵死。读中学的时候，他的数学成绩不错，老师曾夸过他有逻辑思维能力。现在他才知道逻辑思维是个什么玩意儿，可惜他对读书的兴致始终寥寥。

让茂盛踌躇许久的，还不只是这张字条的内容，而是该如何应付这张字条可能出现的回应。

假如她的下一张字条是："你凭什么说我带了人？"他该如何回应。他总不能告诉她：他每天在臭气熏天的垃圾口袋里翻找空啤酒罐，并且用钳子一一夹出烟蒂，以确定它们的准确数目。

而那个陌生烟灰缸里明明白白地躺着的十八个烟蒂，像一根不锈钢的脊梁骨，让他终于可以理直气壮地提出他的要求。

他期待着她的回应，可是她固执地沉默着。他最新的一张纸条之下，第一次出现了长久的空白。

他以为她理屈词穷。他以为他逻辑思维的铁手已经捏住了她的短处，他终于占了上风。他只是不知道，那个他以为理屈词穷了的女人，依旧在做着她时常做的事情，只不过找到了更巧妙的方法来销毁身后遗留下来的踪迹而已。

后来他还是从垃圾口袋里找到了几个空啤酒罐和烟蒂，但数目已经大幅度下降，和她一个人的消费量基本相吻合。

终于懂规矩了。他想。

他就渐渐放松了警惕。

有一天茂盛载了一个客人，下车的地点就在离他住处很近的地方。放下客人之后，茂盛突然感觉睁不开眼睛。那天的午饭吃得太饱，他感觉异常困倦。路上没地方可以停车，他就想回家迷瞪几分钟。

他蹑手蹑脚地开门进了屋。他知道小芬平常是下午四点多钟上班，这会儿说不定还在睡懒觉，他不想惊动她。其实，他是不想面对她。自从他贴出那张"不要往家里带人"的字条之后，冰箱的门上再也没有出现过新的字条。她异乎寻常的沉默不知怎的竟然使他感觉忐忑——他宁愿她辩解一句，甚至激烈地反驳。可是她没有。很奇怪，理亏的是她，不安的却是他。

家里很安静，老黄和小黑在沙发上睡午觉。小黑今天换了一个姿势，不再枕着老黄的胳膊，而是爬上了老黄的肚子。老黄的身子依旧摊得很开，小黑的身子依旧蜷得很紧。老黄轻轻地打着呼噜，身子一起一伏，像微风里的一汪海水。小黑如同水上的一只小船，随着水波纹一会儿高一会儿低，海和船都很惬意。

茂盛在床上躺下，本来是想睡十五分钟就走的，可是一合眼就睡过了头。脑子在一遍又一遍地催促着身子："起来，赶紧起来吧。"身子却用三倍的力气抵挡着脑子："两分钟，再睡两分钟。"

后来他隐隐约约听见厕所里有些响动——是有人在撒尿。声响很沉，咚咚咚咚的，不像是女人。他的神经触角只张开了几秒钟，又很快缩了回去——困意压倒了一切。

也不知过了多久，他被一阵尖锐的声响惊醒，像是什么物件摔碎了。紧接着，他听见了一个女人的叫喊："变态啊，你这个猪！"女人的叫喊很快被一个男人的吼声盖住了，"这个价码，你还嚎什么嚎！"

屋里安静了片刻，女人的声音又响了起来，这次，像是让被子蒙住了嘴，咿咿呜呜的，听见了，却听不真。

茂盛一下子醒利索了，鞋子也没顾得上穿，光着脚踹开了小芬卧室的门。

屋里一片狼藉，劣质烧酒的味道刺鼻，地板上到处撒满了烟蒂和闪闪烁烁的玻璃碴子——是小芬的烟灰缸碎了。一块碎片扎进了墙里，扎得很深。

床上叠着两个人。不，确切地说，是一个男人骑在一个女人身上。男人很肥，肚子上的赘肉一叠一叠的，几乎覆盖住了女人的大半个身子。女人唯一露在外边的，是两条白鱼一样的细腿。

那两人看见他，同时吃了一惊，倏地坐了起来。女人扯过被子捂住了身子，男人滑到床沿上，慌慌张张地套着裤子。

"你是谁？"茂盛大声喝问。

"这个你得问她。"男人指了指床上的女人说。

男人这时已经穿完了裤子。有了遮挡之后，男人的语气里就有了几分镇定，甚至几分油滑。

"滚！"

茂盛喊出这个字，马上知道他的声带撕裂了，因为喉咙里泛上一股隐隐的血腥味。他看见男人的目光落在他的手上，突然蔫软了下去，像猪油见着了火。他这才醒悟过来，原来他手里捏着一把锤子。他已经想不起来他是在哪里找到这把锤子的。

男人贴着墙从他身边溜了出去。溜到门口的时候，咕咕囔囔地说了一句："你情我愿的事，爹娘也管不着。"

男人砰的一声带上门走了，屋里安静了下来，静得几乎可以听得见灰尘被搅动起来又渐渐落地的声音。茂盛期待着女人说话。羞愧，感激，道歉，解释，或者哪怕仅仅是哭泣。可是女人没有。女人只是把下巴栽在两个膝盖中间，怔怔地盯着窗户，一动不动地沉默着。窗帘没关严实，正午的阳光从缝隙里钻进来，在地板上投掷下一把白色的长刀。女人脸上的化妆品被汗水扫出一行行的沟壑，像雨淋过的灰土地。

茂盛把锤子咚的一声扔在地板上，转身走了。

"你给我搬出去，马上。我不想再看见你。"茂盛说。

晚上茂盛下班回家，推门进屋。小芬没走，正坐在饭桌旁边等着他。

桌上摆着两菜一汤。菜是清水煮虾和西红柿炒鸡蛋，汤是海米冬瓜汤。鸡蛋这次没有炒煳，黄灿灿的，挂着油光。

"我吃过了，这是给你的。"小芬说。

女人的脸洗过了，可是茂盛总觉得那上头依旧留着一道道污渍，白的，红的，黑的……茂盛便知道，有的脏是任多少水也洗不干净的。

"大哥，我能不能，再住一宿？"女人怯怯地问。

"我不是你大哥。"茂盛说。

"茂，茂盛，大哥，晚上我没有地方去，明天我一定走。"女人说。

茂盛没有吱声。

"你吃饭。"女人把筷子塞到他手里。

"我吃过了。"茂盛瓮声瓮气地答道。

女人站起来，默默地收拾了桌子上的饭菜，进了厨房。厨房里响起了锅碗瓢盆的碰擦声，小心翼翼的。接着，茶壶发出了嗡嗡的震颤——女人在烧水。

茂盛倒出猫粮，给老黄和小黑喂食。平常这个时候，小芬应该已经出门上班。从一开始他们就说好了：她管中午这一顿，他管它们的晚饭。

也许她中午忘了喂它们，老黄和小黑看上去都饿。小黑冲了上来，身子横在碗边，挡住了老黄，猫粮的硬颗粒在小黑两排牙齿的挤压下发出尖锐的碎裂声。小黑吃起食来脖子一扭一梗的，仿佛每一口食物都长着一条尾巴，或是一根骨头，它需要舌头牙齿嘴巴和脖子的通力合作。

其实它完全防御不了老黄——老黄的一只爪子就可以轻而易举地把它

扫出几尺远。小黑这阵子虽然长了些身个，可是论体积它远不是老黄的对手。也许它一辈子也成不了老黄的对手，可是它不需要。它知道它不需要用体力来征服老黄，它的一个眼神就能把老黄化成一摊黄泥浆，从第一眼起，它就已经把巨兽老黄绕在了自己的指尖上。

老黄蹲在小黑身后，静静地看着它一口一口地吃着饭，两只眼睛眯成两条满足的细缝，只有尾巴暴露了目光里所没有包含的内容。老黄的尾巴在一下一下地拍打着地板——那是来自肠胃的饥饿呼喊，脑子和心都管不住。

小黑终于吃完了，开始用小爪子洗脸。老黄这才起身朝那个碗走去，走到一半的时候它又犹犹豫豫地停住了，回过头来轻轻舔了一下小黑的脊背，仿佛在问："你真的，吃饱了？"见小黑没搭理，它才蹲下巨大的身躯，放心地吃了起来——这时的猫碗已经空了一大半。

"贱货！"茂盛用脚尖轻轻踢了一下老黄。

"明天你就自由了，想什么时候吃就什么时候吃，想吃多少就吃多少。"他对老黄说。

茂盛在沙发上坐下，拿出那只他花了三百块钱修好的手机，开始玩军棋。军长师长旅长团长营长、大官吃小官、工兵排地雷……那是他玩了一整个孩提时代的游戏。大头笑他没断奶，殊不知这却是他开了一天车之后最不耗脑子的休息方式。

女人端着一个木盆从厨房里出来，把盆放到他的脚下——是一盆热气腾腾的水。女人拖过一张板凳坐下，就来扒茂盛的袜子。茂盛吓了一跳。

女人把茂盛的脚按进水里，茂盛不情愿地挣扎了一下，可是水很情愿，飘浮着中药末的水生出一万条温软的舌头，轻柔地舔着茂盛踩了一天油门和刹车的脚。那脚一秒钟前还是一块硬冷的石头，这会儿却跟棉花糖似的化在了水里。接着，腿也跟着化没了。

"你问过我到底是做什么的，我是个洗脚妹。"小芬说。

他早该猜到的。她这样的女人，除了发廊和按摩院，还能干些什么？

"我给你好好洗一次脚，今天，多亏了你。"女人的话论道理应该是感激的意思，可是不知怎的听起来不像。至少不完全像。

"你带多少人，来过这里？"茂盛问完了才意识到，这句话他已经憋了整整半天，从中午到现在。

女人的眉头轻轻地蹙了几下，仿佛在进行一次艰难的心算。

"没数过。"女人终于说。

"那些人，都是你店里的客人？"茂盛追着问。

"都是我洗过脚的，我觉得稳妥的，才敢带回来。"女人说这话的时候没看他。女人只是看着他的脚。

茂盛的脚在水里颤了一颤。她已经成功地把他变成了一个她洗过脚的男人，就在这一刻。

"今天这个，也算稳妥？"茂盛冷冷一笑。

女人没吱声。女人把他的一只脚从水里捞出来，搁在她的腿上，擦干了，抹上油，开始揉搓。他没想到女人在家里也收藏着全套的洗脚工具。在他不在的时候，她还给多少男人洗过脚？

女人的腿并不丰腴，他的脚隐隐觉出了底下的骨头。他想起了她那两条露在那个猪一样肥壮的男人身下的裸腿。他没看过女人的身份证，他不知道她的确切年龄，兴许她还是个没完全长好的孩子。

可是这一切都将和他毫无关系，这个女人，连同她的年纪，她的蕾丝内裤，还有她全套的洗脚工具。因为再过一夜，她将彻底淡出他的生活，连个水印子都不会留下。

女人的手法一看就是没经过正规培训的，女人丝毫也不在意经络穴位，女人规避了一切可能产生疼痛的途径，女人只求用最少的力气抵达最大的舒适。

可是他感觉受用。

"他是熟客……今天，是我不让他用我的烟灰缸……惹翻了……"

茂盛发现自己的思绪开始断片，女人的五根手指已经把他轻而易举地引入了清醒和睡眠中间的那个灰色地带。

"我弟弟要换肾，医药费二十万……"

茂盛知道，这是一个苦情戏的开场。他希望睡去，因为那是最安全的一种抗拒。可是他的耳朵不肯和他的脑子配合，耳朵大大地睁着眼睛，他发觉自己在听。

"我妈生了五个女儿，才有了这个弟弟。我爸说他要捐一个肾，剩下二十万医药费，五个姐姐都出去挣，年底各带四万回家。"

"我爸把我们送上火车的时候，交代我们，不用告诉他钱是怎么挣的。"

茂盛怔了一怔。他妈送他到火车站的时候，也留下了话。他妈的话是："挣不来钱就赶紧回家。"

当然，他没有一个需要换肾的弟弟，也没有一个需要献出一个肾的爸爸，因为他的爸爸已经变成了一坛子灰，埋在村后的一片山坡上。

"那些人，一次给多少钱？"茂盛问。

茂盛其实是想问"给你多少钱"的，话走到舌尖的时候，舌头自作主张扣住了那个"你"字。有那个字和没那个字，意思是大不相同的。有那个字的时候，他打听的是人，而没那个字的时候，他打听的是事。

"最少五十，偶尔一百，就像今天这个。"女人的神情和语气里没有任何波纹和皱褶，仿佛她仅仅是在比较着某种货物在不同超市里的价格。

现在他终于明白了，为什么赵小芬如此着急，几乎没有认真还价就同意租下了这个房间：她图的不是便宜，而是他白天不在家。他从她那里收取的房租是五百五十块钱，也就是说，用这个价格，他其实每个月可以和她痛快十一次。隔两天一次。

原来女人的身体竟然如此便宜。

可是她却从来没跟他开过口，连个暗示也没有。她明明可以用十一个急匆匆的夜晚，抵消一整个月的房租的。哪张床上不是睡呢？皮肉大多是不认床的，尤其是她这样的皮肉。

"那酒呢？酒不算钱？"他又追着问。

小芬迟疑了一下，才说："超市啤酒减价的时候，一块三一罐。我大姐说男人喝点酒后，能，能痛快些。"

痛快？是给钱的痛快，还是……茂盛为自己的联想感到无耻。他知道自己在占着她的便宜——占着她的理亏，或许还有，占着她的感激。可是理亏和感激是橡皮筋，弹性再好也有扯断的时候。他不能毫无限制。

女人的表情只是安然。冰箱门上那些字条上表现出来的毫厘不让的斗志，此刻已经荡然无存。

"为什么还要抽烟？不能省一省吗？"茂盛说。

"抽了烟，日子好过些。"女人说到"好过"两个字的时候，咧嘴笑了，茂盛发觉她的门牙已经染上了一丝黄渍。

女人终于把他的脚洗完了，每一根脚趾每一寸皮肤都得过了慰抚。脚失去了重量，坠不住身子，他觉得他有些飘浮。

"还短多少，离四万？"他听见自己问女人。

这话听起来像是某种暗示，他一下子警醒了。水是迷魂汤，女人的手指也是，脚一离开水和女人的手，立时就清醒了，他重新落到了地上。他有他的日子，她有她的。她的苦情戏或许很真，可是他不想在里头扮演角色，哪怕是最不起眼的一个。

"还短四千，眼看就到年底了。"女人站起身，捶了捶腰。女人的这个动作叫她一下子从中学生变成了祖母。

"注意点，安全。"茂盛说完这话，急急地就往自己的房间走去。女人的眼神和话语都生着千万根看不见的线，像暗夜里结的蜘蛛网，他一不小心就有可能绊在里边。他得尽快逃离。

"茂盛，大哥。"女人从身后犹犹豫豫地叫住了他。

"我明天搬走，离月底还差六天。月租五百五，算到每天就是十八块三。你能退我一百一十吗？就算顶我今天给你洗脚的费用。"女人说。

女人说这话时声气理直气壮，没有丝毫的扭捏和不安。

蠢猪！

茂盛暗暗地咒骂着自己。女人之所以给你捏脚，不是感激，不是愧疚，不是难堪，甚至也不是解释，而仅仅是为了那一百一十块钱的房租。女人到底给多少人下过这样的套子？又有多少个像他这样的蠢猪睁着眼睛落进了套中？

茂盛从口袋里数出几张纸币，扔在地上。

"明天，你一定走人。"

茂盛第二天下班回家，不用推那个房间的门，就知道赵小芬已经搬走了，因为他看见冰箱上贴的那些浸泡着各样情绪的字条已经全部不见了。曾经密不透风的冰箱门一下子赤裸了，看起来有些陌生。他感觉屋子很大，大得似乎可以感受到风。

她在这里住了两个多月，在这期间他总共见过她四面。不，他总共才见过她两面，因为另外那两面她是化着浓妆的，他看见的不是她，而是一堆脂粉。其实平常他下班回家时，她也不在，可是那些字条总在隐隐约约地提示着她的存在，给了他某种错觉，总以为他并不是一个人。

他发现沙发左边的那个扶手上新盖了一块手帕。那是她留下的，目的是遮掩底下那个被烟头燃烧出来的大洞。这个沙发是屋主的旧物，茂盛搬进来时懒得动，就留下了。他，还有后来的她，都对扶手上那个昭著的疤痕熟视无睹，因为他们从来也没有把这里真正当作过家。而在她走的时候，她却突然想起来遮掩这块丑陋。替他。

他拿起那块手帕看了一眼，是一块白色的亚麻织物，应该是新的，还带着未经洗涤的挺括。她对一切都是那样的潦草和漫不经心：被油垢粘成一团的头发，被脂粉修改得面目全非的脸蛋，脏得辨不出颜色的手提包，还有包里那些同样脏得辨不出颜色的纸币……可是，这块干净的，白色的，还带着浆味的亚麻手帕，却在提醒着他：她其实也可以不潦草，或者说，她甚至还可以上心。

他不由自主地联想起那个被摔成了一万块碎片的烟灰缸。大凡是人，大概总得守着一两块干净的地盘，不许别人碰脏的。对有的人来说，那可能是母亲身上的味道；对另外一些人来说，那可能是老家门前的青石板路。对他叶茂盛来说，那可能就是桔子。而对这个叫赵小芬的女人，不，女孩，来说，兴许就是这块帕子，还有那个吹成一朵花样式的敞口玻璃烟灰缸。她可以把身体最隐秘的通道打开来，由着人进进出出，却无法容忍别人和她共用一只烟灰缸。

多么奇怪的洁癖啊。茂盛想。

老黄今天一反常态，没有到门口迎接他，而是蹲在墙角默不作声。茂盛走过去抚弄它，它无精打采地看了他一眼，却没有退后。它任由他把它的毛发揉乱了，再顺平；顺平了，再揉乱。茂盛突然觉得老黄的皮松了一些，他的指头竟能夹起一叠。

早上搁在碗里的猫食，几乎没动过。茂盛又换了半碗新鲜的，送到老黄跟前。老黄闻了一闻，依旧没动。茂盛突然醒悟：从前老黄总是等着小黑吃完了才过来的，老黄的每一顿饭都是由小黑开场。没有了小黑，老黄竟然不知道如何吃饭了。其实在有小黑之前，老黄也是孤单的。只是有过了小黑的孤单，和没有过小黑的孤单，又是很不一样的。

"你总得习惯，一个人吃饭。"茂盛拍了拍老黄的头说。

这天睡到半夜，尿急，茂盛起床上厕所，突然发现老黄蹲在窗台上，仰着头，怔怔地盯着窗外。刚开始茂盛以为它在看路边的树。时已腊冬，树叶早已落尽，露出枝丫间一只乱蓬蓬的鸟巢。老黄爱鸟，从前也时常蹲在窗台上看麻雀从树枝间飞来飞去的。那时的树枝叶茂密，鸟巢藏得很深。这会儿鸟巢裸露着，却不知里头是否有鸟雀栖息。没有风，光秃秃的枝丫和孤零零的鸟巢像纸剪的景致，边角犀利，纹丝不动。

过了一会儿，茂盛才明白过来，老黄不是在看树，而是在看月亮。月已经圆了一大半，澄澈透亮，照到哪里，哪里就像抹了一层清鼻涕。

老黄的眼中也有一层那样的光亮。

那是眼泪。

在接下来的三天里，老黄一直不吃不喝，一动不动地蹲在墙角。茂盛去宠物店买了一个湿肉罐头回来喂它，它只轻轻舔了一口，就作罢了。老黄平日最爱吃湿肉罐头，只是罐头太贵，茂盛没舍得买。

"我拿什么来拯救你？你这个大傻瓜。"

茂盛无可奈何地叹息着。

茂盛打开电磁炉烧水，正准备煮面，突然发现蹲在墙角的老黄耳朵抖索了一下，喉咙里发出一阵低沉的呜咽声。顺着老黄的目光望过去，茂盛发现在半明不暗的路灯光亮里，外边的窗台上出现了一团模糊的黑影。那团黑影先是圆的，后来就变长了。它把自己拉成细长的一片，紧紧地贴在窗户上。紧接着他听见了一阵刺啦刺啦的声响——是黑影在抓窗。

老黄的身子一下子紧了起来，纵身一跃，嗖地跳到了窗台上。老黄猝然醒了，仿佛刚刚经历了一场漫长的冬眠。几乎是同时，老黄和窗外的那团黑影各自伸出了舌头，疯狂地舔着对方——隔着一层窗玻璃。它们的口涎在沾满灰尘的玻璃上清理出一大一小一里一外两个干净的蒸腾着热气的圆。茂盛终于看清楚了，窗外的黑影是三天前离开的小黑。

茂盛刚把门打开一条缝，小黑就迫不及待地把自己的身体挤了进来。茂盛下意识地看了看小黑身后——路上没有人。

小黑冲进屋时用力过猛，身体一下子失去平衡，滑倒在地上。小黑挣扎着想站立起来，却没能站稳，茂盛这才发现小黑瘸了一条腿。小黑的身上沾满了草秆和泥沙，皮毛脏得起了结子，前爪的肉垫上扎进了几根刺。茂盛拿过一块湿布来，正想擦一擦小黑的身子，老黄咆哮着冲过来，挡住了茂盛的路。老黄的毛发根根竖立如针，茂盛在它的眼神里看见了丛林和火焰。

　　茂盛明白了，老黄也有自己的地盘。小黑就是老黄死守着的那块干净地儿，容不得别人闯入。清洗和疗伤只能是老黄的事，他插不进去。

　　等他煮完一碗挂面出来，小黑已经是一个湿淋淋的线团，一路沾染的泥尘已经随着口水吞咽进了老黄的肠胃。小黑簌簌地发着抖，大概是饿，也是冷，一只前爪蜷缩在胸前，正在大口享用猫碗里的湿肉。湿肉放久了，已经结了一片泛白的硬皮。它吃饭的样子依然如故，一梗一梗地扭着脖子甩着头，仿佛湿肉里藏着尾巴，或是骨头。老黄蹲在它身后，静静地看着它，两眼眯成一条细缝，尾巴一下一下地敲着地板，仿佛在为小黑的舞蹈打着节奏。

　　小黑吃了一半，突然停住了，似乎想起了什么。犹豫了片刻，才一瘸一拐恋恋不舍地离开了猫碗。老黄起身，朝猫碗走去，在它们相互交错的那一刻里，老黄习惯性地停住了，扭头看了一眼小黑，仿佛在问："你真的，吃饱了？"小黑没有回头。老黄这才蹲下来，将自己下半身的重量安然地放置在地板上，开始低头吃饭——这是三天以来老黄第一次进食。

　　老黄很快吃完了那半碗湿肉，茂盛又添了一碗干食。老黄再一次回头看了一眼小黑——那是呼唤。小黑站起来，慢吞吞地走了过来。小黑坐在碗的那头，老黄坐在碗的这头，老黄没退，小黑也没抢，它们各自吃着各自的饭，猫粮干硬的颗粒在它们的齿间发出尖利的碎裂声。

　　终于吃饱了，它们躺在猫碗旁边的地上睡着了。它们都已经精疲力尽，甚至没有力气将身体挪移到沙发上。温暖和饱足像一层丝绵裹着它们的身体，将它们瞬间推入睡眠的深谷。小黑既没有枕在老黄的胳膊上，也没有爬在老黄的身上。小黑不再蜷成一个紧紧的球，它把自己的身体肆无忌惮地摊开了，像老黄那样，露出一片粉红色的肚皮。茂盛惊奇地发现，小黑几乎是一只大猫了。小黑和老黄脸对着脸，鼻子挨着鼻子，四肢相触，搭成一个一头小一头大的圈圈。

茂盛掏出手机，发出一条短信息："小黑在我这里。"

可是他一直没有收到回复。

茂盛下班回家，看见门前坐着一个人，正靠在一个箱子上睡觉。那人的头埋在臂弯里，他看不清脸，衣服和箱子他却是认得的：衣服是一件脏得泛着油光的桃红色腈纶棉外套，箱子是一只拉链已经爆开的蓝色拉杆箱。

是赵小芬。

她睡得很沉，当他把她推醒时，她嘴角上挂着一丝口涎，一副不知身在何处的蠢相。她的脸依旧脏，倒不是化妆品，而是尘土。

他知道她会过来的，只是没想到她会不打电话直接来了。

他打量了一眼她的拉杆箱，不知道该不该让她进屋——她给他下过的套子尚记忆犹新。

她看出了他的犹豫，就笑了，说："大哥，我不会给你添麻烦的，我已经买好明天早上的动车票回家。"

他吃了一惊，问："你挣够钱了？"

她离开这里才四天。假如她没有在路上踢到一个金元宝，她得洗多少双脚，经手多少个男人，才能挣够那四千块钱？

"我大姐来电话，把我短的那份也挣出来了。"小芬说。

茂盛犹犹豫豫地把女人让进了屋。女人走在他前面，佝偻着腰，一只手护着肚子，身形有些古怪。他的心抽了一抽，不由自主地产生了一串龌龊的联想：一间光线不足、四面透风的屋子里，一个即将失去一个肾的父亲出来开门。在朦朦胧胧的夜色中，他看见门口站着五个浑身尘土、体态臃肿的女儿。

女人一进屋，躺在沙发上酣睡的小黑突然惊醒了，呼的一声跳下来，呜呜地叫着，叼住了女人的裤腿，尾巴摇得像一阵风。

女人用脚尖勾起小黑，一下一下地晃悠着，嘴里喃喃自语："你这个，你这个，良心叫狗吃了的坏东西。我哪儿都找过了，怎么就没想到你跑这里来了。十站地，十站地啊，你怎么就认得路呢？"

老黄警惕地跟了过来，围着女人绕了一圈又一圈，鼻子里发出响亮的唥声。老黄的神情跟几个月前第一次见到女人时一模一样，可是茂盛知道，老黄的心情却大不相同：那次是狐疑和试探，这次是嫉妒和提防。

女人终于放下了小黑，解开外套，从里头掏出一个内容饱实的塑料袋，放到桌子上。

"我买了两个盒饭，油爆虾，挺香。"

茂盛这才醒悟，女人一直把盒饭捂在身上保暖。

"请你吃的，没毒。"女人见他不动，就把他推到了饭桌跟前。

茂盛想说我吃过了，可是他的肚子却发出了一阵不知廉耻的呼喊。

两人便坐下来，开始吃饭，却都无话。女人的额角一会儿鼓，一会儿瘪，那是女人的话在寻找出路。

"小黑是救了我一命的，因为我不想活了，那个时候。"女人终于开口。

又是一个，苦情桥段。茂盛想关闭一切感官的闸门，可是耳朵好像不是脑子养的，耳朵总在寻找任何一个时机悖逆着脑子的教管。

"那一天，我第一回带人回家。完事了，心里闷，就到街上散心……走一步，都疼。"女人断断续续地说。

"走到街口，风一吹，我突然醒了。天，这是我的第一次，我怎么就没给李云九呢？"

"李云九住在我家那条街上，小学中学，我们都同班。他缠了我好多回了，每一次我都说，等你找下了工作，再来找我。到后来，我倒是把自己，给了一个连名字也不晓得的陌生人。"

"我怎么，这么傻呀，这么傻。"女人反反复复地说着同一句话，像是一架年久失修的唱机。

茂盛觉得一只虾卡在了他的喉咙口，往下咽往外吐都扎着喉咙，一样疼。

"那天我不知怎的，就走到了江边，越想越郁闷。这才是第一回啊，还要多少回我才能挣到四万块钱？我怕熬不到头，我不想熬了。我正要往栏杆上爬，突然有个毛烘烘的东西，绊住了我的脚。我低头一看，是只猫。其实它哪是猫啊，看上去也就比一只老鼠大不了多少。我抱起来，它还盖不全我的手掌。我心想哪个心狠的娘，能扔下这么小的崽呢？我要是不救它，它活不过一个晚上。我就把它带回家来了。"

"它太小了，还不会喝奶，我就去药房买了个针筒，往它嘴里推牛奶。后来它就活下来了。我救了它，它也救了我。"

茂盛不知说什么好。他是个的哥，一天到晚在路上走，他不知听过了多少个故事。他的耳膜，早已被各种各样的故事磨出了老茧，他自以为刀枪不入。他已经练就了一样本事：他总能用一两句话，或某种表情，甚至一声哼哈，来应对那些讲故事的客人，叫人觉得他在听，也听进心里了。而只有这个故事，这个叫赵小芬的女人的故事，叫他第一次感觉词穷。

"你这几天，都住在哪里？"半晌，他才换了个话题。

"同事家里挤一挤。"她说。

她说的并不是实情。至少，不是全部的实情。

她在同事家里挤了两夜，后来同事的男友来了，她只好去长途客运站的候车室里过夜。

"今晚你就在这儿睡吧，明天早上，我开车送你去车站。"他说。

她没有推辞。她的嘴唇轻轻地翕动了一下，他看得出来她还有话说。

"茂盛，大哥，你能帮我收养小黑吗？它现在大了，在背包里待不住。他们不让我，带上车。"她迟迟疑疑地说。

茂盛踌躇了片刻，终于点了点头："反正把它们分开了，两个都得死。"

两人便接着吃饭，又是一阵长久的沉默。

突然，女人扑哧一声笑了。

"大哥，我知道你看过我的内裤。"

茂盛从椅子上跳了起来。他想说的是"胡说八道"，可是话出口的时候，不知怎的，却成了："你怎么知道的？"

"我晾内裤的时候，都是面朝外的，我妈说这样就不会沾上脏东西。可是那天我回家，发现裤子翻了个个，里朝外了。"

茂盛的面皮涨得赤红，烫得像点了一盏火油灯，汗水流下来，发出吱啦吱啦的响声。

他是一个窃贼，就在手里捏着赃物的时候，被人拿了个正着。他纵然有一百条簧舌，也找不到一个可以逃脱的借口。

"其实也没什么。我大姐夫在广东打工，我大姐常说男人一个人在外边，不好活。"女人说。

茂盛脸上的火油灯渐渐暗了下去，赤红终于退尽。女人就有这样的本事，能把最丑的东西摊在光亮底下，不动声色地说了，叫人觉得那不过是一桩每日都有可能发生的寻常小事。和女人身上的那些幽暗的秘密相比，他的秘密算什么？大不了是一粒尘土。

"那你，为什么，没找我？"茂盛突然有了胆气。这句话其实是句老话，在他肚子里已经捂了好几天了，差点捂出了霉味。

女人低着头，一下一下地撕着手指上被中药泡出来的裂皮。撕狠了，流出血来，就把指头含在嘴里咝咝地嘬着。

"因为你是好人。我不找好人。我不想你对不住，日后你要娶的那个女人。"她说。

早晨茂盛开车送小芬去动车站。

"路上多长个眼睛，放点零票在身边就行了，别在人眼前掏钱包。"他叮嘱她。

她说知道了，钱已经缝在贴身口袋里了，钱包里只有五十块钱，应急。

过安检的时候，女人从手提包里拿出一个纸包，塞到他手里。

"一会儿再打开。难熬的时候看一眼，说不定好受些。"女人进了安检门，又回头补了一句："我没洗。"

茂盛打开纸包，是一条内裤——那条黑色的、缝着蕾丝、钉着一朵红玫瑰的内裤。

茂盛抬起头来，大声喊着女人的名字。

"过完年，你还回来不？"

女人也许听见了，也许没听见，却没有回头。女人拖着那个拉链已经爆开的蓝色拉杆箱，融入了熙熙攘攘急于归家的人流。

《花城》2017年第4期

评鉴与感悟

苦难之上的温情感召

城市文学在近年来的兴盛早已是不争的事实。相比于展现农村破败的现状，更多的作家将热情投向城市，去探究城市中人的生存状况。特别是随着城市化进程的持续发展，表现都市异乡人艰难的生存现状，成为不少作家青睐的主题。张翎今年的《心想事成》《都市猫语》都属于此类题材，作家关注处于社会转型期的城市平民，特别是底层小人物的生存状况，聚焦于他们物质和精神上的双重困境，体现出一个有使命感的作家直面现实的勇气和担当。

出于现实生存原因，这些都市异乡人不得不离开乡村，去往大城市寻求安身立命的机会。然而在现实中，这些乡土社会的"背叛者"却并没有得到城市的容纳。事实恰恰相反，城市给予他们的，除了微薄的收入，更多的则是冷漠、屈辱、欺骗，乃至无以言说的伤害。张翎的《都市猫语》中的赵小芬就是这样一位被侮辱和被损害的女性。为了给弟弟凑够医药费，她不得不从家乡来到城市，做着出卖身体的交易。仅仅为了几万块钱，赵小芬可以说是受尽了屈辱，她一度想要自寻短见，却因一只流浪猫的出现，才阻止了她的自杀。对于这样一个处在社会最底层的女性来说，没有比"生无可恋"一词更能形容她的卑微状态——她的身体备受摧残，她的内心同样是一片荒芜。

写底层，除了写苦难，还能写什么呢？然而，与众多同类题材争相"比惨"的写作方式不同，面对底层的苦难命运，张翎以一种平和而从容的叙述带动整个故事情节的展开，她将生活中的一个横断面做了切片式的展览，而并未显示出人为的斧凿之痕。与这种叙述形成互文的，一方面，是以赵小芬为代表的底层平民走投无路的绝望境地；而另一方面，赵小芬的艰难处境最终打动了主人公茂盛——一个同样来自异乡的与她合租房子的的哥，让他从最初的厌恶变成后来的同情，到分别时甚至还带有些不舍。简言之，这是两个同病相怜的小人物互相慰藉的故事。

从技巧层面上说，作家在处理这种"同是天涯沦落人"的时候，又巧妙地将两个小人物的命运与两只被他们收养的流浪猫的命运相连，从而构成一种寓言式的隐喻。小说花了不少篇幅去写小黑（赵小芬收养的流浪猫）和老黄（茂盛收养的流浪猫）之间相亲相爱的温馨场景。而与两只流浪猫的温馨场景同构的，则是它们主人之间的慰藉和关爱。或许，他们都是这个世界的弃儿，但却靠彼此之间的抚慰和顽强的意志活了下去。

不妨说，作家借赵小芬和茂盛二人互相温暖的故事，展现出这两个小人物面对苦难所应有的尊严。那就是，和冷冰冰的钱色交易相比，人与人之间的温情和善意，才是人性中最耀眼的光芒，恰如春风化雨般地滋润着彼此干涸的心田。当两颗孤独的心灵相遇，彼此之间的慰藉才会越发动人。总之，《都市猫语》讲述绝望的同时又不乏温情力量的感召，书写苦难的同时又充满了人道主义的关怀，而后者才是作家提供的一种面对苦难的超越性力量。（杨毅）

故乡人事

/莫言

地主的眼神

一

去年麦收时,我在老家,看到了老地主孙敬贤的葬礼。

现在的麦收,与我记忆中的麦收已经大不一样。那时候,我们在钟声的催促下,鸡叫头遍时便匆匆起身。满天星斗,寒气逼人。我们披着破棉袄,提着镰刀,拖着沉重的步伐,打着哈欠,在队长率领下,往田野走。我们队里的土地,离村庄有八里,赶到地头时,东边天际才刚刚显露出鱼肚白。会抽烟的男人,蹲在地头上抽了一锅烟。麦田已经显示出比较清晰的轮廓,没有风,田野很静。老头们抽烟的"吧嗒"声显得很响,偶尔有鸟叫,似是梦中的呓语。队长说:"多歇无多力,干吧!"队长排在第一位,第二位是村里的贫协主任。那时我是个半劳动力,与妇女老头们混在一起。我的后边便是孙敬贤,他当时五十岁左右,正当壮年,按说应该排在壮劳力的行列里,努力劳动改造才是,但他说自己有病,便与我这样的半劳力和妇女们混在一起。

生产队的劳动,磨洋工者居多,但唯有割麦子时大家都卖力干。因为每人两垄，谁割到头谁休息，这样的劳动方式，带有承包和竞赛的性质。大家都奋勇争先，唯恐被人落下。

镰刀都是头天夜里就磨好了的。工欲善其事必先利其器。我当时觉得这句古语指的就是磨镰刀与割麦子的关系。磨镰刀是技术活儿，磨轻了不利，磨重了不耐用，分寸很难把握。我姐夫是磨镰的高手，他之所以能成为我姐夫，与他帮我姐姐磨镰有直接关系。当然光有磨镰技术还不行，还要镰的钢火好。镰好，磨得也好，还要使得好。像我这种初学割麦的雏儿，一柄刚磨出的镰，使上半个时辰刀口便钝了，接下来要么重新磨镰，要么凭着蛮力气死扯硬拽。但同样一把镰刀，放在高手那儿，割一上午，锋刃还是利的。我特别迷恋挥舞着新磨出的镰刀刚刚割麦那时的感觉：左手翻腕揽过麦秸，右手将镰挥出去，用力往回一拉，感觉如同割着空气，毫无窒碍。但这样的好感觉用不了多久便丧失了。接下来便是半拔半拽，拖泥带水了。

我弯着腰，忍着腰酸腿麻，奋力往前割，原以为可以将老地主远远地甩在身后，但一回头，却发现他就在我身后，保持着一米的距离。我更加奋勇地往前割，心想这会儿总能甩开他了吧。但一回头，他依然在我身后，保持着一米的距离。他在我身后，不时地直起腰来，不停地呻吟，打呃，仿佛忍受着病痛。每当我回头看他时，他总是显出无限痛苦的样子呻吟着，但他的那两只黄色的眼珠子里同时也会射出阴沉沉的光芒。我在小学三年级时，曾写过一篇轰动全县的作文，题目叫作《地主的眼神》，内容写的就是这个老地主。文章中有这样的句子："这老地主看似低眉顺眼，但只要偶尔一抬头，就有两道阴森森的光芒从他的黄眼珠子里射出。"我写这篇作文时使用了他的真实姓名孙敬贤，但我的班主任老师帮我改成了"周半顷"。老师的改动，刚开始我还很不乐意，但后来当老师把我的作文抄到学校门前的黑板报上，村里的人都来观看时，我才明白老师改得高明。从此之后，我就明白了，写作文可以虚构，而且也明白了作文中的人物与现实生活中人物的关系。

我的作文抄到黑板报上，被县里下来巡视的一个领导发现，他在学校的办公室里召见了我，问了我的家庭出身、社会关系，说了一些鼓励的话。过了几天，我的作文就被县广播站采用，我们全村的人和学校的老师，都聚集在高音喇叭下，听喇叭里朗读我的作文。朗读我的作文之前，先朗读了县革委会副主任焦森写的按语。我至今还记得那按语里的句子："……同志们，眼睛是心灵的窗户。让我们睁大眼睛，去看一看我们身边的那些地主、富农、反革命分子、右派分子们的眼睛，看一看他们的眼神……"

这篇作文广播后，我一下子成了村里的名人，但我从人们的眼神里，看出了一些难以言传的东西。我父亲也警告我，再也不许写这样的作文。有一天，孙敬贤的二儿子孙双亮在河边拦住我，叫着我的乳名说："你写作文糟蹋我爹，真是丧了良心。我爹说，我们家那半顷地，是偏远荒地，三亩也顶不上你们家一亩值钱。但我们家划成地主，你们家划成中农。我爹劳动改造，你爹当上会计。我们是地主子女，连学都不让上，你们可以上学，还写作文糟蹋我们……"我辩解道："你爹叫孙敬贤，我写的是'周半顷'！"他说："傻瓜也能看出来你写的就是我爹！"他一拳把我打到河里。

当我们终于割到地头时，太阳已经爬出了地平线，田野里一片血红。送饭的人还没到，众人都在抓紧时间磨镰。贫协主任挨个儿检查割麦的质量。他训斥我留下的麦茬太高，割下的麦捆子太乱，落下的麦穗太多。老地主割下的麦捆，麦穗整齐，麦茬儿紧贴地面。地下几乎没有落下的麦穗。他简直就是出我的丑。我看到他的黄眼珠子里露出一闪而过的得意。尽管他的活干得好，但贫协主任并没夸奖他。贫协主任三十多岁，精明强悍，村里的地主富农，见了他都点头哈腰。"孙敬贤，你割得不错，但这也说明你的病是装的！你不要跟妇女儿童混在一起，你要干壮劳力的活儿！"孙敬贤哈着腰，脸色灰黄，低声说："主任，我真的有病。""什么病？！""胃溃疡，我有医院的证明。""呸！胃溃疡也能算病？"贫协主任怒道，"十人九胃病，你不用再装了。""主任，我真的有病，前些天还吐过血！""吐血？"贫协主任冷笑着说，"吐血那是因为你过去喝我们贫下中农的血太多了！""主任，您总要讲理吧？""哈！你竟然敢说我不讲理？！"贫协主任一个箭步跳上前去，对准孙敬贤的胸膛捅了一拳。我听到孙敬贤怪叫一声，看到他捂着胸膛蹲在地上。他脸色灰白，呻吟不止。"老老实实接受改造，少耍花招！"贫协主任愤愤地说着，然后又瞅我一眼，"你好好看看，他是怎么割的！"

我看着贫协主任喷射着黄色火苗的眼睛，看看老地主喷射着蓝色火苗的眼睛，心中仿佛塞进一团乱麻。我承认，我对这个具有高超割麦技艺的老地主没有丝毫好感，但我对他无端挨打又充满同情，我对专横跋扈的贫协主任充满反感，但又对他惩治老地主感到几分快意。

我本能地感到，老地主是在装病。我父亲说："他是五分病，五分装吧。"

我那篇作文里，当然没写我这种复杂的心情。在我的作文里，那个老地主周半顷就是一个阴险的坏蛋，他装病逃避改造，他伪装可怜，但心里充满仇恨，时刻梦想变天。他的眼神泄露了他内心的秘密。我至今也认为孙敬贤不是个心地良善的人，但我那篇以他为原型的作文确实也写得过分，尤其是因为我那篇作文，让他受了很多苦，这是我至今内疚的。

我父亲说，孙敬贤被划成地主，确有几分冤。吃亏就吃在他的好胜上，他置地不求质量，只求数量。这一点，我爷爷远比他聪明。我爷爷置买的都是靠村靠水近便的地。既方便耕作，又能灌溉，我家的地，虽然亩数不如孙家多，但粮食产量不比孙家少。我父亲还说，孙敬贤割麦技术全村无人可比。他用镰分三段儿，所以他的镰一天磨一次就够了。我当初竟想与他比赛割麦，确实让跟在我身后的他见笑了。

二

去年麦收时，我坐在孙敬贤的孙子孙来雨的金牛牌收割机的驾驶室里体验生活。这是个身体高大、浓眉大眼的中年人。我望着眼前滚滚的麦浪，问他："这片麦田有多少亩？"

"一百二十来亩吧。"

西南风热烘烘地刮过来，阳光灿烂，麦芒上闪烁着刺眼的光芒。收割机轰轰地前进着，绞刀在前边飞快旋转，将麦穗吞进肚腹，麦草从机器后吐出，褐色的麦粒哗哗地流进麦仓里。我用衣袖揩着脸上的汗水，感慨地说："太棒了，人民公社时期天天盼望机械化，但总是盼不来，想不到分田单干后反倒实现了。"

"地块还是太小了，"他说，"来回调头，如果土地都能整成上千亩的大块，那效率就更高了。"

"你现在种了多少亩地？"

"二百多亩。"

"咱们村的土地，你一个人种了差不多五分之一。"

"叔，你离家这么多年了，还记得咱村里有多少亩地？"

"别的忘了，这个忘不了。"我说，"再说，我不是每年都回来好几次吗？"

"叔，你能不能跟县里的领导说说，胶河农场那闲置的八百亩土地能不能让我种？"

"年轻人都往城里挤，现在各村种地的都是老头妇女，"我说，"你怎么这么爱种地啊？"

"我爷爷就是地主，外号孙半顷嘛。"

他的话引起了我的回忆，使我心中略感内疚。我决定，一定要帮助这个中年人。

"农场那八百亩地是怎么回事？"

"听说是被市里一个领导的小舅子十年前用每亩四百元的价格买走了。原说是要建什么电子工厂，但一直荒着，现在野草都长得半人高了，里边有很多野兔子，还有狐狸。"

"你要那八百亩地干什么？"

"种庄稼啊，闲着多可惜！"他说，"叔，你跟县里领导说一声，你的话他们肯定听。我接手那片地，一年种两季，春天小麦，秋天玉米，每年最少可以生产一百六十万斤粮食。"

不时有云雀被收割机惊起，它们冲上云天，在空中鸣啭。收割机拐了一个弯，迎着阳光前行。他摘下墨镜，递给我说："叔，戴上墨镜。"

我说："你自己戴，你在工作。"

"没事，我习惯了。"

"你对自己的将来，对这个社会，对农村，有什么想法？"我问。

"叔，你是不是想把我写进小说里去？"他笑着说，"俺爹说让我跟你少说话，说万一被你写进小说里可就倒了霉了。"

"别听你爹瞎说，"我说，"即便我把你写到小说里，你也未必会倒霉，也许还会走运呢。"

"俺爹说你当年把俺爷爷写进了作文，结果，让他天天挨批挨斗，差点把命搭上。"

"这是个历史的误会。"我说，"如果我早知道能惹出那么多事来，打死我也不会写那篇作文。"

"我很想学学那篇作文呢，"他说，"我上小学时，作文挺好。老师号召我们向你学习。"

"你们老师是在误导你们，"我说，"你看你现在多豪迈！将来你把村里的土地都集中起来，你就成了农场主了。"

"什么农场主，"他说，"我好捣弄机器，喜欢一眼望不到边的土地。俺爷爷就爱土地，这大概也是遗传吧。"他又说，"俺娘也经常说你光着脊梁拾棉花的事儿，说你特别抗冻，别人穿着夹袄都打哆嗦，可你却光着脊梁唱歌。"

"我为什么光着脊梁拾棉花？那是为了节约衣裳。"我说，"我为什么唱歌？那是冻的，唱歌可以御寒。"

三

我十六岁时，村子里的长舌妇就造谣说我跟孙来雨的娘于红霞有不正当关系。这样的谣言是可以杀人的。刚开始我只是感到那些老娘们看我的眼神不大对头，鬼鬼祟祟，闪闪烁烁，后来我听说了她们的谣言，只感到血液嗡的一声都集中到脑袋上去了。说实话我连死的念头都有了。幸亏我母亲在确认我清白之后劝我说："不要怕，干屎抹不到人身上。"这才使我度过了这一劫。

这样的谣言之所以能造到我头上，是因为那一年，我承包了一个份额的采摘棉花的任务。本来采摘棉花是妇女的事，但那年我们生产队种棉花特别多，棉花的长势又特别好，队长就让我这样的不满十八周岁的半劳力，每人也承包了一个份额的棉花。

从中秋节后，第一茬棉花开放，一直到初冬霜雪遍地，我几乎每天都在棉花地里弯着腰采摘。为了提高效率，节约时间，早晨下地时就带一个玉米面饼子一块咸菜，中午饭都不回家吃。面对着白茫茫的棉花，我真是发愁。一个人，一整天，弯着腰，重复着最单调的劳动，我感到绝望而痛苦。我承包的份额与于红霞紧挨着。她采摘棉花时左右开弓，速度很快。我只会用一只手采摘。她嘲笑我："青年，这是老娘们干的活儿，你来干什么？真是胡屌闹！"她的话让我脸上发烧，她嘻嘻笑着说："哟，还脸红了！"

于红霞的儿子孙来雨那时还不满周岁，刚开始时，每天上午十点多钟和下午三点多钟她的婆婆会抱着孩子来让她喂奶，后来，听说孙敬贤把于红霞两口子给撵了出来，他们只好借住在生产队的场院屋子里，她婆婆也不给她看孩子了。从此，于红霞来摘棉花时，就只好背着孩子。这一下，她摘棉花的速度慢多了。我看她可怜，有时候就帮她一些忙。有一天。她坐在棉花包上，一边奶着孩子，一边哭。我心里很难过，就劝她："嫂子，别哭了。"其实我也不知道该如何劝她。她哭着说："兄弟，我真是命苦，竟然嫁给这样一户人家。我娘家是贫农，俺爹还是老党员。我真是鲜花栽到猪圈里……"我多少知道一点她与孙敬贤的大儿子孙双库的恋爱史。孙双库盲流到长白山林场当伐木工，于红霞的姐夫也是这个林场的工人。于红霞到她姐姐家去探亲，认识了孙双库。孙双库一表人才，能说会道，一来二去，两人就成了。当然，问起家庭出身时，孙双库撒了谎，说自家是雇农。后来林场清理外来人口，就把孙双库连同于红霞给清理回来了。回来后才知道自己嫁给了地主的儿子，于红霞又哭又闹，但最后也只好认了。

于红霞问我："兄弟，听说你写过一篇《地主的眼神》？怎么写的？你能不能背给我听听？"我说："那还是上三年级的时候，记不清了。"她说："自己写的文章，一百年也忘不了，快背。"

于是我就大概地把这篇文章背了一遍。她感慨地说："你写得太好了。孙敬贤这个恶霸地主，眼珠子闪着绿光，那根本不是人的眼睛，而是狼的眼睛！你知道他为什么把我们撵出来吗？这个老畜生，竟然打我的主意。我的奶水多，孩子吃不完，他竟然让我把奶水挤给他喝，说能治好他的胃病。你说世界上有这样的公公吗？他还是个人吗？恶霸地主刘文彩才喝人奶呢，他竟然也想喝，刘文彩喝的是奶妈的奶，他竟然要喝儿媳妇的奶！喝我的奶，白日做梦，我的尿也不给他喝……"

自从于红霞把家里的事说给我之后，我感到与她的关系亲近了一些。她喂孩子吃奶时根本不避讳我，这在农村也是很正常的事。我在小说《白狗秋千架》里就引用过农村的俗语："没结婚是金奶子，结了婚是银奶子，生了孩子是狗奶子。"这意思不用解释，大家都懂。她对我说过好几次："我这人也真是奇了怪了，吃的是地瓜萝卜，但奶水足得唉，我上辈子一定是头奶牛……"后来她跟我商量："兄弟，你看我，后边背着个孩子，前边还要干活，真是不方便。你呢，天生也不是干这活的材料，咱俩能不能合作一下？你帮我抱着孩子，我腾出双手摘棉花，我连你那份也摘了，你看怎么样？"我犹豫着，她又说："好兄弟唉，求求你了，你帮嫂子这个忙，等嫂子回娘家时，把俺妹妹说给你……"就这样，我抱着于红霞的孩子，于红霞帮我摘棉花。就这样，关于我跟于红霞关系不正常的谣言产生了。

四

葬礼队伍的最前面，是四个手里端着银枪的开路的先锋。他们身上都穿着部队淘汰下来的军装，腰里扎着皮带，脚上穿着皮靴。在他们后边，又有八个保安，也都是制服整齐，手提着棍棒，训练有素的样子。再往后，是十二个礼兵——当然也是山寨的——抬着一具红色的棺材。棺材里只盛着一个骨灰盒，骨灰盒里盛着孙敬贤的骨灰。因为棺材不重，所以礼兵们都走得很潇洒。再往后，是抬着纸扎的轿车、电视、洗衣机、空调等家用电器的人们。再往后是山寨的军乐队，也是乐器闪光，服装灿烂，看上去很像那么回事儿。再往后，就是孙敬贤的后代和亲戚朋友们。我从这支队伍里认出了孙双库和孙双亮。这哥俩虽然披麻戴孝，但脸上非但没有痛苦的表情，反而有些洋洋得意。我早就听父亲说过，孙双库扬言要给他爹办一个高密东北乡最豪华的葬礼，要用这种方式狠狠地打那些当年曾经欺负过他父亲的人的脸。送葬的队伍里没有于红霞，这让我感到了稍稍的安慰。我知道很多地主不是坏人，但我也知道，这个孙敬贤的确不是一个好人。这其实跟他的地主身份没有关系。

在雄壮的军乐声中，老地主孙敬贤的葬礼仪仗缓慢向前，退回去几十年，这是做梦也想不到的事情。村子里的人都出来观看。因为年轻人多数不在村里,所以看客们基本上都是老人,其中就有那位揍过孙敬贤的贫协主任。他张着嘴,嘴里已经没有牙,流着哈喇子,脸上挂着傻傻的笑。老人们看着这个地主的耀武扬威的葬礼,心里怎么想?——其实没人去关心这件事的政治意味,大家只是感到很热闹,很荒诞,很好玩。而不惜重金为他爹出大殡的孙双库,也感到了扬眉吐气的幸福。但孙来雨认为自己的父亲很糊涂,花这么多钱办一场类似戏说历史的葬礼,就像对着仇人的坟墓挥舞拳头一样,其实毫无意义。他对我说:

"叔,我爹与我爷爷一样,就喜欢打肿脸充胖子。"

2017年8月16日定稿于高密南山

斗 士

一

我到乡下去看父亲。父亲热情地泡茶给我喝。多年的父子成兄弟,其实,我觉得多年的父子更像朋友。

父亲对我说,方明德去世了。我有些吃惊,因为上个月我回来,这位曾经担任过我们村党支部书记的老人还来看过我。提起当年人民公社时期的盛事,他神采飞扬,说到眼下的种种弊端,他痛心疾首。他曾经逼问我:"大侄子,你说,是毛泽东伟大,还是邓小平伟大?"

我含含糊糊地说:"这怎么说呢……应该……都伟大吧……"

父亲给我解围,说:"老方,老方,喝茶喝茶,毛泽东伟大,邓小平伟大,你也很伟大。"

他说:"老哥,我知道你这是讽刺我,但我就是不服气。"

我父亲说:"你也八十多岁的人了,还生这些闲气干什么?能吃就吃点,能喝就喝点,听说你的荣军补助金又涨了?每年一万多元了吧?"

他说:"钱是足够花的,但心里不舒坦。"

我父亲说:"你每天吃喝玩耍,国家还发给你那么多钱,有什么不舒坦的?"

"老哥,你不懂,"他转过脸对我说,"大侄子你懂,你懂我的心思。

你爹一辈子不懂政治，是个愚民。"

我父亲笑着说："不是愚民，是顺民，无论谁当官，我也是种庄稼的。"

他说："悲剧啊，但又有什么法子呢？我是共产党员，你不是，你可以当顺民，我不能，我要战斗！"

"好好好，"我父亲说，"生命不息，战斗不止，小车不倒只管推！这些都是你当年挂在嘴边上的话儿。"

"虎老了，不咬人了，"他沮丧地说，"秋后的蚂蚱，蹦跶不了几天了！"接着，他有些神秘地对我父亲说，"大哥，我昨天夜里梦到毛主席了……"

我父亲笑道："毛主席请你吃饭了吧？"

他说："毛主席对我说，小方，你要战斗！"

我问父亲方明德是什么时候死的，父亲说不太清楚。我有些纳闷。在我们这样一个小村里，别说死一个人，就是死条狗，很快就会家喻户晓，何况这方明德是当了十几年支书的头面人物。父亲说："老方这个人，干了不少坏事，但性子还是比较直的。"我们爷俩正说着话，一个人像影子似的飘了进来。

来人是我的一位远房堂兄，名叫武功。他的哥叫文治。据说为他们兄弟俩起名的是我们家族中一位饱读诗书的老人。

我站起来，迎接这位老兄。许多年不见，他已经白发苍苍，俨然一个老者了。"大弟，你回来了？"他问候我，声音扁扁的。还是当年那腔调，听上去有些不男不女。我对这位堂兄没有好感，多半是因为他这腔调。

"你也老了，"他在一张方凳上落座，呷了一口父亲为他倒的茶，看了我一眼，说，"你也快六十岁了吧？"

潜意识里，我总觉得自己没有这么大，但心里一算，可不就是吗，我回答他："五十六了。"

他提高了嗓门，吵架似的说："不对，你是属羊的，正月二十五生日，你已经五十八了！"

"对对对，"我有些不快地说，"你说得对，我五十八了，一转眼就六十了。你呢？快七十了吧？"

他说:"不是六十八,就是六十九。俺娘糊涂,不记得我的生日,也不记得我的岁数。"

父亲说:"你是1944年7月生,带虚岁六十九了。"

"六十九跟七十也差不多了,"他说,"我跟方明德这个王八蛋斗争了一辈子,终于把他斗倒了!"

父亲说:"他也没怎么整你吧?"

他说:"大叔你不知道,1970年8月,二队里让人偷去了两个小推车轱辘,他怀疑是我偷的,就让他的侄子——民兵连长方保山,把我弄到大队部里,吊到梁头上,整整吊了一夜。"

父亲说:"那时代,搞阶级斗争,人都变得不像人了。"

他说:"他是借机报复我呢!这个王八蛋,知道我有一副象牙棋子儿,非要我卖给他。我说我宁愿扔到河里也不卖给他。我是在河堤上与黄耗子下棋时说这话的。他激将我说,武功你是条汉子你就把棋子扔到河里。我用那张塑料布棋盘兜着棋子就撒到河里了,落下了一个蓝象,我捡起来又扔到河里。那副象牙棋子噼里啪啦地落到河水里。在场的人都愣住了。大叔您当时一定也听说了吧?"

父亲点点头说:"听说过,几十年前的事儿了。"

"这可是壮举啊!大叔,"武功激昂地说,"当时那年头儿,方明德一跺脚全村都哆嗦,敢跟他叫板的也就是我了!"

"你那副棋子,要是留到现在,值不少钱了。"我说。

"那是,"他说,"后来,黄耗子他们下河洗澡,扎着猛子摸上了十几个棋子。前些天中央台《鉴宝》栏目的人下来,黄耗子的儿子拿着那些棋子去鉴定,专家说,那是皇宫里的东西,如果一个子儿不缺,能换一辆奔驰!"

"真是可惜,"我说,"你为了一口闲气,把一辆奔驰扔到河里了。"

"话可不能这么说,"他说,"大弟,人活一辈子,争的就是一口气!"

"你一点儿也不后悔吗?"

"我后悔什么?"他说,"我一点儿也不后悔。我窝囊了一辈子,就这件事儿干得还带着几分英雄气概。"

"我可以想象当时的情景,"我说,"老方一定给你震住了。"

"大弟,"他说,"你是写小说的,应该把这件事儿写一写。当时在场的有十几个人,方明德那张大饼子脸,那是白了又黄,黄了又青。他跺着脚说,'武功,算你有种!咱们骑驴看唱本儿,走着瞧!'我说,'走着瞧就走着瞧,老子犯法的事儿不做,你能把我怎么着?'但事实证明,在那个暗无天日的时代里,即便你遵纪守法,照样会灾祸临头。"

"算了,"我父亲见他说得激昂,便劝他,"方明德人都死了,你还提这些事儿干什么呢?"

"大叔,"他说,"你不知道他有多狠啊!他让他侄子反绑着我的胳膊把我吊到房梁上——这些强盗,私设公堂,在房梁上安装了一个定滑轮,轻轻一拉,就让我离地三尺。他说,'武功,你小子,终于落到我手里了,说吧,你把车辂辘藏到什么地方啦?'我说,'我不服,我冤枉。'他说,'你是咱们村嘴巴最硬的,不给你点颜色瞧瞧,你不知道无产阶级专政的厉害。'大叔,你不知道,你们无法想象啊,他让他侄子把我拉上去,一松手,我啪唧跌在地上;再拉上去,又一松手,啪唧跌在地上;再拉上去,又一松手,啪唧跌在地上……即便是这样我也不屈服,我说,'方明德,你不就是为了那副象棋吗?你有种把我弄死,但如果你让我活着,我就跟你没完。'后来,他大概也怕弄出人命来,就把我放了。"

回忆悲惨往事,使他脸上的表情悲愤交加。我一时不知该说什么好,便递给他一支烟。

他说道:"在遭受那次酷刑之前,我是抽烟的。他们抓我的唯一证据就是在现场发现了一个烟荷包,那个烟荷包确实是我的。究竟是谁偷了我的烟荷包陷害我,我当然清楚——我已经让这个人付出了代价——从那之后,我就不抽烟了。"

"老方后来还是有反思的,"父亲说,"改革开放后,让我给你带话,要请你吃饭,你还记得吧?"

"大叔,"武功道,"那是他被上边撤了支书之后的事。"

"不是撤,"父亲说,"他是退休。"

"反正是不当官了,"武功说,"他要是当官,怎么会向我道歉!"

"武功啊,"父亲笑着说,"你也不是个善主儿,老方这辈子,没少吃你的亏啊!"

"这倒也是,"他笑着说,"这老混蛋最怕的也是我。死了我也没饶他。"

二

我经常回忆起武功与村里最有力气的王魁打架的那个夏天。那天中午,我与母亲坐在我们院子里那棵杏树下挑拣麦秸草里夹带着的麦穗,忽然听到大街上有人吵嚷。母亲说:"又是武功,他怎么这么喜欢与人打架呢?"

我说:"他名叫武功,但是个怂包。每次都被人家打得鼻青脸肿。他是天生的贱骨头,三天不挨打,皮肉就发痒。"

母亲瞪我一眼,说:"他是啄木鸟死在树洞里,吃亏就在嘴上。你也要注意,"母亲说,"少说话,没人把你当哑巴。"

外边的吵嚷叫骂声越来越大,还伴随着噼里咔嚓的声响。我是个爱看热闹的孩子,用目光央求着母亲,母亲默许了。

我飞奔到大街上,看到很多人都往打麦场那边跑。我跟着跑。打麦场上围着很多人,我挤进去,阳光耀眼,目眩中看到只穿一条短裤的王魁裸露着肌肉发达的臂膀,正在用脚踢着躺在地上的武功。

武功双手抱着头,趴在地上,高亢的叫骂声从地面直冲上来,显得十分悲壮。

"骂,让你骂,让你骂!"王魁双脚轮番踢着武功的屁股,嘴里还声嘶力竭地喊叫着。

有一位老人劝解道:"王魁啊,你就放过他吧。"

王魁喘息着说:"你让他闭住他那张臭嘴!"

老人大声对武功说:"武功,你就闭嘴吧!"

但武功的骂声更高了,骂出的词儿令听者都感到羞耻。

王魁转到前边,对着武功的脑袋踢了一脚,武功惨叫一声,但还是骂。王魁又对着他的脑袋踢了一脚,他不出声了。接着,一股臭气弥漫开来。

当时,众人都以为武功死了,但他没有死。

几天后的一个中午,武功拄着拐棍出现在王魁家的门口。他破口大骂。王魁提着铁锹冲了出来。

武功叫骂不止，声音尖利，全村的人都能听到。

王魁举着铁锹说："你闭嘴！"

武功骂道："王魁，你这个杂种，你今天要是不铲死我，你就不是你爹你娘生出来的。"

王魁浑身抖着，将铁锹的刃儿逼近武功的咽喉。

武功反倒平静了，他竟然笑嘻嘻地说："铲吧，你今天必须铲死我，你今天要是不铲死我，杂种，你们家就要倒霉了。你力大无穷，我打不过你，但是，杂种，你女儿今年三岁，她打不过我；你儿子今年两岁，更打不过我；你老婆肚子里怀着孩子，也打不过我。你除非天天守在门口，要不，你就等着给你老婆孩子收尸吧！"

王魁色厉内荏地说："你敢！"

武功道："我有什么不敢的？我光棍一条，家里只有一个八十岁的老娘，我已经给她准备了一包耗子药。我一命换你们家四条命，我有什么不敢的。"

"我先毁了你这杂种吧！"王魁吼叫着。

"欢迎欢迎，"武功道，"你铲死我，公安局抓走你，判你死刑，咱一命换一命。"

这时，我父亲来了。我父亲当时还担任着大队里的会计，也算有面子的人物。我父亲先训武功："闭嘴，回家去！"然后我父亲对王魁说："王魁，你是好汉，不要跟他一般见识。"

王魁收了铁锹，说："大叔，你不知道他有多么气人，他竟然说我儿子不是我的……"

武功高声道："你的儿子确实不是你的，是方明德的！"

我父亲扇了武功一个耳光，厉声道："闭上你的臭嘴！"

"大叔，你是尊长，你可以打我，但你不能不让我说话。"武功指了指王魁家的后窗，说，"他家的后窗，就在我家院子里。有些丑事我不想看到，但是碰巧被我听到了。王魁，你把你儿子叫出来，让大家伙儿看看，你这个儿子到底是谁的儿子！"

我父亲又扇了武功一个耳光。武功的鼻孔流出血，但他的声音更高了，"王魁，你老婆肚子里这个孩子也不一定是你的！"

王魁将手中的铁锹猛地铲在地上，然后蹲在地上捂着脸哭起来。

三

父亲后来告诉我，像武功这样的人，还真是不好对付，惹上了他，一辈子都纠缠不清。那王魁，从此就再也不敢惹他。倒是他，经常站在自家院子里，对着王魁家后窗指桑骂槐。后来，王魁将后窗用砖头堵上，六月天也不捅开。改革开放之后，人口流动自由了，王魁索性带着老婆孩子走了。走了之后再也没回来过，去了哪里谁也不知道。院子里的蒿草长得比房檐还高，那房子，眼见着就要塌了，房子一塌，就成了废墟。你说他有多厉害！

就说方明德，1948年入党，参加抗美援朝，三等残废军人，家里有三个儿子，还有十几个虎狼般的近支侄子，在村子里谁人敢惹？但他最终也没能制服武功。因为武功不把自己当人，他知道自己命贱，家庭出身不好，连个老婆都讨不上，相貌也是招人恶，这倒成了他的法宝，谁也不愿意拿自己的命去换他这条贱命。

父亲说方明德死后，他的儿子们秘不发丧，夜里悄悄地抬出去埋了，为的是继续领取那每年一万多元的荣军补助。但这一切都没瞒过武功。是武功到县里举报了方明德那三个儿子。他们恨透了武功，但对这样一个人，又能怎么着他呢？

四

我第一次看武功跟人打架，是读小学二年级的时候。那时我八岁，武功——按照父亲的算法，应该是十九岁。

那时候冬天很冷，夏天很热。那时候夏天的中午，村子里的男人，不论老少，都泡到河里。河里的水也是热的，只有河边几株大柳树下的水是凉的。大家都挤在这一片凉水里。突然，武功跳了起来，破口大骂那个外号黄耗子的小个青年。然后那个黄耗子就冲上去打他。武功个子高，黄耗子个子矮，在水里打，两个人不分胜负。黄耗子跳上岸，武功也跳上岸。两个人就在岸上打。都光着屁股。他们的身体都发育了，看上去很丑陋。

在岸上，黄耗子明显占了上风。他将武功打翻在地，然后，将一泡焦黄的尿撒在他的身上。

我记得武功从高高的河堤上猛地跳到了河里，砸起了一片浪花。好久，他从水里露出头，骂道："黄耗子，这辈子我跟你没完！"

五

那天我又回家去，在车里看到一个老人，拄着一根棍子在大街上蹒跚着。我乘坐的车从他身边经过时，透过车窗玻璃，我看到了武功苍老而浮肿的脸。听父亲说，武功已经被批准为村子里的"五保户"，即保吃、保穿、保住、保医、保葬。也就是说，他剩下的日子里，已经有了最基本的生存保障。他那颗被仇恨和屈辱浸泡了半辈子的心，该当平和点了吧？但好像没有，就在我乘坐的车从他身边经过时，他竟然将一口痰吐到了车顶上。我相信他没有看到车里坐着的是我。司机恼怒极了，要下车收拾他。我说："赶紧走，不要惹他，这是我们村子里一个谁也惹不起的人物。"

我想起了母亲生前悄悄地跟我说过的话："这个武功，真不是个东西啊。谁要得罪了他，这辈子就别想过好日子了。"

母亲说武功亲口对她说过，某年某月某日，他用农药浸泡过的馒头毒死了方明德大儿子家猪圈里那头三百多斤重的大肥猪。某年某月某夜，他手持镰刀，将黄耗子家那一亩长势喜人的玉米，统统地拦腰砍断。某年某月某夜，王登科家那一大垛玉米秸秆，突然燃起了冲天大火，也是武功干的。连续十几年的大年夜里，我们村和两个邻村，总会有草垛起火，这也都是武功干的。我说："难道邻村也有人得罪过武功吗？"母亲说："他这人，脾气怪诞，你对着他打个喷嚏，很可能就把他得罪了。他还会装神弄鬼呢，"母亲说，"你还记得十几年前修鞋的顾明义在桥头遇到鬼被吓出神经病的事吗？那也是武功干的。"母亲叹息着说，"他这样胡作，总有一天会作死的。"但事实证明，武功没有作死，而且他还顺利地获得了"五保"，他放了那么多次火，干过那么多的坏事，竟然没被人捉住过，这也真是一个奇迹。母亲说："他干的这些坏事，总会受到报应的，但你一定要给他保密，因为他只对我一个人说过，连你爹都没告诉。"

我似乎明白武功的心理了，但我希望他从今往后不要再干这样的事了。他的仇人们,死的死,走的走,病的病,似乎他是一个笑到最后的胜利者,一个睚眦必报的凶残的弱者。

2017年8月18日改定于高密南山

左　镰

小引

　　各位读者,真有点不好意思,我在长篇小说《丰乳肥臀》、中篇小说《透明的红萝卜》、短篇小说《姑妈的宝刀》里,都写过铁匠炉和铁匠的故事。在这搁笔多年后写的第一篇小说里,我不由自主地又写了铁匠。为什么我这么喜欢写铁匠?第一个原因是我童年时在修建桥梁的工地上,给铁匠炉拉过风箱,虽然我没学会打铁,但老铁匠亲口说过要收我为徒,他曾当着很多人的面,甚至当着前来视察的一个大官的面说我是他的徒弟。第二个原因是,我在棉花加工厂工作时,曾跟着维修组的张师傅打过铁,这次是真的抡了大锤的,尽管我抡大锤时张师傅把警惕性提到了最高的程度,但毕竟我也没伤着他老人家。张师傅技艺高超,但识字不多。他的儿子当时是个团参谋长,我代笔给他写过信。后来我当了兵,进了总部机关,下部队时见了某集团军司令,一听口音,知道是老乡,细问起来,才知道他是张师傅的儿子。

　　一个人,特别想成为一个什么,但始终没成为一个什么,那么这个什么也就成了他一辈子都魂绕梦牵的什么。这就是我见到铁匠就感到亲切,听到铿铿锵锵的打铁声就特别激动的原因。这就是我一开始写小说就想写打铁和铁匠的原因。

一

　　每年夏天,槐花开的时候,章丘县的铁匠老韩就会带着他的两个徒弟出现在我们村里。他们在村头那棵大槐树下卸下车子,支起摊子,垒起炉子,叮叮当当地干起来。他们开炉干的第一件活儿,其实不是器物,而是一块生铁。他们将这生铁烧红,锻打,再烧红,再锻打,翻来覆去的,折叠起来打扁打长，然后再折叠起来，再打扁打长。烧红的铁在他们锤下仿佛女人手中的面，想揉成什么模样就能揉成什么模样。他们将这块生铁一直锻打成一块钢。我小时候从我哥的中学语文课本上读到"百炼钢化为绕指柔"这样的句子，脑海里便浮现出铁匠们的形象，耳边便回响起铿铿锵锵的声音。这块钢，最终会被铁匠锉成一条一条的，夹到村里人送来修复的菜刀、镰刀等农具的刃口上。被加了钢的农具，只要淬火的火候恰当，使用起来锋利持久，得心应手，会大大提高劳动生产率。这就是我们村的人从来不去供销社购买县农具厂生产的劣质农具的原因。这就是老韩每年必夹我们村的原因。当然，我想，在高密东北乡的许多个村庄里，大概都会有像我这样的孩子，每年在槐花盛开之前或之后的日子里，思念着老韩他们的到来，并成为他们的忠实观众。

老韩的两个徒弟，一个是他的侄子，大家叫他小韩。另一个名叫老三。老韩瘦高，秃顶，长脖子，永远是眼泪汪汪的样子。小韩大个子，身材魁梧。老三是个矬子，身板浑厚，腿短臂长，有点猩猩体型。老三性格开朗，爱说爱笑，与沉默寡言的小韩成为鲜明对照。干活时，老韩掌钳，小韩抡大锤，老三拉风箱、烧件，并在干大活的时候，提着一柄十二磅的锤子上阵助战，形成三锤轮打的热烈的劳动场面。小韩使用的大锤是十八磅的。

二

我爷爷是个技艺高超的木匠，手艺人，对活儿挑剔。我能明显地感觉到铁匠们对我爷爷的反感，心里很是遗憾。我爷爷拿着一把斧头，要求铁匠们给加钢。那把斧头已经用了很多年，大部分刃儿都化为元素渗透到木头里了。老韩接过那把斧头看了看，说："这还叫斧头？"

我爷爷问："那你说该叫什么？"

老韩说："另给你打一把吧。"

"另打的我不要，"爷爷说，"如果你们干不了这活，我另找别人。"

"老爷子，"老三道，"你就放心吧，大到铡刀小到剪刀，没有我们干不了的。"

我爷爷问："绣花针能打吗？"

"绣花针打不了，"老三笑着说，"老爷子，咱们不是同行吧？您是木匠。"

"新打一把，一块钱；这旧斧头翻新，一块五。"老韩道。

我爷爷说："你们三个别打铁了，去劫道吧。"

"中就放下，不中就拿走！"老韩斩钉截铁地说。

"好，"我爷爷说，"你们可要看好了，我这把斧头可不是一般的斧头。"

"鲁班用过的？"老三嬉笑着问。

"鲁班是个传说，管二是个真人。"我爷爷说。

我爷爷就是管二。

老三歪着头，用一块粉笔头儿，往那块倚在柳树干上的锈铁板上写字：官二，福头加钢一块五。

我说："写错了！是'管'不是'官'，是'斧'不是'福'！"

没人理我。

饲养员赵大叔将一把旧铡刀扔在地上，问："老韩，今年来晚了吧？"

"不晚，跟去年一天到。"老韩闷声闷气地说。

"翻新，加钢，快点，等着用呢。"赵大叔说。

"十一块！"

"老韩，"赵大叔道，"穷疯了吧？"

"十块！"

"我不敢应承，"赵大叔说，"待会儿让队长来跟你说吧。"

"队长来了也是十块。"老三道。

"老三，我给你说个媳妇吧。"赵大叔说。

"老赵，"老三道，"有熏鸡熏鸭的，没见过熏人的。去年你就说过这话。"

"去年我说过吗？"赵大叔道，"今年是真的，我老婆娘家有个远房侄女儿，白白净净，大高个儿，模样周正，就是眼睛有点毛病。"

"眼睛有毛病不碍事儿，"老三道，"只要能摸索着做个饭就行。"

"那你就放心吧，"赵大叔道，"这闺女，别说能做饭了，连鞋都能做。"

"那你赶快去说，"老三道，"我什么都不想，就是想娶个媳妇儿。"

老韩看了老三一眼，重重地叹了一口气。

田千亩阴沉着脸来到铁匠炉前，说："打张镰。"

"旧镰呢？"老三问。

"没有旧镰。"

"是胶县镰还是掖县镰？"老韩问。

胶县镰窄，掖县镰宽。胶县镰轻，掖县镰重。有的人爱用胶县镰，有的人爱用掖县镰。

"左镰。"

"左镰？"老三问，"什么叫左镰？"

"左手用的镰。"

"左撇子啊！"老三道，"左撇子也可以用右手拿镰的呀！"

田千亩低垂着头，一声不吭。

"知道了。"老韩说，"我们会给你打张左镰。"

刘老三的傻儿子喜儿光着屁股从大街上跑过来，他的妹妹拿着一件衣服跟在后边追。

老三道："去年不是请了一个游方神医给治好了吗？"

"什么神医，"赵大叔道，"骗子！"

"去年我就提醒你们，神医没有摇着铃铛走街串巷的，瞧，上当了吧?！"老三说。

"干活！"老韩把一块烧红的铁从炉中提出来，恼怒地说。

三

那个手持左镰蹲在树林子里割草的少年名叫田奎，是田千亩唯一的儿子。田奎比我大五岁，是我二哥的同班同学。我二哥考上中学，到距家十八里的马店上学去了。田奎的学习本来比我二哥好，但他不上学了，每天割草。

村子里有很多孩子割草。放学之后，我也割草。我们割了草送到生产队的饲养棚里。十斤草换一个工分。工分是人民公社时期社员劳动的计量单位，也是年终分配的重要依据。当时流行的话叫"工分工分，社员的命根"。

我天生不是割草的料。我姐姐一天能割一百多斤，挣十几个工分，比男劳力挣得还多。有一天我只割了一斤草。当我把那一斤草提到饲养棚时，在场的人大乐。饲养员赵大叔用食指挑着我那一斤草，说："你真是个劳模儿！"——从此我有一个外号叫"劳模儿"。

晚饭时，全家人聚在一起批评"劳模儿"。

我爷爷说："想不到我们家还能出'劳模儿'，你割的是灵芝草吧？"

我爹说："你坐在地上，用脚丫子夹，一下午也不止夹一斤草吧？！"

我娘说："你到底干什么去了？"

我姐姐说："肯定是偷瓜摸枣去了。"

我哭着说："我跑了一下午，到处找草，但是没有草……"

我姐姐说："明天你跟着我，不许乱跑。"

但我不愿意跟我姐姐去割草，我愿意去找田奎。

田奎永远在那片树林子里活动。树林子里有几十个坟墓，他就在那些坟墓间转来转去。坟墓上生长着一些低矮枯黄的茅草，还有菅草。这些草我瞧不上眼。田奎蹲着，有时也弯着腰站着，用那张左镰像给坟墓剃头一样耐心地割。我们割草，都是右手挥镰，左手将割下来的草抓在手里。他用左手挥镰，因没有右手，右胳膊上绑着一个铁钩子。他用铁钩子将割下来的草拢在一起。我感觉到他那个铁钩子比我的手还灵便。我也曾尝试用他的左镰割草，但感觉非常别扭。我问田奎："你从小就用左手吗？"

他说："刚上学时，我拿笔都用左手，后来老师不允许，逼着我改过来。但不当着老师的面我还是用左手。左手写得快，右手写得慢。左手写得俊，右手写得丑。"

"我二哥说你学习很好。"

"也不是很好。"

"你为什么不考中学呢？"

他用右手的铁钩子指指前面一座坟墓，低声道："那座坟里有一条大蛇。"

"多大？"我恐惧地用手摸头发。因为传说蛇一见儿童就会数头发，只要让它把头发数清，魂就被它勾走了，因此，遇到蛇必须迅速将头发弄乱。

"想看看吗？"

我犹豫着，但还是跟着他向那座坟墓走去。

那座坟墓上有几个拳头大的洞眼，他指指其中一个。

我屏住呼吸，摸着头发，凑近那个洞眼。起初看不清，渐渐地看清了。那里边确有一条茶碗般粗的大蛇，黑皮白纹。看不到整体，只看到部分。我感到周身冰凉，悄悄地退下来，一直退到离这座坟墓很远的地方才敢与他说话。

"你见过它出来吗？"

"见过两次。"

"有多长？"

"像挑水的扁担那样长。"

"它，它什么样子呢？"我问，"它头上有冠子吗？"

"有。"

"什么颜色？"

"紫红色。"

"像熟透的桑葚？"

"对。"

"你听过它叫吗？"

"听过。"

"像什么声音？"

"咯咯的，像青蛙的叫声。"

"你一个人天天在这里，不怕吗？"

"自从我爹剁掉了我的手，我就什么都不怕了。"

四

我经常回忆起那个炎热的下午，那时候田奎还是一个双手健全的少年。我们聚集在村南的池塘边上，衣服挂在树上，我们光着屁股戏水，摸鱼。

池塘里生长着蒲草、芦苇，我们在里边钻来钻去。突然有人喊：

"喜子来了！"

喜子是我们村刘老三的独生儿子，是个傻子。

喜子一丝不挂，沿着小路朝池塘这边跑来了。他的妹妹拿着他的衣服跟在后边追赶。

喜子当时已有十七八岁了，身体发育很好，阴毛漆黑，生殖器很大。他跑到池塘边上，站住了脚，对着我们傻呵呵地笑。

我确实记不清到底是谁先喊了一声：

"打啊，挖泥打傻瓜啊！"

我们从池塘里挖起黑色的淤泥，对着喜子投去。

有一团泥巴打在了喜子的胸膛上。他没有躲避，还是傻呵呵地笑着。

有一团泥巴打在喜子的生殖器上。他双手捂住了生殖器。

我们感到很开心，嘻嘻哈哈地笑起来。

"打啊！打啊！打傻瓜！"

有一团泥巴击中了喜子的脸。喜子双手捂住了脸。

喜子的妹妹拿着喜子的衣服赶上来。她挡在喜子面前。有一团泥巴击中了她的胸膛。她哭了。她哭着喊：

"你们不要打了，他是个傻瓜！"

一团泥巴击中了她的头，她哭着喊：

"你们不要打了，他是傻瓜，他什么都不懂……"

喜子的妹妹名叫欢子，她的岁数跟我二哥差不多。她是个很好看的小姑娘。喜子是个仪表堂堂的小伙子，村里人都说，真可惜，他是个傻子。

欢子用身体掩护着喜子，身上中了很多泥巴。她哭着骂起来：

"你们这些坏种，欺负一个傻瓜，老天爷会打雷劈了你们的……你们这些坏种……"

也许是惧怕老天爷惩罚，也许是良心发现，也许是累了，大家突然停了手，有的喊叫着，有的不出声，钻到蒲草和芦苇中。

五

当天晚上，我们还在院子里吃饭的时候，刘老三怒冲冲地撞进来。

"三哥，您来了，正好吃饭。"我父亲对我姐姐说，"慢，找个板凳来，让你三大伯坐下。"

刘老三冲着我爷爷说："二叔，咱两家老辈子没仇吧？"

我爷爷愣了一下，说："老三，你这是说得哪儿的话？我跟你爹，多年的兄弟，俺们俩一块去沂蒙山给八路出夫，我得了痢疾，要不是你爹一路照顾，我这把骨头都要扔在山沟里了。""既然如此，"刘老三对我父亲说，"那么我倒要问问这两位大侄子，今天中午为什么要对喜子和欢子下那样的狠手？"

"怎么回事？"我父亲呼地站起来，指着二哥和我怒道，"你们两个，干什么啦？！"

我和二哥站起来，紧靠在一起，支支吾吾地说："我们……没干什么……"

刘老三带着哭腔说："我刘老三，前辈子一定是干过缺德事儿，生了个儿子是傻瓜，十七八岁了，光着腚满街跑。跑出来丢人哪，用绳子拴着都拴不住，这是老天爷惩罚我……可再怎么着他也是个傻瓜啊，他要不是个傻瓜，能光着腚往街上跑吗？你们打个傻瓜干什么？欢子都给你们跪下了，你们还不住手……"

刘老三捂着头蹲在地上。

我父亲抄起板凳对着我们没头没脸地砸下来。

我爷爷说："过来，给你们三大伯跪下！"

我们赶紧跪在地上。我二哥哭着说："三大伯，你饶了我们吧，我们错了，不是我们领的头……"

"是谁领的头？"父亲停下手中的板凳，厉声问，"是谁领的头？"

"是……"我二哥支吾着。

"说！"父亲高高地举起板凳。

"是田奎，"我二哥说，"是田奎领的头儿……"

父亲用板凳重重地敲了我一下，厉声逼问："你说，是谁领的头？"

"田奎……"我说，"是田奎领的头，我们不干，他就打我们……他劲大，我们打不过他……"

"如果你们敢撒谎，"父亲说，"我就割掉你们的舌头！"

"没有撒谎……"我二哥说，"我弄坏过田奎的手电筒，我不打喜子，他就要我赔钱……"

"你听到过田奎这样说了吗？"父亲问我，口气已经缓了很多。

"我听到了，"我说，"他说，你们要是不打，咱们新账旧账一起算。"

"老三哥，"我父亲提着凳子说，"我教子无方，向您赔罪。你看这事……"

"兄弟，"刘老三道，"咱们两家是生死的交情，这点事儿不算什么。我只是不明白，田奎为什么要挑这个头。他家是地主，俺家是贫农，这不差，但斗争他爷爷老田元时，如果不是俺爹站出来做保人，老田元当场就被拉出去毙了，这不是恩将仇报吗？不行，我得去田家问个明白！"

刘老三怒冲冲地走了。

我感到脖子上热乎乎的，伸手一摸，是血。

父亲十分严肃地说："我再问你们一次，是不是田奎领的头？！"

借着月光，我看到父亲的脸像暗红的铁。

母亲用石灰敷着二哥头上的伤口，说："孩子都快被你砸死了，你还有完没有？！"

我呜呜地哭起来，说："娘，我的头也破了。"

"这个刘老三，"我姐姐气愤地说，"仗着个傻瓜儿子欺负人呢！"

我父亲将凳子扔到地上，说：

"闭嘴！"

六

许多年过去了，我还是经常梦到在村头的大柳树下看打铁的情景。那把已经初见模样的左镰在炉膛里即将被烧白了。不，已经被烧白了。那块即将加到镰刃上的钢也烧白了。老三奋力地拉着风箱，他的身体随着风箱拉杆的出出进进前仰后合。老韩用双手攥着长钳，先把左镰夹出来放到铁砧上，然后他又将那块钢加到镰刃上。他拿起那柄不大的像指挥棒一样的锤子，对着流光溢彩的活儿打了第一下。小韩抡起十八磅的大锤，砸在老韩打过的地方，发出沉闷得有点发腻的声响。钢条和镰已经融合在一起。老三扔下风箱，抢过二锤，挟带着呼呼的风声，沉重地砸在那柔软的钢铁上。炉膛里黄色的火光和砧子上白得耀眼的光，照耀着他们的脸，像暗红的铁。三个人站成三角形，三柄锤互相追逐着，中间似乎密不透风，有排山倒海之势,有雷霆万钧之力,最柔软的和最坚硬的,最冷的和最热的,最残酷的和最温柔的,混合在一起,像一曲激昂高亢又婉转低回的音乐。这就是劳动,这就是创造,这就是生活。少年就这样成长,梦就这样成为现实,爱恨情仇都在这样一场轰轰烈烈的锻打中得到了呈现与消解。

左镰打好了。这是一件特别用心打造的利器,是真正的私人订制,铁匠们发挥出了他们最高的水平。

七

很多年后,村子里的媒婆袁春花,要把寡居在家的欢子介绍给田奎。那时,她的爹刘老三和她的哥喜子都死了。她先是嫁给铁匠小韩,小韩死后她改嫁给老三,老三死后,她就带着孩子回来了。袁春花说:"人们都说欢子是克夫命,没人敢要她了。你敢不敢要啊?"

田奎说:

"敢!"

2017年8月16日定稿于高密南山

《收获》2017年第5期

评鉴与感悟

"热眼近观"的返乡人

自2012年获得诺贝尔文学奖之后,莫言经历了五年的沉寂,没有任何作品发表。殊不知,这期间他一直在写,只是对于将要出手的作品显得更加谨慎。获奖后的莫言,必然承受着外界的有关"能否写出更好作品"的压力。终于,在2017年的夏末秋初之际,莫言将一组短篇小说《故乡人事》交给《收获》,将戏曲文学剧本《锦衣》和组诗《七星曜我》交给《人民文学》,完成了获奖之后的第一次亮相。莫言复出立刻引起界内关注,甚至被称为"语言野兽出没"。

这一次,莫言依旧回到他熟悉的故乡,书写从原生态的高密东北乡提炼出的故人往事。但这组短篇小说,并不是一般意义上的怀旧或回忆，而是一次对于民间道德、农民思维方式的深刻观察，处处可见作家深思熟虑的思考。

虽然一位小说家在开始创作之前，一般不会清楚地界定小说的主题，而是被某个场景、人物、事件所触动，形成写作的灵感和契机；但作家个人的性情、立场和阅历，又会左右他们会被何种人事所激发，因此在偶然的激发背后，也有作家固有气质、价值观、创作观的必然导向在起作用。莫言在创作这组短篇小说的时候，大概也不会事先确定小说的主题，但对于民间世界的兴趣和执念早已是莫言小说创作的基本出发点。在被故乡记忆紧紧纠缠的大半生中，在对故乡爱恨交织的感情中，莫言早已理清了自己对于乡村的态度——他是以一个"返乡人"的身份，"热眼近观"这个曾经熟悉的世界，无论是看待乡亲们的贫、富、贵、贱还是善、恶、憨、奸，他都带着外乡人所没有的亲切和体恤，同时，又透着乡人所没有的现代人的理性和清醒。

正是这样的"返乡人"身份，让莫言既通晓乡民的语言，熟稔于他们的世界，又能将这乡土社会的丰富性和杂糅性宣示给整个中国乃至全世界。他描写那些生长于乡间的自由自在、百态丛生的人性，和由此诞生出的判断是非、善恶的民间道德；他在小说中不断渲染乡土社会的野性、实用性和身体性，因为他知道，这正是民间话语与主流的国家话语、知识分子话语背道而驰的分野之处。可以说，乡土社会的民间性，在莫言的小说中得到了最充分的书写和表达。

此次亮相的《故乡人事》，依旧延续着同样的立场和写作方向，但在主题的丰富性和技巧的圆熟度上，都走上了一个新的境界。相较于长篇小说的汪洋恣肆，莫言的短篇小说一直保持着异常简洁利落的风格。这三部短篇小说不仅包含着大量隐含的、秘而不宣的信息，而且在叙述上克制节俭，不仅显得技艺成熟老练，而且也为读者提供了多种理解和阐释的可能。

《故乡人事》虽然是一组短篇小说，但却通过故事中隐含的众多感性、复合的信息，考量了乡土社会中的伦理道德、权力关系、舆论环境、思维方式等多个方面。首篇《地主的眼神》，就是从孩子的视角写起，透过"我"写过的一篇受时代影响而丑化地主的作文，来观察乡土中国的道德镜像。可以看到，这篇受到老师和上级领导赞赏，并在县广播站广播的作文，并没有得到乡亲们的认可。相反，自从广播之后，人们看"我"的眼神怪怪的，父亲也让"我"不要再写这样的文章了。并不是因为地主是个多好的人，而是在乡土的熟人社会中，人们不能接受这种毫无人情温度的政治批评。就连"我"也承认，地主虽然不是好人，但是农活干得纯熟老练、滴水不漏。"我"对地主的态度，因此也带有复杂性，既恨他阴险的眼神，又同情他挨打时的可怜相。

小说后半部的叙事视角，从童年视角娴熟转化为成人视角，不仅仅是因为故事叙事者已经从孩子长成大人，也是出于小说叙述的需要，这样的转变更便于展示地主的命运在一个较长的时空中发生怎样的转化，而后人们又是如何理解那场政治运动的。几十年后，地主的孙子开着金牛牌拖拉机，耕种着几百亩土地，却并没有因为土地多而遭受厄运；地主死后，他的两个儿子斥巨资为他办了豪华的葬礼，围观者就有当年打过地主的贫协主席。政治的风潮已经时过境迁，剩下的就只有民间力量的较量。其实，在当事人看来，政治运动始终都是谁欺负谁、谁亏欠谁的问题，"阶级斗争"在民间只被看作是一个彼此压制的借口而已，无法深入人心。政治的潮水冲刷过后，乡土中国留下的依然是民间道德的肥厚淤泥。

与此相似的是第二篇《斗士》，同样写出了乡土社会中，政治斗争如何被理解为个人之间的势力争斗，那些表面上看是政治运动造成的矛盾，其实也不过是个人积怨，在政治洪流中找到了报复的出口、发泄的渠道而已。在光棍武功看来，村支书方明德在村里发生失窃案后，对自己的怀疑和施加的酷刑，就是因为武功把方明德一心要买到手的象牙棋子一股脑扔到河里，宁可亲手毁掉也不让方明德得到的事情。虽然武功当时扬眉吐气，但是事后遭到报复。值得注意的是，小说没有全知全能的叙事者，因此并不去追溯这一事件的真相，而让故事停留在武功的讲述范围内。也就是说，对于方明德借机报复自己，只是武功的一个想法而已，未必就是事实，毕竟失窃案现场遗留了武功的烟荷包。这种处理方式，可以见出莫言着意于透视民间人物心理的用意。说到底，民间社会对于政治的理解，无非是谁压倒谁、谁斗过谁的基本问题。

由此更进一步的是，莫言同时对那些传统意义上的底层人，有着入骨的体认，底层人那"被屈辱和仇恨浸泡的心"，令他们虽身为弱者，却凶残无比。武功就是这样一个卑鄙的可怜人。他贫穷、孤独，除了老娘一无所有，但是低贱卑微似乎成了他无所畏惧的资本，他以贫贱来要挟那些比他富有的人，毕竟，谁也不愿用自己的生命来换他那条贱命。可以说，他的一生就是与仇敌斗争的一生，不仅是对那些真与他有芥蒂的人要报复，就是那些在他旁边咳嗽一声或坐着汽车经过的人，也可能得罪他。武功这个充满民间色彩的人物，就在莫言丰满韧性的笔力中，活脱脱地生长出来。武功就是那个复杂暧昧的民间社会的代表，尽管带着负面的、不堪的元素，但却也是它生生不息的儿子。

在《故乡人事》中的三篇小说中，最后一篇《左镰》表现出最为丰富的情致和异常惨烈的艺术效果。小说从铁匠打铁开始写起，让人瞬间回到高密东北乡那令人熟悉的气息中，铁匠的精湛手艺、倔强的脾气，铁匠徒弟们的悲剧宿命，还有"我"爷爷的恃才傲物，每个人都带着一派天成的气息，像是从原汁原味的乡土世界中走出来的真实人物。小说在乡土人情的勾连中，悄悄将一个人间惨剧融入其中，用最民间的视角，去还原这惨剧背后的道德图景。

那个叫田奎的少年，原本读书很好，却因为孩子间的一场闹剧，被父亲断其右手，辍学在家，从此只能使用左镰割草。是什么样的大错让田奎遭受如此重罚呢？原来只因被其他孩子指认，他是朝傻子身上扔泥巴的领头人。这原本不是特别不得了的罪过，为什么会受到天谴般的惩罚，小说并没有给出明确的答案。关于傻子的父亲如何去田家告状，以及田奎的父亲如何下了狠手，在小说中完全是空白。但作者也提供了一些信息和线索，暗示着一个可以猜测的方向，这就是政治与人情的关系。在傻子父亲的陈述中，我们得知，田奎的爷爷老田元是地主，当年若不是傻子的爷爷做保人，老田元就会被拉出去枪毙。因此可以推想，如果田奎的父亲不严惩儿子，就会背上恩将仇报的骂名，这是他无法承受的舆论压力。甚至还可以进一步设想田奎父亲的处境，作为地主的儿子，他一生都身处政治的漩涡中，处于阶级的最底部，饱受惊吓和屈辱。为了谋求安全感，他只能加害更加弱小的儿子，让告状的人得到心理安慰，从而获得暂时的平安。这个始终没有出场的"田奎父亲"，其实和光棍武功一样，也是一个凶残的弱者。可见，欺压与反欺压是乡土社会中的主旋律，在这个世界中，弱者的武器竟然是迫害他人。

最为精彩的是小说结尾处，傻子的姐姐欢子因为嫁了几次后，丈夫都死了，落下"克夫"的名声，没人敢要。当有人问田奎敢不敢要时，田奎大声地说："敢！"

乡间的爱恨情仇，就在刀光剑影中谢幕了。但这个"敢"字，留下的绵绵余音，既可能是受难者无所畏惧的宣告，也难说不是新一轮的欺压和报复行将重启的序幕。在乡土社会的语境中，一个弱者的凶残，永远不能小觑。

在"我"这个现代返乡人的眼光中，没有对乡土社会入木三分的嘲讽和戏谑，也没有深入骨髓的揭露与批评，有的是对这块土地的深刻理解和悲悯情怀。在"返乡人"的目光中，有欢乐、绝望和疼痛在彼此交织着，它们奇迹般地相逢在古老的乡土中国。事实上，在莫言对故乡百感交集的情感背后，始终是他"作为"老百姓去写作的立场。他深深地了解乡亲们的性情、思维方式和道德伦理观念，这样的写作立场，提供了一个理解乡土社会的最佳角度。

莫言不动声色的书写，非但没有减轻事件本身的震撼力量，反而由于乡民们见怪不怪、司空见惯的态度，加重了小说的悲剧效果。再加上小说的叙事视角在现代的"返乡人"和前现代的乡民之间转移，二者之间形成的张力，使小说主题指向的不仅仅是中国，而是世界，不仅仅是民间，也是整个人类。（林霆）

声 明

  本套《北岳年选系列丛书》,收录了本年度众多优秀文学作品及文化时评类文章。在编选过程中,我们及各选本主编已尽力与大多数作者取得了联系,但仍有部分作者因故未能取得联系。见此声明,烦请来电,以便奉送薄酬及样书。

  联系人:王朝军

  电 话:0351—5628691